注意到白建是在 ISM China 深圳分会的 QQ 群中。我很惊讶地发现，朋友们关于国内采购遇到的问题，供应商关系的困扰，企业草根式管理带来的麻烦等方面的专业讨论，白建都能用最正统的国际供应管理理念结合对方问题的实际一一给予指导，且分析得头头是道。也是在这个群里，第一次接触了白建的这本书。第一反应就是：很有慧心的积累，居然能够把实际的管理经历编成一本充满管理特色的职场小说。在今天这样一个浮躁的社会，作为一个职业经理人，这得在工作之余，花多少时间在文字上面推敲整理？能有这份沉淀，实属不易。

书店里的职场小说多如牛毛，但能够深入浅出地谈供应链管理的职场小说，笔者相信仅此一本。普通的小说作家很难对一个隐藏在企业运营内部的职能有如此深入的了解。我在十多年前把C.P.M. 采购经理认证引进中国的时候，供应链还是一个让大多数人感觉很陌生的专业名词。很多人都会把供应链和物流两个概念混淆，有时解释半天他们还是似懂非懂，就更别说那些没有企业运营管理经验的普通小说作家了。事实上，供应链管理是企业创造价值的一个重要源泉，与营销并重，是商业价值链的两个重点之一。所以，很高兴白建能够写这样一本书来介绍、宣传供应链管理，提升读者对供应链管理的认识，相信读者将从书中获得很多对供应链管理深刻而形象的认识。

最近十余年来，中国经济高速发展。这样的大环境使在中国的外资企业无论是从数量上还是从规模上都急速扩张。以世界五百强为代表的、拥有先进管理体系的外企为中国培养了大量职业经理人。这些带有浓重的西方商业文化意识的职业经理人在积累了一定的管理经验以后，其中的很多人都有到民企发挥一番的雄心壮志。在 ISM China 过去几年的活动中，就不乏这类问题的讨论和经验分享。这些成长于外企的职业经理人，跳到民企后，当把自己在外企学到的经验移植到民企的时候，大多会遇到各种各样的问题。大部分人最后都承认水土不服，与期望相差太远，不得已又回到外企工作了。总结一下不外乎是以下几种原因：

- 错综复杂的组织架构和裙带企业政治让自己无法发挥；
- 决定权永远在老板手里，没有授权机制；
- 管理文化格格不入；
- 考评机制不健全或本末倒置，让人无从把握；
- 管理文化的差异让跟老板沟通困难重重，久而久之就彼此失去信任；
- 团队能力太糟糕，无法通力协作；
- 天天救火，无法在本职工作上做出成绩。

如果你有过类似经验，相信你在本书中会找到很多共鸣。如果你正在水土不服中挣扎，相信你能从本书中获得很多启发。

这本书让读者认识到，高情商比高智商在企业管理中更凸显效用。事实上，无论是在外资企业还是在本土企业，你都将在企业阶梯上不断向高处努力攀登。随着职位越来越高，提高情商的需求就会越来越迫切。作为职业经理人，你迟早都将如书中描述，面临严重的情商挑战。

经济的急速发展带动很多企业高速发展，这些高速发展的民企无法短时间内建立像国际成熟大企业那么完善的体系，更缺乏充足

空降总监治乱记

白建 彭亮 秦发灵 著

机械工业出版社
CHINA MACHINE PRESS

如何获得强势领导的支持，开展自己的工作？如何把下属们打造成为工作积极认真、勇于承担、团结协作的精英团队？如何在错综复杂的问题中找到突破口？这些众多管理者最为关心的问题都能在本书中找到满意的答案！本书分为选择篇、治乱篇、提升篇和文化篇，讲述了主人公江流如何从一个五百强外企经理人成功转型为空降总监的管理故事。选择篇分析了如何选择适合自己发展的企业以及几种不同的职场心态可能导致的不同命运。治乱篇详细介绍了实用的空降策略以及面对乱局应如何内建团队、外和同僚、寻找工作的突破口。提升篇则通过树立正确的工作目标、降低成本、说服各利益相关者尤其是老板支持改革，从根源上解决问题，不断提升管理水平。文化篇则是通过对危机事件的处理，体现企业文化的强大力量，点明文化形成的根源。

本书取材于作者丰富的管理实践，真实地再现了实际工作中的众多典型场景，为国内广大中基层管理者提升管理水平提供了通俗易懂的理论依据和行之有效的经验方法，更是空降管理者不可多得的操作手册，同时也有助于非管理岗位的职场人士了解管理知识、加强工作中的沟通技巧。本书既可作为管理爱好者的自学用书，也可作为企业的管理培训教材。

图书在版编目(CIP)数据

空降总监治乱记/白建，彭亮，秦发灵著.—北京：机械工业出版社，2013.9 (2025.6 重印)

ISBN 978-7-111-43940-0

Ⅰ.①空… Ⅱ.①白… ②彭… ③秦… Ⅲ.①长篇小说–中国–当代 Ⅳ.①I247.5

中国版本图书馆 CIP 数据核字(2013)第 209739 号

机械工业出版社(北京市百万庄大街 22 号　邮政编码 100037)
策划编辑：孙　业　王　斌
责任编辑：孙　业　王　慧
责任印制：单爱军
北京盛通数码印刷有限公司印刷
2025 年 6 月第 1 版・第 15 次印刷
148mm×210mm・13.625 印张・339 千字
标准书号：ISBN 978-7-111-43940-0
定价：59.00 元

凡购本书，如有缺页、倒页、脱页，由本社发行部调换

电话服务
客服电话：010-88361066
　　　　　010-88379833
　　　　　010-68326294
封底无防伪标均为盗版

网络服务
机　工　官　网：www.cmpbook.com
机　工　官　博：weibo.com/cmp1952
金　书　网：www.golden-book.com
机工教育服务网：www.cmpedu.com

的人才储备，人才的匮乏更增加了高层管理的难度。很多人可能没有意识到的是：假如外企在初级发展阶段面对类似的快速发展的经济环境，它们也一样会遇到同样或更大的挑战。管理如同驾驶，速度越快，挑战越大！

从外企跳到民企的职业经理人感到自己遇到的障碍特别大，除了前面已经提到的客观原因，还有职业经理人自身的主观原因。跳槽后，他们往往没有意识到自己在管理阶梯上一下子提升了一个甚至几个阶梯。与原来在外企工作的时候相比，职业经理人跳到民企后，他们的责任范畴突然增大了很多，工作对他们的视野的要求也提高了很多。高处不胜寒！

我曾经在美国本土数家大型企业担任管理工作，亲身经历过美国企业在本地的各种内部角逐，其高层斗争的激烈程度丝毫不亚于中国企业。很多在外企的中国职业经理人体会不到情商的重要性，只是因为他们还没在外资的国内机构晋升到那个让人高处不胜寒的层面而已。阿里巴巴已经是一个在管理方面非常好的公司了，但按马云先生所说，阿里巴巴对本土有效的管理方法不外乎来自于如GE这类顶尖跨国企业的套路。可以预见，当国内企业的发展规模赶上跨国企业时，与之相对应地，国内企业也会采用类似的管理方法，需要职业经理人以更高的情商去应对这些变化和挑战，这是放之四海而皆准的道理。因此，这本书对那些仍在执行层、有志于升上高层的佼佼者，是一个很好的实战模拟演习。

2007年，一群跨国企业的供应链管理精英发起建立了ISM China（供应管理学会中国区）。作为全球最大、最权威的采购与供应管理的非营利性专业组织ISM在中国的分支机构，ISM China秉承ISM推动供应管理专业发展的精神，以提升中国同行的能力和国际地位、促进他们与国际同行的交流和接轨作为自己的愿景和使命。在ISM China的努力下，数以千计的供应链专业人士不断进取，全面学习和接受全球主流、与国际接轨的先进管理模式和理念，获得了如CPSM这样高标准的全球专业认证。我认为，如本书所示，这些理念的本地实践应该以通用原则为基准，结合企业实际，适应中国体制环境与商业文化的特点。因此，持有这些理念的这个专业精英群体应该广泛利用这个国际平台，结合中国的实践经验增进交流，持续提高自身能力，同时积极促进还没有接触、接受这些理念的企业管理者们对此增加了解、提升思维高度，帮助他们与先进体系接轨。这样做才能真正发挥这些理念的价值，提高民族专业素质和国际影响力。

　　本书将一些通用管理法则贯穿于民营企业经营管理的实际中，并以小说形式表现出来，通俗易懂、妙趣横生，无论对于管理刚入门的专业人士还是晋升中的资深经理人，都是一本值得推荐的好书。

Tony Wai 卫劼，CPSM

美籍华裔企业家/供应管理学会中国区（ISM China）理事长

中国首部《采购与供应链管理英汉－汉英词典》编撰者

自序

管理的重点在于行而不在于知！管理学书籍的重点也应该放在引导读者掌握行的要诀上！遗憾的是，现在不少管理学书籍往往只讲一大堆云遮雾罩的理论，读者被搞得一头雾水，根本无法将书中的理论运用到实际管理中去。还有些管理学书籍罗列了很多不合理的管理现象，却没有给出明确的解决思路，让读者碰到实际管理问题的时候还是感觉无从下手。

这本书就是为了帮助管理人员掌握行的要诀而写的！我写这本书也是源于一个做管理的朋友的极力建议。当时他刚刚空降到一个公司，被新公司的各种问题搞得焦头烂额。朋友有难，不能袖手旁观，我就针对他的情况给了他一些建议。后来他告诉我这些建议给了他很大的帮助，使他比较快地抓住了问题的关键，将工作导入正轨，比他看的那些管理书靠谱多了。他极力建议我写一本关于管理的书，让更多的人因此而受惠。

听了他的建议，我也不禁颇为心动。工作十六年了，自己的工作履历表里既有富士康这样的制造业巨无霸，也有研发、生产和销售一体的小而全的高科技企业，既有艾默生这样的美资世界五百强，也有面临着成长烦恼的民营企业。这么多年的管理实践带给我的既有成功的经验，也有失败的教训；让我既学习了大企业高效、系统的管理模式，也见识了小企业为在夹缝中求生所作的不懈努力。几番起伏跌宕，洗尽了我原本对管理的一些浮华的认识，形成了自己对于管理的理解和体会，积累了很多想与他人分享的心得。朋友的建议让我产生了努力一试的动力。

我从自己这些年的管理经历中选取了一些比较有代表性的素材，试着写了一些后在网上发布。让我欣喜的是帖子在网上刚一连载，就受到了很多网友的追捧，不少人甚至惊呼说帖子里写的问题和他们公司的情况一模一样。更有网友声称用帖子里面的手法解决自己的问题取得了成功！这让我备感欣慰，坚定了我把帖子完善成书、正式出版的信心。

感觉这本书之所以能够获得读者的喜爱，主要有以下几个原因：

首先，这本书选材基本上源于工作实践，故事的真实性给小说平添了几分魅力。

其次，选材注意了故事在管理上的代表性，选择的都是工作中比较常见而又困扰管理人员的问题，容易激发读者的共鸣。

最后，在形式上采用了读者喜闻乐见的小说的形式来表达，让阅读变得更为轻松！

此外，书中穿插了对于《三国演义》故事、中医养生的点评，既增加了阅读的趣味性，也让读者有机会从多个不同的角度理解管理。而引用《孙子兵法》《三十六计》和《道德经》等传统经典来剖析问题，则帮助读者进一步理解问题背后更普遍的实质，为读者解决在其他领域遇到的问题提供了思路。

为了方便读者学习和理解故事中的管理道理，本书在每章开头处都提出本章的重点问题，并在本章的结尾给出我对这些问题的观点。希望这些问题能够激发读者去思考，并在思考之后和我的观点互相印证。

  我、彭亮、秦发灵前后历时一年有余，期间几易其稿，最终在工作的间隙中完成了本书的编写。回首整个过程，我们要感谢天涯社区众多支持本书的朋友，你们的支持给了我们坚持的力量！感谢给这本书提出各种意见的朋友、编辑，你们推动我不断修改、完善，使这本书能够以现在的形式和内容面世！感谢本书中为我提供了人物原型的同事，你们不仅在工作中给了我最大的帮助，你们对于工作的积极追求也给我提供了这么多精彩的案例！感谢家人给我们的无条件支持，即便你们之中很多人可能并不理解这本书的意义！

白 建
2013 年夏于深圳

飞达组织架构图

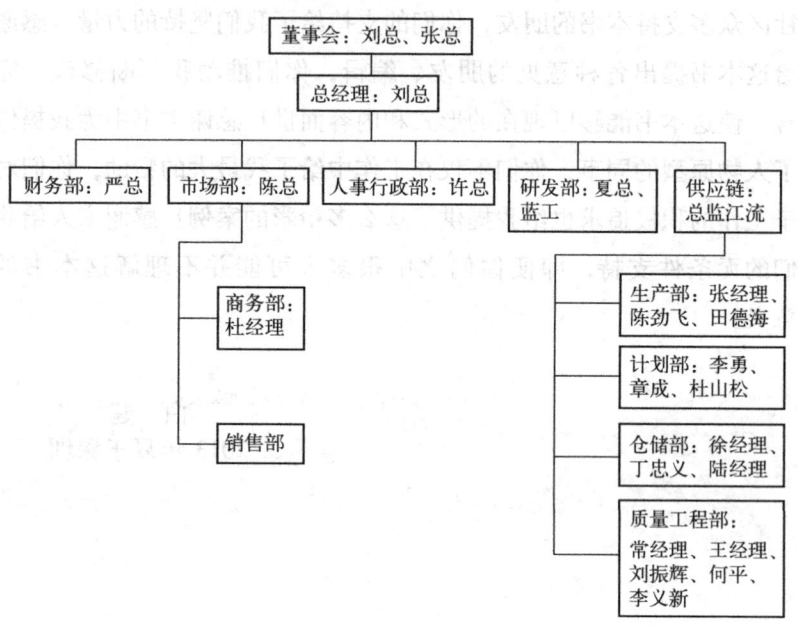

目 录
CONTENTS

序
自序

选 择 篇

第1章 成长型公司的烦恼 ································· 1
外企职业经理人一定能为陷入困境的民企带来福音吗？
为什么企业越大速度越慢？规模和市场响应速度一定冲突吗？

第2章 江流的郁闷 ···································· 16
是什么让曾经的优秀员工失去了工作热情？
我们有非常棒的想法，但是领导听都不愿意听，为什么会这样？

第3章 再次接触飞达 ································· 29
为什么沟通、考评经常做，下属工作表现却没提升？
为什么说管理如养生，平时不关心，出了问题找医生不可取？

治 乱 篇

第4章 师兄的建议 ···································· 39
成功做好空降兵的策略是什么？

第 5 章 一语安人心 ······ 57
什么是让沟通有效的最佳秘诀？
上任就起火，大家都推责，新领导该怎么办？

第 6 章 突破口在哪里 ······ 67
到处需要救火，怎么打开局面？

第 7 章 临时对策 ······ 75
零库存真是计划工作的金科玉律吗？
完全满足客户的需求真的是企业的目标吗？

第 8 章 反客为主 ······ 83
老员工摆资历，不配合工作，新领导怎么办？

第 9 章 仓库的问题 ······ 89
如何在陌生的老员工中找到自己的支持者？

第 10 章 奖励先进 ······ 100
为什么员工做出成绩后要及时奖励？

第 11 章 生产部的问题 ······ 103
下属有能力没积极性，领导该如何沟通协调？

第 12 章 如何选择 ······ 108
选拔合适的人才的标准到底是什么？资历？学历？忠诚度？还是兴趣？

第 13 章 前哨战 ······ 118
面对员工挑衅，管理者需要从哪几个方面考虑问题，化解危机？

第 14 章 重构团队 ······ 123
唯才是举什么时候都适用吗？
怎么让老板看到他的宠臣的问题？

提 升 篇

第15章 明确方向，强调贡献 ………………………… 132
如何让部门的工作更具成效？
为什么说品质是制造出来的？

第16章 确立新工作目标 ………………………… 138
怎么打破部门墙，让各个部门团结如一人？

第17章 冲突爆发 ………………………………… 143
对于自己需要避嫌的问题，怎么和老板沟通而不被怀疑自己的动机不纯？

第18章 善有果而已 ……………………………… 150
空降兵怎样战胜潜在的挑战者，顺利取得部门的实际控制权？

第19章 工作中学习，学习为工作 ……………… 163
如何引导下属自我充实，提升工作表现？

第20章 仓库改善 ………………………………… 174
下属缺乏经验，工作难以胜任，上司怎么办？

第21章 重在过程，培养下属 …………………… 184
繁杂的工作能够变得条理清晰吗？

第22章 晴空中的阴云 …………………………… 188
怎么让会议不再拖沓、缺乏成果？
怎么做才能让自己在推进工作的时候获取广泛的支持？

第23章 情绪的根源 ……………………………… 197
怎么化解下属工作中的负面情绪？
降成本必须先降工资吗？

第24章 降成本之前期沟通 ………………………………… 208
　　怎么改革牵一发而动全身的工资体系？
　　如何打造有凝聚力的高效团队？

第25章 降成本之方案初稿 ………………………………… 220
　　如何处理下属的错误又不打击他们的积极性？

第26章 降成本之方案获批 ………………………………… 225
　　如何让老板服下苦口良药？
　　为什么赢了也要让人三分？

第27章 降成本之落实执行 ………………………………… 233
　　怎么让员工主动努力为公司创造价值？

第28章 计划流程改进 ……………………………………… 238
　　市场开拓初期，预测不准，计划怎么做？
　　如何把优势转变成为利润？

第29章 降成本之推广沟通 ………………………………… 245
　　公司发展速度快，下属能力跟不上，应该怎么办？

第30章 降成本之实施中的问题 …………………………… 251
　　把工作做到最好是工作的终极目标吗？

第31章 改革成果 …………………………………………… 258
　　为什么必须把优势转化成为成果？

第32章 常经理的困难 ……………………………………… 261
　　下属的工作缺乏进展，应该怎么办？

第33章 朽木还是待春枯木 ………………………………… 270
　　怎么让沉沦的员工重新发挥能量？

第34章 新方案 ……………………………………………… 277
　　怎么让不同类型的员工捏合成为一个有效合作的团队？

第35章 消除障碍 ··· 282
怎么处理有背景的闲置人员？

第36章 和研发的互动 ··· 286
怎么让强势部门做好它们不重视但对其他部门很重要的工作？

第37章 新任务 ··· 291
接手新工作应该怎样和老板沟通？

第38章 人员摸底 ··· 295
公司业务扩张，怎么搭建新团队？

第39章 考核指标的误区 ··· 300
为什么KPI考核会诱使员工造假，导致部门墙盛行？怎样才能提升工作绩效？

第40章 构建瑞达团队 ··· 314
为什么不能照搬照抄以前成功的经验？
为什么一些看来很明显的问题反而没人解决？

第41章 无法解决的问题 ··· 326
下属说问题无法解决，你该怎么办？
有错就罚能够管好团队吗？

第42章 重建生产流程 ··· 342
什么情况下需要改进工作流程？怎么改进工作流程？
怎样保持踏实的团队工作作风？

文 化 篇

第43章 客户投诉 ··· 360
问题很严重，老板很生气，这时该如何化险为夷？

第44章 解决问题 ································· 369
出了问题,双方各执一词,管理者应该怎么判断?
对于表现已经达到良好的员工,怎么让他们更进一步?

第45章 没有结局的结局 ····························· 380
怎样让老板意识到自己以前的错误而收回成命?

第46章 什么是好的管理 ····························· 387
为什么民营企业发展总是问题不断?
为什么看似管理水平高的外企往往发展速度不如管理不够完善的民企?
怎么才能提升企业的响应速度?

第47章 管理的博弈 ································· 399
员工受了委屈,但是又不能给他们期望的结果,能够化解他们心中的委屈吗?
怎么才能形成以公司目标为重的工作氛围?

第48章 道德仁义礼 ································· 411
如何打造积极高效的工作团队?

选 择 篇

第1章
成长型公司的烦恼

- 外企职业经理人一定能为陷入困境的民企带来福音吗?
- 为什么企业越大速度越慢?规模和市场响应速度一定冲突吗?

十二月初的一个下午,北国此时已经是冰天雪地,而地处南国海滨的深圳还是暖洋洋的,阳光和煦,绿树如荫。

此刻,创富的PMC⊖部门经理江流出神地望着窗外的树叶发呆,突然手机铃声响起来。江流一看,是一个新号码。他用一个比较夸张的动作,不紧不慢地抬起自己的右手,从上方画了一个圈,把放在自己左手前方的手机拿了起来。

"你好!"江流用很职业化的声音说。

"江经理,你好!有空吗?"电话的另一端传出一个热情的

⊖ 生产及物料控制(Product Material Control,PMC)。

声音。

江流有些发愣，一时想不起对方是谁，正在搜肠刮肚地去想对方是谁的时候，对方自报家门了，说："我是四通的张总，好久没联系了，可能有点想不起来了吧？实在抱歉，最近太忙了。"

江流一边应声说："你一说，我想起来了，刚才有点发呆，呵呵，怎么会记不起来您呢？"江流这样说着，手却赶紧打开自己的名片夹，快速在里面翻找，很快他的眼光停在了一张名片上——四通实业有限公司　张明远。

江流说："决断英明，眼光长远。呵呵，我怎么会不记得呢？"

张总高兴地笑了起来，说："过奖了。没想到只打过一两次交道，就让江经理记住我了，看来我们还是有缘啊！对了，今天晚上有没有时间，有机会的话，想请你出来坐坐。"

这个邀请让江流感到有些诧异，自己和这个张总并没有太多的业务往来，只是几面之缘。不见面是正常的，说好久不见，反而让人感觉有点怪。江流这样想着，口里推辞说："不好意思啊，最近家里事情比较多，太晚回去，如果老婆很生气，问题就很严重了。"

但张总却坚持说："江经理，放心，不会耽搁你太多时间，只是一起喝杯茶而已，这个时间挤一下吧！"

虽然还带着几分疑惑，但考虑到多个朋友多条路，也不好太不给面子，又听到张总这么坚持，江流略微沉吟了一下，最后还是同意出来见个面。

下班后，到了约定的西餐厅，江流发现张总已经坐在那里喝咖啡了。江流一面快速向张总走过去，一面连声说："张总，抱歉啊，下班高峰，路上有点堵。"

张总中等身材，圆圆的脸上似乎总是带着淡淡的微笑，此刻见到江流过来了，也连忙起身走近江流，握了手之后说："说哪里

第1章　成长型公司的烦恼

话？我比你也就早到了几分钟，正在喝咖啡。现在连静下来喝杯咖啡的机会也很难得了，整天是琐事缠身。难得像今天这样有机会安静地喝杯咖啡，感觉这也是人生的享受呢！"

江流笑着说："张总的境界就是不一样啊！等人都能等出这样的闲情。以后有机会还得好好向张总学习呀！"

这时服务员过来问是否要点什么。张总问江流："你喝什么？"

江流说："张总你喝咖啡，想必这里的咖啡很不错，我也喝咖啡吧。如果能喝出你一半的闲情，这杯咖啡就是我喝过最好的咖啡了！"

张总也笑了，却没有接着说下去。转向服务员，点了咖啡，征询了江流的意见后点完了餐点。

等服务员走后，大家寒暄了几句，张总便问起江流现在在创富过得怎么样。

江流淡淡笑着说："一般般吧，张总你也知道的，创富是个美资公司，福利待遇都还过得去。创富现在各方面都定型了，也没有太多麻烦了。"

张总似乎没有注意到江流不太想谈这个话题，依然紧追不舍，面带笑容地追问："像江经理这么有才干的人，不应该只是一般般吧？公司应该重用你这样有才干的人才对呀！"

江流微微摇头说："没有啦！很有才干还不敢当。在创富，我也就是个普通的部门经理而已。创富像我这样的人不知道有多少呢！"

张总仍然不放松，继续说："第一次到你们公司参观的时候，你就给我留下了很深的印象。感觉你做事有条不紊，对供应链的运作也讲解得很透彻，是个难得的人才。所以我才说，像你这样的人才应该有不一般的发展。我说这话可不是恭维你！"江流缓缓搅拌刚端上来的咖啡，似乎在想什么，没有回应张总的话。

双方沉默了片刻，还是张总先开了口，说："最近有个棘手的问题，想向你咨询一下，不知道是否有时间？"

江流做了个请的手势，微笑着说："张总不用这么客气吧？"

张总介绍说他和朋友合开的一家公司最近要招聘一位供应链总监。其中有一个候选人的方案是准备按照现代化的管理模式全面改造他们所有的主要作业流程、重新制定对应的流程文件。按照最新的岗位评估方法重新评估每个工作岗位的价值，定出新的、科学的薪酬标准。参照外企的岗位职责重新定义工厂供应链员工的岗位职责。做到流程全覆盖、职责全覆盖。完全通过流程和文件来管理公司，实现制度化管理。改变公司目前普遍存在的管理不规范、到处打乱仗和人治为主的管理模式，让管理回到正常的秩序中来。说到这里，张总停了下来，注视着江流，明显是在等待江流的反应。

江流缓缓搅动咖啡的手停了下来，悠闲的神情也消失了，问张总："你们面试的结果怎么样？这个人通过了吗？"

张总脸上浮现出松了一口气的表情，说："现在公司的决策层观点不一致。有人认为，这个人有名校MBA学历，并且以前有大型跨国公司供应链管理的经验，理论和实践都是非常优秀的。如果他加入我们的管理团队会让我们的供应链管理水平更上一个台阶。我们现在的供应链管理水平已经明显跟不上市场拓展的需要，管理很混乱。连我们这些高层都是整天忙于救火！如果他真能给我们带来正常的管理秩序，对我们公司的帮助还是很大的。所以有些高层认为我们应该立即邀请这个人加入我们的管理团队。"

江流还是面带微笑地继续问："你的看法呢？这好像还不是你们公司最后的决定吧？"

张总微微点点头，说："我是有些担心，公司老板刘总目前也下不了决心。虽然他的方案听起来很好，但是总是觉得有些让人担忧的地方。我以前一直是做销售的，自己虽然也开过公司，但只是

第1章 成长型公司的烦恼

一个商贸公司。和刘总合伙开这家公司也只是做做销售代理，挂个董事的头衔，没有太多地介入公司的内部管理，对工厂的事情也没有太多的了解。只是感觉不太对，但也说不上是哪里不对。你对供应链很熟，今天特意请你过来，主要是想听听你的建议。"

江流喝了口咖啡，微微皱了皱眉头，苦笑着对张总说："其实每家公司的管理都有自身的特点，不了解实际情况，谁也不好作判断。所以一般来说，我不喜欢对陌生的公司的管理方式说三道四。"江流说到这里，看了张总一眼，发现张总流露出急切的神色，继续说："不过张总你这么相信我，看来今天不献丑也是不行的。"

张总笑着说："江经理这样说就太客气了，我真的是觉得你精通供应链管理，这才特意来请教的。"

江流笑了笑，说："不过在回答你的问题之前，我想先了解几个问题，张总不介意吧？"

张总伸手做了请的手势，江流点点头问："你们是否经常有为了某张紧急订单发货而违反流程的事情发生？"

张总有些诧异，但还是点头并有些不好意思地说："虽然我对供应链不熟，但的确有这样的事情发生，我都碰到过。有时候，我为了自己的一些关键订单都会直接打电话到工厂要求他们一定要按规定的时间发货。他们原来还会找理由说有什么限制，没有办法实现我的要求。我就说我不想听任何理由，我只想看到这批货发出去。有些时候，我甚至会要求一些主要负责人一起开会来解决发货的问题。当然了，我也知道他们肯定有些不按流程操作的事情。但为了达到客户的要求，这也是没有办法的办法！毕竟我们要先服务好客户才行！"

江流点了点头，没有评价张总的做法，反而继续问下去："你们是不是感到这个方法越来越不好用了。现在不管你们怎么催，不能达到客户要求的情况还是出现得越来越频繁。"

听到这里，张总明显地感觉有些惊讶了，愣了一会儿才无奈地承认说："确实是这个样子。也正是因为这种问题不断发生，我们才感觉应该是管理出了问题，希望能够招聘到合适的人才帮助我们找到合适的解决方法。目前的候选人提供的方案我感觉不太对劲，所以来找你帮忙看一下。你既然对我们的问题了解得这么清楚，那你有什么好的建议？前面说的那个解决方案行得通吗？"

江流还是没有回答张总的问题，继续问："你也知道你们竞争对手的响应速度吧？如果你们的响应速度和那些大企业一样，你能接受吗？"

张总愣住了，没有回答，反而是品起咖啡来。随后，把眼睛一闭，也不知道是在品味咖啡的味道，还是在品味江流的问题。江流也不再提出新的问题，继续缓缓搅拌他的咖啡。

好一会儿，张总才睁开了眼睛，缓缓地说："我很难接受这样的情况发生，估计公司也很难接受。毕竟我们是一个成长型的小公司，及时响应和解决客户的需求是我们生存的根本。我们其实是靠及时响应客户，才得到了一些大企业根本不屑于接的订单。如果没有对客户的及时响应，我们根本无法在市场上立足，更谈不上什么快速发展了。所以，这种状况我绝对无法接受！"

江流点点头，说："如果你们采用了这些类似于大企业的管理流程和管理方法，就算你们学得不错，估计也就是做到那些大企业的响应速度，对吧？"

张总面色凝重地点点头，江流看到后说："现在我不回答，你也知道答案了。"

张总沉默了十来分钟之久，服务员端上他们点的菜才打断了他的沉思。他似乎也有些不好意思，连忙对江流说："江经理，请用餐！不好意思，光顾着想问题了。"

第1章 成长型公司的烦恼

江流笑着表示没什么,一边也品尝起这些菜品来。不过他看得出来,张总已经没有什么吃饭的胃口了。吃完饭后,江流说自己还有事,先告辞了。张总似乎还想说什么,但是最终还是没有说出来。张总起身走到江流身边,同江流握了个手,还说要有空多出来坐一坐,江流客套了两句,就告辞先走了。

第二天一大早,江流刚刚上班不到半个小时,手机铃声又响了,看到来电显示"四通张总",江流不禁笑了,果然不出所料又打来了。江流一边接电话,一边往休息区走。在电话里,张总又提出飞达的刘总,也就是张总合伙开的那个工厂的大股东,希望能在周末找个时间和江流好好聊一聊。

江流稍稍考虑了一下,最终接受了张总的邀请。

张总马上表示说:"早上九点方便吗?到时会安排司机去接你,你给我个地址吧!"

江流犹豫了一下说:"这样不好吧?其实我完全可以自己过去的。"

张总坚持说:"你肯牺牲你的休息时间过来,就是很给我面子了。你当我是朋友,我也不能不为你考虑。派车去接你,这才能凸显你的价值。所以,这一点你就别跟我推辞了。"

江流很开心地笑了,说:"张总,你这样说,那我就恭敬不如从命了。回头我把家庭住址发个短信告诉你。"

回到自己的办公位,江流看到采购部的经理赵云龙正在自己的座位前,江流连忙加快了脚步,赶紧走了过去。赵云龙个子不算矮,一副紫红色的脸膛,人长得很壮实,结果让人看起来他比实际的身材要矮一些。他看起来很像一个朴实的庄稼汉,于是大家给他起了一个绰号——农民。

赵云龙正掏出手机准备打电话,看到江流,手机又放回了口袋,说:"你小子,又跑哪儿去了呀,还准备打你电话呢?"

江流不甘示弱，在赵云龙的肩膀上推了一掌，说："你简直是我的领导了，刚走开了一下，你就过来查岗。有什么事吗？"

赵云龙说："还能有什么事？还不是供应商又来找我，要求消耗库存了呗。那我只能找你们计划呀！现在这个事情搞得我很烦，你有没有可以消耗库存的计划啊？要知道当初我们可是按你们计划的要求备料的，你现在可不能见死不救啊！"

江流换了一副严肃的表情说："这件事情我已经在处理了，这一次市场部很强硬，要求必须切换，不允许再用老版本了，说客户一定要最新的产品。我也问过，能不能在小客户身上消耗，说了半天，市场部的人都发脾气了，说每次切换，我们供应链都拖泥带水，搞得市场部好像整天就是为了消耗库存而存在似的。我就不好说什么了。"

赵云龙这下也着急了，说："那怎么办啊？供应商那里可还堆着十几万的现货呢？"

江流无可奈何地说："只能等等了，可能市场部的人现在心情也不好，过几天我再探探他们的口风。售后那边，我也去帮你想想办法。"

赵云龙说："但这样下去也不是办法呀！就算这次解决了，还有下次呢！也不能老这样低三下四地到处求人吧？"

江流沉默了一会儿，说："我其实正在构思一个新方案，如果这个方案能够实施，这个问题可以在很大程度上得到避免。已经想得差不多了，过些天，我再和你说吧。"

周六的早上，江流在家看书，到了八点四十，他放下书本，换上了出门要穿的衣服。走到小区门口，眼光扫了一下，发现门口停着一辆奔驰，没有其他车辆。他向奔驰走了过去，司机已经站在车外等候了，看到江流过来，连忙问："您是江先生吧？"得到肯定的回答后，司机连忙帮江流开了门。江流不禁在心里感谢起张总的

第1章 成长型公司的烦恼

安排来。

见面的地点是一个高档会所。穿过一个水池，他们来到一栋古式建筑前面，青砖灰瓦，备感古朴，似乎一下子就把深圳这座城市带给人的紧张压力隔在了外面。司机把江流送到了包房就转身离开了。一看到江流进来，张总连忙起身迎上前去，向江流介绍说："这是我们刘总，飞达的总经理。"这时刘总也已经一边说幸会，一边走近江流并伸出手来和他握了握手。

双方坐定之后，张总准备向刘总介绍江流的工作经历却被刘总打断了。刘总说："江先生能够提出那几个问题就已经证明了江先生的水平。过去的工作经历不重要了。今天我请江先生过来，确实是想再了解几个问题，不知道江先生是否愿意赐教？"

江流连忙说："赐教不敢当。张总和我也算是忘年之交了，我们就当是朋友之间聊聊天吧！"

刘总点了点头，有点按捺不住地问："江先生的那几个问题让我们印象深刻。在你提出这几个问题之前我们真的是没有好好研究一下，本以为请来有先进管理经验的职业经理人，通过导入外企的先进管理模式就可以理顺我们公司的管理。江先生这几个问题一问，让我们感觉好像外企的那些管理模式也不一定是我们所需要的。"

刘总说完话看了江流一眼，发现江流正神情专注地注视着自己，就继续说："但说实话，目前我们的管理已经让我们这些高管焦头烂额了，好像不改也不行。现在我们好像走进了一个死胡同，学习大企业的先进模式好像不适用，自己的管理模式又问题越来越多。不知道对于这个问题江先生有没有什么高见？"

江流连忙说："刚才都已经说了，我们就当是几个朋友聊天。高见什么的，真不敢当。刘总这么客气，我都不好再说下去了。"

张总笑着说："江经理是人才，刘总最尊重人才。不过江经理的话也有道理，我们就随便一点，这样聊天的气氛好一些！"刘总没有回答，只微笑着点了点头。

江流先喝了口茶说："在我回答刘总的问题之前，我想先问刘总一个问题，不知道是否方便？"

江流看到刘总点头同意，就问道："刘总，你觉得你们公司的竞争优势在哪里？你们希望在未来的三到五年公司保持或者创造什么样的竞争优势？"

对于这个问题，刘总稍稍有些意外，不过很快就恢复了平常的神色。他一边想一边缓缓地说："响应速度快！应该还有——成本。还有……"

刘总似乎还有什么想说，又一下子说不出来，江流就笑着接过话茬："刘总，两点就足够了。这应该是你们最重要的两点竞争优势吧？"刘总点点头。

江流继续问："未来的三到五年这两点仍然会是你们的核心优势吗？"

刘总点点头，解释说："我们公司主要做高科技的消费电子部件。以前这些部件主要是由国外的一些企业在中国设置的公司研发和生产，成本比较高，对客户需求的响应也很不及时。飞达主要是在这两个方面抓住了市场上部分客户的需求，打开了市场。虽然公司目前也在积极提升自己产品的技术性能，但短期内单纯在技术性能上，还是无法和外国公司相抗衡。所以，在短期内我们还是要充分保持、发扬我们在响应速度和成本上的优势。这至少要延续到我们塑造出新的优势才行。"

江流点点头表示认同，说："完全理解，你们现在是想维持原有的优势。但现在应该是形势发生了一些变化，你们发现原有的优势在不断丧失，所以现在希望通过提升管理水平来重新稳固你们的优势。"

刘总一边微微点头，一边用带着疑惑的眼光看着江流，但是他并没有说话。江流继续问："那么，你们现在搞清楚了为什么原有的优势在逐渐丧失吗？"

刘总对于这个问题显得没有什么心理准备，想了想，最终还是点点头说："现在的确是遇到了一些困难。至于说到底是什么原因导致我们逐渐丧失过去的优势，我还真没有搞清楚。"

刘总停顿了片刻，一边轻微地摇头，一边又似乎在自言自语地说："这个问题还真是问到点子上了！是啊，为什么我们原来的优势在逐渐丧失呢？"张总似乎也陷入了沉思，一时没有说话。江流见到这种局面，也不再说话了，而是自顾自地在一边品茶。

好一会儿，刘总才似乎从沉思中醒悟过来，把目光停在江流身上，缓缓地说："应该是这样的，这些年，我们公司发展比较快，公司的规模也越变越大。以前，我一拍板，很多事情马上就可以做起来。现在公司大了，很多事情就没有以前那么快了。"

刘总说完之后，看了看张总，张总的脸上也只有疑惑，于是他们一齐把目光转向江流。看着他们的脸上挂满急切的神情，江流却不慌不忙地说："公司大了也不一定反应速度慢吧？如果是这样的话，我们也没有必要再研究怎么提升反应速度了。你们还是应该好好想想，反应速度慢的原因到底是什么。"刘总似乎有些气恼江流步步紧逼的追问，注视着江流，却没有回答。

江流看到这种情况，解释说："相对于外部的职业经理人，你们作为老板肯定应该更清楚自己的公司每一步是怎么走过来的，也应该更清楚你们公司需要什么。如果你们自己都不愿意搞清楚你们自己的问题，你们也就很难正确地判断到底哪一个面试者更为适合。我想你们不会真的愿意把这么重要的事情全部押宝在自己的感觉上吧！"

刘总愣了一下，有些尴尬地笑了笑，说："江先生，你误会了。你问的问题都让我很痛苦呀！"接着又说："不过，你说得对，这些问题我们最好能自己搞清楚。"

刘总停顿了一会儿，说："我感觉是公司大了，现在我不可能再像过去那样直接进行管理了。原来才二三十人，现在都有两三百人了。一个两三百人的公司反应速度没办法像以前一个二三十人的小公司那样快。而下面的员工也不可能像我过去那样迅速拍板。同样一件事，过去就可以直接报到我这里处理，现在起码要经过好几个层级才能到我这里，速度自然就慢了。如果我正在忙别的事情，没有关注到，需要的时间就更久了。所以，这个速度就不可避免地下降了。现在造成原有优势丧失的原因我们也找到了，你有没有办法迅速解决我们的问题呢？公司发展很快，我们希望这个问题马上就能得到解决！"

江流点点头，说："解决的方法肯定是有的。理论上的解决方案有两条：一个是严格控制公司的规模，回到过去小而灵活的状态。"江流一边说一边看刘总，刘总的脸上浮现出很不高兴的神情。

张总看了，连忙向江流示意，同时问江流："那另一个解决方案呢？"

江流说："呵呵，我说的是理论方案。再说了，不管规模大小，赚钱总比亏钱好，是这个道理吧？"

江流不等刘总回答就继续说："另一个方案是，缩短决策过程的时间。这只能通过减少问题传达的环节实现。如果第一个方案被否决的话，这意味着公司的规模不可能再缩小到原来的水平。现在要达到过去的响应水平，必须改革，要减少问题传达的环节。"

刘总语气很坚定地点头说："规模必须扩大，速度还需要快，确实要有更有效的沟通方式，一直走老路是行不通了。"

江流伸出两根手指，说："减少环节只能通过两个思路来实

第1章　成长型公司的烦恼

现。一是组织扁平化。问题还是向上传达解决，但是因为层级减少，传达的环节也相应减少，可以提升反应速度。但这意味着每个人管理的幅度会大大增加。这样做一方面要求管理者要有更高的管理水平，因为一个人要管理更多的人。另一方面也意味着管理者的工作负荷很可能大幅度提升。怎么找到这么高水平的人做这么低的职位，做这么多事情，这需要贵公司好好考虑。"

江流弯下一根手指，看到刘总在微微点头，继续说："还有一个思路是授权。把问题放在下面甚至是基层解决！"说完，江流收回手。

刘总忍不住接过话茬说："不是我不想授权，但是感觉下面的员工做事情总是不那么让人放心。我们公司人才少，有些事情下面的人根本做不到我期望的标准。我们公司还小，出不得差错，很多事情只有我才能作出正确的判断。我这也是没有办法，只好自己把很多事情都管起来。"

江流微微笑了笑，指着茶几上已经装满了茶水的茶杯说："我现在想喝茶，刘总能帮我加点茶水吗？"

刘总一怔，但还是去拿江流的茶杯，准备倒掉里面的茶水。江流这时却说："对不起，刘总，不要倒掉茶杯里的茶水。"

刘总又是一怔。江流这时却说："刘总过去工作应该很忙吧？"

刘总被江流的话搞得有点摸不到头脑，但还是点头说："创业哪有不忙的？"

张总这时也插话说："飞达公司工作最久的、下班最晚的恐怕就是我们刘总了。"

江流说："看得出来，刘总是一个真正的企业家，一个真正想把企业做好的人。现在都说最晚下班的人是老板，这句话在您身上得到了最好的验证。"

刘总听到这里，有些得意地笑了。江流又说："但是刘总，你想过没有。你已经很忙了，就像这只茶杯，已经装满了。如果不倒掉一些，腾出一些空间，你是没办法加新东西的。而一个公司要发展，你作为老板就一定要学习和了解新东西！所以，有些事情就像这个茶杯里的水一样，一定要倒出去才行的！"

刘总愣了一下，脸上马上换上了笑容，说："江先生的话很有意思。我会认真考虑这个问题的。"

江流停下来喝了口茶，继续说："当然最终的解决方案很可能是这两个思路同时结合使用。只有这样才有可能在公司规模不断扩大的情况下保持很高的响应速度。"

刘总听到这里，似乎来了兴趣，问江流："这个思路听起来似乎不错，你有把握做到吗？"

江流摇头说："思路和成功实施改革之间还有很大的距离。如果只有思路，本身并不能确保解决你们公司反应速度的问题！"

刘总和张总都惊讶地瞪大了眼睛看着江流，江流微微一笑，说："我的建议只是一个思路，是否能成功还取决于执行。实行这个思路关键有三点：员工是否具备行使自身职责的能力，授权是否合理，以及你们领导层的决心。其中员工是否具备行使职责的能力，这不是一个短期内就可以解决的问题，需要相当长时间深入细致地工作才能培养出具备这种素质的员工。而授权是否合理取决于管理层对于授权尺度的把握。领导层的决心也需要你们确认，是不是一定要做大做强，是不是为了这个目标可以把其他目标放到次要的位置。只有这几个方面都做好了，这个思路才有成功实现的可能。当然了，如果觉得这个方案太难实现，其实不妨回头考虑一下我最初提的那个方案。比较起来，少赚还是比赔钱好！"

张总这时插话说："聊了这么久，吃点水果，放松一下。"大家又闲聊了一会儿，刘总说自己还有事情，让张总帮自己好好招待好江流，自己就先走了。

刘总走后，张总带着一些惋惜的口气对江流说："江经理呀，本来今天刘总对你的方案已经有很大的兴趣了。如果能够注意方式，你就能给自己带来更多的机会。"

江流一笑，说："张总，我知道你的意思。不过你也反过来想一想，如果老板都不能正视这个问题的复杂性，职业经理人能够解决问题吗？这种改革，如果没有老板的坚定支持，根本就难以成功。而且这些问题形成也不是一天两天了，解决起来当然也是很费时间的。希望立竿见影恐怕不是很现实吧？"

张总笑笑说："也是，那让刘总也好好想想吧。好了，说了这么久，就一起吃个饭吧！"吃饭的时候，张总还试探性地问江流有没有意向换个环境。江流没有正面回答这个问题，只是说每个人都希望有好的发展。

本章点评

- 外企职业经理人一定能为陷入困境的民企带来福音吗？
- 为什么企业越大速度越慢？规模和市场响应速度一定冲突吗？

管理是需要符合企业实际情况的。外企的工作环境、人员素质、业务特点和民企往往有很大的区别。如果来自外企的空降兵没有及时意识到这种差异，继而根据民企的特点提出对策，那么改革将很难成功。

老板需要认识到企业发展到不同的阶段需要不同的管理模式。如果老板没有意识到企业已经成长了，自己还停留在过去的认识水平，用原来管小企业的模式来管理越来越庞大的企业，企业就无法提升，规模和速度就无法兼容。

第2章
江流的郁闷

- 是什么让曾经的优秀员工失去了工作热情?
- 我们有非常棒的想法,但是领导听都不愿意听,为什么会这样?

江流回到家,看到妻子张兰正在看自己的财务教材。张兰见江流回来了,问:"谈得怎么样?"

江流做出一副若有所思的样子,说:"可惜我不会读心术,要不然读一下那个老板的心就知道了。"

张兰笑了,说:"问你正经问题,总也没个正经回答!"

江流走到张兰旁边,说:"还是看书好啊,书里面尽是良师益友,没有生活中这么多麻烦!"想了想,还是说:"估计不行吧!现在的老板,总是希望职业经理人能马上解决自己的问题,但是自己又不想作出任何改变。这怎么可能呢?"

张兰却不以为然地说:"不行就算了,反正创富也挺好的,民企是非多。"

江流还沉浸在不满当中,说:"这就好比一边要老师提升自己孩子的成绩,一边又放纵孩子,任他去玩。根本不现实的嘛!"

张兰去倒了杯水给江流,说:"犯不着为教不好别人的孩子生气,孩子是别人的,身体是自己的!"

第2章 江流的郁闷

江流听到这里，不禁笑了，说："算了，不行就不行吧！"

一天下午一点半钟，正是一天中电话最少的时段，办公室里比较安静。江流正坐在自己的电脑前面，对着屏幕发呆。屏幕保护图片是一幅春天的原野，一片郁郁葱葱，生机勃勃的景象。

突然有人拍了江流一下，江流一个激灵，回头一看，赵云龙已经笑呵呵地站在他背后了。

看到江流似乎受了惊吓，赵云龙恶作剧得手一般得意地笑了，说："大白天的，又在这里扮深沉！我说怎么那些小女生老是喜欢围着你转呢！"

江流板起脸来把赵云龙往外推了一下，说："什么东西只要从你的口里说出来，就全变了味，啥人呀！都说农村人厚道，你这个农民一点都不厚道！说吧，有什么事？"

赵云龙拖了一把椅子过来，在江流旁边坐下，说："你别说，我还真有事。上次的那个定制件，市场部那边有消息了吗？"

江流懒洋洋地说："那件事啊！已经搞定了。但是市场部也对我抱怨了很久，说我们这个产品切换的速度太慢了，要消耗的数量太多，希望以后能避免类似情况的发生。总是这样让市场部消化老版本物料不是办法，让我们以后自己也要想想办法。"

赵云龙有些着急地说："当初是市场部要求我们备这么多货的呀！我们可都是按他们的要求做的，他们不会不承认了吧？"

江流摇了摇头，板着脸说："我们公司的市场部永远是对的，你怎么连这个原则也忽视了？"

江流说完自己先笑了，说："你还敢提市场部的备货要求不合理，市场部还在怪我们总是要他们提供那么久的预测，说市场变化这么快，那么长时间，谁能预测准确？你要这么说，他们连预测也不给了，到时候头疼的还不是我们？"

赵云龙嘿嘿一笑说："那是你计划要解决的问题，我们采购是按计划备料的。"

江流又推了赵云龙一掌，说："你很容易就能搞定，却偏偏要和我过不去。我没得罪你吧？"

赵云龙有些不解，江流继续说："你让供应商把损耗打进新物料的报价里面，等这个损失抵掉了，你再让他们降价，这样你们降价的指标也落实了，这个问题也解决了。"

赵云龙眼睛都变大了，看了江流几秒钟，才说："你也知道这个办法呀？有不少人这样做。但我觉得这样做不好，损失只是被藏起来了，并没有消除，这纯粹是自欺欺人罢了。"

江流笑着说："你不干这种事，就会来害我，整天追着我要消耗，我跟你有仇啊？"

双方都笑了一会儿，赵云龙说："对了，上次，你不是说有一个解决这个问题的新方案吗？怎么样，能行吗？"

听到赵云龙问起新方案，江流慵懒的神情一扫而光，整个人似乎都被罩上了一层圣光，显得格外精神。江流很认真地点头说："方法上应该是没什么问题，现在就看公司的态度了。"

赵云龙有点兴奋地扯了扯江流，说："快说说看啊，到底是什么方法？"

江流一边打开一个文档一边说："整个方案比较复杂，但是原理其实很简单。就简单说说原理吧，其实就是缩短我们信息处理的时间。市场一有变动，就以最快的速度让我们的供应链上的合作厂家知道相关需求信息，这样供应商就可以根据这些信息调整他们的生产计划和交付计划来满足我们的需求。"

赵云龙愣了，一时反应不过来。江流连忙解释说："其实说简单也很简单，你看我这个文档。"

江流的鼠标在文档中对应的地方拖了两下，染了色，说："你看这里。我们原来的作业模式是市场通知商务下单，商务再制作内部订单给我们计划，计划再计算物料需求，通知采购下单，采购再通知供应商的市场部，供应商再内部走一个类似我们的流程，才算完成了部件的信息传达工作。这都是和生产无关的时间，这个时间其实比真正生产的时间还要长得多。如果能够缩短信息传达的时间，把信息直接传递到真正需要根据这个信息操作的部门，我们就有把握大大提升我们的响应速度，同时减少供应链的库存！"

赵云龙似懂非懂地点点头，说："听起来似乎不错！"

江流继续解释说："其实就是越过商务、物控、采购直接把需求信息传递给真正生产部件的供应商，让他们按需求生产。这样，我们就可以以最短的时间生产出需要的部件了。反应快了，对市场的变化响应就快，为了应对意外变化而准备的库存就可以大大减少了。"

赵云龙晃了晃脑袋，说："我模模糊糊地感觉你说的好像是对的，但是太复杂了。估计你这个方案实施起来也不简单吧？"

江流笑着说："如果很简单，别人早就想出来了，还用我们在这里头疼啊？这个方案涉及公司的 ERP 信息系统，涉及很多关键供应商，还涉及我们采购下单的流程，需要大家一致配合才有可能成功。现在 ERP 的功能是越来越强大了，如果我们在系统里面做好相应的设定，根据新模式设置好采购的比例分配，完全可以做到信息实时共享。而且以我们公司现在的规模，完全可以要求供应商来配合我们构建这个信息系统。所以，真要实施，条件应该还是具备的。"

江流想了想，掩饰不住自己的兴奋，眉飞色舞地说："而且这个方案能够让供应链中的企业尽可能地根据市场需求来备货，把前端的市场需求直接传导到底端的供应商的生产部门，可以在不影响市场交付的情况下减少渠道中的库存。这将为以我们公司为龙头的整个供应链创造新的竞争优势，让我们这么大规模的公司可以比很多小公司都能及时响应市场变化！我们如果实现了这个目标，那就真是让大象起舞了。"说完还兴奋地挥了挥拳头。

赵云龙拍拍江流的肩膀说："牛人！希望你这一套早点推行起来。至少你可以解决我供应商库存消耗的问题。"说完，哈哈大笑起来。

江流做出一副恨铁不成钢的表情，摇头叹息说："你呀，就总是惦记着那点破库存！"

以后的几天里，江流把自己的报告的每一个细节都最后仔细检查了一遍，自己把别人对每个操作执行的关键点可能提出的问题也都预先列了清单，连怎么解答都预先考虑清楚了。确信没有问题之后，他带着得意的表情用食指轻快地在键盘上一敲，很快，电脑上显示：邮件已发送！

江流整个人沉浸在喜悦之中，想象着这个方案推动实施后，库存下降、市场响应速度提高，接着自己在公司获得一片赞誉……

报告提交了有一个星期了，但是领导似乎没有任何反应，江流越来越感到不安了。开始的几天，每次领导来找江流，江流心里都涌出一阵激动，但是很快，心中就只剩下失望了。一个星期过去了，整整一个星期，领导没有任何反应。好像领导根本就没有收到他的邮件似的，江流甚至都怀疑过自己是否真的把邮件发出去了，他几次检查已发邮件箱，都发现那封邮件就安静地躺在那儿。他又怀疑领导是不是没有收到自己发的邮件，遗失邮件好像也不是没有可能。他也考虑过要不要给领导再发一封邮件，但考虑再三，还是没有发。不明所以的同事感到有些奇怪，还在开玩笑说："连淡定哥也不再淡定了，看来现在的这个社会就容不下淡定的人啊！"听到这些玩笑，江流只是勉强地笑笑，不好说些什么，也不知道该说些什么。

年底了，又到了年终总结的日子，领导召开了部门会议，向大家安排了年终总结的事情。会议结束后，江流走到了部门总监狄雄面前。

江流问狄雄，说："狄总，上个星期我发了一封关于供应链库存控制改善的报告给您。不知道您最近有没有时间看这个报告？"

第2章 江流的郁闷

狄雄把自己肥胖的身体往后靠了靠,宽大结实的座椅被塞得满满的,和狄雄的身体似乎融为了一个整体,在江流面前形成了一座小山。看了江流一会儿,狄雄才慢条斯理地说:"你的库存改善的报告?噢,是的。你是有个报告,我粗略看了一下。你要做什么?"

江流的心不禁往下一沉,但还是先深深吸了一口气,说:"我提了一个全供应链的库存控制方案,希望通过信息系统的改进、流程优化,辅以一定的供货协议,建立一种新型合作关系,来提升这个供应链条的响应速度,降低供应链的库存。"

狄雄摇摇头说:"江流啊,你要把工作的重心多放在自己的重点工作上面。供应链条的库存?我看你还是多关注一下我们自己的库存吧!我们公司有必要关注供应商那里的库存吗?"

江流有些着急,辩解说:"供应商的库存最终还是需要我们公司来消耗的,如果我们不提高响应速度,供应商的库存就很高,最终切换就成了麻烦。要么切换时间久,延长新产品上市的时间;要么供应商的库存报废。我觉得……"

狄雄不等江流继续说下去,就摆摆手说:"我觉得你还是要搞清楚工作的重点,最近曾志安也提了一个库存控制的计划,他会在公司推行VMI⊖,我们在外面搞一个VMI仓库,以后供应商的物料先送到VMI仓库,我们要用的时候再从这个VMI仓库送到我们的产线。在我们没有使用VMI仓库的物料之前,库存算供应商的。这样我们可以大大减少公司的库存,减少资金占用。而且投入的成本、实施的难度都比你说的方案小。"

江流大吃一惊,说:"外租仓库?那不是还要增加仓储费用吗?"

狄雄带着一些得意的表情,却摇头说:"江流啊,让我说你什么

⊖ VMI:供应商管理库存(Vendor Managed Inventory,VMI)。

好呢？有些时候感觉你还挺聪明的，怎么有些时候感觉你这么不开窍啊！这个库存费用和人工都让供应商付就好了呀！不接受这个原则的供应商就换掉，我们规模这么大，还是有很多供应商想和我们做生意的！"

江流差点脱口而出，说供应商的成本还是会打进报价，最终还是我们买单。但是最后还是忍住了，没有说出口。

狄雄说："以后有空多向曾志安学习一下吧！多关注KPI[一]目标，那才是我们工作的重点！"

江流低下头，说："知道了。"狄雄起身先走出了会议室，江流望着他的背影，一时不知说什么好，只是感到了一种莫名的悲哀，却不知道这悲哀是为谁而发。

回到自己的办公桌前，江流想了想打了个电话给自己的师兄吴静波———一家民营企业集团的运营副总。

电话接通了，江流问了句："师兄忙吗？"

吴静波的声音带着笑意，说："忙着看书呢！"

江流听到"哦"地应了一声。吴静波连忙问："感觉你的情绪很低落啊！出了什么事吗？有什么需要我帮忙的吗？"

江流沉默了一会儿，说："其实也没什么事。"

吴静波说："我们之间还有什么不能说的吗？"

江流连忙说："不是不能对师兄说，是没想好怎么说，而且也不方便现在说。"

吴静波说："那好办，我们也有一段时间没聚过了，不如我找个地方，晚上好好聊聊。"

江流还在犹豫，吴静波又说："别婆婆妈妈的了，就这么定了。

[一] KPI：关键绩效指标法（Key Performance Indicator，KPI）

第 2 章 江流的郁闷

回头我把地址发给你！"说完吴静波先挂了电话。

江流想了想，拨通了妻子张兰的电话，他只是说自己有事要和吴师兄在外面聊，晚饭不回家吃了。

晚上，在悠扬的萨克斯管音乐中，吴静波一边喝柠檬水，一边闭着眼睛摇头晃脑地欣赏音乐。江流满腹心事，看到吴静波这样，一肚子的话反而不知道从何说起了，喝光了杯子里面的水，把杯子在两只手之前推来推去地玩。

一曲终了，吴静波睁开了眼睛，江流急不可耐地说："师兄真是有闲情，我今天可真不是滋味，碰到了一件让我超级郁闷的事情。"

吴静波抿了一口水，摇头说："良辰美景不可虚度。这么好的音乐，你都不懂得欣赏，太可惜了。"

江流郁闷地说："师兄是不知道今天发生了什么事！如果你知道了，你就不会这么说了。"

吴静波说："那你先说说看吧！"

江流就把自己提交方案领导一直不回复以及今天和狄雄就这个方案的沟通说了一遍。吴静波静静听完了，发现江流不说了，问："就这些？没有了？"

江流听了一愣，有些不满地说："这还不够啊？我辛辛苦苦做了那个方案，希望能够从根本上降低我们整个供应链中的库存，提升我们的运营效率，结果他根本就没认真看过。这个方案应该是能够为公司带来巨大竞争优势的项目！"

吴静波连忙给江流斟了一杯水，笑着说："别着急呀！这个方案是否被采纳和你生气有什么关系呢？"

吴静波的这个问题让江流一时都不知道说什么好了。足足愣了一分钟，江流才说："我花费了那么长时间做的这个方案啊，他看都不看。还不气人吗？"

吴静波似笑非笑地说："别人放了这么好听的音乐，你不也没听吗？你可以不听别人的音乐，为什么就不允许别人不看你的方案呢？"

江流这时已经被吴静波的问题问得没脾气了，好一会儿才说："可能是我过于着急了，太想办成这件事了。所以，一心就希望公司采纳我的方案，支持我大干一场，根本就没有考虑过领导会不接受方案，甚至是根本不在意我的方案。你要相信我，这个方案真的能够解决公司在交付和库存控制上面的大问题。领导现在完全不重视我的方案，这个落差太大了！我真的很难接受。"

听到江流这样说，吴静波似笑非笑的表情消失了，换上了一副关切的表情，说："江流，我是觉得你在工作中太过执著于自己的想法了，才特意这样说的。你自己也好好想一想，你是不是对事情考虑得很多，却很少考虑人的因素。如果你坚持这样的话，恐怕很难走上更高的管理岗位。要知道管理最重要的还是与人的沟通和协调啊！"

吴静波停了一下，继续说："你到了现在的层次，要懂得通成败之数，达去就之理才能有所突破。"

吴静波看到江流有些茫然，就解释说："我们做事情要懂得什么可为、什么不可为，这是通成败之数；面对选择，要知道什么时候该抓住机会，什么时候要急流勇退，这是达去就之理。你如果没有办法在思想上达到这个层次，还是停留在你现在的层次上，以后是很难有所作为的！"

吴静波的这番话犹如当头棒喝，江流相信吴静波不会无缘无故说这种话，这使他不得不认真面对吴静波所说的话。他长长地吸了口气，强迫自己烦躁的心情平静下来，过了好一会儿，江流才苦涩地承认："师兄说得有道理，我太急于实现自己的目标了，而且过于重视技术型的问题，根本没有考虑别人的想法。"

吴静波说："每个人做事都有自己的动机，你只考虑自己的动机，忽略了别人，尤其是你的领导的动机，这是很难办成什么大事

第2章 江流的郁闷

的！要知道任何好的方案也是要别人支持的，尤其是有决定权的关键人物的态度往往决定着方案的生死。成功的关键在于人，千万不能忽视人的影响啊！"

江流想了差不多十分钟，吴静波也一直不说话，最后江流才点头说："看来，以后做事情还是要把心态放平。原来总是喜欢钻研做事的方法，觉得自己研究透了就想立即付诸实施，这样确实是过于偏颇了。不过我的这个方案，感觉是真能解决问题的，现在看来，领导可能根本没这个意愿，搞一个这么庞大的项目，去解决一个他目前并不关心的问题。"

说完了，江流摇头叹息说："可惜啊……"

吴静波笑着问江流："你有什么值得可惜的呢？你钻研透了，本事就学到身上了，有什么可惜的？"

江流歪着脑袋想了想，说："感觉师兄最近说的话越来越有玄机了，看问题的方式老是让人意想不到，却又理所当然。没错，确实是这样，至少我学了很多专业知识，迟早还是有用的。不过既然有了这个本事，一般人的想法总是希望尽快用到。"

吴静波摇头说："这一点也不对，正确的想法应该是待价而沽，找个合适的机会把自己的方案卖出去。不然的话，没有收益，研究了也是白研究啊！"

江流不禁摇头说："师兄说得都对，看来我要修炼的地方还有很多啊！"

吴静波说："你们公司不采纳，不一定别的公司不采纳。你刚才说的方案，我不清楚细节，还不好说到底怎么样，不过我还是挺感兴趣的。有空发一份方案说明书给我，我一定研究一下你的方案。说不定我能找到让你发挥价值的地方呢！"

说完，吴静波稍稍停顿了一下，说："有一点，做事情一定要记住你自己的目标！公司的目标和你的目标是两回事，你不要为了公司的目标忘记了自己的目标！两者结合是最好的选择，但是如果两者不能结合，你也不要为了公司的目标而放弃了自己的目标。"

江流回到家后，发现张兰已经吃完了饭，又在看财务教程。看到江流回来，张兰问他："今天没什么事吧？"

江流往沙发上一倒，解开自己衣领的扣子，长长舒了口气才说："有些事，不过和师兄聊了一下，现在想通了。"

张兰帮江流倒了杯水，放在茶几上。江流说："我精心策划了一个改善供应链的方案，呵呵，老板可能根本都没有仔细看过就给否决了。他们不考虑从根本上解决整个供应链的库存，就满足于把仓库里面的库存搬到外面去，这纯粹是掩耳盗铃的作风，还自鸣得意！"

张兰走过来，坐在江流旁边的小凳子上，轻轻地说："碰到这种事情，谁心里都会有些不舒服。"

江流干脆躺在沙发上，双手枕到脑后，静静想了好几分钟才坐起身来，转过头，看着张兰，说："可不是，我当时真是快要气炸了，就找师兄一起聊了聊。我是不是像个小孩子啊？"

张兰笑了，没有回答江流的问题，却说："那现在感觉好多了吧？"

江流点点头，说："还是师兄厉害，他说我都没去考虑领导的想法，一心只盯着自己的方案，说这样做管理是不行的。我要想做到高层，还需要多关注人，尤其是领导的想法啊！"

张兰说："你这个人，对工作要求太高了，对工作的关注一多，难免会忽视人的因素。你师兄说得对，如果能够对人多一些关注，你会做得更好。"

江流没有说话，只是静静地坐在沙发上，把水杯拿过来，喝了一小口，似乎在慢慢品味。过了差不多一分钟，江流缓缓点头说："关注人应该是对的，这样我也确实可以轻松一些。做事有人支持总是容易一些的。我是太心急了，太想做出成绩来了！"

张兰说:"如果不是这么迫切地想做好这件事,说不定你也想不出这么好的方案呢!那些整天混日子的人,什么时候能拿出个像样的方案?至于沟通,我觉得以前只是你关注得少了一些,但你并不是没有沟通的能力,如果你关注了沟通的方法,我相信你以后也会做得很好的。"

江流笑着说:"你这样说我做不好都不行了,看来要努力提高自己沟通的水平才行啊!以后要做到像师兄所说的通成败之数,达去就之理才行!"

吴静波收到江流的方案之后的第二天,江流收到了吴静波的电话,吴静波询问了一些关键环节如何实现的问题。问完了之后,吴静波说:"我们公司目前还不具备推行你这个方案的条件,感觉你的方案很适合那些大公司。"

江流不禁失望地摇了摇头,说:"现在创富都推行不了,还谈什么其他的大公司啊。师兄那天晚上说了,我也想通了,做事情还是要看机会,有合适的机会再说吧!"

吴静波想了想,说:"如果你感兴趣,到我们公司来怎么样?虽然你没办法在我们公司推行你的这个方案,但是我觉得你过来总还是能够找到发挥自己价值的地方的。"

江流有些诧异,不过还是说:"其实创富的收入还行,我倒不是最看重这些,但是我需要一个发挥的空间。师兄叫我去,我当然义不容辞,但是也别为了安置我去刻意安排一个什么位置。"

吴静波笑了一下,说:"我也是追求效益的,不是做慈善的!我们需要的就是你这样想做番事业的人!不过我们目前还没有合适的岗位,你如果有兴趣,愿意考虑,我就帮你留意一下。"

江流说:"那就多谢师兄了。"大家又聊了几句才挂了电话。

挂了电话之后,江流心里不禁涌起一股暖流。自己和吴静波其实只是在一个校友会上认识的,以前根本就不认识。江流现在还清楚地记得几年前自己和吴静波第一次见面的情形，当时自己还是一个刚到深圳工作不久的毛头小子，而吴静波当时已经在非常著名的中伟公司做到了总监的职务。当时自己抓住机会向吴静波问起了该如何处理自己工作中的难题。

江流到现在还清楚地记得吴静波当时一脸歉意地对自己说："对不起，你的这个问题有些复杂，几句话说不清楚，恐怕现在没有办法回答你。"江流当时心里感到很失望，吴静波想了想，递了一张名片给江流，说："要不这样吧，你把你的问题说详细一点，发封邮件给我。我会给你回答的。"

江流没有想到自己的邮件发出去之后，吴静波当天就回复了。而且江流到现在仍记得吴静波还在邮件里面鼓励自己保持这种工作中求知的心态，说相信江流一定能够成为一名杰出的管理人员。后来江流有疑难的问题就问吴静波，吴静波也总是有问必答。慢慢地，江流都不再叫吴静波的名字了，而是直接叫师兄。一想到在深圳这个举目无亲的地方能有这样一位师兄，江流就感动不已。

本章点评

- 是什么让曾经的优秀员工失去了工作热情？
- 我们有非常棒的想法，但是领导听都不愿意听，为什么会这样？

人的需求是分层次的！优秀员工在基本需求得到满足后会产生强烈的自我发展的渴望，要想保持这种员工的工作积极性，仅仅依靠物质保障是不够的。一方面，领导需要倾听优秀员工的心声，积极帮助他们发挥自身的价值。另一方面，下属也要懂得提升自己的沟通技巧，摸准领导的思路和心情，要多在领导关注的方面改进工作，信任建立起来了，再找机会推销自己的想法。人都喜欢自己感兴趣的东西，讨厌别人硬塞给自己的东西。

第3章
再次接触飞达

- 为什么沟通、考评经常做，下属工作表现却没提升？
- 为什么说管理如养生，平时不关心，出了问题找医生不可取？

过了元旦后，整个创富都开始弥漫在准备过节的气氛中。公司的广场上，打扮得花枝招展的女同事正在外聘的舞蹈教练的指导下排练晚会节目，优美柔和的音乐让那些青春的躯体更为柔情。江流一直看到她们排练完整支舞蹈，才伸了个懒腰，把目光转回到自己的电脑，看着屏幕上刚写出来的年终工作总结。

这时一个熟悉声音又飘了过来，小声说："小心领导啊！"

江流头都懒得回，说："反正就那样了，有什么小心不小心的？在创富，怎么混不都还是这个××？"

赵云龙以玩笑的口吻说："带脏字了啊！咱是文明人！"

江流不禁扑哧一声，笑了，说："你做你的文明人，我就这样儿了。你又有什么事啊？我看到你就头痛！"

赵云龙说："现在能有什么事？大家都准备晚会呢。就是觉得年终考评无聊，过来和你聊聊。"

江流一边起身，一边说："去外面。"

到了花园一个偏僻的角落，赵云龙有些迫不及待地说："我真觉得这个破考评没什么意思，其实我知道不管我怎么写，我的考评已经在领导脑子里了。领导根本就不会关注我做了什么，我改进了什么，领导只关注他的目标，他脑子里已经有对我的判断了，我真不知道我做什么才能改变他对我的印象。"

停了一下，赵云龙接着说："但是我知道，那个考评不会给我的工作提出任何有建设性的意见，不能让我把工作做得更好。最痛苦的是，我还得年年应付这种考评。"

江流感到有些诧异，把手搭在赵云龙的背上，轻声问："出了什么事吗？在公司这么多年了，你又不是第一次参加考评，怎么了？"

赵云龙摇了摇头说："我最近的考评都不好，连续三个 C 了，我也尽力了，一心想做好自己的工作。但是我就是没办法让领导对我的工作满意。"

江流用手轻拍赵云龙的后背，安慰道："我也差不多，最近两个 C 了。"

赵云龙却又是摇头，说："你不一样，你还年轻，学历高，英语好，能力又强。我也看得出来，你迟早会走的，而且也肯定会有人请你的。但是我已经四十多了，年纪大了，英语也不好，还能去哪儿？我是非得待在这里。所以，我必须让领导满意。但我就是做不到！"

江流一时也不知道该说些什么，只能静静地站在那里陪着赵云龙。一直到两个人分开，回到了自己的座位，江流脑海里还盘旋着赵云龙那张痛苦的脸。他说的"四十多了，年纪大了"的话像一柄重锤不断地敲打自己的心灵。

这段时间，张总还是偶尔打个电话聊聊，有时也约江流一起出来坐坐，闲聊一下，但是再没有提及去飞达的事情了。江流也逐渐淡忘了这件事。

春节很快来了又去，年很快就过完了！似乎一下子就到了二月

第3章 再次接触飞达

底,虽然深圳地处南国,四季常青,但是春天还是带来了不一样的气息。上班的时候,江流发现有些落叶的树木已经开始萌发出新的嫩叶,淡淡的,若有若无,近看似乎都看不清那么淡的绿色,但是放眼远望,却发现那淡淡的绿色已经汇成了绿色的丝带,让整个冬天都显得异常沉闷的马路似乎也焕发了生命。这就是春天啊!即便深圳的冬天再温暖,春天也还是春天啊!江流不禁感叹。

下午,江流又收到了张总的电话,说想周六一起聊聊。江流抱歉地说:"这个周六不太方便,确实有事。"

张总犹豫了一下,还是说:"其实是刘总想见你,我们上次招的那个供应链总监不合适。原有的问题不仅没有解决,反而是每况愈下,问题越来越多,局面越搞越糟。现在他把改革不成功的原因归结为下属执行不力。他认为公司的很多员工素质太差,习惯了过去打乱仗的工作模式,不理解也不支持他推行的新管理模式,这些人的素质达不到他的改革的要求。他认为改革要想取得成功,必须大换血。我和刘总研究了一下,觉得不能再继续支持他了。已经跟他谈好了,让他离职。"

张总说到这里就没有再说下去,江流一下子也不知道说什么好,只好模糊地说了句:"知道了。"

张总这才继续说下去:"现在回想起来,你当初提的很多问题还是切中要害的。所以,我们想再和你谈谈,希望你能好好考虑一下我们公司。"

江流想了想说:"可我当初提的问题还是在那里呀!刘总想好这些问题怎么解决了吗?而且我如果选择去一家公司工作,希望能和公司领导充分沟通。如果很多问题都不能沟通,一方面我觉得帮不到公司,另一方面我也不希望自己无谓冒险。所以,这也是刘总要考虑的。"

张总答应会向刘总转达江流的意思,也希望江流能好好考虑飞达公司，同时承诺如果进入飞达公司会享有丰厚的待遇，还会有管理持股。公司现在正在谋求上市，前景还是不错的！江流表示会认真考虑，他会等张总的电话。结果不到一个小时，张总的电话就打过来了，在电话里张总表示刘总接受江流的意见，会认真考虑江流提出的问题。大家见面的时间还是定在周六，他们会像上次一样安排车来接江流过去面谈。

周六，司机又把江流带到了上次的那家会所。不过出乎江流的意料，这一次刘总和张总并没有像上次那样在房间等他，而是在外面迎接江流。

江流赶紧走上去，还没来得及说话，刘总就伸出手来说："江先生，我们又见面了！"江流感到刘总的握手很用力，完全不像上次礼节性的握手。

走进包间，刘总问："江先生喜欢喝茶吗？"

江流说："还行，平时经常喝茶。不过对茶没有什么研究。"

刘总说："前段时间去云南，有个朋友送了一些普洱茶给我。据说这普洱对降血脂，改善心血管有明显的好处。而且不像绿茶容易伤胃，普洱是暖胃的。要不要试试？"

江流一笑，说："刘总对养生很有研究呀！现在工作越来越多，在办公室一坐就是一天，难得运动，感觉身体素质是明显下降了。前段时间公司体检，很多指标都不理想。有朋友就建议我要加强身体保养。今天碰到刘总，看来是要请刘总好好指点一下。这个普洱当然也要好好地品一下！"

刘总很开怀地笑着说："很有研究还谈不上，不过最近这几年我是没少花时间学习养生。也请了养生大师指导，多少还是懂一些吧！"

这时服务员进来了，刘总点了一些果盘。后来又叫服务员送三大瓶矿泉水过来。

服务员出去后，刘总继续刚才养生的话题说："其实人不是到了

第3章 再次接触飞达

年纪很大才突然老的,成长的过程本身也是一个衰老的过程。只不过年轻的时候身体好,不容易发觉这种变化罢了!但如果缺乏关注自己健康的意识,真等到惊觉自己衰老的那一天,想改变也晚了。"

江流连连点头表示同意,说:"这次体检给我的触动比较大,总觉得自己还很年轻,身体不会有事情,结果数据很无情,健康总被雨打风吹去。自己的身体健康并不像自己感觉的那么好,是该好好注意一下养生了。"

刘总继续说:"对的,养生首先要从提升对自己健康关注的意识入手。不能总觉得自己年轻,扛得住,满不在乎。"

这时服务员进来把刘总点的果盘和矿泉水送了上来,张总对服务员说:"后面没什么事了,如果我们不叫你们,不要进来。"

江流对刘总说:"呵呵,对这些我没什么研究。到时候找个养生专家或者医生,让他给我开个清单,我按他的清单做就行了。这样应该比较容易一点。"

刘总笑了,说:"江先生呀,管理方面你是专家,养生你就是外行了。按你这个想法养生是行不通的。这种观点就是很多缺乏养生知识的人的想法。乍一听好像没什么问题,其实不可行。"

看着江流一脸不解地望着自己,刘总满脸笑意地说:"按中医的观点,我们每个人的体质都是不同的,需要调理的方式也不同。不同的季节和天气,调养的手段也不相同。这是医生无法完全取代我们自己最关键的原因,因为只有自己才能真正花很多时间了解自己,在不同的季节,根据不同的情况找到最合适的调理方式。除非你能请一位专职医生,在他了解了你的体质特点后,才能规范你的饮食起居,并根据你身体的细微变化马上调整你的养生方法。所以对于大多数人来说,自己才是自己最好的保健医生。"

江流沉吟了好一会儿,才说:"刘总这些话很有深意,我得花时间好好体会了!"这时水已经烧好了,刘总先把所有的杯子用热茶润了一遍,再次泡好茶才给每个人斟了一杯。

江流微微喝了一小口,不禁赞道:"好喝!"

张总笑着说:"当然好了,这普洱是十年的陈年普洱,就连这泡茶的水也是用的矿泉水!还不要说刘总还是一个泡茶的高手!"江流这才注意到,有一瓶矿泉水的瓶盖已经打开了。

刘总笑了笑,继续刚才养生的话题,说:"比如饭前就不应该喝绿茶,绿茶在饭后,尤其是在吃了高脂食物之后喝才比较合适。此外,有胃病的人就不适合喝绿茶,而普洱可以养胃。我以前应酬多,胃不太好。这几年改喝普洱,慢慢地胃感觉好多了。但是绿茶去油腻效果比较好,所以,如果有时我忍不住贪嘴吃了一些油腻的食物,比如月饼,我一般会喝点绿茶去油腻。这都得靠自己去注意,医生不可能这么有针对性。养生涉及生活的方方面面,疏漏一些细节就会对身体造成损害,一开始还没感觉,但是日积月累,慢慢影响就大了。等到有感觉的时候才去注意恐怕就太迟了。"

江流点头说:"养生里面学问还挺多呀!这么平常的小事上也有这么多讲究,看来以后是真得好好研究一下了。"

这时张总插话问:"江先生,关于我们飞达公司的事情,我们想再和你聊一下。"

江流说:"不好意思,听到刘总这么精彩的养生之道就忍不住多问了几句。有什么问题大家就直说吧,我洗耳恭听。"

张总却没有提问,反而是看着刘总。刘总问:"你为什么都没有看到那个熊总监的方案就觉得他解决不了我们公司的问题呢?如果连外企的先进管理经验都没有办法解决我们的问题,你认为还有什么办法能解决我们的问题?"

江流微微一笑,没有急着回答刘总的问题,反而是又喝了口茶才说:"我之所以不认为那个熊总监的方案可以解决你们的问题其实和你觉得完全依赖医生解决不了我们自己养生的问题是一样的道理呀!"

第3章　再次接触飞达

刘总显得很惊讶，不过他马上恢复了平静，却没有再说什么，反而是在慢慢品茶。好一会儿，刘总才说："你的意思是说那个熊总监并不了解我们，也就没有办法根据我们的实际情况找出适合我们的改善方案，是吗？"

江流说："他在提出自己的解决方案之前并没有了解你们有哪些需要解决的问题，也不清楚你们的问题的根源是什么。这就像医生没有问我的病情，对我的身体状况根本不了解就开出了药方一样。你认为这样有可能解决得了实际问题吗？如果你的养生医生没有了解你的实际情况就开了一张调养的方子，他告诉你之所以开出这个方子是因为这是他费了好大力气才得到的一位养生大师给别人开的养生的秘方。你能相信这个方子能解决你的养生问题吗？"

刘总先是一怔，继而满意地点点头说："我只是随便和江先生聊了一些养生的道理，江先生马上就能把这个道理扩展到企业管理上来。了不起啊！"

江流说："其实养生是解决我们人体的健康问题，管理是解决企业的健康问题。大道相通，解决两个问题的思路和方法差不多也是很正常的！"刘总微微地点头。

江流继续说："所以，那个熊总监的做法是把他以前工作过的企业作为一个模板，希望能够通过这个模板把飞达变成一个和他以前工作过的公司类似的公司。这和有人看到大师用方子治好了别人的病，就按此方子来为自己的病人治病，却根本不知道病人到底得的什么病一样可怕呀！"

刘总不禁用手在茶几上轻拍了一下，说："江先生的这个比喻真是太形象了！继续，请继续！"

江流说："飞达之所以有今天的成功就是针对大企业对客户响应不及时的弱点找到了自己的市场，如果盲目地抄袭模仿大公司的作业模式，变成了和那些大企业一样的运作模式，就相当于丢弃了自己最有力的武器去追逐别人的武器。这个改革即便成功了，从企业经营的全局来看很可能也是失败的。"

刘总说："目标没有搞清楚就盲目求变，我们是犯了管理的大忌啊！"

江流继续说："更何况，在你们这样的一个民营企业强行推行那种大企业的管理模式，实施的风险本身就很大。公司的文化、业务特点、员工的素质都有很大的差异。生搬硬套地移植难度极大。没有建立起牢固的合作关系就推行很大难度的作业模式，很难得到方方面面的支持。所以我不认为他可能成功！"

刘总好一会儿才说："精辟！不过如果这种先进的管理模式都无法解决我们的管理问题，是不是说这个问题是不可避免的，根本没办法解决呢？"

江流笑着摇头说："首先，管理没有固定的所谓先进的模式。就像没有一定有效的养生秘方一样，只有对症的才是好的。管理是在特定的限制条件下为了实现特定的目标而采取的措施。所以管理的手段和方法应该是根据实际条件的限制、根据自己的目标调整变化的。这和你前面所说的养生的方法要根据每个人体质的不同，根据季节的不同而调整，道理是一样的。所以，生搬硬套肯定不是好的方法，尤其是在双方的条件和目标相差很大的时候就几乎没有什么可以成功的希望了。"

刘总听得连连点头，这时张总对刘总说："时间也不早了，不如我安排服务员先把菜点了，大家也好边吃边谈。"

刘总说："这是一定要的，江经理如果你没有什么急事，我想多耽搁你一些时间，大家好好吃个饭。上次我有事，没能和你一起吃顿饭，真是很遗憾！希望这次能够有机会让我弥补这个遗憾！"江流微笑点头应允了。

张总看了刘总一眼，刘总点了点头，张总就出去找服务员了。

刘总继续问："你现在这样说，我感觉有点头绪了。你的意思是我们要想解决自己的问题就必须立足于我们公司的实际情况，走出一条适合自己的管理模式来。对吗？"

江流用严肃的表情说："基本上是这样。当然，如果运气好，你们能够找到一个和你们情况很类似的、管理比较先进的企业。能够借鉴别人的合理的做法会容易一些，但是最终还是要结合贵公司的实际才能在公司内部推行新的模式。这也是我一直没有回答你们，怎么才能解决你们的管理问题的原因。我只能给出大概的方向，具体的对策要了解了贵公司的实际情况之后才能决定。而且我再一次强调一下，这种重建因为涉及人员的心态、意识、技能，真正实施成功很可能是要花费很长的时间的。"

刘总想了一会儿说："其实现在想起来这也和养生的道理相似。人的身体真的出了问题，往往要调养很久才能恢复健康，身体机能是很需要人小心呵护的，而见效也是很缓慢的。企业管理也是类似的道理吧？！"江流微笑点头不语。

这时张总回来说菜已经点好了。刘总向张总使了个眼色，说失陪一下，自己要去洗手间。张总也连忙跟着刘总出去了。江流没有在意，坐在那里吃起水果来。过了一会儿，刘总和张总回来了。

刘总对江流说："听张总说，江先生也希望有一个好的发展，不知江先生现在的想法是？"

江流笑着反问："希望有好的发展，这恐怕不是我一个人的想法吧？每个人都有这种想法吧？"

刘总微微怔了一下，还是继续说："那我也不绕圈子了，我想请江先生到我们公司做供应链总监，不知道有没有兴趣？"

江流沉默了片刻说："其实我上次就提出过一个问题，公司如果需要提升响应速度，很可能需要采取授权。否则层层审批，这个速度想提也难。刘总做好这个思想准备了吗？"刘总说："我相信你。会给你相应的授权，我也相信你会处理好这个授权。"

江流点点头说："这是自然！还有，改革需要一个过程，很多事情都不是能够立竿见影的，不知道刘总是否能够接受这一点？"

刘总有些犹豫，但还是说："刚才江先生已经说得很清楚了。这个道理我现在也明白了。我会耐心地等江先生做出成绩来的。"

张总也说："我们其实说不等也等了很久了，前面换一个供应链总监也浪费了三个月的时间。现在时间不是问题，关键是要能解决问题！"

江流说："这样的话应该没什么问题了。"

刘总很高兴，说："具体的待遇我们回去研究一下，你也考虑一下。两天之内我们会联系你敲定这件事。"

当天下午江流刚到家，张总就打来了电话，把公司预备给出的待遇向江流介绍了。因为江流提出来改革需要比较长的时间，飞达提议试用期定为六个月。试用期满后公司将提供一定的股份。双方还就一些细节的问题进行了确认，确认完毕之后，江流接受了飞达的邀请。

本章点评

■ 为什么沟通、考评经常做，下属工作表现却没提升？

■ 为什么说管理如养生，平时不关心，出了问题找医生不可取？

改善管理模式需要先确定改善的目标，而需要改善的问题点往往隐藏在过程之中。单凭冷冰冰的 KPI 数据，管理者很难确定这个目标。管理者不仅要关注结果，也要关注重要事务的过程，这样才能在沟通中准确地提出需要改善的问题。

谁是人才？需要管理者自己甄别。只有清楚了自己的问题所在，才有可能知道谁更合适自己的公司，谁能解决问题。选拔合适的人才是管理者的核心任务。

治 乱 篇

第4章
师兄的建议

■ 成功做好空降兵的策略是什么？

挂掉张总的电话之后，江流发现电话里面有一个未接来电，是吴静波打来的。江流连忙拨了过去，但是吴静波的电话又占线。江流想还是过会儿再打过去吧，先把这个消息告诉张兰再说，却发现张兰也在阳台上打电话。正考虑是不是要再拨吴静波的电话，张兰挂了电话，很兴奋地对江流说："吴师兄刚才打电话告诉我说，他们那边现在有一个分厂供应链总监的空缺，他已经向公司推荐了你，说让你好好准备一下。"

江流一下子愣住了，这让张兰很意外，说："你怎么了？"

江流好一会儿才说："我和飞达那边也谈好了，刚才的电话就是飞达的张总打来的，我刚刚同意去飞达。"

张兰听到江流的话也愣住了，两个人在沙发上坐下，好一会儿都没说话。最后，还是张兰打破了沉默，问："那你打算怎么办？

难道要去飞达吗？"

江流没有直接回答张兰，说："我还是先想想吧！"

过了好一会儿，江流才拿起电话，拨了吴静波的手机，结果吴静波拒接了。又过了一会儿，吴静波发了短信过来：开会，晚上给你电话！

张兰这时问："飞达到底是怎么回事，能告诉我一下吗？"

江流于是把怎么认识张总，怎么和刘总第一次沟通，他们选择了别的候选人，那个人失败走人，自己上午和刘总的第二次见面，以及刚刚和张总谈好的条件都详细地向张兰说明了。

张兰疑虑重重地说："感觉这个公司风险很大呀！这么短的时间内就换了一个总监。万一去了陷到泥坑里就麻烦了。而且吴师兄对我们一直很好，感觉这次他帮你介绍，在公司内部应该也是打了招呼的，如果不去，恐怕吴师兄会难堪的。"

江流想了想，最后说："行吧，等晚上师兄打电话过来再说。"

晚上，吴静波一拨通电话就说："呵呵，总算没白忙活。我把你的情况大致向老板说了一下，老板对你很感兴趣，让你下周二到我们公司面谈一下。这个职位只是一个分厂的总监，那边的管理也没什么大问题，你过关应该不成问题，到时候我们就是同事了！"

江流说："谢谢师兄！"

吴静波有些诧异，问："你好像不是特别喜欢，是嫌这个职位低了吗？"

江流连忙说："没有的事，师兄别多想了。能够和师兄做同事，这是我一直向往的！"

吴静波还是不放弃，说："如果你有什么想法就说出来，别不好意思啊。工作是一个长期的事情，万一不合适，到时候大家都难受！你如果有什么想法就说出来吧，我们之间难道还不能坦诚沟通吗？"

第4章 师兄的建议

江流这才把飞达的事情告诉了吴静波，说完了之后，江流还连忙解释说："师兄，我说这话不是要和你谈条件，你知道，我不是那种人。不过那边我也答应了，没想到这事赶巧了。现在感觉有点不好说。"

吴静波感觉有些意外，沉默了一会儿，说："那你准备怎么办呢？"

江流想了想，说："师兄需要我过去，我肯定会去你那里。现在感到难办的是，怎么去和张总解释，毕竟也答应人家了。不过师兄放心，我会向那边解释清楚的！"

吴静波立即反对说："你错了，你考虑问题的出发点就错了。你找工作，首先考虑的应该是能够充分地发挥自己的能力，兑现收益，而不应该是考虑这份工作是谁介绍的。我给你介绍，是希望帮你找到更适合的发展空间，如果你因为我介绍而放弃了更好的选择，那就违背了我的初衷了。"

江流心头一热，说："我跟着师兄一样也可以好好发展的，我就去你们那儿吧！"

吴静波说："我们公司其实管理已经上了轨道，而且又是一个分厂的供应链，感觉对你来说确实有点委屈。你如果想成为一流的管理人员，就必须要有挽狂澜于既倒的胆识和能力。我是很看好你的，我倒是觉得你可以试一试飞达那边，如果你能把这种局面控制住，对你以后的提升也是一个很大的促进。当然了，如果你想安稳一些，来我们这边也行。"

江流一时没有说话，吴静波就说："这样吧，明天我有空，要不我们聚聚。大家好好聊聊？"

江流连忙说："好啊！春节过后，师兄还没来过我家呢！家里还有一些老家带来的特产，要不师兄来我家吃饭吧！让嫂子也一起来！"

吴静波说："好啊！就这么定了。"

挂了电话之后,江流告诉张兰明天吴师兄两口子过来吃午饭,让她到时候准备一下。张兰说:"好啊,我也好久没见月清姐了!"

周日一大早,江流还在自己的书房里面上网搜索飞达公司的一些信息就听到门铃响了。心里奇怪,吴师兄一直都不喜欢早起,怎么今天这么早就来了。这时妻子张兰已经过去开了门。一会儿,张兰的表弟沈开走了进来。

张兰给沈开倒了杯水后,向江流解释说:"小沈今天有空,没地方去玩,我就让他过来坐坐。顺便也认识一下吴师兄。"

十一点钟左右,吴静波夫妻俩才到江流的家里。江流连忙把吴静波带到自己的书房,对张兰说:"你帮我招待一下嫂子,我和师兄单独先聊几句。"又转头歉意地对李月清说:"嫂子,对不起啊!我们先失陪一下。"

李月清笑着说:"你们男人也喜欢悄悄话啊!呵呵,好吧,刚好我可以和张兰一起准备饭菜。"

进了书房,江流关上门,对吴静波说:"昨天和师兄说了之后,我也想了,如果我能跟着师兄,也是能够学到很多东西的,不一定比自己去一个公司单独闯天下来得差。我感到很奇怪,好像师兄的意思反而是让我出去闯一闯。"

吴静波笑着让江流先坐下,说:"你千万别因为是我帮你介绍的,总感到过意不去才要过去帮我。我在那边做了几年了,地位也稳固了。所以,如果要是为帮我,意义就不大了。我觉得倒是应该多考虑一下你自己未来的发展才对。"

江流疑惑地问:"难道去你们公司就没有发展吗?"

吴静波换了一副严肃的表情,说:"如果你没有这么优秀,我会很欢迎你去我们那边。反正,你的人品我是信得过的,能力也有,公司总有你发展的空间。不过,我看了你的那个方案之后,感觉你应该追求更大的发展。我不希望你被一些发展之外的考虑所羁

第4章 师兄的建议

绊，我是真希望你能够做出一番了不起的事业来！"

看到江流还是充满了疑惑，吴静波解释说："如果是个能力不那么优秀的人，我那边其实是不错的，各方面的发展比较平稳，有保障，能够让这样的人随着公司的发展逐步发展。但是对于太优秀的人来说，那个岗位的空间就显得有些狭窄了，能够决定的事情相对比较少，执行层面的事情相对比较多。所以，这是我不希望你去的原因。"

江流想了想，说："师兄的意思是我应该去一个像飞达那样动荡的地方接受一些更有难度的挑战？"

吴静波点点头说："天将降大任于斯人也，必先苦其心志，劳其筋骨。你如果想以后成为一个杰出的管理者，迟早也要经过这样的一个过程。沧海横流方显英雄本色，如果你能把一个公司从混乱中导入正轨，对于你这样的人来说，这个过程本身就是巨大的财富！以后你再面临新的挑战时，这段经历会给你信心！"

江流笑着说："师兄就没说，万一我失败了呢？"

吴静波也笑了，说："我看人很准的，我对你有信心！"

江流却笑着说："我还是那个问题，如果失败了呢？"

吴静波说："大不了从头来过，你还这么年轻，不会担心失败了找不到好工作了吧？而且，你总还有我呢！"

江流感动地说："师兄，你这样说，我真的感觉更惭愧了！"

吴静波拍拍江流的肩膀说："我们之间就别说这个了吧！他们都在外面等着呢，我们还是出去聊吧！"

出来之后，发现只有沈开在客厅看电视，张兰和李月清已经到厨房准备饭菜去了。大家闲聊了一会，吴静波就对江流说："你还是先给我们好好说说你是怎么搞定这家公司的吧！"于是江流向吴静波说了一下自己当初是怎么认识张总的，他和张总的谈话，以及后来和刘总的两次会面。刚说到这里，张兰从厨房里面出来打断说："你呀！光顾着说话，客人可都饿着呢。大伙还是先吃饭吧！"

午饭结束后，江流、吴静波、沈开就转到客厅里面继续前面的话题。张兰对大家说："你们聊，附近的服装店最近上了一些新款，我和月清姐去逛逛。"说完，她们两个人就出门了。

等她们走了，吴静波赞许地对江流说："你的问题很精辟呀！一下子就戳到了他们的要害。我想刘总和张总当时也应该会感到奇怪，你是怎么做到未卜先知的。"

江流脸红了一下说："其实师兄也很清楚，现在很多人动不动就说先进的管理模式。其实管理是解决实际问题的，不同的问题、不同的主体解决的方法可能就不同。关键不在于管理的模式是什么，而在于能否解决问题。现在很多人都喜欢谈先进管理，而不关注需要解决的问题，也不关注企业自身实际条件的局限。我是很不赞同这种观点的。"

吴静波点头说："我也同意你的观点。不过让人感到遗憾的是，持有这种错误观点的人很多！不热衷于解决问题，只热衷于谈模式先不先进，出了问题就怪下面执行不力。你说前任的方案太难执行、一定失败是很有道理的。逆者难从，顺者易行；难从则逆，易行则顺。到哪里，员工都是喜欢做容易的事情，刚去就把别人的工作搞得很复杂，不失败才怪！"两个人都笑着摇头。

沈开前面一直插不上什么话，现在终于得到机会问江流："姐夫，你现在是新官上任。你准备怎么烧这三把火呢？"

江流笑笑说："我这也是第一次空降到一个公司做总监，说实话我也没个头绪呢。还是请师兄给点建议吧！师兄有这么多年的高管工作经验，一定能给出好的建议！"

看到江流问自己，吴静波说："江流，你虽然是我的师弟。但是我们这个圈子里面你的悟性是特别高的，我想一个供应链总监的工作还难不倒你。我呢，只能说是比你早一点混到这个位置，多一点实际经验。其实以后你完全可能比我做得更好。不过你既然问到

第4章 师兄的建议

这儿了,我也就聊聊自己的心得吧。"

吴静波说完后却没有马上继续说下去,反而是慢条斯理地啜了一口茶,放下茶杯,这才继续说下去:"其实我的经验也很简单。只有十六个字:以静制动,先立后破。遇事则急,遇人则缓。"

吴静波说完后又停下来品茶。江流也没有说话,静静地揣摩吴静波的意思,沈开则一副迷惑不解的样子。看到吴静波杯中的茶快喝完了,沈开就说:"吴总的茶快没了,我重新再给吴总泡一壶吧!"吴静波微笑点头,却还是没有说话。

沈开重新泡好茶,又给吴静波斟好。吴静波说:"孺子可教啊!现在愿意为别人斟茶倒水的人不多了,你能这样做,很好!"

江流这才从沉思中醒悟过来,很抱歉地说:"师兄,真是不好意思。一想问题就走神了。师兄的话我有点头绪了,但还是有些模糊。"

吴静波又端起茶杯啜吸了一口,闭上眼睛,像是在细细品味这茶的余韵,点着头说:"好茶!"

江流带着些自得的神情说:"知道师兄爱品茶,上次我去福建旅游的时候,恰好去一个茶场参观,觉得这茶不错,特意要了几盒。回头师兄带两盒回去!"

吴静波说:"那我可不客气了!"

沈开这时有点沉不住气了,急切地问:"吴总,你说的建议我们都很模糊。你能不能解释一下啊?到一个新公司,最要紧的不就是赶紧做出一些成绩出来让老板认同吗?为什么还要以静制动呀,坐在那里什么也不做能解决问题吗?而且你后面又说遇事则急,这不是和以静制动相矛盾的吗?我越想越不明白了!"

江流连忙说:"小沈年轻,性子急。师兄不要介意啊!师兄你说的这十六个字,我琢磨了一下。以静制动是不是叫我做事要沉得住气,不要心浮气躁,做事之前要多了解情况啊?"

吴静波的手不禁在茶几上轻敲了一下,点头说:"你说得对!

我说的就是这个意思,其实很多人刚刚走上更高的管理职位的时候都容易心情浮躁。'春风得意马蹄疾',很有'一日看尽长安花'的欲望,迫不及待地想做出一番成绩,甚至幻想做出一番惊天动地的大成绩出来让大家都见识一下自己的能力。人最得意的时候也是最容易犯错的时候!"

看到江流在点头,吴静波继续说:"在这种时候,其实冷静是最重要的。外面的世界变幻不定,只有内心清净、定力深厚的人才能看清变幻不定的表象之后的真相。这叫以静制动。这个'静'不是坐在那里不动,这个'静'是要心静。心静才能找出潜在的问题的头绪,然后再根据这个头绪搜集信息、了解情况。只有做到了这些,你才能透过纷繁复杂的表面现象看到后面的本质。这时你才有把握采取正确的手段解决问题。"

吴静波又喝了口茶,继续说下去:"《孙子兵法·作战篇》里面有这样一句,'胜兵先胜而后求战,败兵先战而后求胜',说的就是这个道理。我们的目标是什么?我们的目标是胜,不是战。"

听到这里,江流也不禁动容了,脸上浮现出深有感触的表情。

吴静波说:"我们不要为了做事而做事,我们要有明确的目标,等到有实现目标十足的把握之后再采取行动。但取胜的把握显然不是你一到新公司马上就有的,是需要你静下心来,耐心寻觅的。管理不是技术,也不是销售,只要自己有本事,到哪里都搞得定。治乱的诀窍在于理顺机制,获取公司上上下下的支持。这些都是需要静下心来研究,需要时间来解决的。不静下心来就很难真正了解客观情况,不了解客观情况就贸然行动的话,就违背了'先胜而后求战'的原理,很容易陷入苦战的泥潭,那时离失败就不远了!"

沈开说:"可有不少人都说想做好空降兵必须要有自己的一帮子人,现实中也是这样,有些领导一过来,就逐步把自己以前的旧部和朋友弄到公司。感觉还是用自己的人放心!"

第4章 师兄的建议

吴静波笑着摇头，看了沈开几秒钟，才问沈开："如果你们部门空降一个这样的领导，你会怎么想？"

沈开愣了一会儿，才说："那估计我在这个公司是没什么希望了，要想办法了。"

吴静波冷笑了一声，说："问题就在这里，如果一个新领导，一来就断送了老员工的希望，让他们知道自己是要被清洗的对象，你说别人会怎么做？如果新旧员工势力太对立了，老板又会怎么想？这样做的话空降风险有多大？"

沈开想了想，过了一会儿，微微点了点头，吴静波说："所以，真正聪明的空降兵还是会优先考虑在公司内部挖掘潜力，找内部的可用之人。这样做既可以给内部想做事的人一个出路，又可以削弱潜在的反对自己的力量，更可以减轻老板对你改革的顾虑。这是一举三得的办法！"

江流和沈开都连连点头，吴静波说："而且一个混乱的公司，很多有价值的信息都是在员工的脑子里面的，有熟悉公司情况的老员工站在自己这一边，空降兵不了解企业实际情况的弱点就可以得到有效避免。很多空降兵之所以最后死在不了解企业内部的复杂情况上，就是因为不重视本来可以争取的老员工，这真是糊涂啊！"

江流钦佩地说："还是师兄厉害！简简单单的四个字，这么一分析居然还有这么多道理，而且还引经据典的！师兄对《孙子兵法》很有研究啊！"

吴静波说："最近这两年，在英和的工作越做越顺了，不再像以前整天忙得团团转，所以也有时间静下心来，好好研究一下老祖宗留下的这些精华。当初只是抱着随便了解一下的态度去看的，哪里知道一看就停不住了。这些年《道德经》、《素书》、《孙子兵法》、《三十六计》什么的也都看了不少。感觉真是受益匪浅！建议你以后有空了也去看看。"

江流点头说:"其实师兄刚才分析的时候一引用《孙子兵法》,我就有这个念头了。光是知道怎么做还不够,一定要做到不仅知其然,而且还知其所以然,到了这一步才能灵活变通。有时间是应该好好提升一下自己,光是吃学校学来的老本是走不远的!"

江流停顿了一下,说:"先立后破的意思是不是要树立新的工作作风,破除旧的工作作风?感觉这两条是并行不悖的。可师兄在这里说是先立后破。我还是不太清楚。"

吴静波说:"你说两者可以并行不悖,这已经比很多人的观点有进步了。很多人认为做事情的原则是不破不立。我是非常反感这句话的,我甚至认为很多混乱都是源于这句话给人的误导。这句话本来的愿望可能是好的,觉得只有打破了旧有的秩序,新的秩序才能够建立起来。可事实上,很多时候都是旧有的秩序被破坏了,但新的需要确立的秩序却迟迟无法确立,最后往往还是不得不回过头去走过去的老路。然而,破坏带来的混乱和损失却是难以恢复的。"

吴静波看到沈开还是带着疑惑的表情,想了想,解释说:"我们回顾中国的历史就可以知道,中国是最早建立封建制度的国家。这其中不知道有多少王朝兴衰更替,不断地有旧的王朝被推翻。可是很遗憾,我们虽然推翻了众多的封建王朝,但我们一直都没能在封建制度的废墟上建立一个全新的制度。西方的思想传入中国之前,中国一直就是在破坏和恢复之间徘徊,从来没能建立起一个新的、更有生命力的制度。所以说,破未必会带来立。"

江流也感慨地说:"破坏容易,建设难啊!"

吴静波停了一下又说:"扯得有点远了,我们还是回到前面的话题。其实立和破到底要不要分一个先后,谁先谁后,最关键的决定因素还是我们的目标。我们做事之前一定要搞清楚我们的目标是什么,我们的手段是不是符合我们的目标。如果能够坚持这样去想,并把这种想法贯彻到我们的工作之中,很多事情都可以做得更好。"

第4章 师兄的建议

吴静波又喝了一口茶，这时江流插话说："师兄的意思是不是破和立其实都是手段，到底谁先谁后应该取决于我们的目标。我们管理的目标并不是破除什么规则和思路，是要取得管理的成果，而管理的成果只可能来自有效的规则和思路。所以我们的重点是树立正确的管理规则和思路，而不是打破过去的不合理的管理规则和思路？"

吴静波微笑说："对。破不是我们的目的，立才是目的！而且更进一步讲，如果新的管理思路和规则确立了，很多老的管理思路和规则自然就作废了。你还需要再费心去破除那些旧有的规则和思路吗？所以立了之后，破是必然的。但这个破可能根本不需要我们再费心筹划了。而反过来，如果我们一味地破，打破了旧有的模式，并不能确保我们就能建立一个合理的新模式。如果没能树立起新的合理的模式，最终可能还是不得不回头走老路。"

吴静波停顿了一会儿让江流思考，看到江流脸上浮现出明白的神情才继续说下去："我强调先立后破，其实还有一个原因，就是先立后破比先破后立实施的风险小，改革成本低，更容易被各方接受，比较适合像你这样的企业空降兵操作。如果你采取先破后立的办法，你最初的工作主要是反对旧有的不合理的制度和流程，甚至是开始清洗那些你认为不合适的人。这些人就丧失了在旧体制中的地位，而新体制还没有确立，更不存在他们的地位。他们一下子就会感到自己的生存受到了威胁。你可以想象一下，公司的老员工是什么心情，他们会有什么反应。"

沈开忍不住插嘴说："那肯定会联合起来想办法排挤我姐夫！"

吴静波笑着点头说："事情就是这么明显。因为你一味地反对旧有的体制和做法，就是否定他们存在的价值，威胁他们的饭碗，所以他们联合起来反对你也是意料之中的事情。"

江流接着说："那么如果我先确立新规则，这就是给了一些本来就不满旧体制、想改变的人一个新的选择，比较容易获得他们的支持。这使改革的工作比较容易推进。而且改革如果取得了一定的成绩的话，原来不怎么赞成新体制的人也有可能转变他们的态度转而支持新体制。这样对于这些人来说，我就不需要再破什么了，因为他们在新体制中找到了自己合适的位置，如果他们想保住在新体制中的位置自然就会反对旧有的体制了，是这样吗？"

吴静波的手指轻轻敲击茶几，发出一串悦耳的声音，说："完全正确！《论语》里面有一句话，我非常喜欢：'本立而道生'，意思是如果确立了正确的根本，很多事情自然而然地就顺畅了。其实企业管理也是这个道理。如果你确定了正确的管理模式，很多事情自然就顺了。也就没有必要再花时间专门去破除一些细枝末节的不合理现象和规则了。"

吴静波说完之后又去细细品茶，而江流则默默地坐在那里揣摩吴静波说的话。一直到沈开说："吴总的茶快没了，我再去沏一壶来。"

沈开给吴静波沏好了茶后，忍不住问："吴总刚才的话让我好像一下子开窍了，我现在有一个新问题，立的标准是什么？破的标准又是什么？"

吴静波说："对于这个问题，很难有一个统一的答案，这个问题的答案其实取决于每个人。有的人认为要以公司利益为先，有的人认为必须忠于自己，维护自己的利益。仁者见仁，智者见智，不可以一概而论。但是有一个很基本的原则，就是合理的原则必须是能够让利益相关各方面都能接受的原则。太强调公司的利益对自己没有保障，可能最后自己辛辛苦苦为他人做了嫁衣。工作做了，自己没有收获，这肯定不行。如果对员工要求太多，员工受不了，最后群起反对，原则得不到落实，其实还是空的。如果忽视了公司的利益，老板哪天发现了，那结果只有一个：走人。这也不好！所以好的方案应该是能够兼顾各方利益的，但到底怎么兼顾，孰重孰轻，其中的轻重权衡就是前面说的是个见仁见智的问题了。"

第4章 师兄的建议

江流说"这一句我现在明白了,那最后那句话是什么意思呢?"

吴静波说:"遇事则急其实不难理解。老板请你来就是希望你能解决他的问题的,而他要看你解决问题的情况决定你是不是能够安全度过试用期,能不能继续干下去。所以,公司的事情你肯定要尽快解决呀!刚才小沈认为这句话和前面的以静制动相矛盾。其实不然!樵夫砍柴的那个寓言你们都听过吧?"

江流笑了笑,对沈开说:"以静制动就像磨斧子,而现在师兄说的遇事则急就是砍柴。磨斧子的时候没有砍到柴,看起来是没有成绩的,好像磨斧子的人不急。可不磨好斧子是没法真正很快地砍柴的!如果斧子已经磨好了,就要抓紧时间砍柴才行,不然任务是完不成的!"

吴静波点点头继续解释:"而遇人则缓的意思是碰到和人相关的问题要多看、多了解情况,不要急于下结论,更不要马上采取手段。这就是遇人则缓。"

沈开却还是执著地问:"对于刚才吴总说的遇事则急,我还是有不明白的地方。遇事则急,要赶紧解决老板关心的问题,这个道理不难理解。可冰冻三尺,非一日之寒,很多问题并不是想快点解决就能解决的,碰到这种情况该怎么办?"

江流有些不好意思地说:"师兄别怪小沈的问题多,他就是这种打破砂锅问到底的脾气。"

吴静波摆摆手对沈开说:"小沈很不错啊!给我沏了两壶茶了,如果今天不好好给他解释倒是我失礼了。我也想告诉小沈一个道理:付出总有收获!"

吴静波冲着沈开点了点头,继续说:"学无先后,达者为师。问题是可以探讨的,这是正常的,谈不上不讲礼貌。有问题提出来,这样大家才能沟通,而且教学相长,这样我也才能从你们的问题中学到新东西。小沈的问题其实是个很有代表性的问题。"

听到吴静波这么说，沈开显得很高兴。吴静波继续说："我说的遇事则急，是要赶紧解决老板关注的问题。这些问题往往是突发的、紧急的问题，也往往都是可以马上解决，至少是可以采取治标的方式初步解决的问题。而那些冰冻三尺的深层次问题，老板可能也习惯了，或者说根本看不出来，那倒是不用急于去解决的。"

沈开还是有些不明白。江流就解释说："比如仓库物料没有及时发出来，可能影响生产，进而影响发货。这有可能是因为公司流程不合理、权责不清，或者是仓库之外的部门工作出了问题。如果你想从根本上解决，这可能真快不了。但是如果只先治标，只解决物料发料的问题就很简单。完全可以赶紧安排人去帮忙发一下料，或者让仓管（仓库管理员）暂时把其他工作放一下，先把紧急的物料发出去就可以了。这就是师兄说的遇事则急。对吗？"吴静波赞许地点点头。

说到这里，江流不禁有些懊悔地说："我跟刘总谈的时候还特意强调改革需要很长的时间，希望他有耐心。估计他当时很不乐意听到这种话。现在想来说这种话真是很不应该啊！"

吴静波说："你是从做事的角度来出发说这番话的，从这个角度来说你当然没错。不过从营销的角度来看，你说这话完全错误！你这样说就像别的老板对你说，到我们公司不要急着想赚钱呀，对公司熟悉了，慢慢做出成绩了，钱自然会多起来的。你听到这话高兴吗？"江流的脸涨得通红，沈开却忍不住哈哈大笑了起来。

吴静波说："所以，你得让老板看到改变的希望，让他有信心放手让你去做。在初始阶段，愿景的构筑可能比认真考虑潜在的问题更重要。"

吴静波看到他们两个人都似乎在思考自己刚才的话，就进一步解释说："你以前做部门经理，不会涉及太多愿景构筑的问题，但做了总监就得改变自己的策略了。尤其是对于你这样一个空降兵总监来讲，更是如此。你必须能够让公司上上下下都相信你能够解决问题，只需要按你的规划走就一定能取得成功！如果大家都对你将信将疑，在很多配合上不够彻底果断，也有可能真把事情搞砸了。有时候说'信心比黄金珍贵'就是这个道理。"江流没有说话，只是点头表示接受。

吴静波说："所以在工作的初始阶段你不能过于强调困难，要多给大家信心！"

沈开问："怎么才能给大家信心呢？好像有些领导是挺能吹的，一开始还有点作用。但是解决不了什么问题，后面大家就慢慢失去信心了，他再吹什么大家都不信了。"

吴静波回答说："光有空洞的愿景当然不能解决问题，还得让大家看到实际问题的解决。但如果事情还没做，你就强调有这样那样的困难，别人对你又不了解，你觉得别人有多大的耐心等下去？"

吴静波停了一会儿，继续说："所以对于一个空降兵来说，时间是非常重要的，必须马上做出一些成绩取得大家的认同。大家看到了实际的成绩，信心才能树立起来。信心树立起来了，后面的工作才能开展。"

江流点头说："这就是师兄说遇事则急的原因了！"

吴静波点了点头，继续说："如果你去了飞达，把精力都放在深层次的制度、流程建设上，甚至是放在企业文化建设上，对于眼前的问题不闻不问，总觉得大的问题解决了，这些小问题也就迎刃而解了。那你就危险了！不要以为老板对你有承诺，只要他看到公司乱糟糟的、货发不出去就不会给你好脸色。而且你的前任不是没做满三个月吗？老板对他没有承诺吗？可他解决不了老板的问题，老板还是会变脸的！"江流听了，没有说话，只是一脸的苦笑。

吴静波放慢了语速继续说："当然了，对于有些事情你可能真需要很长时间才能从根本上来解决，其实像这样的事你不能马上就解决，老板也会理解。但你别特意去强调呀！"

吴静波说到这里，看到江流的脸又变得通红，不禁也笑了起来，说："你得说你能解决什么，或者你短期内能解决什么问题。要知道老板请你来，不是让你告诉他，他现在面临的问题有多难的！他需要的是一个能够帮他解决问题的人，需要别人告诉他短期能解决什么问题，长期再来解决什么问题。能够解决自己问题的人一定是老板的第一选择！"

江流点头承认说："我说这些话的时候确实没有考虑老板的想法，只是按自己的想法在沟通。这一方面我的确还需要提升。多谢师兄指点！"

吴静波这才说："这恐怕就是他先选择了那个熊总监的原因。那个人应该很敢承诺，让老板看到了希望，而你的话让别人觉得困难重重。如果不是那个熊总监搞不定，飞达的这个机会就溜走了！所以你至少得让别人能马上看到一些好的变化，即便这些变化比较小，也好过没有变化啊！记住，老板希望公司改善的心情和你希望自己加薪的心情一样迫切！"

江流好一会儿才继续说："这个道理我现在明白了！我以前说话基本上还是从自己的角度在考虑问题，欠缺对老板的心理的把握，更欠缺全局的战略意识。说起来还是因为没有高层的管理经验，师兄这种做了很多年高层的人一眼就可以看出这个问题，我撞了墙还没一点感觉，这就是差距啊！我以前的工作执行层面的事务居多，习惯了举轻若重，小心翼翼做好自己的工作。以后还得学会从战略的角度看问题，要学会举重若轻、勾画愿景、激励团队。我以后会多注意这方面的问题！"

江流想了想又问："那么你说的遇人则缓又是什么意思？师兄是不是认为牵涉到人的问题都比较复杂，很容易导致没有充分了解情况就作出了错误的决定，所以要我多花一些时间搞清楚了实际情况再作决定。"

第4章 师兄的建议

吴静波说："以史为鉴，可以知未来。明朝的最后一个皇帝崇祯把大明王朝断送在自己的手上，其实他并不是一个只追求个人享受，不想把国家治理好的昏君，相反，他是一个很勤勉的皇帝，也很想把国家治理好。但是当时的明王朝已经是大厦将倾，腐败到了极点，各种问题又盘根错节。他没有搞清楚情况就大砍大杀，全无半点仁厚之心。而在那种制度下：一则想独善其身很难，谁都难免有点问题；二则局势如此混乱，谁都难免出点错漏。所以他这种严厉的政策搞得人人自危，结果反而让那些奸人连成一气，联手蒙骗他。真正忠厚正直的人不愿意结党，反而总是被奸人造谣诬陷，往往最后错死在他的刀下。这就是我要你处理人的问题要缓一些的原因。"

吴静波等了一会儿，继续说："但是刚才的原因并不是我提这个建议的唯一原因。还有一个原因就是，虽然你是总监，比下面的人位置高，但毕竟和老板没有合作过，信任还没有建立起来，而且你是空降兵，目前下属对你还没有什么信任，各方对你信任的建立都需要一个过程。虽然在工厂你是老大，但事实上工厂的有些员工目前可能更得老板的信任。在这种情况下，你贸然处理他们，有可能会引发老板的担忧甚至是反对。如果别的员工也在这个时候表示反对，老板是很难对一个很多人都反对的新人表示支持的。那你以后的工作就很难开展了。所以，你得耐心地等待机会，等自己在老板和下属的心目中逐渐建立起信任，有了老板和下属的信任，这些关于人的工作你才好处理。"

江流也点头说："没有获得上上下下的信任就急于处理老员工，这确实不是好的策略。"

吴静波继续说："当然对于人的问题，最好的处理方法还是让老板自己了解实际情况，自己去作决定。这样可以避免你的风险！老板对你的信任加深了之后，你对实际情况了解也很充分了，对老板处理问题的思路有把握了，再去处理这些棘手的事情。"

江流点头说:"谢谢师兄的指点。师兄的这两条建议其实都是针对我空降飞达的实际情况给出的针对性很强的建议。虽然刚听到觉得有些矛盾,多想想还真是这个道理。"

吴静波却转向沈开,明显是解释给沈开听:"对于事情没有从根本上解决,治标不治本,一味求快,这看起来不对,但是让老板看到你在解决问题,有助于在短时间内让老板信任自己。如果起火了,没人认为应该先去了解火灾产生的根源,彻底杜绝火灾的发生,这时肯定应该是先救火。而且不管是谁,对勇于帮他救火的人都会心存感激,这样有助于建立彼此的信任。这就是遇事则急的道理。"

沈开点头表示自己现在已经明白这个道理了,吴静波继续说:"而看到有些老员工做得不对,却不急于处理,这是为了减少可能的误会,更是避免让老板担心新旧员工势力对抗的对策。人大多都是念旧的,信任的形成并非一朝一夕,反过来信任的瓦解也需要时间。如果老板对别人的信任还在,你就不可能简单地处理这个人,所以你得先花时间让老板意识到自己对这个人的认识有偏差。信任瓦解了,这个人怎么处理就很简单了。当然,涉及人的问题往往特别复杂,有些时候你所知的也不一定就是真相。多求证,存仁厚之心待人才是让下属信服的最好手段!这一急一缓看起来都有不合情理之处,但是在空降到一个新公司的初期,却是很有效的手段。"

本章点评

- 成功做好空降兵的策略是什么?

安在得人,危在失事。在人的方面要了解情况,深入基层,稳定人心。确立新的工作秩序,让员工在新秩序下找到自己的位置,发挥自己的作用。而事的方面要找出企业最关心、现有的条件下自己能够解决的问题推动解决。得到了人的支持、事情做好了,空降也就成功了。

第5章
一语安人心

- 什么是让沟通有效的最佳秘诀?
- 上任就起火,大家都推责,新领导该怎么办?

张兰回来后,江流告诉她自己决定去飞达,张兰当时就愣在那里了,好一会儿,一动不动。江流连忙补充说:"不是因为薪水的原因。师兄也是这个意思,他觉得我应该好好借这个机会锻炼一下。"

张兰这时才轻轻地哦了一声算是回应。她没有再说话,默默地换好拖鞋,放下自己的包,给自己倒了杯水,做到沙发上,静静地喝完了水才说:"这是吴总的意思?"

江流走过来,坐在张兰身旁,点头说:"是师兄的意思,不然的话,我怎么也不能不顾师兄的面子去飞达啊!"

张兰想了想,还是说:"我还是觉得师兄那边比较好,毕竟有他在上边,万事有个照应,会顺利得多。飞达那边那么乱,这么短时间换了一个总监,从这件事情就可以看出他们内部有多乱。我觉得你还是要慎重考虑,如果师兄那边你不愿意去,创富也还不错的。"

江流有些不高兴,说:"师兄不是那个意思,他说我可以去他那边。但是他认为我的能力到了一个需要突破的关键阶段了,飞达现在确实比较乱,但这既是风险也是机会。如果能妥善应对好,对我的能力是一个突破，也有利于以后我取得更大的发展！"

张兰连忙说："我没那个意思，我只是不希望你太辛苦嘛！而且有些时候，有些问题不是有能力就一定能够解决的。当然了，你要去哪里，我都支持你。"

江流没有再说话，只是手绕过张兰的脖子，搭在她的肩膀上，两个人靠在一起。有好几分钟，两个人都没有说话，四下很安静，只有微微的风轻柔地抚摸着他们，两个人一动不动，静静地坐在那里，好像变成了一体的雕像。

周一上班后，江流立即向公司提交了辞职报告。狄雄似乎感到很意外，他马上表示希望江流留下来，公司会给他发展机会，让他要耐心等待，并承诺公司会给他加一些薪水。

江流却丝毫不为所动，说："狄总，这些都没有必要了。我是真的觉得自己不适合这个地方，您也很忙，就别为没有希望的事情浪费自己的宝贵时间了吧！"

狄雄愣了一会儿，最后才说："你考虑好了，不管怎么说创富都是世界五百强，有很多人想进来的。"

江流斩钉截铁地说："创富确实是个好公司，不过我不适合这里。我已经考虑好了，请您签字吧！"

狄雄有些无可奈何地说："那我就先签字了，其实我们还是很重视你的。前些日子给你的考评是有些低，但是你也知道的，这些考评有些时候更多地是为了平衡。给你C并不代表公司不相信你。"

江流没有说话，眼睛盯着狄雄的笔，狄雄签完了江流的辞职单，江流一拿到手就说："如果狄总没什么事，我就先出去了。"

一天下午，江流正在回复一封邮件，赵云龙跑了过来，说："你辞职了？"

江流没有说话，只微笑着点点头。赵云龙有些感伤地说："像你们这样，有能力的都想办法跳走了，我又少了一个可以说心里话

第5章　一语安人心

的朋友。"

江流摆摆手,制止了他,说:"有什么话,晚上找个地方边吃边聊吧!"

当江流打电话告诉张兰自己晚上不能回去吃饭的时候,张兰立即说:"没关系的,我也有些事要处理,刚好就利用今晚处理一下。你别喝太多酒!"

晚上,在饭桌上,喝了不少酒的赵云龙已经是醉眼迷离,说:"江流,说老实话,我真羡慕你,羡慕你年轻,有能力,可以选择自己喜欢的工作。在一个公司,勤勤恳恳地干,再努力也是没用的。我做了这么多年,就是因为英语不好,就一直提不上去,多少做事不如我的人都提上去了,我就是上不去。"

江流伸手去拿赵云龙的酒杯,赵云龙却一把夺了过来,说:"今儿个,你就让我喝个痛快吧!我是心里郁闷啊!提不上去我也不说了,我就希望能把自己的工作踏踏实实做好,领导认可也就心满意足了,但是领导的好评都给了那些会做PPT,会讨他欢心的人。我做的事情,他看都不看。我都不知道自己这么工作是为了什么。以前读书的时候,也想过治国平天下。你看看我现在变成了什么样子!现在连我自己都瞧不起自己了。"

看着已经醉了的赵云龙,江流也不知道说什么好,只是把手放在赵云龙的手背上轻轻地拍了拍。吃完饭,江流把赵云龙送上出租车,告诉司机赵云龙的住址。车走了之后,江流突然想自己走走,三月的深圳还不热,江流抬头看了看天,天空朦胧一片,什么也看不到。因为灰蒙蒙的,天空好像压得很低,江流感觉似乎有点闷,不禁解开了衬衣上部的纽扣。回想起自己小时候,老家那清澈得似乎可以见底的天空、满天数不清的星星、自己儿时的伙伴,现在这些都看不到了。四周只有行色匆匆的路人,没有谁看他一眼,各自匆匆奔向自己的目的地。此刻他才有一种强烈的意识,意识到只有自己漂到了这个南国的海滨城市。自己也不小了，可以后的路到底怎么走，感觉也像这天空一样再也看不透了。惆怅了一会儿，他自言自语地说："不管怎么样，努力往前走吧！"

江流在和赵云龙吃饭的时候，张兰也在和李月清在咖啡厅聊天。音乐悠扬，但是张兰根本无心去欣赏，李月清一坐下来，张兰就说："月清姐，你知道了吗？我们家江流不去英和了，你知道这到底是怎么回事吗？"

李月清有些诧异，说："我不清楚啊，不过我前几天听我们家老吴说基本上搞定了呀？是老吴没搞定吗？"

张兰有些抱怨地说："我也不知道怎么回事。不知道昨天你老公和我老公谈了什么，反正晚上我老公就告诉我，他要去飞达。还说这也是你老公的意思。"

李月清轻轻地哦了一声，就低下头，慢慢喝起水来。想了一会儿，李月清问："那说了是什么原因吗？"

张兰撇了撇嘴，说："别人看到混乱的公司躲都躲不及，我听我老公的意思，这反而是个宝，一个能够帮他提升的宝！"

李月清没有说话，只是满脸疑惑地看着张兰。张兰补充说："我老公的意思是他现在到了一个需要突破的关口了，需要一份有挑战性的工作来提升自己应对困难局面的能力。还说这对他以后的发展大有帮助。你说，这不是把混乱的企业当宝吗？"

李月清这时才缓缓地说："有些时候，男人和我们女人的想法是不一样的。我们觉得生活过得去，开开心心地就好。但是男人总是要去证明自己的能力，要去挑战自己的极限。而且越是有能力的，这种倾向就越明显。我们家老吴当年也是这样，当初他从西斯科跳到中伟，我也很不理解，在外企做得好好的，为什么要跳到民企去。虽然看起来头衔高一点，但是对于我们居家过日子，还是收入和稳定性更重要，但是他偏要跳。后来在中伟做到事业部的副总

第5章 一语安人心

了,几年前又跳到现在的英和。我就搞不明白了,在一个公司做得好好的,对什么都熟悉了,为什么要换呢?"

张兰也深有同感地点头说:"是啊,为什么要换呢?"

李月清继续说:"但是我看到他换了工作之后再苦再累都觉得开心,我就想通了,还是让他做自己喜欢的事情吧,不然他不开心,我们觉得再好都是没有用的。"

张兰也点头说:"所以,我昨天也没反对他。他喜欢比什么都重要。"

李月清却笑了,说:"不过,你也别那么悲观,要往好里去想。我们家老吴,虽然每次都跳得我不开心,但是收入越来越多。我觉得你们家江流也是一样的。他们折腾得开心,又能赚回钱来养家,我们就别操那么多心了!"

张兰也不禁笑了,说:"是啊,操心太多没用。男人有男人的想法。又让你陪我操心了,回头吃完饭,一起去逛逛吧!"

接下来的日子,江流除了按照公司的要求进行工作的交接就是通过网上的信息了解飞达的情况,并开始考虑制订在飞达的工作计划。

期间,张总也约江流又见了一次,把飞达公司的一些特点详细地向江流做了介绍。江流了解到飞达公司是一个集研发、销售、生产为一体的高科技电子企业。公司还处于发展的初期阶段,产品毛利率比较高,但营业额不高,去年的营业额不到两个亿。公司产品特点是"三多三少",具体地来说就是生产批次多,批量少;新产品多,成熟产品少;供应商多,单个供应商采购金额少。

根据吴静波的建议,江流到了飞达公司之后,并没有像很多人想象的那样来个新官上任三把火,树立一个风风火火、干练有为的新领导形象。他每天只四处看看,或者在自己的办公室翻阅一些文件资料。江流还从人事部要来了主要管理人员的简历,初步了解下属人员的状况。同时他还经常去现场了解员工的工作，了解员工工作中的问题，查看以前的一些工作记录，抽空和一些主要管理人员、基层骨干员工做一些初步的沟通。就这样，江流不温不火地度过了在飞达公司的前三天。

预料之中的问题终于出现了。第四天的下午，江流正在查阅公司的一些记录，生产计划主管李勇打他的手机请他到生产现场去。他感觉有些诧异，但还是到生产现场去了，看看到底出了什么问题。让江流感到有些意外的是，已经有好几个管理人员聚集在那里了，大家在叽叽喳喳地议论着什么。看到江流过来了，大家又争吵了几句才陆续止住了话头。

这时李勇带着气愤的语气向江流抱怨说："产品都快要包装了，我也向客户回复可以发货了，现在才发现这个产品面盖不行，没法发货。我们这么多管理人员都是干什么的？为什么早没有发现问题？为什么总是要等到发货的时候才发现有问题？"李勇一连问了好几个为什么，显得很气愤。李勇人长得瘦瘦的，显得很精神。此刻因为激动，脸已经发红了。

江流没有说什么，却示意李勇先冷静一点，然后看了一下那个有问题的面板，感觉明显较为陈旧，不像是新的。

江流正要问话，制程质量主管何平赶紧辩解说："这不能怪我们质量部。质量人员是巡检，又不是全检，不可能发现每个问题。这么明显的问题，生产部应该先发现才对。即使不能判定，请我们巡检人员过来看一下也就不会发生这种情况了。"

生产部张经理连忙辩解说："其实当初投放这个面板的时候，我的下属就感觉不对了。但我们觉得物料是仓库发的，我们只管生产，仓库发出来的应该都是良品。这事应该问仓库，这种明显不合格的物料为什么会发到产线。"

仓库的经理徐荣发大声说："这怎么关我仓库的事情！这个物

第5章 一语安人心

料是经 IQC[⊖] 检验合格的，我们仓库不过是照单发料，物料是否合格怎么也成了仓库的事情？"

IQC 的负责人刘振辉辩解说："IQC 也是抽检的，我们又不可能每块面板都去检验。那么多物料，谁也不能保证没有不合格物料漏过去。"

一时间，大家都七嘴八舌地争吵起来。好一会儿，大家才发觉江流到现在还没有说一句话，不禁停止了争吵向他看过去。

看到大家停止了争吵，江流满脸严肃，用平缓而沉重的语调说："我很理解大家现在的心情，大家都想把事情做好。可是目前我们很多机制都不健全，各方面的问题也特别多，在这种局面下出问题的概率自然很高。所以现阶段，我们有一些问题是很正常的，是难以避免的。"

江流看到大家紧张的神情有些缓和了，又说："但是，公司为什么请我们来，请我们来就是希望我们解决问题的。这些问题很难一天都解决，但是我们要努力做到让问题逐步得到解决，让公司的状况越来越好。我也相信只要我们大家齐心协力，这些问题最终一定会得到解决的。所以我希望大家不要太紧张，把心态放平稳，尽力去做好自身手头的事情。只要大家都在解决问题，问题总会越来越少的。"

说到这里，江流停顿了一下，环顾了一下在场的人，发现没有人说话，继续说："当然现在还是先解决市场发货的问题。"

江流掉头问了一下生产计划的李勇："这批货要什么时候发？"

"晚上八点。"

江流转向仓库经理徐荣发，说："徐经理，你赶紧看看仓库有没有好的面板，如果有直接用这块不良的面板换一块好面板出来。生产部安排人员返工。后续请 IQC 全检这批物料，通知供应商可

⊖ IQC：来料质量控制（Incoming Quality Control，IQC）

将不良品退货。刘主管，没什么问题吧？"

江流停顿了一下，看到大家没有提出新问题就说："大家忙去吧，如果有问题再来找我。"最后在一个小时之内就完成了换面板、产品测试、包装发货的过程。

江流回到自己的办公室，想着下午的这件事，不禁沉思了起来。想了一会儿，他写了一个会议通知的邮件通知大家第二天下午三点开会，会议的主题是：如何开展自己的工作？

第二天下午，江流提前了一分钟到会议室。下属大都已经在会议室里面等待了，每个人都还带了笔记本准备记录。江流问了一下人员是否到齐了，大家说只有徐经理还没到。江流微笑着说："可能仓库比较忙，徐经理被耽搁了，我们就等等吧！大家不要这么拘谨，今天也就是随便聊聊。"

江流和大家寒暄了几分钟，这个时候，徐经理才慢慢悠悠地到了会议室，一边找位置坐下，一边口里说："太忙了！仓库有点事耽搁了。"江流说："我们也刚到，坐吧。其实今天请大家来也就是想请大家都谈谈怎样开展自己的工作，到底怎样才算把工作做好。"大家又都沉默了，没有一个人发言。

江流的眼光从每一个人身上缓缓扫过，沉默了差不多一分钟。IQC主管刘振辉才说："我觉得只要做好自己职责范围内的事就行了。"生产计划主管李勇马上跟着说："要达到客户的要求。"然后大家又都不说话了。

江流看到再没有人发言，就说："其实，我们换个角度来思考比较容易得到答案。开公司是为什么？是为了赚钱。怎样才能赚到钱？只有提供让客户满意的产品和服务，而且找的客户是好客户，能够按时付款给我们才能赚到钱。找好客户的事情和工厂没什么关系，是销售部要考虑的问题。我们能够做的就是为客户提供让他们满意的产品和服务，也就是前面大家讨论的时候说的达到客户的要求。"

第5章　一语安人心

江流停顿了一下，目光从各个人身上逐个扫过，又继续说道："其实明确了这个标准，我们就很清楚我们该怎么做了。大家既然现在在飞达做事，只有飞达发展得好，我们才能赚更多的钱。是这个道理吧？"

看到大家纷纷点头表示认同，江流说："现在我们再回头讨论一下昨天发生的事情。的确，每个人都有合理的理由认为自己没有错误。但是这样做能让客户满意吗？能让客户很满意地付款给我们吗？客户不付款，公司会走向何方，我想大家都很清楚。如果公司失败了，我们在座的各位都将是失败者！至少，我们在这里的时间精力都白白浪费掉了！"很多人听到这里都在微微点头。

江流于是继续说下去："目前我们的一些职责和机制理得不顺，工作确实有困难，这一点公司和我都能理解，但是我们也不能坐视问题存在而无动于衷啊，要逐步理清问题，逐步推进解决。我能够接受错误发生，但我不希望看到同类错误一再发生。所以，我希望有人能站出来解决公司的问题。解决了问题，我们的存在对公司才有意义。如果仅仅只是不犯错误，这对公司并没有什么实质的意义。"

江流在讲最后几个字时特意放慢了语速，加重了语气。听到江流这样说，大家的表情也变得严肃起来，不禁都把目光集中在江流身上。看到大家的表情，江流特意停顿了片刻才说："后续，公司的加薪、升职也会侧重于能够解决公司实际问题的员工！公司会接受目前出现一些问题，但是无法接受问题持续得不到解决。所以，请大家不要畏惧目前存在的问题，这些问题可能都是我们加薪、升职的敲门砖呢！大家有没有信心解决现在的问题？"

"有！""有！""有吧！"江流只得到了几个零散而微弱的回答。

"呵呵！"江流微笑了一下，"有信心应该是这种表现吗？我再问一句，有没有信心？""有！"这次大家异口同声地吼了出来。

"很好。"江流点点头说，"今天是周五，晚上都不加班，我请大家一起吃个饭。都有时间吧？"看到大家纷纷点头，江流说：

"具体的地点我安排好后通知大家，现在散会！"

晚上，在工业区附近的一家餐厅里面，大家齐聚一堂，每个人面前的酒杯里都已经斟满了酒。

江流率先举杯，站了起来。其余的人也跟着纷纷起身举杯。"很高兴有机会加入飞达和大家共事。为了这个缘分，我们大家一起干一杯。"说完江流率先一饮而尽。觥筹交错，不一会儿，每个人都已经是几杯酒下肚了。

这时，仓库经理徐荣发起身举杯说："江总，你刚来，我是老员工，先敬你一杯。"江流没有犹豫一饮而尽。有了仓库徐经理开的这个头，别的人也纷纷起身敬酒。一圈下来，不胜酒力的江流已经觉得头发晕、脸发烫，但是还是坚持和每个人都喝了一杯，然后自己又主动向每个人都敬了一杯，中间到洗手间吐了一回才勉强支撑住了。

第二天，江流醒过来的时候都想不起来自己是怎么回家的。早上张兰还在抱怨他喝太多酒。不过抱怨归抱怨，她还是递过一杯茶让江流喝了醒酒。

本章点评

- 什么是让沟通有效的最佳秘诀？
- 上任就起火，大家都推责，新领导该怎么办？

有效的沟通首先是情感的沟通。获得对方情感认同是沟通的第一秘诀！只关注沟通的事情，而忽视事情下面隐藏的情感是难以做好沟通的。

新领导的首要工作是安定人心，越是混乱越不能对下属求全责备。安定人心后再来找解决问题的方案，要侧重于解决问题而不要急于追究责任，问题必须尽快解决，账可以慢慢算。乱世无贤人，混乱的局面下想做好工作是一件很困难的事，追究责任会让大家都无法安心工作。

第6章
突破口在哪里

■ 到处需要救火，怎么打开局面？

　　星期天是休息日，又是早晨，这时很多人还沉醉在梦乡之中。江流却已经在书桌边坐了很久了。窗外，春天的太阳透过树枝把温暖的阳光洒在窗台上，留下斑驳的影子。小鸟啾啾，不时还有一阵凉风吹进来，树影轻柔地在窗台上摆动。他却好像一点也没有注意到这些。眼睛盯着电脑屏幕上面的报表，想起这一个星期来遇到的种种问题，江流陷入了沉思。

　　通过这一周深入基层了解得到的情况可以看出，公司现在士气非常低落，到处充满了抱怨之声。几乎每个部门、每个人都在抱怨！

　　市场部不断抱怨发货不及时，很多订单都无法及时发货，导致客户不满。市场部抱怨现在催货比拿订单还要费时间。

　　计划部抱怨生产的速度太慢，总是达不到预定的产能，导致很多本来不急的订单也变成了急单。供应商的物料交期也是一再拖延。质量部检验的速度也很慢，什么事情都需要他们去催。感觉大家都不关注出货，好像出货是计划部一个部门的事情一样，导致计划部需要协调的工作太多。仓库的库存数据更新不及时，导致自己频繁下急单采购。

生产部则不断抱怨急单太多,导致生产频繁换线。而且经常是他们都已经开始生产了,质量部又过来通知说要更改,造成生产部总是做无用功。而且物料来料不良的情况太多,有的甚至是批次性不良。因为物料问题而影响生产效率的事情频繁发生,感觉生产部从来就没有顺顺利利地做完过一个工单。此外,仓库退料补料程序太烦琐,速度太慢,大大影响了生产的效率。缺料也时有发生,造成了很多紧急换线的情况。

而仓储部抱怨急单太多,而且经常不齐套发料,导致后续补料工作量大。生产订单欠料都要仓库发出欠料表,这样,每个仓管员统计、汇报的工作都增加了很多。而且各种欠料、来料不良的情况特别多,各种因为欠料、来料不良替换、超损补料而造成的补料总是打断仓管员的发料工作。车间的物料员经常守在仓管员旁边要求仓管员停下手中的工作处理自己的单,让仓管员根本没法安心点料、发料。更为过分的是有的物料员直接把还没有检验入库的物料拿去车间使用,导致仓管员到处找物料。因为工作太多,现在仓管员都是忙了一天之后,晚上利用加班时间才能整理自己的发料单据。而在这个时间,单据录入员已经下班了,只能第二天再录。在这种情况下,谁也无法完全避免漏单、丢单。

IQC也在抱怨,公司开拓的供应商太差了,根本达不到公司的质量水平要求,采购还坚持一定要用。原材料质量问题特别多,而质量部又是抽检,根本不可能发现所有的问题。而且现在到IQC手上的几乎都是急单,IQC现在的工作极其被动,都是物料员和仓管员说哪个急就赶紧去检哪种物料,根本没办法规划自己的工作,效率非常低!IQC人员的情绪也很大。有时候检验员甚至会同时收到两个指令要他立即检验两种不同的物料,都不知道听谁的好了!

制程质量也在抱怨研发部的与质量相关的文件经常不能及时给到质量部,设计变更频繁,而且经常不能及时收到设计变更文件,

第6章 突破口在哪里

导致设计变更管控艰难。现在设计变更简直是泛滥成灾，质量工程师如果要仔细看完每一份文件的话，每天根本没时间干活了。此外很多设计工艺不成熟，导致生产容易出现质量问题。完全靠质量部检验来防止问题，这是很难做到的。

而采购部认为，现在公司规模小，市场紧急需求又多，找到供应商合作都很难，更别提与信誉良好的供应商合作了。采购部也想和质量好的大厂合作，但别人愿意和公司合作吗？而且还有降成本的压力，要降成本只能和这些供应商合作。

此外，江流这一周也能感觉到大家的怀疑和不信任，很多次他都感觉背后有人在指指点点，议论自己。看来自己是一定要拿出个方案来了！

江流想到这里，不禁感觉沉重起来，这些问题盘根错节，到底该如何解决呢？好像每个部门强调的客观困难都确有其事，而且很多问题彼此还互相纠结，简直成了一团乱麻。难道这些问题都是不可能解决的吗？他摇了摇头，苦笑了一下。问题必须要解决啊！吴静波说遇事则急，还是先不管治标还是治本，先想办法把这种被动的局面缓和一下再说吧！他长长地叹了口气，走出书房倒了杯开水，回到自己的书房继续坐在椅子上沉思起来。

周一，又是一周的开始。江流去办公区找到了物料计划的章成和生产计划的李勇，把他们叫到了自己的办公室。章成长得很白皙，好像没晒过太阳一样，脸上总是不带一丝笑容，江流虽然来的时间不长，却也知道章成的绰号：法官。

他们一坐下来，江流就马上问：“最近市场部对交付的意见很大，你们怎么看？有什么解决的思路没有？”

章成带着些许不满的情绪说：“哎呀！市场部老是下急单，我们这边本来就累积了很多订单还在整天要我们插单，而且市场部的预测总是偏小，我们按预测备料总不够。现在一插单就又缺料，然后天天都是在忙着催欠料，搞得整个工厂都疲于奔命。市场部最好提前一个月给出订单或者给一个更准确的预测，不然谁也没办法。短期内市场部最好不要接急单了，如果这样说不定我们还能搞定。"

江流不置可否，微笑着点了点头，然后把头转向生产计划的李勇。李勇看到江流在看自己，先看了看章成，有些犹豫地说："这样恐怕不行吧?! 市场部现在意见已经很大了。我感觉如果生产效率高一些的话，我们应该是能交更多的订单的。那样可能也不会有这么多急单了。"

章成听了李勇的话立刻驳斥道："说说倒很容易！生产部维持这种效率已经很久了，它的产能一直就是这个水平，除非再加人，加设备。可是，我们又不是总有这么多订单，再过三四个月就又进入淡季了。那时怎么办？"

"但长期这样下去，市场部恐怕不能接受。"李勇的声音明显低了不少。

章成不屑一顾地说："那就是市场部的问题了，市场部自己没做好，不关我们的事！"

江流听到这里，连忙转移话题说："从计划的角度来看，我们没有什么可做的吗？"面对沉默不语的下属，江流想了想问："我们有没有搞清楚这么多急单都是些什么客户的订单，要的都是什么产品。"

章成说："什么急单都有，感觉没什么规律，产品也是什么都要，好像种类也很杂。"这时江流注意到李勇看了章成一眼，好像想说什么却没有说出口。

江流说："大家不要拘谨，今天也就是聊聊天，什么都可以说，说错了也没关系。李勇，你有什么想法就直接说出来吧！"

李勇说："我也就是一个感觉，好像大部分急单是一些平时需求量大的产品。其实如果我们多做一些这种产品放在仓库里面，急单应该会少一些，这样生产部就可以减少换线，抱怨也就没有那么

第6章 突破口在哪里

多了,而且我们计划也可以避免老是协调急单。"

"备成品库存?!我们公司不是严格管控成品库存吗?现在的供应链管理潮流就是JIT[一]——零库存!做成品库存来出货的做法早就落伍了。这会增加公司的资金占用,是落后管理的表现!所以,我们公司一直都是按订单生产的。而且成品库存是考核我们计划的,库存多了,我们的工作绩效就下去了。还有你知道成品库存是有风险的吗?万一消耗不了怎么办?而且别的急单怎么办,还是没办法解决问题!何况我们现在正式的订单都做不完,哪还有时间做库存?"章成立即跳出来反对。

李勇连忙小声解释说:"我也就是自己想到什么就说出来了,还没考虑这么多。"

章成冷哼了一声,说:"说话要靠谱!"

江流笑着说:"呵呵,这事不怪小李。我开始就说了,随便聊聊。好啦,情况我已经知道了。你们先出去忙各自的工作吧!"

江流在他们走出去之后,马上从系统里面调出最近两个月的订单信息,仔细看了起来。看了好一阵子,不仅喃喃自语说:"的确啊!虽然看起来订单杂乱无章,但是大约四分之三金额的订单都是少数主流产品订单。而且急单单数虽多,可大部分金额还都是主流产品的急单。非主流产品单数虽然也不少,可总体来说金额并不高。"看到这里,江流心里大略有了一个思路。

他拿起电话,打给了商务部的高松。双方寒暄了几句之后,就切入了主题,转到了目前供应链交付情况上来了。提起供应链的交付,高松也是大吐苦水,说公司销售目标高,但是工厂的支持太不给力,不知道这个销售目标如何完得成,现在压力大得觉都睡不着

[一] JIT:准时生产方式(Just In Time, JIT)

了,希望江总一定要多体谅市场部的兄弟在前方冲锋陷阵的困难,早点解决这些问题。江流认真地听高松的抱怨,不时还插话说理解,理解。

高松抱怨了好一段时间,才感觉似乎不对。"江总,对不住,不该老抱怨这些。但是目前这种局面,搞得我们真的很痛苦,我们现在就指望您了。"

江流说:"一定尽力,一定尽力。只是有个小问题,我想了解一下,我们有不少产品一个月做不了几次,而且一来就是急单。市场部是在开拓新市场吧?"

高松辩解说:"公司也不能老是凭几款老产品打天下,新产品也得推呀。总得为以后做准备不是?但说老实话,这些产品目前还真走不了多少量,但蚊子再小也是肉呀!我们今年的销售任务可不轻啊!"

"呵呵,理解。我现在就是在考虑怎么提高产能,减少订单积压,能在旺季给公司多发点货支持销售部。我会给销售部一个满意的方案的。"江流挂掉电话之后,略略沉思了一会儿。

想完了之后,江流又叫来了生产部经理张志和。在谈话中,张经理列举了多次停线对产能的影响,其中大部分停线的原因都是因为缺料。张经理认为如果能保障生产的平稳进行,他的产能提升百分之十都不成问题。

张经理出去后,江流接着又叫了生产计划主管李勇。李勇认为主要是急单太多导致物料采购时间不足,为了保障急单发货,他们只好挪用为其他订单准备的物料先满足急单的生产交付。这样就导致其他原本有备料的订单也出现缺料,需要紧急催料的情况。有一些业务员对这种做法意见很大,认为自己作了预测,结果也没有按时交付,质问计划部到底预测有什么用。这导致业务员对预测很不重视,现在的预测工作做得非常差了。而且急单有时候还是在生产进行的过程中插进来的,这样导致生产换线的时间也增加了。生产

第6章 突破口在哪里

部对计划部的抱怨也很大，说他们不如改叫"变化部"。但事实上，计划部整天也忙得像个陀螺似的，到处求爷爷告奶奶，希望别的部门配合，搞得好像这些货都是出给计划的一样，感觉做得非常憋气。

听到这里，江流马上安慰了一下李勇，表示自己还是很认可李勇的工作态度的，而且在这么大的压力下，他还能认真考虑如何更好地交付市场订单已经非常难得了。这些问题自己会想办法缓解的，而且是一定有办法的，让李勇要有信心！

江流突然想到了一个问题，问李勇："你和章成都是计划，但我怎么感觉你们之间的沟通怪怪的。"李勇犹豫了一下，却没有回答。

江流说："不要有什么担心，这只是我们之间的沟通，不会有第三个人知道的。"

李勇这才下定了决心说："章成来公司比我久，学历也比我高。前任熊总监曾经还打算把他提成物控部的经理。只是事情变化得太快，这个任命还没来得及颁布，熊总监就先走了。但是章成一直就觉得这个物控部经理的位置应该是他坐的，现在公司又说让您暂时代理物控部的经理，所以可能章成有些不满。"

江流听了微微一笑，问李勇："那你觉得应该让章成做物控部的经理吗？"

李勇说："这个我不敢说。"

江流有点不高兴地说："其实我还是很欣赏你敢做敢当的个性的，你敢打电话把我叫到车间去，难道还怕和我谈这种问题吗？"

李勇脸红了一下，说："我感觉他希望可能不大了。江总你强调的是解决公司的问题，但是章成老是强调先进管理模式，根本不管我们现在存在的实际问题。虽然我不清楚为什么他的先进模式解决不了我们的问题，但我知道这样做是不符合江总你的期望的。"

江流点头表示赞许，说："不错。你按你目前的思路去做，多想办法解决实际问题。想错了不要紧，就怕不去想。我们什么都不需要多讲，空谈无用。公司现在就看谁能解决问题，谁能解决问题谁就上去，解决不了问题对公司是没有用的。"

李勇出去后，江流在脑海里面把思绪重新整理了一下，在纷繁芜杂的现状下，他似乎看到了一条线，一条连接很多关键问题的主线！一个模糊的方案雏形已经开始出现在脑海里。

本章点评

■ 到处需要救火，怎么打开局面？

救火要诀：找出关键问题，集中资源解决！两种错误观念：①哪里有火救哪里，见招拆招。②休克疗法，不理会实际情况，按自己的思路走。前者容易陷入问题的泥潭，到处都在忙，就是没有办法从根本上解决问题。后者则容易让老板失去耐心，很难得到老板和重要部门的支持。不要怪别人不给自己时间，要让别人有给你时间的理由！

第7章
临时对策

- 零库存真是计划工作的金科玉律吗？
- 完全满足客户的需求真的是企业的目标吗？

第二天早上一上班，江流又把章成和李勇叫了进来，要求他们立即把一些主流产品的每月发货数量和订单预测数量统计好交给自己。他要增加对一些主流产品的物料备货！下午，章成和李勇就把江流要的数据交过来了。江流又把他们叫到自己的办公室，在了解了这些产品推出市场的时间、客户的反馈意见、研发部是否有替代计划之后，逐一定下了新的备料计划和成品安全库存水平。此外，江流还要求以后的备货计划做出来后要先由自己审批后才可以执行。

了解了江流的决定后，章成马上提出了反对意见，说："这样做不合理吧？我曾经在南高做过好几年。南高的管理模式是很先进的，物控的一个非常重要的目标就是控制库存、减少库存资金占用，降低库存风险。如果按这个新计划方案做，我们的库存水平会大大上升，库存报废的风险也会增加。现在管理水平高的公司都非常注意库存的控制，降低库存风险。我觉得这完全是违背先进的管理潮流的，我认为这个方案还是需要再考虑一下！"

李勇却赞同说:"如果这样做,我们现在面临的订单严重缺料的情况应该能大大缓解,生产部的抱怨也会减少,生产效率也会提高。那样的话,我们就可以减少现在的订单积压了!"

章成有些不屑地说:"不要一缺料就只会去想拼命多备物料,这是外行的想法!我们应该做的是敦促内部相关部门提高自己的业务水平,从根源上解决问题,而不是通过多备物料掩盖我们的管理缺陷,这样做公司的管理水平永远无法提高。"

章成越说越来劲,完全没有注意江流的表情,挥着手说:"我们应该要求每个部门都做好自己的事情,市场部就应该给出准确的市场预测,采购部就应该保证物料及时到达,仓库就应该及时发出物料。哪一个环节出了问题,就让有问题的部门去解决!我原来在南高的时候,我们市场的预测偏差不超过百分之十,而且给出的是6个月的滚动预测!我们现在应该做的是去敦促市场部提高预测的准确度,而采购应让供应商及时交付物料,提升整体管理水平来解决我们目前的问题,而不是碰到缺料就多备料。"

李勇带着求援的神情看着江流,江流却淡淡地说:"章成说的有一定的道理。但目前我们还是先考虑怎么用最快的办法先把市场交付的问题解决掉吧!我想市场部还有公司都没有耐心继续这样等下去了,旺季已经到了,交付的问题必须解决!这个问题不需要再讨论了,就按我的决定去做。出了问题我会负全责!"

章成似乎还想争辩,江流却摆了摆手,做了一个让他们出去的手势,说:"你们工作比较多,已经开了这么久的会,外面不知道成什么样子了。出去忙你们的吧!"

安排完了计划这边后,江流找来了质量部经理常平安和IQC主管刘振辉。江流没有拐弯抹角,开门见山地说:"现在生产部对不良品频繁流入车间的现状很不满。你们怎么看?"

刘振辉马上就接过话茬说:"我也提过了很多次,质量问题应

第 7 章 临时对策

该从源头解决。我们现在的质量问题的源头还在于我们公司找的供应商太差，原材料质量问题太多。我们质量部防不胜防，根本不可能解决所有的问题。其实品质是制造出来的，不是检验出来的。如果我们想从根本上解决问题，必须从供应商源头进行管控，要严格进行供应商考评，淘汰那些不适合的供应商。供应商这个环节做好了，这个来料质量的问题才能根本解决。如果仅仅是把眼睛盯在 IQC 这里，继续目前这种被动的、堵漏式的质量管理，迟早还会出问题。"

江流不置可否，却把眼光转向了常经理。

常经理看到江流看着自己，这才说："的确，现在我们供应商来料的问题很多，很难解决。当然了，采购部也有采购部的困难，现在价廉物美的供应商也的确不容易开发。单从质量部的工作来说，也确实有一定的问题，我们漏到车间去的问题的确也偏多了一些。我们应该加强检验。"

刘振辉马上打断常经理的话："大家要看看来料问题有多严重。我才有几个检验员啊？现在我天天都让他们加到晚上十点，可还是有物料检不过来，总是被别人催。怎么还来得及从严检验？那样子会有更多的物料检验不了。"

江流说："你知道你们的员工现在平均检验一张单要多少时间吗？"刘振辉显然没有想到江总问了这个问题，一时张口结舌，不知说什么。

江流很严厉地质问："你知不知道，漏到车间的不良质量问题产生的原因都是什么吗？你知不知道哪些质量问题对生产的困扰最大？你知道我们最需要防止的来料质量问题是什么吗？"

刘振辉这下不说话了，连常经理也不知说什么好。江流停顿了一下，缓和了一下自己的语气说："我看过最近的记录，你们一天最多完成不超过一百单检验，而你们有五个检验员。他们每人每天工作超过十个小时，平均差不多三十分钟才检验完成一单！这个效率你能说我们没有挖掘的潜力吗？我们要不要站在旁边看一下正常的检验员验完这些单需要多少时间？"

江流看着刘振辉，见他没有说话，继续说下去："你总是在强调你们是抽检，没有办法发现所有的不良品，但是现在流到车间的不良有的是批次性的问题——百分之百不良！这也是抽检造成的吗？"

江流又停顿了一会儿，说："我前几天开会的时候就已经说过了，现在问题多，原因复杂，出了问题我不怪大家。但是我们要想办法逐步改善呀！公司请我们过来不是让我们找借口的，我们如果一味找借口，不积极想办法解决现在面临的问题，这些问题将永远无法解决，那公司有没有我们又有什么区别？别的部门造成的原因我先不说，我现在要求IQC解决批次性不良漏到产线的问题和工作效率低下的问题。有没有问题？"

刘振辉低着头，迟疑了一会儿，发现常经理没有说话，又抬起头看到江总正看着自己，小声回答说："批次性问题我一定解决。"刘振辉想了想，似乎下定了决心说："效率的问题也不能都怪我们IQC，我知道按业界的水平，IQC的表现是差了一些。可我的IQC全都是新手，按我们现在的待遇根本留不住熟手。"然后又用带着一丝挑衅的神情看着江流。

江流说："很好！你能承诺解决批次性问题就很好。先解决批次性问题。你说的人员问题后续我一定会研究解决。"

江流看到常经理和刘振辉的表情都稍稍放松了一些，缓和了一下语气说："你们也很清楚，最近市场订单积压严重。现在公司领导的眼睛都盯着工厂，这种时候谁出问题谁倒霉！你们希望做出头鸟被老板抓个典型吗？大家要看清楚目前的形势，我没有要求你们彻底杜绝质量问题，像刘主管说的，这是要从源头上才能解决的，

第7章 临时对策

不是靠检验能够解决的问题。但是我们也不能让老板觉得我们坐在这里什么事也没干吧？不管问题是谁造成的，既然已经有了这些问题，我们总得想办法解决一些问题，不要让老板觉得问题老是卡在自己这里，对吗？"说完，江流把头转向了常经理。

常经理沉吟了一下，说："不管怎么样，我们还是先解决批次性问题，这是质量部责无旁贷的工作。江总刚来，我们一定大力支持您的工作。质量部的一些实际困难，也希望江总以后能够考虑。"

江流微笑着说："这个一定。呵呵，虽然工作会有一些冲突，但总的形势还是互相配合的，对吧？我也做了这么多年供应链，这个道理你不说我也明白。那么现在就先看你们的了！"

把工厂的问题初步理出一个头绪后，江流觉得现在是时候去联系市场部陈总监了。

第二天，在市场总监宽敞的办公室内，江流向陈总监介绍了一下生产的近况，同时也表达了自己对市场销售形势的关注。江流认为，现在市场部接单的数量超过了目前生产部的供货能力。所以市场部能否扩大销售的业绩完全在于生产部的产能，那么目前应该全力确保生产部的产能。所以，江流希望暂时减少对业绩贡献不大的冷门产品的急单。

但陈总监认为供应链还是应该确保订单的及时交付，虽然有些客户和产品对目前的经营业绩不能起到很大的作用，但是这些客户和产品将是未来业务增长的希望，因此不同意取消任何急单。

对此，江流早有预料，说："可销售目标就摆在这儿，我们难道什么都不改变吗？如果我们不利用这个旺季多发一些产品出去，提升我们的销售额，公司的销售目标恐怕不容易实现。工厂的情况可能你比我还清楚，从目前的情况来看，生产部是没有办法在短期内增加产能的，就算我现在去增加设备和人员来提升产能，估计等我准备好了，我们的销售旺季也要结束了。"

看到陈总监终于无奈地点了一下头，江流说："所以，现在比较靠得住的方法还是尽量减少对生产产能的不利影响，争取提升生产效率。我们是不是应该在长远目标和短期目标之间进行一下平衡呢？"

陈总监不断用手指刮自己的下巴，沉默了好一会儿，最后有些迟疑地问："你有什么好的建议呢？"

江流这时将身体向陈总监那里靠近了一些，说："销售部开拓市场肯定也是有一个计划的，市场部在一段时间内主推一些市场比较成熟、比较有销售潜力的产品可能更容易见效。这些产品我也给你备一些库存，市场部要的话随时可以发货。对于不属于重点力推的产品和客户，希望市场部能帮忙暂时控制一下市场开发的节奏和进度，尽量不要在这个出货最紧张的关头让一些没法带来销售额的客户和冷门产品订单影响销售冲量。这样做，我们就能在旺季全速冲击销售业绩！"

江流看到陈总监听到这里，眼中闪过一丝光芒，继续说："等过了销售旺季，那个时候生产产能应该也充裕了，你们再把销售的重点重新放在新产品推广、新客户拓展上来。这样做的话，销售业绩也容易保证，新产品推广也不会受太大的影响。你看怎么样？"

陈总监想了片刻，终于点点头，说："恐怕也只能这样了！"

"那还有一个问题，我最近要忙着解决库存备货，如果生产急单太多，我恐怕是总也备不齐成品库存的。所以最近一段时间，除了少数大客户，其余的订单交付时间可能会有短时间的延后。要暂缓一些不重要的急单交付，让生产部集中精力连续生产，提升效率，尽快建好安全库存。安全库存建好以后市场部主流产品的急单交付就更快了。当然短时间内会有一个痛苦期，我估计需要两周左右的时间恢复。你们已经忍受了那么长时间，也不在乎多等这么两

第7章 临时对策

个星期吧？"

陈总监苦笑着说："如果能解决这个产能不足的问题，熬这么两周问题不大。可市场部希望看到改善的结果呀！不要让我们忍了两个星期发现一切还是没有变呀！"

"这一点请陈总放心。既然达成一致了，我就一定想办法保障实现目标。如果没什么问题，我想现在就行动，毕竟早一天行动，早一天解决问题。你让人今天就把需要重点拓展的产品的参考备货数量给我。我们马上行动怎么样？"

"好！"陈总监同时伸出手紧紧地握了握江流的手说："江总做事雷厉风行，我也有信心了。希望江总能够早日理顺生产，这样我们市场才能安心在前线攻城略地！"

下午四点多钟，江流就收到了市场部要求备货的品种和数量。他核对了一下，发现这个数据和前面计划做出来的备货计划差不多，很多备货数量比自己前面做的数量还少一些。他终于感到像放下了一块巨石。

他把李勇叫到了自己的办公室，让他尽量按市场的需求建立安全库存。为了建立安全库存可以把一些订单的交付延后，但是所有需要延后的订单要事先告诉自己，经过自己确认后才能通知销售部。李勇在问清楚了安全库存建立的优先等级后就马上出去安排了。

在接下来的时间里，主流产品的安全库存逐渐都建立起来了。随着安全库存的建立，紧急生产订单随之急剧减少，生产部的效率开始稳步提升。江流看到堆积的订单开始减少，不禁长长地舒了一口气。这个最大的问题现在已经在向良性的方向发展，下一个目标在哪里呢？

自己要进一步解决生产效率不高的问题，还需要解决仓库发料缓慢的问题，IQC那边的情况虽然暂时得到了控制，但是还没有完全解决。问题依然很多，到底应该从哪里着手呢？最终，江流把下一个目标敲定在了仓库。仓库负责管理公司所有生产物料、半成品、成品，关系到公司大量资金的安全，而且这也是刘总反复向自己强调的要重点关注的部门，看来是需要花时间仔细了解一下了。

第二天，江流先把仓库的徐经理叫到了办公室，说自己打算到仓库了解一下仓库的工作情况，希望能够帮助仓库提升、改善工作绩效。徐经理却带着不满的情绪说："仓库的工作没有什么问题吧？我已经在公司做了四五年了，公司才二十多个人的时候，我就来了。我们一直是这样做的，刘总也没觉得我们有什么问题。"

江流微笑地解释说："我不是怀疑谁的能力，我到公司来的时间很短，需要充分了解情况才好开展工作。你管理的仓库涉及公司这么多资产，自然是重中之重。我刚来的时候，老板就反复向我强调仓库管理的重要性，这你应该也能理解。同时，为了方便我尽快了解你的工作，我希望以后你每周五能交一个工作周报给我。"

徐经理只简单地说了句"知道了"就一脸不快地走出了办公室。江流看着徐经理的背影，在椅子上坐了好一会儿，一动不动。

本章点评

- 零库存真是计划工作的金科玉律吗？
- 完全满足客户的需求真的是企业的目标吗？

整体大于局部！管理者应该首先关注整体的工作目标。对于成长型企业，拓展市场更为重要，而且这种企业往往缺乏供应商的支持，一定的安全库存是减少问题、保障高质量交付的必要手段。

企业满足客户的要求是为了获取利益，无论是长期利益还是短期利益，当客户的要求无法为企业带来利益的时候，管理者要懂得拒绝。

第8章
反客为主

■ 老员工摆资历，不配合工作，新领导怎么办？

周末，江流又约了吴静波到自己家中小聚。妻子张兰也让沈开顺便过来吃饭，一大早沈开就到了。

沈开显得很急于知道江流在飞达公司的工作进行得怎么样了，一进门就大着嗓门问："姐夫，你在新公司怎么样了呀？"

江流笑笑说："你总是这么急。还行吧，到目前为止还没出什么岔子。不过也有些问题还是挺让人头痛的。"双方又闲聊了一会儿，江流把目前的困境刚刚向沈开讲解完，沈开就苦笑说自己头痛，听都听不下去了。

吴静波照例又是到了十一点钟左右才到，不过这次他是一个人来的，说李月清有些事情来不了了。张兰显得很遗憾。大家又寒暄了几句，过了差不多半个小时，张兰就张罗着让大家就餐。

吃完饭之后，大家照例去客厅聊天。这次江流有些急切地问吴静波："师兄，现在公司有人比较抵触我，我的要求他不听，也不把我放在眼里。我也做过尝试，希望能够沟通，但感觉没有效果。你说怎么办？"

吴静波没有立即回答这个问题，反而对江流说："你还是先和我聊聊你上任以来都做了些什么事，跟一些核心人员是怎么相处的吧！"

江流愣了一下，不过似乎又明白过来，就详细地把自己在飞达公司所做的工作以及和一些核心人员相处的情况向吴静波描述了一下。

吴静波听了，满意地点点头，说："你做得很不错啊！这么短的时间就找到了破局的办法，打开了工作的局面，遇事则急你是做得非常好了。不要一上来就要求从根源上解决问题，先解决老板关注的问题才是正解。有了这个好的开头，老板和销售部现在应该都很支持你了吧？"

江流带着一丝自得的笑容说："目前老板和销售部对我都比较满意，说我一过来就解决了他们的大问题。但是仓库经理就对我不冷不热，也不遵守我的一些工作安排，而且很明显地对我有很强的抵触情绪。我也想和他沟通一下，但是他好像没有兴趣和我沟通，反而跟我摆资历。师兄你觉得我该怎么做呢？"

吴静波还是没有回答江流的问题，仍然继续问自己的问题："我感觉你这个新工作方向立得很好，既解除了大家心中的不安，而且让真正想做事的人能够放手做事情。下面的人应该有不少都支持你吧？"

江流有些诧异，不过还是点点头，把自己和几个主要管理人员目前的关系都简单地介绍了一下。

吴静波这时说："老板支持你，销售部支持你，别的部门相同级别的同事也没有很激烈反对你的。下属里面已经有两个重要部门的经理支持你。你一来就解决了发货紧张的问题。呵呵，你现在根本就不用太担心那个仓库经理。其实你基本上已经稳操胜券了！"

沈开兴奋地说："那吴总都说我们是稳操胜券了，就别对那小子客气了。找个理由赶走算了。"

第8章 反客为主

出乎沈开的意料，吴静波竟然连连摇头，说："我不是这个意思，我只是说江流赢面很大，但不是说可以为所欲为。按我们原来的计划是先立后破，现在立已经初步立好了，对于这种顽固分子，该破就破，当然不能姑息手软。而且现在形势已经对江流很有利了，上上下下大都比较认同江流。所以也到了该破除这些顽固分子的时候了！但是具体怎么破还是要讲究技巧的，毕竟他在公司也是老员工了，说不定还有些潜在的你没发现的势力在支持他，而且大家都看着你，不能一味蛮干。《道德经》里面有这样一句话：'勇于敢则杀，勇于不敢则活'。"

吴静波停顿了一会儿，看到江流似乎不太明白自己刚才说的话，就解释说："这句话的意思是说，太莽撞去做事，这样可能会给自己带来杀身之祸；而坚忍的人即使受到了藐视也不做不合理的事情，这样反而能够保全自己。具体到你现在的情况就是，如果你觉得自己地位高，有人支持而逞一时之快，贸然采用了不符合公司制度和文化的手段清理对手，可能反而给自己带来麻烦；但如果能够忍一时之气，不去做那些违反公司制度和文化的事情，以合理的手段应对自己面临的问题则反而更容易在公司站稳脚跟。"

沈开有些不服气，说："难道你的意思是让我姐夫什么也不做，任由那小子嚣张吗？"

江流做了一个向下压的手势示意沈开不要继续讲下去，同时对沈开解释说："师兄应该不是这个意思。师兄的意思是要我做事要冷静，不要轻易动怒逞强、意气用事。如果做了不该做的事情，这样反而坏了大事。"

吴静波点点头，说："是这样，如果没有冷静的头脑，一切的手段和策略都是空的。所以对于这件事你一定要保持头脑冷静，即便这个人有诸多不是，但真要处理他还是要做到师出有名。做到师出有名了，大家才会心服口服，才会支持你。而大家的支持对你以后的管理会有很大的帮助。如果为了处理这个人失去了大家的支持，那就是捡了芝麻，丢了西瓜。"

吴静波意味深长地冲着江流笑了笑，解释说："大多数人都喜欢做事有原则的领导，讨厌完全按自己的喜好随意处置下属的领导。其次，在老板那边按制度做事的人也比较容易被接受。如果觉得自己受老板的重视，逼老板二选一来赶走对手，就算这一次得手了，老板也不会喜欢这样的下属的。如果师出无名，随意处理下属，这件事又被捅到老板那里，老板很可能跳出来反对你的决定，很容易就让你威信扫地，那么前面积累的优势可能一下子化为乌有，这就得不偿失了！"

江流点头说："师兄的意思我明白了。师兄是要我更重视自己在公司的形象和人缘，对于这个仓库经理的处理要放在次一等的级别处理。我自己给公司的印象好才是我在公司立足的根本。"

江流看到吴静波点头同意，继续说："可我怎么才能做到师出有名呢？这个仓库经理现在出了问题总是找借口，我一时也抓不到很有力的证据，证明确实完全是他的责任。而且仓库是他的地盘，下面还有他的死党。我也很难找到什么很强的证据一下子扳倒他。小问题说了还不如不说。"

吴静波微微摇头说："江流，你这就有点剑走偏锋了！你的重点不应该是怎么扳倒他，而是怎么提升仓库的管理水平。你还是要记得我们原来说过的原则：先立后破。如果你能在仓库找到如何立起合理的制度的方法，破他不费吹灰之力！"

江流不禁苦恼起来，说："这正是我请师兄来的原因啊！我真是想不出以什么办法在仓库立我的制度。他现在把自己的地盘看得很紧，连我去仓库蹲点都很抵触，更别提让我在仓库推行什么新政策了！"

吴静波说："三十六计里面有一计很适合你现在的情况：反客

第8章 反客为主

为主计！"

看到江流没有什么反应，吴静波只好解释说："反客为主计是这样说的：乘隙立足，扼其主机，渐之进也。意思是先要找到机会把自己的势力插进去，然后想办法逐步控制核心要害部位，逐步扩大自己的影响，最后控制局面。这就是反客为主计！"

江流想了想说："感觉现在有个方向了，但具体该怎么做，还是没有一个清晰的认识。师兄能够给一个更清晰的方案吗？"

吴静波却笑了，说："江流，你很聪明的，我也很看好你的，但不要期望什么问题事先都有完整的解决方案，有些时候机会是要自己捕捉的！所以这个你要自己想办法，我只能给你一个大概的思路和方向。具体怎么做还得靠你自己呀！其实本来也没有人可以替代自己，别人最多只能点拨一下。所以，你自己好好想想下一步该怎么走吧！"

看到还是一脸苦恼的江流，吴静波想了想又说："《三十六计》有时间你可以看看，里面有很多好的手段你可以借鉴，我想会对你目前的情况有帮助的。"

看到江流和沈开脸上都浮现出难以置信的表情，吴静波解释说："不要以为《三十六计》都是些阴谋诡计，是些不登大雅之堂的东西。其实手段是为目标服务的，手段本身并没有什么好不好的，关键是看你怎么用！而且《三十六计》蕴涵着很深的道理，并不是什么不入流的东西。你先去了解一下，你真正了解了就会体会我说的意思。"

江流钦佩地说："真没想到师兄工作这么久了，都做到集团副总了，还能有兴趣去看这些书。现在能静下心来看书的人很少了！师兄你放心，既然你已经提了这个建议，我一定会认真看《三十六计》的。"

吴静波说："其实也不是我卖关子不肯爽快地告诉你怎么做，

只是我认为实际情况是千差万别的,而时机又是稍纵即逝的,我不身临其境也很难作出正确的判断。方向性的东西还好说,具体的手段还是要结合现场的情况才知道该怎么做。我真是帮不了你这个忙。"

吴静波看到江流一脸认真地听自己讲话,还在微微点头,就继续说下去:"而且每个人都是有不同于他人的优势的,手段的选择有些时候也要考虑自己的条件。可能这样做对我来说很适合,但是对你却未必适合。所以到底该怎么做,还得你自己摸索出一条适合自己的道路才行。这是其他任何人都无法替代你去完成的!"说完,吴静波说自己还有事就起身告辞了。

本章点评

■ 老员工摆资历,不配合工作,新领导怎么办?

空降管理者要清楚自己的目标是稳定局面,尽快将工作带入正轨。安莫安于忍辱,不要因为一时之气而横生枝节,给自己增添不安定因素。对于老员工的一些情绪、不配合,尽量采取回避和克制的态度,避免形成正面冲突,要通过情绪疏导、寻找别的支持者来控制局面。有了合理的解决对策再打破现有的局面。

第9章
仓库的问题

■ 如何在陌生的老员工中找到自己的支持者？

在仓库待了一周之后，江流这才明白为什么老板反复叮嘱自己要管好仓库。

虽然刚来的时候就感觉仓库比较乱，但现场蹲点一个星期之后才知道仓库远比自己原先想象的还要乱得多！物料员随便进出仓库；有些仓管员来不及补料就让物料员自己去拿；仓库的环境也像一个大市场，一大群人在里面，物料员找仓管员，仓管员找物料员，甚至还有外加工厂的物料员。更为让江流吃惊的是，通过快递补发给外加工厂的物料居然没有附发料单，更谈不上签字回单了。

江流把徐经理叫到自己的办公室，把自己看到的这些情况向徐经理讲了一下，并就这些情况询问他的看法。徐经理却满不在乎地说："仓库有那么多人，当然会显得吵一点，这个其实也很正常呀。物料员进仓库是领料，仓管员这么忙，难道还要仓管员拿到车间送到他们手上啊！至于外加工厂的物料员，我们都很熟的，不熟我们是不会让他们进去的。"

江流被徐经理的一番抢白搞得有些发愣，盯着徐经理，看了好几秒钟没有说一句话。徐经理却没有理会江流的表情，说："仓库里面很忙，如果没有什么事，我先走了。"说完，也不等江流表态就掉头离开了办公室。

　　江流摇了摇头，有些无可奈何。不过摇头归摇头，事情还是得处理。他立即把自己以前收藏的仓库管理规定找了出来，做了一些简化和删减，又检查了几遍，感觉已经不能再简单了，也没发现什么错误这才存了档。

　　第二天，他就把仓库管理规定的邮件发给了仓库包括徐经理在内的几个骨干人员，并向大家说明这是个意见征求稿，欢迎大家多提意见。不明白的地方也可以提出来，他会亲自解释。大家意见一致之后，以后会要求仓库按这个规定操作。

　　发完这个管理规定，江流总感觉似乎还有些事情需要做。他想了想，又把这封邮件转发给了财务部的严总。在邮件里，江流把自己打算改革仓库的管理制度的想法也粗略地介绍了一下，还提到附件里面有一个关于仓库管理规定的草稿，请严总帮忙多提点意见，帮助完善仓库的管理。

　　结果邮件发出去才不到一个小时，财务的严总就打了电话过来。在电话中严总首先在总体上肯定了江流的管理规定，并且说江总过来自己就可以放心了，仓库真是应该交给像江总这样一个懂行的人管理。在谈话中严总也提到了徐经理，说这个人是老员工，是公司创业就进来的元老，也是老板的老乡，同他打交道还是要注意一点。同时还说有需要财务这边帮忙的就直接找他。

　　江流说："十分感谢严总提醒，我会记在心里的！管理好仓库是我职责范围内的事，我本来就应该做好，只是担心老板不了解仓库改革的意义，不清楚仓库的实际情况。如果能够让老板了解仓库的实际情况和自己改革的意义，那我就放心了！"

　　严总马上说："现在公司正处在上市准备期，希望江总能够尽快改善仓库的问题。只要江总解决了公司的问题，我相信刘总一定

第9章 仓库的问题

是看得到的！"

在仓库又待了几天后，基本上没有什么人就新规定向江流询问问题，而且大多数仓管员也还是按老的方法操作。但是江流也不是一无所获，他发现仓库的一个基层管理人员丁忠义开始认真按自己的新规定去工作，看起来值得培养。但是丁忠义学历不高，只有中专文凭，而且到公司也只有不到两年时间。该怎么办呢？江流想了半天最后决定：不管怎么样，还是找个机会和丁忠义聊一聊再说吧。

下班后，江流叫丁忠义到外面的小餐馆吃饭。丁忠义个子不高，黑黑瘦瘦的，眼圈有点发黑，显示他睡眠不足。丁忠义对江流请他吃饭明显感到有些意外，不过他也似乎很喜欢和江流沟通，基本上是有问必答，甚至连自己个人的一些问题都告诉了江流。聊天的结果不仅没有解决江流的问题，反而让他更头痛了。

丁忠义认为公司的工作量大，自己的工作负荷尤其沉重，几乎每天都要做到深夜十二点。而做得多，错得多，自己到公司一年多了，总是被领导训斥，好像怎么都做不对，一出问题就是自己的责任，感觉飞达公司的工作特别难做，真是很不想干了。

江流只好安慰他，说自己会看清楚谁在解决问题的，会给做事的人一个合理的回报，让他有点耐心。江流还赞赏了丁忠义最近的一些工作表现，说到这里，江流注意到丁忠义的眼睛似乎亮了一下。

丁忠义认为自己懂得不多，之前干过的公司的管理也不是很规范，看了江流的新规定才知道自己以前有些事情做得不好的原因。但他认为知道不对就应该改正，而且感觉新规定比较好，如果早有人告诉他这么做，他就不会这么累了。

江流只好耐心地劝丁忠义："那么长时间都忍耐了，也不在乎现在多等一段时间吧？现在我刚刚过来，还是很需要你的支持的，希望你能够安心再干一段时间看看。你要相信我,我一定能给出一个令人满意的结果。如果三个月后还是没有改变,你想去哪里就去哪里,我也不会阻拦你走。"

丁忠义连忙说:"江总,你别这样说。我只是觉得自己没有什么能力,帮不了江总你什么。不过既然江总的话都说到这个份儿上了,我无论如何也会努力试试,希望不让江总失望。"

江流语气坚定地说:"你放心,我也不会让你失望。过一段时间,我们就可以看到结果了。只要我们有信心,愿意努力,希望就在我们手上!"

回到家,江流才觉得自己有些筋疲力尽了。张兰看着江流疲惫的面容,想说什么,但最终还是没有说出来,默默地倒了杯水,递给江流。江流接过水一饮而尽,又随手把杯子递回给了张兰。人靠在沙发上,闭着眼睛,一动不动。

在周四的供应链工作会议上,江流就自己看到的种种问题向徐经理提出质疑。徐经理认为江流提出的很多问题其实并不是问题。比如非仓库工作人员进出仓库,徐经理认为这是为了更好地响应生产。如果大家都等在外面,可能很多生产的紧急订单都没有办法及时解决。至于快递的物料没有让外加工厂签单并回收,他认为双方已经合作很久了,为了减少不必要的工作才这样安排的,这样做可以减轻大家的工作负担,他是不希望大家整天做一些不增值的活动才这样安排的,而且仓库这样做了很久也没有发现问题。徐经理越说声音越大。

江流质问他每月盘点的数据差异怎么解释,徐经理认为自己管一个大仓库,不仅要负责公司内部的车间生产还要兼顾外面几个外加工厂,公司的工作又没有计划性,急单特别多,市场部也是天天催发货,自己的工作量非常大,在这种情况下,谁也不能保证不出错误。说到这里,徐经理又抱怨说做得多,错得多。仓库加班这么

第9章 仓库的问题

多,这么辛苦,但还是总被别人揪住一些小问题不放。

这时采购部陈经理也说:"徐经理差不多是我们工厂最晚下班的吧?江总来的时候就说要看谁能为公司解决问题,肯定不会忽视徐经理解决了多少问题的。"

江流的脸微微动了一下,但还是缓和了一下口气,用比较平静的语气问徐经理:"那么,你认为现在仓库的问题并不是出在管理手段上,而是因为你的工作量很大,导致无法面面俱到,这才出现了一些错误,是吗?"

徐经理毫不犹豫地说:"实际情况就是这个样子,陈经理看得到,其他人都看得到!不是我找什么借口。"

江流不置可否,继续问:"如果能减少你的部分工作,把工作量降到合理的程度,你是有把握把手头剩下的工作做好的,是这个意思吧?"

徐经理哼了一声说:"我也想减少自己的工作量啊!可公司生意一年比一年好,发货也是一年比一年多,我的工作只会越来越多,怎么会减少?"

江流还是继续用平静的语气说:"我们现在不是在谈工作能不能减少,而是在确认是不是减少你的工作量你就能把工作做好,你先回答这个问题。"

徐经理有些犹豫,环顾了一下在场的同事没有说话。江流说:"如果你不能肯定地回答这个问题,合理的推断就是即便减少你的工作量,你也不一定能把工作做好。你的工作没有做好就应该有工作量之外的因素!"

听到这里,徐经理很大声地说:"是的,我目前的困难就是工作量的问题,减少了工作量我的工作肯定没问题。"

江流点点头说:"那好,我就想办法减少你的工作量,你也要记得你的承诺,减轻工作量后要把手头的工作做好。在场的大家可都是会关注这个问题的!"

会议结束后,江流还没来得及起身,徐经理已经率先扬长而去。江流看了看其他人,除了陈经理,大都是微微摇头。

周五晚上,张兰说:"明天还要去加班吗?"

江流皱了皱眉头,说:"公司的事情比较多,估计我还得去看看。我尽量晚上早点回来吧!"

张兰有些失望,不过还是说:"最近你工作一直很紧张,还是要注意休息。毕竟,身体是自己的。"

江流满脸歉意地苦笑了一下,却没有说话。张兰看到这样,也没有说什么。

一到公司,江流又陷入了好像永远都没有止境的问题之中,一件接着一件,本来想和丁忠义好好谈谈,但是一直没有时间。眼看快要下班了,江流想了想,还是拨通了张兰的电话,说:"老婆,估计晚上不能回去吃饭了,要很晚才能回去,对不起啊!下次一定早点回去!"张兰在电话里面只是"嗯"地应了一声。

晚上,江流又约了丁忠义一起出去吃饭。大家先聊了聊仓库最近的一些问题,江流一一解答了丁忠义的问题,详细地告诉了他解决的方法,需要注意的要点。等丁忠义的问题告一段落,江流告诉丁忠义:"我打算让你管理原材料仓库,你有信心吗?"

丁忠义显得很意外,愣了一会儿才回答说:"江总,你是不是还要再考虑一下,你知道的,我其实能力不够,以前根本没做过像样的管理,我怕搞砸了,到时候让你为难。我能做好的事情一定会尽力,但是这件事我恐怕做不来!"

江流鼓励丁忠义说:"只要你愿意就够了,我对你是有信心的。没有经验可以学,不懂可以问我。没有解决不了的问题,就看你愿不愿意了。"

丁忠义有些不好意思,说:"以前反正也没人重视我,也没什

第9章 仓库的问题

么心理负担,所以不打算做了。但是江总这么重视我,如果被我搞砸了,自己心里也过意不去。"

江流说:"如果是这样,你就更没必要怕了。我都不怕,你还怕什么?你放心,我会全力支持你的,有不懂的就问我。我看好你,你是个很勤快的人。有人教还怕什么?如果不行,你到时再提出辞职也没损失呀。"

丁忠义有些诧异地看了一眼江流,最终还是接受了江流的安排。江流似乎又突然想起了什么,问丁忠义:"采购部陈经理和徐经理关系好像不错,你清楚这个吗?"

丁忠义说:"他们两个人都当过兵,而且都是从一个地方出来的,经常一起喝酒,好像关系还是很不错的。"江流没有说话,只微微点了点头。江流又把自己让丁忠义管理原材料仓库的计划大致向丁忠义说了一下,还特别叮嘱丁忠义以后要多找机会和下面的仓管员沟通,要多想办法拉近感情。

吃完饭,出来的时候已经是快九点了。江流看了看低沉的天空,叹了口气,连忙往家里赶。出乎意料,家里没有人。江流感到有些意外,打了张兰的电话,张兰说自己和李月清在一起,过会儿就回家。

张兰晚上收到江流不能回来吃晚饭的电话后,就约了李月清,在江流和丁忠义一起吃饭谈工作的时候,张兰也在和李月清边吃边聊。

张兰快速地用勺子搅拌着咖啡,说:"感觉我们家江流去了飞达之后,我们的生活就完全变了样,现在都不知道怎么过下去了!"

李月清轻声说:"你好像心情不太好。"就没有再说下去了。

沉默了一会儿,张兰说:"是这样的,江流去接手了飞达那个烂摊子之后就整天忙工作,晚上回得晚不说,就连正常的休息日都要去公司，周日还要在家里看邮件，做工作安排。忙完了就说累，马上就睡觉去了。我真不知道这样的日子什么时候是个头！"

李月清把椅子向张兰挪近了一些，把手放在张兰的手上，微笑着说："你觉得还是他过去在创富那样好？"

张兰愣了一下，最后还是说："也不是那样了，他在创富那边过得很郁闷。他总是抱怨公司没有发展空间，自己找不到实现自己价值的机会。毕竟在创富那边他只是一个部门经理，很多事情他只有执行的份。"

李月清说："你觉得现在比过去在创富还是好一点？"

张兰没有马上回答，默默地搅拌咖啡，过了一会儿才说："他现在还年轻，肯定还是事业重要，发展空间重要。飞达应该是比创富好的。只是现在他太忙了，忙得好像忽略了这个家，有时候这样想想，心里还是感觉有些不是滋味。"

李月清喝了口果汁，又说："那你希望他怎么做呢？"

张兰埋着头，继续搅拌她的咖啡，又慢慢喝了一些，才说："我不喜欢看到他整天郁闷没事干的样子，比较起来我还是喜欢他现在这个样子。"

李月清笑了，却没有再说话。张兰这时感觉有些不好意思，说："其实他最近很辛苦的，我确实不该埋怨他。钱不是那么好赚的，尤其是新去一个公司，事情肯定多。"

想了想，张兰又说："一般他要加班，晚上不回家吃饭都会先通知我。估计他也头痛这些事情。"

李月清这时却笑着摇头说："唉，这才多大一会儿呀！这么快就开始帮自己老公说话了！"

张兰感觉脸有些发烫，嗔怪李月清说："月清姐，你又笑话我了。"

李月清说："呵呵，我说错了吗？这种情绪垃圾你都倒在我这

第9章 仓库的问题

里,让我接受你的负面情绪,把自己的情绪清理干净之后回去照料你老公。哎呀,我是真为自己悲哀,嫉妒江流啊!"

张兰没有再争辩,说:"你是月清姐嘛,呵呵,我最好的姐姐!"

李月清还没有说话,张兰又说:"今天也就是找月清姐你倾诉一下,这事别告诉你老公啊,他们两个人也经常聊天的。我不想让我们家那位知道这些事。"

李月清说:"知道了!其实我们家老吴当年也是这样的,他当初刚去中伟的时候,曾经连续半个月没回过家,吃住都在公司!"

张兰的眼睛瞪得大大的,一时都不知道说什么好。李月清继续说:"有些时候,我心里也很不高兴,他忙公司的事情,一个家就全丢给我了。但是等他回家,看到他那么憔悴,我又心软了,还去想办法煲各种汤给他喝!不过现在都好了,他的事业有基础了,我们现在就轻松多了。"

张兰眼睛一亮,说:"月清姐煲什么汤补身体?教教我。"

双方又聊了很多煲汤做菜的诀窍,直到张兰接到江流的电话才分手各自回家。

周一刚一上班李勇就来找江流了,他反映仓库的物料数量经常有偏差,导致自己备料的时候才发现料不够,生产部无法及时完成生产订单的加工。希望江总能够敦促仓库解决问题。江流说:"我们不是已经多备物料了吗?不影响生产吧?"

李勇说:"这倒没有影响生产,不过这些数据不准确,对我的生产计划有一定影响。我下达的生产计划,有时候会差一点料,搞得继续生产就欠料,无法及时关单,如果不生产,又影响交付。"

江流说:"那我明白了。现在还是先解决大的问题吧。这样的小数量的差异应该不会有大影响,先别管了。确保生产不断线,提升生产效率,减少订单积压才是目前最关键的任务,别的事情暂且放一放吧!仓库的问题以后一定会解决,但现在的焦点还不在这里。现在是需求旺季，多交货，减少订单积压才是公司目前最关注的问题。至于仓库物料数量不准，你下发生产计划之前让物料员多确认一下，不要完全依赖系统里面的数据。先应付过去，不要造成严重的后果就行了。"

说完，江流走近李勇，拍了拍他的肩膀，说："最近你这边工作量大，我知道的。但是现在是非常时期，帮忙克服一下。我会逐步解决的。"

下午，江流把徐经理和丁忠义叫到了自己的办公室，向他们宣布了自己的决定。江流说考虑到徐经理的工作太多，已经影响到了仓库的日常管理工作，而且目前需要改善的地方实在太多，徐经理一个人忙不过来，所以让丁忠义来分担他的部分工作。后续原材料仓的物料收发以及相应的人员都由丁忠义管理。徐经理负责成品仓的收发以及仓库的5S管理工作。

这时，徐经理很气愤地质问江流："我是仓库的经理，为什么原材料仓要划出去让丁忠义管？丁忠义算什么？万一出了问题谁负责？"

江流说："现在仓库总是被公司批评，老板都关注了。你希望仓库一直这样吗？而且你不是说工作量太大，忙不过来，需要减少工作量吗？现在找一个人来分担你的工作，让你集中精力把手头的工作做好。这不是很好吗？"

徐经理毫不示弱地说："丁忠义才来不到两年，而且他根本没有仓库管理的经验，他能管得好吗？到时候越搞越乱可别怪我。"

江流平静但是态度坚决地说："我安排丁忠义暂时分管原材料仓库，是希望你能多花一些精力管好成品仓。原材料仓这边我相信丁忠义会努力去做好的。你作为一个老员工，仓库的经理，仓库的问题也都是你的问题，所以你还是应该尽力帮助他。这还有疑问吗？"

第9章　仓库的问题

看到徐经理没有继续反驳，江流说："只有让丁忠义成功地分担部分工作，才能帮你减轻压力，是不是？这也是你希望看到的，对吧？"

江流沉吟了一下，继续说："我作出的决定，我自己当然会对这个决定的后果负责。后续你们都要向我提交工作周报，内容要具体。对于一些异常情况的处理最好能够体现在周报中，当然重大的异常情况需要立即向我汇报。"

接下来的两周，江流首先在原材料仓推行了自己的新管理规定。让丁忠义不解的是，江流对徐经理在成品仓阻挠新规定的实施没有采取任何措施。江流几乎把自己变成了一个仓库主管，一天有大半时间待在仓库里面。有江流直接指导、解决处理各种异常情况，这让丁忠义感到非常踏实，做事情也有信心多了。在异常情况的处理过程中，江流也不忘不时地强调自己的那个简化版的管理规定，要求仓管员按照新规定操作。如果有时间，江流甚至会向丁忠义和仓管员解释为什么要这样做，为什么不能按原来的方法操作。结果在不长的时间里，原材料仓库的仓管员都记住了这个新来的总监，江流也可以很清楚地记得所有原材料仓仓管员的名字。但是，江流一直没有多去成品仓，也不去指导徐经理和成品仓员工的工作，他甚至也不过问成品仓的事情。

本章点评

■ 如何在陌生的老员工中找到自己的支持者？

熟悉产生信任！孤莫孤于自恃。管理者过于自大，这是最大的孤立！管理者要取得员工的信任就要放低身段、走到员工中间去，倾听他们的心声，了解他们工作的实际情况。大家熟悉了就容易产生信任，有了信任才会有支持！

第10章
奖励先进

■ 为什么员工做出成绩后要及时奖励？

刘总在知道了公司供应链的改善后很高兴，特意把江流叫到了总部。在自己的办公室里，表示了对江流这两个月工作的赞许。江流趁机说："刘总，我刚来，有这些工作成绩也主要是因为有大家的配合和支持。其中有些人特别积极，为这次改善交付项目做出了较大的贡献，希望能有一些激励手段让大家知道努力完成公司的工作，公司也会积极回报他们。目前工厂在推行改革，还需要更多的员工以他们为榜样，所以我希望能给他们搞个特别加薪，这样也好激励更多的员工向他们学习。您看？"

刘总沉吟了一下，反问道："几个人？""两个。一个是生管（生产计划员），为这次改善交付提出了很重要的改善建议。另一个是仓库的一个基层管理员，目前他分担了原材料仓库的管理工作，改善了原材料仓的管理水平。"

刘总想了想说："行吧，做得好了就应该奖励。这件事由你决定，我给人事和财务打个招呼就执行吧！希望供应链后续能够有更大的改进！"

回到工厂后，江流拨通了生管李勇的电话，叫李勇到自己的办

第10章 奖励先进

公室来一趟。在办公室里，江流大大赞赏了一番李勇积极解决问题的工作热情，说这次解决订单积压的问题他起到了很大的作用，现在公司已经决定了，给他加薪。看着欣喜满面的李勇，江流勉励了几句后让他出去了。

随后被叫进来的是丁忠义。在办公室里，江流向丁忠义宣布了公司给他特别加薪的决定。这着实让丁忠义有些意外。江流问："怎么样，现在想好了吗？能不能留下来？"丁忠义重重地点头说："嗯，我留下来。我一定要做出些成绩来回报江总！"

江流笑着点了一下头，说："很好！只要我们一起努力，我相信我们一定能把事情做好。"他微微停顿了一下，继续说道："你工作的积极性和责任心我都是很认同的，这也是我提拔你的主要原因。你也很有悟性，所欠缺的只是一些经验。这一点我相信随着你不断努力积累也会逐步改善的。"

丁忠义说："我也意识到自己能力的欠缺了，尤其缺乏仓库的管理经验。我现在已经买了一些仓库管理方面的书在看。但可能还没有理解，感觉对工作帮助不大。"

江流点头说："意识到自己的不足是改善的第一步。改善不必太心急，关键还是思想意识。你如果有了想把事情做得更好的心态，你自然会从工作中发现很多需要改进的地方，也会意识到自己手段的欠缺，这种心态会鞭策你不断进步。所以保持不断改进的心态去看待自己的工作是最重要的。至于说管理的技巧和经验确实需要时间积累，到了一定的程度才会熟能生巧，运用自如。我也有一些仓库管理方面的书，回头带过来给你看看。"

看着丁忠义出去的背影，江流长长舒了口气。不过他也知道，现在还远远没有到可以放松的时候。随着自己改革的深入推进，那些暗礁会一个接一个地浮出来，自己还需要继续小心应对。

调薪的事情过了还没几天，物料计划的章成就把一张辞工单递到了江流面前。江流一边看章成的辞工单，一边问他为什么要辞职。章成没有明确地解释自己辞职的原因，只是说感觉太累，想换个环境。

江流说："你的感觉我完全可以理解，前段时间工厂的运作的确比较忙乱，但你也看到了，我们现在正朝好的方向转变。以后工作应该会好做一些的，你说对吗？"

章成承认形势在向好的方向转变，但仍然坚持辞职，并坚持说没有其他原因。江流注视了章成几秒钟，章成似乎没有注意到江流的眼神，没有做出任何反应。

江流想了想，说："如果你确实坚持辞职，公司也不能不考虑你的个人想法。不过我真的希望你能再考虑一下，这张单我暂时不签。不过你放心，如果你确实要走，我会签字的，而且辞职申请时间从今天算起。你看怎么样？"

章成似乎有些意外江流的答复，愣了一下，还是接受了。但是章成强调了，说这样做也没什么用，因为他已经决定要走了。等他走出办公室后，江流马上拟定了一个物控岗位的招聘需求，发邮件通知人事安排招聘。

本章点评

■ 为什么员工做出成绩后要及时奖励？

人的本性是会作对自己有利的选择。员工的忠诚来源于他的忠诚能够有所回报，及时从物质和精神上回报员工的努力是获取支持的必要条件。小功不赏，则大功不立。在缺乏信任的时候，奖励对其他员工具有很好的引导和示范作用，能够引导其他员工停止观望、积极工作。

第11章
生产部的问题

■ 下属有能力没积极性，领导该如何沟通协调？

在这些日子对生产部工作的观察中，江流发现，生产部也存在一些明显的问题。根据江流从人事部得到的生产部经理张志和的简历来看，张志和生产管理的经验很丰富，能力也比较强，但是生产部晚班的效率和品质都不理想，周六、周日的加班情况也是很不尽如人意。

江流问了李勇才知道，张经理是按五天八小时工作制工作的，从不加班。张经理安排了生产部的主管田德海———一个刚提拔起来不到四个月的年轻人，在加班时间代替他管理生产。而田德海虽然工作态度很积极，但是工作的绩效却并不理想。江流和田德海沟通过两次，发现田德海缺乏生产管理的经验，对很多生产工作的安排都不合理。有些时候，加班都开始十几分钟了，很多员工还不知道自己要做什么，而他自己却在忙着做一些焊接、测试，甚至分料的工作。

江流感觉张经理应该知道这些事情，但是张经理一直没有采取有效的对策去解决这个问题。在周六又看到田德海还像以前一样忙得满头大汗，但是生产开线十几分钟还没有进入正常的生产状态之后，江流下定了决心：是该找个时间和张经理谈谈生产部的工作了！

晚上，饭馆的餐桌边，几杯酒下肚之后，双方的话开始多了起来。江流开始转入正题，说："老张呀，你工作经验丰富，能力也强，公司也是很看重你的，但是生产部的工作好像还是不尽如人意呀！你对生产部目前的工作表现有什么看法呢？"

张经理略微沉吟了一下说："的确，生产部现在晚班的效率和质量确实有些低。小田做事情很努力，这个江总你也看得到。但是他刚刚学做管理，时间不是很长，还需要一段时间学习，他的管理能力也需要继续培养，以后做久了应该会逐步好转的。"

江流紧紧盯着张经理，一语不发。张经理也沉默了一会儿，接着又说："本来车间管理得不够好，我这个经理是应该义不容辞地担负起这个职责的。但对于加班我实在是无能为力，家里事情比较多。老婆也上班，孩子要照料。当初我来这家公司其实主要就是希望工作时间不要那么长，而且是考虑到工厂离我家也比较近，上下班方便。我来飞达的时候就已经告诉了刘总我的情况。飞达比我前一家公司小多了，当然工资也比前一家公司低多了，我已经做了很大的让步。如果还是要上那么长时间的班，这个条件和我当初谈的条件就有很大的出入了。"

张经理看江流还没有说话的意思，继续说道："我现在做的工作已经不少了，公司小，连个设备工程师也没有，所有的设备的调试、校验、保养、维修联系，固定资产的管理，人员招聘都是我一个人在做。但是具体的生产现场管理工作我也是有心无力呀！"

看到江流没有说什么，张经理叹了口气，继续解释说："其实我原来培养过一个人，就是小田前面的主管，一个叫谢朝飞的。教了一年多，好不容易什么都学会了，他就跳槽到了别的公司做生产部主管，据说工资高多了。小田现在说起来是个生产部领班，其实

第 11 章 生产部的问题

比一般员工的水平也高不了多少，不过他还是很勤快的，现在就是他这样的也很不好找了。"

江流长长地叹了口气，说："你说的我也明白，公司对你的能力一直都是认可的。但你也知道的，像现在这种状况持续下去，说闲话的人会越来越多，对你在公司的发展肯定不好。所以，你觉得我们这样等下去是最好的选择吗？小田已经培养了四个月，你觉得到底还要多久他才能够成长起来，才能够把这个担子挑起来？公司还要等多久？"

张经理想了一会儿才说："其实我也觉得小田不是那么合适，但小田人比较老实肯干，生产部的员工中他来公司是最早的了，别的人估计还做不到他这个样子。我们公司的工资不高，从外部招聘，估计这个工资也吸引不了什么有经验的人来，而且外招的人对我们公司的人和产品都不熟悉，我还得重头教起，最要命的问题是还不知道这个人能做多久，搞不好又是为他人做嫁衣。所以，我这也是没有办法的办法呀！"

江流皱了皱眉，说："哎，我也理解你的困难呀。但问题是市场部那一关不好过呀，整天抱怨我们效率低。你又没有太多时间关注现场，晚上就更不用说了，感觉这样拖下去也不是个办法。你家庭的实际困难我可以理解，但工作效率提升也是势在必行的。"

江流看到张经理没有说话，说："所以，我觉得你还是要在白天上班时间多指点一下小田。别的不急的事，能放一下就放一下吧，先想办法解了燃眉之急再说。希望田德海能够尽快掌握管理的要点。"

看到张经理在点头，江流说："我觉得我们也得考虑别的选择，不能守在一棵树上吊死。万一田德海还是不行，我们也得给自己留条退路，对吧？"

张经理点头同意说："田德海是个老实人，我尽量教。但这么短时间要掌握现场管理的要领，对他确实有很大的难度。多考虑一个退路也是必要的。"

江流说："如果这样的话，我们之间就没有什么分歧了。我先和田德海谈一下，了解一下情况。具体下一步怎么走，到时候我再和你沟通，怎么样？"张经理表示这样没问题，欢迎江总多了解实际情况。

第二天，江流叫田德海下午下班后到自己的办公室谈谈。下班后，江流在办公室看邮件，等了好一会儿，田德海才来到江流的办公室。他双手放在背后，很严肃地站在江流的办公桌前。江流不禁笑了笑，指着椅子说："有椅子怎么不坐呀？坐、坐，别客气。我们就是随便谈谈。"

田德海这才在椅子边上坐了下来。江流等田德海坐好了，这才说："田德海，你来公司也很久了吧？"

田德海回答说："两年多了。"

江流点点头，说："像你这么踏实的员工现在不多了，现在很多人都是做个一年半载就换工作。做什么事情都沉不下心来。你能够这样沉下心来干一件事还是很不错的。"

田德海有些不好意思地说："工作做得不好，江总您就别这么说我了。这样说我更不好意思了。"

江流说："不管怎么样，你的努力我和张经理都是看得到的。当然目前的工作成效还不能让大家都满意，你还需要进一步努力。"

江流停顿了一下，看了看田德海，继续说："你觉得自己以后还需要在哪一方面努力来改善自己的工作呢？"

田得海说："感觉吧，就是自己的管理能力还需要提高。现在的员工很多都是90后，很不好管理。要他们做个事情要说老半天，有些时候感觉让他们做还不如自己做。而且人又多，人多麻烦就多，每天光是应付这么多人就够自己忙的了，一天下来很难做点什么事。"

江流有些诧异地看了他一眼："当初你不是通过竞聘做上领班的吗？"

"不是的。"田德海连忙辩解道："当初张经理看我做事比较认真，来公司也比较久，对产品也比较熟，就提拔我做领班了。但我感觉自己真不是做领班的材料。有时想，还不如做个技术类的岗位呢！现在管这么多人，一会儿忙这件事，一会儿那边有人叫。整天忙来忙去，也不知道自己忙了什么。"

江流有些吃惊地问："你原本想做技术类工作？！"得到了田德海肯定的回复后，江流意识到现在这个以前还不是很确定的问题已经是板上钉钉了，原本还有的一丝微弱的希望也彻底破灭了。该怎么办呢？

本章点评

■ 下属有能力没积极性，领导该如何沟通协调？

解决问题的第一步是搞清楚问题的根源！对于有能力没积极性的员工，通常还是要搞清楚他缺乏积极性的根源。其次，要根据市场行情来判断员工目前的付出是否符合他的工资水平。情况搞清楚了，不要简单地否决或接受下属目前的表现，要试着找出平衡双方利益的解决方案。

第12章
如何选择

■ 选拔合适的人才的标准到底是什么？资历？学历？忠诚度？还是兴趣？

仓库这边的改革工作仍然在继续推进，不过改善仅限于原材料仓。现在原材料仓的物料都按单据操作。而且根据江流的意见，丁忠义减少了点料仓管，设置了发料仓管，专门负责把各个仓管员点好的物料收集好，等领料人确认无误，在领料单上签字后再交给领料人。仓库原来那种像菜市场那样乱糟糟的局面大为改观。

因为前期物料备料充足，生产订单批量较大，生产批次减少，缺料导致的补料减少，点料工作量有所减轻。而且有了发料仓管，点料仓管不再需要和众多领料人员打交道，虽然点料仓管的人数有所减少，工作也还能够忙得过来。江流走在仓库里面，看到仓管员都在专心做自己的工作，没有以往的嘈杂和争吵，安静的氛围让他感到一丝快慰。

而成品仓还是老样子，没什么改进，有时候丁忠义向江流反馈成品仓的一些情况，江流往往也只是默默地听完，最后总是说成品仓的事情徐经理会去想办法。江流要求丁忠义专心管好原材料仓，说这比什么都重要，要他多教自己的手下，多和他们谈谈心，

第12章 如何选择

要抓牢他们，成品仓的事情不需要操太多心。甚至有外部门投诉成品仓，江流多数时候也只是把邮件转给徐经理，让他自己回复一下，江流从来不责备徐经理。

但是江流对丁忠义原材料仓的人却比较严格。发现工作不认真的要马上谈话，了解问题的根源。对于技能和知识理解有问题的员工，江流则会给他们和丁忠义讲解。江流还专门给了丁忠义一些基础的仓库管理资料和一本仓库管理的书籍让他学习，并总是敦促丁忠义，让他给原材料仓的仓管员培训。江流甚至自己亲自给原材料仓的仓管员讲过几次课。

不过让丁忠义和原材料仓管员比较满意的是：原材料仓做得好的员工受表扬也比较多，还有一些小奖励。此外，江流也拨了一些经费给丁忠义，让他请手下的仓管员吃饭。所以，虽然丁忠义对江流严格要求原材料仓却放纵成品仓感到不理解，却也接受了江流的安排。丁忠义把自己的精力集中在了对原材料仓的日常管理中，虽然工作还是很累，但是整个人都显得精神多了。过了一个多月之后，原材料的仓管员逐渐接受了丁忠义的管理，很少有人再提起徐经理了。大家现在有问题就找丁忠义，他们下班后一起去吃饭，饭后在一起聊天。原材料仓的勃勃生机和成品仓死气沉沉的气氛形成了鲜明的对比。

一天，张经理来找江流，说生产部要搞一次部门聚餐，问江流有没有时间参加。问清楚了聚餐的时间后，江流马上就答应一定会参加。

席间，江流没有像第一次和公司管理人员喝酒那样有敬必干。他推辞自己酒量有限，除了开席时和大家一起干杯之外，后面都只是象征性地喝一点。大部分时间里，他都是面带笑容地看大家喝酒吃菜。大家一开始还感到有些拘谨，可慢慢地大家也逐渐放开了，不再顾忌有江流这样一个总监在场，尽情畅饮起来。

第二天，江流找来了生产部张经理，聊了几句之后，问起昨天喝酒时见到的一个小伙子，这让张经理感到有些诧异，问清楚了这个人的一些特点后，张经理补充说这个人叫陈劲飞，人比较聪明，原来在这里干过近一年，后来辞职说是做生意去了，做生意失败后又联系他说想回来。张经理想反正现在也缺人，也就同意了，现在才回公司还不到一个月。

江流沉吟了一会儿，缓缓地说："能不能考虑培养陈劲飞做领班？"

张经理马上现出为难的神情，说："恐怕不好吧！这个人虽然有些小聪明，但是人很不稳定，说不定什么时候又走了。而且他也没做过管理，小田好歹还做了四五个月了。现在再掉头去培养一个新人，感觉不划算。"

江流没有理会张经理的反对意见，说："田德海做了这么久也没有找到做管理的感觉，你对他现在的进步满意吗？再给他一点时间他就能够踩准步点，掌握管理的诀窍吗？"

张经理一时也无话可说了，江流看了看张经理说："这样吧，我们也先别急着下结论，你安排一个时间，让陈劲飞到我办公室来一下吧。我先了解一下这个人再说。"

陈劲飞对江流叫他到办公室显得有些手足无措，脸上流露出莫名其妙的表情。手一会放在背后一会又放下。江流却没有立刻说话，盯着他看了几秒钟，才指着旁边的沙发说："坐吧。"陈劲飞这才选择了一个比较远离江流的位置坐下。

江流问："听说你是辞职出去做生意后来又重新回公司的。"陈劲飞没有说话，只是轻轻地点了点头。江流继续问："当初为什么想出去做生意呢？"

陈劲飞想了想回答说："当时觉得自己还年轻，想闯一闯。但是江总你放心，我这次回来就一定会在公司好好干下去的。我回来

第12章 如何选择

的时候就跟张经理承诺过了，至少在公司干两年。"

江流微笑着摇摇头，问："你当初觉得应该出去闯一闯，只不过是碰到了一点挫折就回公司。为什么不继续闯呢？要知道失败是成功之母，出去闯天下碰到点挫折也很正常。这样就放弃当初的想法有点草率了吧？"

陈劲飞红着脸说："做生意失败，亏了钱还是次要的。关键是真正出去闯一下才发现自己很多东西都不懂，又没有门路，继续做下去只会白白往里搭钱。其实我们家还有钱，能够支持我继续做下去，但我还是觉得不能再这样下去了。我现在只想认认真真再做几年，希望能学点东西，积累一些经验。"

江流说："这么说，你还是打算以后出去做吗？"

陈劲飞显得有些犹豫，最终还是说："肯定要出去做，打工只是个积累学习的阶段，不是长久之计。不过你放心，我既然来了就一定会按照当初的约定最少做两年，不会说话不算数的！"

看着陈劲飞有些急于辩白而发红的脸，江流不由笑了："你不要误会，我就是了解一下你的情况，没什么其他的意思。你别坐那么远，坐近一点。"

江流看到陈劲飞只是稍稍挪了一点点，继续问："我还有几个问题，我很好奇，希望你不要介意。你喜欢喝酒吗？"

陈劲飞对江流的问题有点摸不着头脑，回答说："不怎么喜欢，感觉喝醉了对身体不好。"

江流继续问："你不喜欢喝酒，那昨天聚餐的时候，你为什么主动去给员工敬酒？"

陈劲飞说："我以前在这里待过，是个熟手，也算是骨干。要想开展好自己的工作就必须搞好和同事的关系。在这种聚餐的场合，敬酒是最好的拉近大家距离的方式。这也算是一种工作需要吧！"陈劲飞似乎又想起来，连忙补充说："我们不像江总，我们员工比较粗，喝酒还是我们的一种享受。"

江流没有在意陈劲飞说的这个观点，继续问下去："很好，很好。你对管理有什么看法？"

"管理就是安排人把事情做好。"陈劲飞脱口而出，不过他马上解释说："我没做过管理，不怎么懂，您别笑我。"

江流微笑着说："很不错了，你有没有兴趣在我们公司做管理，比如说做生产领班怎么样？"

陈劲飞显然没有心理准备，看着江流，一时都忘记了回答。过了几秒钟，他才说："我想做，毕竟这样可以学到更多的东西。我这次回来也是希望能在公司多学点东西。但我没有管理经验。"

江流说："如果公司安排你来做生产领班，自然会给你相应的支持，关键是你有没有信心。"

陈劲飞想了想说："如果领导愿意给我机会，我一定好好做，会尽力想办法把事情做好的。"江流在了解了陈劲飞一些其他的情况后让他离开了自己的办公室。

看着陈劲飞轻松离开的背影，江流才觉得略微放松了一些。陈劲飞、田德海，江流脑子里不断回忆这两个人的一些对比，后来干脆拿出一张纸，把自己对他们的一些看法写进去，又对比了一会儿。最后他作出了决定，打电话把张经理叫了进来。

张经理一进来，江流就开门见山地说："陈劲飞这个小伙子我觉得不错，值得试一试。你的意见呢？"

对此，张经理有些犹豫，小心翼翼地说："您只和他接触了一两次，是不是再等一等，深入了解之后再作决定？"

江流却大方地笑着说："你似乎还是有些顾虑呀？我认为我们之间最好能够坦诚沟通。这样我们才能尽最大可能找出合适的处理方案。你不要因为我是你的上司而有所保留。因为生产部是你负责的，我现在所做的一切都只是协助你而已。最终这件事情还是由你

第12章 如何选择

来决定!"

张经理深深吸了一口气,字斟句酌地说:"我觉得吧,陈劲飞这个人好像还是不太稳定。用一时可以,但如果长期重用,我担心……"

张经理没有说下去,眼睛看着江流,江流说:"我已经说了,希望我们能够坦诚沟通,有什么你就说吧。"

张经理说:"他回公司的时候向我保证会做两年。从这个保证来看,他还是不想安心在公司长期做下去。如果我们培养他,很可能的一个结果就是把他培养好了,他也该走了。"

张经理看到江流似乎在思考自己刚才说的话,没有说话,就继续说:"所以,我觉得还是继续让田德海干下去比较适合,比较起来,田德海对公司更忠诚。学得虽然慢,但只要学好了,我们就有了一个稳定的基层管理人员。所以,我认为我们应该对田德海更有耐心一些。否则的话,教会一个走一个,我们投入大,成果却小。我们如果仅仅因为田德海学得慢了一点就把他换下来,很容易冷了那些踏踏实实做事的员工的心。"

江流点点头说:"是啊!我们不能冷了积极工作的员工的心。"江流想了想又问:"但是你了解田德海的思想状况吗?你知道他到底想要什么吗?"

张经理一怔,迟疑了一下说:"您是指?"

江流说:"田德海给我的印象是,他比较喜欢做事情,但对于大量的人员的管理工作并不感兴趣。感觉他在现在的位置上是在苦苦煎熬,他其实并不喜欢做管理。"

张经理似乎没有想到这个问题,好一会儿才说:"我还真没想到这一点。不过我想有可能是刚做管理,还没适应的缘故吧。我刚做管理的时候也做得挺痛苦的,不过慢慢做上手了就好了。"

江流摇摇头,说:"如果他很想做管理,也很喜欢做管理,只是欠缺经验的话，我们只需要多给他一些时间就可以了。但如果他根本不喜欢管理很多人，不喜欢总是沟通、协调处理人的问题。这就不是时间可以解决的了，你同意吗？"张经理没有马上回答，似乎在搜索他平时对田德海的记忆。

江流说："我们还是把他们两个人谁比较合适的问题先放在一边。首先从根源来考虑我们的问题吧！我们首先应该确定的是选择什么样的人来做基层管理。你先说说你的标准吧！"

张经理说："稳定，对公司忠诚。做事积极，善于沟通。"

江流点点头说："我认为小田也做事积极，但是总是看到很多工作都没有落实安排下去。你觉得这是怎么回事呢？"

张经理思考了好一会儿，说："可能还是欠缺经验吧！"

江流摇摇头，说："如果现在有一台不需要立即使用的设备出了问题，还有一条线的员工等待安排工作。你觉得他会先去做什么？"

张经理想了想说："很可能还是会先去看设备吧！就算他安排了员工的工作，估计心里也是惦记着设备的事情。"

江流说："问题就在这里！其实作为一个生产现场的管理者，最重要的事情是安排员工的工作，但他的兴趣不在这里，我觉得这才是他难以提升管理水平的原因。"

江流看到张经理在点头就继续说："所以，我们的选择标准也应该有所调整，工作积极本身是没错的，错的是不够明确。应该是对管理工作积极、感兴趣才对吧？"张经理点头表示认同。

江流继续说："现在说稳定性和忠诚度，你对陈劲飞有顾虑主要是担心他不够稳定，认为他只承诺在公司待两年时间太短。对吧？"

看到张经理点头，江流继续说："首先，他承诺待两年并不是只干两年。如果我们这里确实能够让他获得发展，他完全有可能会

第12章 如何选择

在这里干得更久。关键是我们是否为员工提供了合适的发展空间，其实员工流失不一定是员工的问题，和公司也有很大的关系。退一步说，如果陈劲飞能够在三到六个月的时间掌握管理技能，管好车间，不是还有一年半的时间不用担心车间的管理吗？如果继续任用田德海，你觉得再给他三个月就行吗？如果一个人对一件事情不感兴趣，想做好这件事真是太难了！"

张经理点头说："可能是前面走了一个，一朝被蛇咬十年怕井绳。我现在对员工的稳定性和忠诚度的要求是有些过头了。"

江流说："稳定性和忠诚度确实是我们考虑的一个重要方面。我觉得现在有一个误区，做两年走并不代表这个员工不忠诚。员工忠诚度应该是这个员工在公司服务的时候为公司创造价值、做好事情，而不应该是以工作多久来衡量吧？当然没有时间是肯定无法创造价值的，但一个干不好的人即使他待在工作岗位上也肯定是创造不了什么价值的。所以，我们应该更多地考虑对比一下候选人，看谁能为我们创造价值，对吧？"

江流停了一下，张经理想了想点头认可，江流继续说："其实现在很少有人能够在一个公司待一辈子。换句话说，绝大多数人都会离开公司，只是在公司待得时间长短而已。所以，我们不应该片面追求员工在公司待多久，而应该看重员工是否能够为公司创造价值。如果稳定性太差，做几个月就要走，导致无法为公司创造什么价值，这种人我们自然不应该要。但是如果他能够创造价值，我们也不应该过分硬性要求他必须在公司待多少年。我们应该做的是改善我们的管理和公司的待遇，促使能够为公司创造价值的员工选择留下。"

张经理长长舒了一口气，说："那我现在明白了，确实应该这样选择员工。"

江流说："那我们现在对于选择的标准达成一致了。要对生产管理工作感兴趣，有一定的管理潜力。具有一定的稳定性，像生产这种岗位，我觉得干两年也是可以接受的。毕竟，就算是那些承诺了很多的人，有几个真干满两年的？做事有责任心，有一定的职业道德。你同意吗？"张经理点头表示同意。

江流说："那我们现在再来对比他们双方的条件。对生产管理的兴趣应该是陈劲飞比较强，管理潜力也是陈劲飞强。稳定性应该还是田德海好一些。至于责任心、职业道德我觉得两个人都不错。你的看法呢？"张经理点头表示同意江流的看法，认为陈劲飞的确更适合生产管理的岗位。

张经理还是有些难以决定，问江流："我对提拔陈劲飞已经没有意见了。但是田德海怎么办呢？虽然他没有做好管理，但这个员工做事还是很积极的。我不希望他感觉自己被抛弃了，希望他还能待在公司。"

江流说："这个问题是你要考虑的。如果你觉得他还能为公司创造价值，你自然能够为他找个合适的位置。如果他不能为公司创造价值，强留他还不如为他在外面寻找到更合适的工作提供机会。"

张经理说："那我明白了。我准备再和他谈谈，如果他喜欢技术，我想多教他一点产品维修或者设备维修方面的知识。以后公司大了，维修方面需要人了，让他转过去做维修或者其他技术岗位。你觉得怎么样？"

江流说："我还是那句话，我只是协助你分析、帮你看清楚生产部的问题，对问题的处理还是你做主。当然你要对生产部负责，你要作最后的判断。我的分析和意见只是起一个参考作用，原则上只要你的工作并没有违背公司的原则，我都不会直接干涉你的工作的！"

张经理说："那我明白了，我知道该怎么做了。谢谢江总！"

第二天，江流找了物料计划的章成。章成还是坚决表示自己要走，

第12章 如何选择

他说已经有同学帮自己介绍了一份还不错的工作，只是那边对报到催得也不是很急。所以，如果这边确实有需要，他可以考虑多等几天。但是这边的工作确实不适合他，他不考虑继续待在飞达了，希望江总能够谅解。江流没有再说什么，只是说希望章程考虑清楚。

江流随后又单独找李勇聊了一下关于章成的问题，李勇说："其实章成一直想做计划部经理，您一来就兼了计划部经理，对他好像也不重视。他在下面也发了一些牢骚，认为公司对他不公。我想他就是因为这个才辞职的吧！"

江流沉默了一会儿说："我说过了，我是看谁能够解决公司的问题来决定给谁相应的待遇，这一点不会因为谁辞职而更改的。如果想通过辞职来威胁我，这是行不通的。在我手下做事，如果还是抱着固有观念不改变，不把工作的思路转移到解决公司的问题上来，是不可能有前途的！"

下午，人事就通知江流几个物控候选人都已经在会议室等候面试了。江流刚刚问了第一个面试者两个问题，丁忠义就打了电话过来，江流简短说了句回头给你电话就挂断了电话。面试结束后，让人事感到很意外的是，江流选了一个经验不是很丰富，以前只在一家小公司工作过三年的年轻人，并没有像她想象的那样选择那个曾经在大公司工作过、年纪相对比较大一些的求职者。

本章点评

■ 选拔合适的人才的标准到底是什么？资历？学历？忠诚度？还是兴趣？

目标决定手段。在一般情况下，招聘的目标，是要找一个能够在这个岗位为公司创造价值的人。选拔人才需要围绕是否能够为公司创造价值进行。

第13章
前哨战

■ 面对员工挑衅，管理者需要从哪几个方面考虑问题，化解危机？

面试完了之后，江流马上回了丁忠义一个电话。江流说："不好意思，你打我电话的时候我正在面试。你有什么事吗？"

丁忠义颇为气愤地说："原材料仓有一个员工不按规定操作，被发现后不仅不认错，也不接受处罚，还说只有徐经理才是仓库的领导，说我根本没有权力处罚他。"丁忠义不知道如何是好，想请示江流怎么办。江流想了想说："你还是到我办公室来说吧。"

在办公室里面，丁忠义似乎还在气愤之中，脸涨得通红。他详细地向江流介绍肇事仓管员的情况和事情的经过。这个仓管员一向和徐经理走得比较近，对丁忠义的安排不怎么服从。为了维持仓库的稳定，丁忠义一直忍让，觉得能把事情做好就行了。事情的导火索是前一段时间发布的仓库管理新规定。为了提高发料效率，现在要求所有发料仓管按照仓库管理人员排出的次序发料，但是这个仓管总是按自己的喜好发料。已经说了他两次了，要求他注意改正，可这个员工一直当耳旁风，今天又违反了规定。丁忠义觉得这个人屡教不改，需要惩罚一下以示警戒，但这个员工不仅拒不接受处

第13章 前哨战

罚，还振振有词，说仓库一直都是这么做的，而且小丁不是仓库经理，这事他说了不算，要问徐经理。丁忠义就赶紧打了江流的电话，发现江流不方便通话就又找了徐经理，徐经理却说他现在不管原材料仓了，这事他不处理。

江流想了一下问丁忠义："你觉得这事应该怎么处理呢？"

丁忠义态度坚决地说："我觉得应该强调公司的规定。如果我不处理这个仓管，我担心别的仓管也会学他的样，而且我觉得他好像是故意的，说不定是徐经理在暗中搞鬼。"

江流说："那你有没有考虑过，如果他提出辞职你怎么办？会不会有别的人一起辞职拆你的台。现在是交付旺季，公司可容不得我们出什么问题啊！"

丁忠义说："这一点倒不用担心，您已经告诉我要在仓库的员工中树立威信。现在除了这个人之外，原材料仓别的仓管员都支持我。他们觉得我比较公平，出了问题也愿意帮他们解决，在我下面做事不用受冤枉气，做事情比较开心。"

江流满意地点点头，丁忠义又补充说："我为了拉近大家的感情也请下面的员工吃了好几次饭，上个周日，我们还一起出去烧烤了。大家现在都很喜欢部门的氛围。"

江流有些诧异，说："你请他们吃了好几次饭？我没见你来报销啊。你自己掏了腰包吗？"看到丁忠义不好意思地点头，江流说："很好！一分耕耘，一分收获！你的付出会有回报的！如果你能控制局面，我们现在就没有必要软弱了。我会亲自来处罚这个员工。"

说完，江流打了电话，把徐经理叫到办公室。徐经理一进来，江流就说："仓库的员工不按规定发料的事情你已经知道了吧？"

徐经理面无表情地说："丁忠义跟我说了一下，不是很清楚。你也知道的，现在原材料仓不是我在管。"江流没有直接和徐经理辩驳，让丁忠义简单说明情况后，江流问徐经理："你觉得这件事应该怎么处理？"徐经理再次推脱说自己最近不管原材料仓，这件事他没法处理，应该让丁忠义来处理才对。

江流说："你到目前为止还是仓库的经理呀！原材料仓也是仓库的一部分。当初让小丁管原材料仓只是看你忙不过来，帮你分担一些事务处理的工作，管理的责任还在你身上呀！而且你也听到了，那个员工只认可你的管理呢！"

徐经理还是面无表情地说："我现在管成品仓这边已经忙得焦头烂额了，真是管不了原材料仓了。而且公司既然相信丁忠义能够管好原材料仓，就应该放手让他去做。"

江流沉吟了一下："那你是坚持不肯管原材料仓的纠纷咯？"

"是的。谁搞出来的问题谁自己去担！"徐经理斩钉截铁地说。

"那好，既然你坚持不管，我也不勉强。但是现在，下面的人还不清楚你们的职权分配，你能发个邮件吗？说明以后原材料仓的管理权限都交给丁忠义负责，这样丁忠义也好做事，下面的仓管员也知道该听谁的。"徐经理迟疑了一下，但还是同意了。

收到徐经理的通知邮件后，江流让丁忠义和肇事仓管员黄田一起到自己的办公室来。江流问黄田："丁忠义说你不按仓库的新管理规定发料，是这么回事吗？"

肇事仓管员黄田用一种满不在乎的口气说："我不知道什么新规定，我是按仓库一直以来的做法做的！"

丁忠义很生气地说："我那里还有培训记录，上面还有你的签名。你敢做怎么不敢承认！"

黄田语气强硬地说："可能有培训吧，我记不清了。但就算是这样，你也没权力处分我。仓库的经理是徐经理，不是你丁忠义！"

江流压住怒火，向黄田强调公司已经颁布了新规定，而且已经

第13章 前哨战

进行了培训，现在必须执行。对于他拒不执行公司规定的行为，一定会受到处罚。但这个处分是公司对他的处罚，不是丁忠义对他的处罚，而且不管黄田是否接受，公司都一定会处罚他。

黄田还是拒不接受处罚，并且威胁说如果公司处罚他，他就辞职。

江流也毫不退让地说："违背了公司的规定就一定要受到处罚。如果你坚持公司处罚你，你就辞职，那公司也只能说你自己先考虑清楚。如果你决定了就交辞职单吧！"

黄田出去之后，江流对丁忠义说："像这种不遵守公司规定，故意捣乱的员工，我们现在绝不能手软，要坚决处理。但是也不要把问题扩大化，动不动就处理员工也是不好的，你还是要多采用说服的方式。对于一般的员工，你的工作做到位了，别人是会服从你的管理的，毕竟大家都是打一份工，讨个生活。所以，你要继续多和原材料仓的仓管保持沟通，稳定人心。成功与否的关键就在你这里了！现在形势对我们有利，但也不要大意！黄田的事情，我明天会亲自去仓库宣布对他的处理，同时我也会在仓库内部明确你对原材料仓的管理！"

第二天早上，江流参加了仓库的早会。等徐经理讲完后，江流宣布了几件事："一、仓库管理规定是公司制定颁布的，仓库工作人员都必须遵守，无故违反的将按规定予以处罚。对规定有不明白的，或者觉得不合理的，都可以通过正常途径反馈。公司会认真考虑你们的反馈并给予答复。但是在规定没有修改之前，除非规定操作有极大的风险否则应按规定操作。认为有极大风险的，应该立即提报主管，相关主管会汇报到我这里，公司会根据实际情况作出决定。二、为减轻徐经理的工作压力，仓库任命丁忠义为仓库副主管，分管原材料仓。原材料仓的所有工作由丁忠义负责，人员也直接受丁忠义管辖。徐经理重点负责成品仓的管理工作。三、公司对以前仓库的工作不是很满意。现在仓库也推出了一系列的改革，希望仓库所有工作人员能够团结一心改变这种状况。对于故意违背仓库管理规定的，公司一定会给予相应的处罚。所以对于黄田违反仓库发料规定的行为给予警告处罚。希望大家引以为戒！我们相信通过大家的努力能够让形势改观。希望大家团结一心，共同做好仓库的工作！到时公司一定不会忘记做出贡献的员工的。现在就看大家有没有信心了。现在告诉我，大家有没有信心？"

"有！"听到洪亮的回答，江流满意地点点头，宣布散会。

会后，江流没有马上离开仓库，再次叮嘱丁忠义要多花时间和下属员工沟通，在工作中要尊重员工，态度上要和蔼，出了问题要侧重于帮助员工解决问题，只要不是主观故意违反规定尽量不要进行太严厉的处罚，要以提醒、教育为主。江流同时告诉丁忠义自己会通知人事安排人员的招聘工作，江流会帮助丁忠义把关招聘工作。同时仓库的招聘也将对内开放，欢迎内部应聘。尽快充实仓库的力量，避免出现混乱。

本章点评

■ 面对员工挑衅，管理者需要从哪几个方面考虑问题，化解危机？

公司关注的是自身利益，而不是管理者是否受到挑衅。所以管理者首先应该考虑的是挑衅者是否对公司还有价值，双方是否还有回旋的余地，是否有合适的替代人选。处理他不应该是管理者的目标，保持业务正常运转才是管理者的目标！

第14章
重构团队

- 唯才是举什么时候都适用吗？
- 怎么让老板看到他的宠臣的问题？

回到办公室，江流还没来得及喝口水，人事就带了新招聘的物控工程师杜山松到了江流的办公室。

江流问杜山松："你当时说要重新租房，房子租好了吗？现在住在哪里呀？"

杜山松说："我就按江总建议的在西乡立交那边租到了房子，总的来说还行。就是早上的车很挤。"

江流摇着头说："没办法！深圳早上的公交都这个样，希望以后公司做大了，能够改善一下，搞个交通车就好多了。行，我先带你认识一下各个部门的主要业务接口人吧！"

说完，江流就亲自带着杜山松到生产、仓储、质量、采购等相关部门熟悉相关人员，最后回到了计划部，介绍杜山松认识了章成和李勇。江流发现章成的笑容颇为勉强，甚至没有像李勇一样主动和杜山松打招呼，介绍自己。

注意到章成勉强的笑容，江流心里犹豫了一下，最后还是按照预定的计划安排杜山松先跟章成学习和熟悉物控的工作。离开的时候,江流对李勇说:"我还有些事情要向你了解一下,你到我办公室来一下。"

在办公室里,江流先表达了对李勇工作态度的赞赏,接着话锋一转,说:"我感觉章成有些不情不愿,你感觉呢?"

李勇说:"应该是这样吧!当初他一直想当计划部经理,这个辞职根本就是逼宫。现在你找了新人过来,他肯定不高兴。"

江流想了想说:"现在公司不安定的因素很多,这是个挑战也是个机会。挺不过去,我们还是回归过去的混乱局面,加薪无望,甚至还要另谋出路。挺过去了,功成名就,好处唾手可得。"

江流看到李勇在点头,继续说:"所以,希望你能够突破生产计划的局限,承担起更大的职责。不仅要做好生产计划那边的事情,现在也要多关注物料计划那边的事情。毕竟你是老员工,对公司的情况更熟悉。杜山松刚来,对公司一无所知,他那边还需要你多帮忙看着点。"

李勇毫不犹豫地说:"这一点,江总请放心。我一定会尽力帮助他的,毕竟物料计划没有做好,我的生产计划也难以执行。不过应该怎么帮助他呢?我担心帮得多了反而可能会让他多心。"

江流想了一下说:"你的顾虑也有道理!倒是我有些疏忽了。这样吧!你把你知道的我们公司备料需要特别注意的一些问题都列出来做成清单,到时候发给杜山松和我。你这样做他会感受到你的善意的。另外我也会和他单独沟通一下。所以你不需要过于担心自己管得多了反而得罪了他。"

李勇说:"那我知道怎么做了。"

李勇出去之后,江流自己也做了一个文档。在文档里面,江流把公司的一些特点认及根据这些特点需要在备料工作中侧重的方面都详细地做了讲解。

第二天下午,江流把杜山松叫到了自己的办公室。问了一下他

第14章 重构团队

对公司的感受之后，江流给了他两页纸，上面打印着自己昨天做的工作注意事项的文档。杜山松看了一下，脸上露出欣喜的表情。

江流解释说："你刚到公司来，这边的很多作业还没有规范起来。我只能采取这种打补丁的方法，希望能够让你尽快了解我们公司的一些做法。先想办法把这个局面维持下来，以后熟悉了，你可以考虑把一些不合理的做法改过来。"

杜山松点头表示明白，江流说："这份文档你先看一下，如果有不明白的地方随时可以问我。这份文档主要是让你明白你的一些重点工作，以及我们公司计划工作的侧重点。这么多工作你不太可能一下子全部都开展起来。所以，我在这个文档里面把你的工作分了三个阶段。"

江流看到杜山松点头表示明白，就继续解释说："你先重点学习了解第一阶段的工作，等掌握了之后再进入下一个阶段。我每周会和你做一个工作学习的沟通，我会根据沟通的结果来决定是否调整你的学习计划以及是否可以进入下一个阶段。"

杜山松用力地点了点头，说："我明白江总的意思了，我会按江总的意思去做的！"

江流微笑着点了点头继续解释说："我给你的这个指导书侧重的是工作的大方向，具体的细节我也不是很清楚，这些方面你可以向章成了解。如果你对答案不满意，或者有疑问也可以向李勇确认。李勇这个人很热心，人品也不错。细节方面有不明白的都可以问他。而且你们以后是搭档，彼此要多交流，多沟通。"杜山松没有多说话，只是点了点头表示自己明白。

江流注意到杜山松出去的时候，脚步显得轻快多了，不像进来的时候那么拘谨。看着他出去的背影，江流才感觉稍稍轻松了一些。

仓管员的招聘也很顺利，江流很快就敲定了仓管员的人选。在面试人员都离开了会议室之后，丁忠义有些不解地问江流："江总，关于仓管员人选我想问个问题，可以吗？"

江流盯着丁忠义，说："不是可以，是有问题必须问。现在你要尽快成长起来啊！所以，有问题一定要提出来，别吞吞吐吐的。说吧，什么问题？"

丁忠义笑着摸了摸自己的后脑勺，有些不好意思地说："我个人的感觉啊，那个在三星工作过的人很不错。他经验丰富，又是在三星这样的大公司工作过的，我们现在正缺乏有正规公司仓库工作经验的人。可你为什么不选他呢？"

江流淡淡一笑，说："我们作决定之前首先应该了解我们目前的局面怎么样？我们的需求到底是什么？你先回答我这两个问题。"

丁忠义想了想："我们现在面临的问题是仓库形势不稳定，有人唯恐仓库不乱，在下面煽风点火。我们现在最重要的工作就是稳定仓库的形势，保障旺季生产。但这些和招哪一个人有关系吗？"

江流点头说："不仅有关，而且是非常相关。在这种危急时候，我们尽量不要再出问题。宁可保守，招能力差一些的人，也不要招那些没做多久就辞职，关键时候撂你挑子的人。我现在重点考虑的是稳定，而不是能力。三星的这个人过去的薪酬比我们这里的薪酬水平高不少，如果我让他做一个普通的仓管估计他也不能接受。即便勉强接受了，也很可能是把我们这里当做跳板，万一来了一段时间离职，我们又得费力去找人。如果我把他提上来，现在我们又没有管理的空缺，容易造成冗员。而且他和你如何相处也是个问题。按一般的仓管员对待他，他很可能心怀不满，万一和徐经理走到一块去，我们就是搬起石头砸自己的脚，自讨苦吃了。"

江流看到丁忠义点头认同，继续说："而且现在我们的制度已经明确了，我需要的是像你这样能够坚定执行我的管理规定的人

第14章 重构团队

选,而不是找一个帮助我们提升的人。就目前来讲能够尽快把仓库工作导向正轨,比大幅度提升仓库的管理水平更重要,所以没必要招素质太高的人。更何况这个人做一般仓管有点屈才,可如果让他做仓库主管可能能力又不足。这种人如果心态不好,是很难安置的。我们现在是非常时期,还是尽量降低风险为好,我不希望招聘的新人制造新的不安定因素。我们招来的仓管能够踏踏实实做好自己的本职工作,我就很满意了。以后我们管理机制理顺了,那时我们倒是可以考虑招一些在管理比较规范的大公司工作过的人员,吸取他们的工作经验来提升我们的仓库管理水平。"

丁忠义想了好一会儿,才说:"那不招三星这个人的原因我明白了。但是你选那个人的标准又是什么呢?感觉你并没有问他太多仓库方面的问题,反而是问了不少不相干的问题。"

江流笑了,说:"什么叫不相干的问题?呵呵,我问的问题都相干。我问他平时都做些什么,是想看看他个性是不是适合。仓库不太适合由外向急躁的人来做,相对来说内向安静的人更合适。我问他生活的开销,是想看看他是否存钱,是否给家里人寄钱。一个能为未来打算的人,能够为家庭牺牲的人总是更值得信赖的。"

丁忠义还是有些将信将疑,江流说:"到底什么人适合,你还需要在以后的工作中摸索。平时多观察做得好的员工有什么特点,以后招聘的时候尽量找符合这些特点的员工就能提升你的招聘能力。招聘和用人是相辅相成的,你懂得用人才知道怎么招人,招对了人才能方便你使用。说太多没用,以后你自己在工作中慢慢体会吧!"

一天,江流正在仓库巡查,突然收到了李勇打来的电话,说刘总到公司了。江流赶紧从仓库出来,结果刚出仓库门就发现刘总正向仓库走来。

刘总见到江流,还隔着比较远就说:"好久没有来工厂,今天顺路过来看看工厂，你就陪我转一圈吧。"

江流一边走近刘总，一边问："刘总有什么需要我们特别汇报的吗？"

刘总一边走一边说："今天送一个客户去了机场，想想好久也没来工厂看一下了，机场离这里也不远，就顺便过来看看，也想听听你对工厂管理的一些计划。我们就先从仓库开始吧！"

刘总一进原材料仓库就发现过去像菜市场一样热闹的原材料仓库变得安静多了，过去人来人往的热闹消失得无影无踪，这让人感觉仓库的工作变得有序多了。

江流介绍说"徐经理说自己工作量太大，忙不过来。我没办法，就从原材料仓提了一个叫丁忠义的小伙子帮徐经理管原材料仓。原材料仓库的具体情况他比较熟，我让他向您汇报一下原材料仓库的工作吧。"

得到刘总同意后，江流叫了丁忠义过来，让丁忠义向刘总介绍最近的一些主要工作改进以及取得的成绩。丁忠义过来后向刘总介绍了仓库目前按序发料、按单操作、循环盘点等改进措施。目前仓库24小时可以发料出库，发料准确率也大有提升，而且现在都是按单发料，和车间、外加工厂的物料账务也清晰了。

刘总听得频频点头，忽然又有点疑惑，问丁忠义："以前好像没怎么注意到你，你是公司新招聘的吗？"

江流连忙解释说："刘总你上次给特别加薪的两个人中的一个就是他。虽然管原材料仓的时间不长，但是他兢兢业业，仓库现在进步还是很大的。"

丁忠义有些不好意思地说："我来公司已经快两年了，只是最近才被江总提拔起来管理原材料仓库。自己经验不够，目前还处在边干边学的阶段。"

刘总有些诧异，想说什么，但最终还是没有说出来，只是走之

第14章 重构团队

前拍着丁忠义的肩膀说："小伙子，不错！好好干，公司有你的发展空间！"江流示意丁忠义去忙自己的工作。

丁忠义离开之后刘总似乎想起了什么，问江流："徐经理呢？"

江流说："徐经理说以前仓库的历史遗留问题比较多，公司发展又快，仓库规模太大，他觉得仓库自己一个人忙不过来。我现在找了丁忠义分担了他一部分管理工作，目前他只管成品仓。要不我们去成品仓看看？"

刘总点点头，说："徐经理是老员工，能力可能差一点，但对公司还是有感情的。你还是要尽量多帮助他，把他用好啊！那我们去看看成品仓吧！"

江流和刘总走到成品仓的时候，成品仓的人正手忙脚乱地把挡在仓库通道中的货物移开。徐经理看到刘总过来，赶紧凑了过来，说："刘总来巧了，我们正在整理仓库呢。马上就好了！"

刘总没有说话，也不和徐经理打招呼，直接走进了成品仓。徐经理看到后，连忙跟着刘总。可刘总似乎没有看到他一样，只是一边走一边四处张望。

这时江流说："徐经理，你专门负责成品仓，推动成品仓工作改善也有差不多一个半月了，把自己最近做的改善工作向刘总汇报一下吧！"

徐经理白了江流一眼，转过去对刘总说："我们仓库还是加班加点，全力配合市场需求发货。要发的货不管车间多晚生产出来，我们都坚守在自己的工作岗位，做好发货准备，一旦货物生产完成就第一时间发货。"

刘总听了，还是没有发表任何意见，在成品仓走了一圈，一个问题也没问，也没和徐经理说话就直接离开了仓库。江流看了看满脸恨意的徐经理，没有说话，赶紧跟着刘总走了。

刘总顺便把质量部、生产部也都转了一圈。期间听取了常经理、张经理进行工作汇报。在汇报的过程中，江流看到刘总频频点头，显得很满意。最后刘总来到江流的办公室。

在办公室里，刘总说："总体来说，我对你这段时间的管理还是很满意的。但是有些部门的工作进步不大，我还是感觉不满意。"

江流小心翼翼地问："您是指？"

刘总有些不悦地看了江流一眼，还是继续说下去："原材料仓库的改善比较大，但成品仓还是没什么改进。市场部现在对成品仓的抱怨还是比较多，说成品仓甚至把发给客户的货发错了，这个事你应该也知道吧！财务部对仓库的意见一直比较大，总是说仓库的管理有问题。前几天他们还在向我反映说，成品仓的盘点问题很多，盘点出入过大，我这才抽空过来看看。现在看来成品仓的问题的确比较严重啊！你准备怎么办？"

江流摆出一副为难的表情说："成品仓的问题我和徐经理沟通过。他也是公司的老人了，我也相信他，以为给他一些时间能够解决这些问题。他说仓库生手多，事务繁杂，要改善的地方太多，一个人管不过来。我也尊重他的意见，把丁忠义提起来帮他去分管原材料仓，让徐经理集中精力管成品仓。原以为这样安排应该能解决问题的。没想到，哎……"江流长长地叹了口气，却没有再说下去，反而是看着刘总。

刘总听到这里，很不满地说："这个徐荣发也真是的，老员工了，不知道每天在干什么，连个新提拔的小孩子也不如。"

刘总忍不住也抱怨起来，不过他马上停止了抱怨，话锋一转，问江流："你说现在该怎么办？"

江流试探着说："要不再给徐经理一段时间？有时改善也是需要时间才能见成效的。"

刘总有些不满地说："你是供应链总监，这种事情，你要多想

第14章 重构团队

办法解决。我虽然是老板,但是工厂的东西我没你懂的。工厂的事情你要敢管,自己要敢拿主意。而且我仔细观察了你这段时间办的事,你做事我还是放心的,以后可以更大胆一些去做。"

江流小心翼翼地接上刘总的话茬说:"我来公司也不久,情况还没有完全摸透,怕把事情搞乱了让您更操心。而且有些员工来公司也比较久了,而我到公司才三个月,和他们还处于磨合期。所以,还准备再等一段时间,可能等慢慢处久了,大家了解深了,我和他们的沟通会更好一些,那时推动工作应该会更容易一些。"

刘总对江流强调说:"公司现在处于高速发展阶段,市场形势也很好。我们要抓住这个有利的市场形势快速把自己发展壮大起来,不能让内部管理拖了后腿。有些事情你要大胆地管,我支持你。这样吧,也不要再挑时间了,你立即通知各个部门的负责人到会议室开个会。"

会议上刘总宣布了结束江流的试用期,并任命江流为供应链总监的决定,还强调工厂的所有人员都要服从江流的管理,配合他的工作。

本章点评

- 唯才是举什么时候都适用吗?
- 怎么让老板看到他的宠臣的问题?

非常时期需要非常对策,做事不可以一味因循常理!在自己立足未稳的时候,选拔人才也要考虑自己的实际处境,防范可能出现的最恶劣的情况。

沟通要决:眼见为实,耳听为虚。尽量让老板自己去看问题,而不是向老板反映问题。避嫌远疑,所以不误。在自己还没有和老板建立足够的信任的时候要尽量避免让老板觉得你一来就攻击别人,这才是安身之道。

提升篇

第15章
明确方向，强调贡献

- 如何让部门的工作更具成效？
- 为什么说品质是制造出来的？

第二天，江流发出了会议通知，下午三点在大会议室开会。这一次江流按照以前的习惯提前一分钟到会议的时候，发现大家都已经在会议室里面等他了。江流抬手看了看表，小声说："我迟到了吗？不对呀，我的表还差一分钟呢！"然后抬起头来看看大家说："看来是大家都特别积极，显得我落后了。"会议室里面不禁响起一阵笑声。

江流一边坐下来，一边说："开个玩笑，放松一下！最近大家辛苦了。刘总和公司领导对供应链最近的表现比较满意，这说明大家积极的工作取得了成效，也证明了我们确实是能把工作做好的。这是一个好的变化，来，先为我们的成功庆祝一下。"说完，江流带头鼓起掌来，一下子会议室就响起了暴风骤雨般的掌声。好一会

第15章 明确方向，强调贡献

儿，在江流的示意下掌声才停下来。

等大家的情绪稍微平静了一些，江流说："最近我们的工作能够取得这么大改善，这都是各位和全体员工拼出来的。这段时间大家辛苦了！我初来乍到，感谢你们对我的工作的支持！"江流说完站起来向大家鞠了一躬，大家一愣，随即李勇带头鼓掌，其他人也跟着鼓起掌来。

等大家的掌声停了，江流又说："说工作成绩是拼出来的，是因为我们的成绩是在流程不够完善，工作方向不够明确的条件下，完全靠着个人的工作积极性取得的成绩。在这段时间大家都是超额地付出才有了今天的工作成果。"听到江流这么说，每个人都满意地点头。

此时江流却话锋一转，说："从工作态度的角度来看，大家的工作积极性确实值得嘉许。但是从工作方法的角度来看，我们还有很多需要改善和提升的地方。不能老是让大家这么辛苦，完全靠人来堵枪眼。我们要把一些常规的问题找出来，通过流程来解决，这样大家也轻松一点。弦老是绷得那么紧会断的。"大家听到这里也纷纷点头表示认同。

江流把每个人都扫了一遍，继续说："所以我们后续的工作继续提升还需要在流程、方法和配合上多动脑筋。要通过流程取得更多的工作成果，同时也要减轻工作的强度，让大家以更少的付出取得更多的工作成果。"

看到大家眼里似乎还有疑惑，江流问："在这里，我想先提个问题，我们的工作成果从哪里体现出来？"

看着默不吭声的下属，江流略略停顿了一下，继续说："我的看法是我们的工作成果是通过我们的产品体现出来的，没有产品，客户不会付钱给我们，挣不到钱，就没有成果。

大家仍然没有说话，但是有人陆陆续续地微微点头，江流又停顿了一会儿，缓缓说道："客户是看我们的产品的。产品好，成本低，客户就高兴，就给我们订单，这样公司才能赚到钱，我们才能加工资。这个道理应该不用我多说了吧？"

看到大多人都在点头，江流继续说下去："而产品是生产部制造出来的，所以除了生产部，我们这些人，包括我，我们的工作都应该是创造合适的条件让生产部能够高质、高效地制造出产品。我们都是服务部门，为生产部提供服务的部门。"说到这里，很多人的眼中都流露出疑惑的神情，而徐经理还面带鄙夷地冷笑。

江流没有在意徐经理的冷笑，解释说："说我们都是服务部门，这也就是说，工程要提供正确的操作方法和作业文件到生产部，IQC（来料质量控制）要提供合格的物料到生产部，生产质量部要找出合理的质量控制方法检测生产部门的工作成果，保障所有生产都是按要求进行的，且产品符合客户的要求；计划部要给出合理的计划，确保物料及时到工厂，保障生产部平稳顺畅生产；仓库要及时发出正确的物料到生产部。只有这些都做好了，生产部才可能高质、高效地工作，我们才有可能制造出高品质、低成本的产品，我们才有可能不断扩大市场份额，公司才可能赚取更多的利润，我们才能得到更多的工资。"江流越说声音越激昂，说到这里，他突然停顿了一下，看了看大家的反应。

江流满意地点点头，继续说下去："所以，作为支持和服务部门，我希望大家都要有强烈的服务意识，强烈的为生产服务的意识。如果没有生产部制造出来的高品质、低成本的产品，我们什么也得不到。如果希望提升效率、创造更多的工作成果就应该把眼光放在如何为生产部创造更好的工作环境上来，让生产部在良好的环境下创造更多的价值！而生产部的职责就是在好的条件下生产出优良的产品。"

江流又停顿了一会儿，问："大家对这个观点有没有什么想

第15章 明确方向，强调贡献

说的？"

常经理立即表态说："我们搞质量的原来一直争论一个问题：质量到底是不是制造出来的？如果质量是制造出来的，质量部的价值在哪里？听江总这么一说，我现在也明白了，质量的确应该是制造出来而不是检验出来的。但是我们质量部要做好支持工作，要在产品导入的时候就开始做好工作，把容易导致不良的设计和工艺找出来，要求研发和工程改进。对于无法通过研发解决的设计问题，要求工程部尽可能提供好的操作方法，要求生产部根据合理的操作方法培训生产员工。出了质量问题，质量部要找出问题的根源，要求相关责任部门解决问题并确认问题解决。如果前面的每一个环节都做好了，质量也就自然有保证了，这样我们才能说质量是制造出来的，而且质量部也是有作用的。"

计划的李勇也附和说："是这样的，我们计划也不能一味地只逼生产交付。我们也要从源头做好计划，安排好物料到料工作，及时安排发料，让生产部可以顺利、高效生产，进而保证交付。"

江流微笑地看着大家踊跃发言。等大家的发言平静下来，江流才继续说："既然大家现在都认可需要为生产部提供优质的服务，我们才能创造价值的观点，那么，为生产部创造优良的工作条件，让它能生产出高品质、低成本的产品就是我们今后的工作方向。我希望以后大家都要重视生产部的服务请求和问题，要积极去响应生产部，积极帮助解决生产部面临的问题。这才是最快出成绩的工作方法。"

看到大家纷纷点头，江流说："张经理，你一直都没有说话。现在大家工作的主角都是生产部，你这个主角不说几句说过不去吧？"

听到江流这样说，张经理有些激动地站起来。江流笑笑说："大家都坐着，你没必要自己站起来说吧，你这样我们这些坐着要为生产部服务的人压力就大了呀！"

张经理有些激动，说："应该的，今天应该站着说。说句心里话，我搞生产也有十来年了，很多公司都是赶货的时候才想起生产部，有几个真正重视生产部的？有谁重视生产部的请求？公司只知道施加压力，逼生产部发货，而生产部的问题基本上没人关注。说老实话，我原来一听别人说品质是制造出来的，我就觉得冤得慌，好像质量没做好都是生产部的责任。我就觉得奇怪了，怎么什么责任都推到了生产部呢?! 今天江总和大家能这样说，我心里舒服多了。就冲这话，我们生产部就得把工作做好！"

江流示意张经理坐下，说："呵呵，张经理客气了，我们大家说支持生产部可不能只有一句话呀。我们一定要有实际行动支持生产部才行。"

江流看了一下大家，没有发现有谁提意见，就说："这样吧，会后生产部把现在严重影响生产的一些问题列出来。我们一起落实到相关责任部门，逐个解决。一些小的问题，希望在下面就能够沟通解决，我想在座的大家都不希望以后还有对生产部的合理要求推三阻四，不积极配合的事情发生吧！"

江流喝了口水，借着这个机会也再次看了看在座的大家的反应，放慢了语速说："以后工作方向的调整，我们在座的是都明白了。但是下面的基层员工未必一时能够转变过来，所以生产部以外的各个部门还是先要立即把这次会议的精神传达下去，要求员工马上学习新的工作思路。在过渡期，员工不明白的，各部门领导负责解释；在座各位也不明白，有分歧的，直接汇报到我这里。我初步先定一个月的过渡期。在过渡期，我们通过解释、宣传来引导员工按新的工作思路开展工作。等宣传、解释工作都做到位后，这个工作思路将成为供应链的新工作思路，而我们也将把这个原则作为评价员工工作的重要参考原则。"

第15章 明确方向，强调贡献

江流又和大家聊了的后续推进新工作思路需要注意的一些具体问题后，宣布了散会。

本章点评

- 如何让部门的工作更具成效？
- 为什么说品质是制造出来的？

成效源于明确的目标！管理者需要不断明确组织的工作目标才能避免成员各自为政，形成隔阂。而为共同的目标一起努力的成员才能组成高效的团队。

"品质是制造出来的"是建立在制造部门已经具备了做好品质的合适的工作条件上的，而这个合适的工作条件是其他后勤部门共同营造的。

第16章
确立新工作目标

■ 怎么打破部门墙，让各个部门团结如一人？

等张经理把生产需要配合解决的问题发到江流这里，江流第一时间打开来看，不出所料，生产部希望改进的地方很多。江流看了一遍，打了张经理的电话叫他到自己办公室来。

在江流的办公室，张经理说："暂时先提这么多意见，可能是多了点，但我们生产部真的很希望能把这些长期困扰我们的问题解决掉。如果解决了这些问题，我们生产部也保证能把效率和品质都上个台阶。"

江流从自己的办公桌后走出来，和张经理一起做在沙发上，说："很好啊，我们现在是改革，别太在意是否意见提过了头。有什么问题先提出来，然后大家讨论解决，根据实际情况再做计划，别畏畏缩缩的。要知道我们大家可都是靠生产部吃饭呢！"

张经理不知道说什么好，像个新人似的带着些尴尬的表情笑了。江流说："我看了一下，很多问题都很关键。我们和相关部门的管理人员沟通一下，也听听他们的看法，争取能集思广益，一起找到合适的解决办法。这样吧，你先把这封邮件发给相关部门的管理人员看一下，看看大家的反应。有什么问题，在下面先沟通。过几天，我再召开一个会议，定个调子看怎么推进吧！"

张经理离开办公室之后，江流这才认认真真研究了生产部提出来的要求。看着下面的这些要求，江先生陷入了沉思。

（1）希望减少缺料，让生产可以连续进行。

（2）避免不良物料批次性流入生产线进而影响生产效率甚至被迫换线。

（3）对于少量来料不良，希望有简便的处理流程，避免因为几个物料的退换影响生产。

（4）作业文件要及时更新，为保持生产文档正确最好规定一个统一的归口。

（5）研发设计尽可能成熟，避免因为设计不完善导致生产工艺复杂。

（6）避免在生产中插入急单，最好做到一条产线一天最多换一次线。

（7）避免成品改制非标，最好能一次性完成非标产品的生产。

（8）新产品导入时最好能给出要注意的质量问题，这样生产部可以有针对性地进行培训。

晚上，大家都下班了，江流还在办公室里，看着电脑屏幕上的这份清单。欣喜的是生产部提了很多意见，后续的工作方向更明确了。可让人头痛的是，这些要求到底怎么处理呢？要怎么回应才能既不打击生产部刚刚燃起的热情又能保证取得预期的成效呢？直觉告诉他，他需要慎重对待这些问题，只有找到处理的头绪才能保证整个过程向他期待的方向发展。

一个星期后，会议室里供应链主要的一些骨干人员都看着自己面前的清单，一语不发。江流看到大家都没有发言打破沉默的意愿，只好自己来开这个头了。

江流说："怎么样？看来大家还是没有头绪，这样吧，既然这份清单是生产部提供的,我让生产部张经理先给大家解释一下,为什么生产部希望周边支持单位把这些工作做好。"

张经理逐条向在座的同事解释了为什么要提这些要求。生产是如何被这些问题搞得断断续续、问题频出的。讲到后面张经理的音调越来越高,而有些部门都有点不好意思起来。做了这么久,好像今天才知道原来生产部被这么多不利因素困扰。

等张经理介绍完了,江流才说:"呵呵,都说品质是制造出来的,生产效率更不用说了,也是和生产部门关系最大,所以不管是改进品质还是提升效率都要从生产部着手呀!今天大家看看,要让我们的生产部高效率、低成本地制造出高品质的产品,我们这些支持部门到底有什么工作可以做的。我们要首先倾听生产部的声音,但也不要局限于生产部的要求,只要是能够提升生产部质量和效率的都可以考虑。"

计划部的李勇首先说:"过去我们做计划对怎么完成我们的交付计划考虑得比较多,不太重视生产部的实际困难。比如缺料,可能就导致计划排程变更,生产部需要临时安排重新排线。以后针对生产缺料,我们应该吸取这次的经验,及早把物料备足,保障生产平稳顺畅。至于插急单,这个我们也可以和市场部沟通,要求市场减少急单。至于成品改制,我们可以要求市场部提供准确的市场需求信息,我们根据市场需求生产就能大大避免改制。"

江流听了微微一笑,问:"你觉得要求市场部减少急单来减少生产换线合适吗?"江流看着有些错愕的李勇,继续问道:"我们为什么要支持生产部?"

李勇觉得更奇怪了,说:"不是您要求我们支持生产部的吗?说我们都是后勤支持部门,我们当然要想办法解决困扰生产的问题。"

江流解释说:"我们要支持生产部,是因为质量是制造出来

第 16 章 确立新工作目标

的，是因为生产的效率决定了我们大家的效率，而质量和效率也是客户对我们的要求。所以，要支持生产部门提高质量和效率。但这并不代表我们应当支持生产部所有的要求。我们支持还是不支持的前提是：这个要求是否有助于我们更好地为客户提供价值。能够为客户提供价值的要求，我们就支持，反之，我们就不支持。所以，我们对生产部提出来的这个要求，也要从这个角度认真审视，然后再决定我们是否支持。"

江流停顿了一下，任由下属在下面交头接耳地议论。过了一会儿才继续说："我们要做一项工作，判断标准不应该是这项工作是否方便我们自己，也不是方便任何内部的部门。我们做工作的判断标准应该是这项工作能为客户创造什么价值。应该把为客户创造价值作为判断的基础。因为只有客户才能给我们需要的东西：钱！这才是我们的最终目标，大家一定要搞清楚这个目标。否则方向错了，无论多么辛苦地去寻找，也不会找到正确答案的。"

江流放慢了语速，继续说："所以，我们现在应该再来看看生产部提出的这些要求，到底有哪些能为客户提供价值。"

经过一番激烈的讨论，最后达成的一致意见是：第（1）、（2）、（3）、（4）、（8）条是要实现的。对于第（5）条要把握尺度，作为供应链只能向研发部和市场部反馈情况。但具体如何操作还是需要他们共同判定如何更好地为客户服务。当然，研发部在合理的条件下应该尽可能考虑设计的可制造性，以便于生产。

第（6）条不太合适，尤其是对于一个正在成长中的、新兴的公司，及时响应市场的需求可能是公司最大的竞争利器，所以，这个只能说是以市场需求为先。但计划应该积极寻求机会，对于有稳定需求的产品，可以通过适量库存减少急单。至于第（7）条，这个也应该是以市场需求为先，尽量满足客户需求，而不是以是否方便生产作为是否要做的判断依据。但是计划部要根据实际情况在条件具备时以更好的方式（比如备库存）来满足客户需求。然后在达成一致意见的五条里面，第（2）条要考虑实际采购的实际困难。应该改为：不让批次性不良的物料流入生产线。这样对于目前公司的状况，更具备可实施性。

江流总结说："既然大家都达成了一致，那就按我们的决定，相关部门应该做好自己的工作配合生产部。请各位相关责任人先了解一下相关情况，最后根据实际情况给出一个完成时间。同时生产部要开始统计影响生产效率的因素，不需要太细，先只统计对生产的质量和效率有比较大影响的因素就可以了。这样我们后续的改进也容易看到成果，什么没有得到改善也更容易看出来。"

江流环视了一下大家，沉默了一会，发现没有人提出新的问题就说："如果没有别的事情，今天的会议就到这里，散会。"

本章点评

■ 怎么打破部门墙，让各个部门团结如一人？

共同的目标需要共同的利益支撑！分割的利益造成目标的分歧，想让团队团结一心首先要打破利益分割的局面。建立共同的目标，并保障大家的利益是团队建设的关键。

第17章
冲突爆发

■ 对于自己需要避嫌的问题，怎么和老板沟通而不被怀疑自己的动机不纯？

散会后，江流想了想又打了一个电话给严总，把目前成品仓的问题和严总说了一下，严总一听就着急了，说："马上就是年中的盘点了，到时候会计师事务所的人也要过来，这次的盘点直接决定着会计师给我们出具的报表意见。所以，这次盘点是一定不能出任何问题的，必须要在盘点前解决问题。"

江流却慢吞吞地说："严总，你也知道的，有些事情，我自己很难推得动的。"

严总沉默了一会儿，问："你说的不会是徐经理吧？"

江流没有说话，严总说："这是公司的根本，完全不能讨价还价的。你如果需要什么帮助，可以提出来，我会尽量配合的，但是盘点一定要通过。"

江流说："严总这样说，我就有底了。你能不能发封邮件，向公司强调一下这个事情的紧迫性和重要性呢？这样我推动仓库改革阻力也小一些。"

严总想了想说："这是没问题的，你的改革我肯定是要支持的。这样吧，老板那边我也会尽量多去吹吹风，让他意识到这个问题的重要性。"

江流笑着说："这样最好了，刘总昨天刚来过一次，已经有一定的作用了，现在如果趁热打铁，我们就更有把握了。"

挂了电话之后，江流满意地回味了一下刚才的通话，又想了想，把徐经理叫到了自己的办公室。谈话中江流首先转告了刘总对成品仓工作不满的意见。徐经理马上就提出来成品仓最近发货忙到晚上十一二点，每天发货多达四五十单，这么大量的发货很难避免不出错误。公司不应该只看错误，不看成绩。徐经理还抱怨公司现在是做得多，错得多，挨板子就多，总是老实人吃亏！

江流耐着性子听徐经理辩解完了，这才严厉地说："你的意思是刘总的管理有问题，只看错误，不看成绩吗？"

江流狠狠瞪着徐经理，徐经理连忙辩解："我不是那个意思，我的意思是……"声音越来越小，到后面根本就听不清楚说什么了。

江流说："刘总是听取了相关部门反馈的意见并且自己到仓库实地检查之后才得出的这个结论，是有客观依据的！你要求领导要客观，我希望你也要客观。有什么工作不足要多从自身找原因，积极想办法解决。不要老是找客观理由，这样下去问题只会越积越多。"

江流看着沉默不语的徐经理："首先你要负责培训仓管员，物料的收发必须全部凭单据。单据要根据规定及时走账。同时按规定，成品仓要做循环盘点。原材料仓已经做到了，现在成品仓也必须做到，有问题吗？"

徐经理迟疑了一下，一抬头就看到江流正用严厉的眼光看着自己，最后还是不情愿地说："行吧，我试试看。"

江流说："不是试试看，是必须做到！这件事情没有任何商量的余地！"江流停顿了一下，又补充说："你也参加了关于生产改进需求的会议。其中生产部要求简化不良品退换的流程以避免生产

第17章 冲突爆发

断线,影响生产。你要和仓库的骨干一起考虑一下,怎么实现生产部的这个要求。后天给一个初步的方案到我这里。"

徐经理突然抬起头分辩说:"这应该是原材料仓的事情,原材料仓是丁忠义在管。为什么这件事也找我?"

江流面无表情,但是态度坚决地说:"你是仓库的经理,丁忠义只是帮你分担原材料仓的具体管理工作。像优化流程这种事情难道不是一个部门主管应该全权负责的工作吗?你能放心交给他做吗?你还知不知道自己是仓库经理?你作为一个经理,你的职责何在?你还想不想为公司创造价值?这件事就这么定了,你去做吧!两天之内,必须让我看到流程优化的初步方案!"

第二天,江流收到了刘总一个电话,刘总叫江流到总部去一趟,但是没有说明什么事。江流想了想,还是先给严总打了个电话,电话里,严总表示不知道刘总为什么找江流,但是他说自己会支持江流改革的。

到了刘总办公室,刘总有些不悦地对江流说:"徐荣发那边你是怎么搞的?我让你多帮助他,现在有人说你要逼走他!"

江流一脸惊讶地说:"这怎么可能呢?可能是误会了吧?"

江流看到刘总没有说话,就说:"不知道您指的是什么事情?"

刘总愣了一下,说:"你最近有没有逼徐荣发立即改革仓库?而且要两天出方案?"

江流解释说:"我觉得原材料仓库,一个新提拔上来的丁忠义都能拿出方案,改善仓库管理。徐经理做了这么久的仓库经理,不会连一个成品仓库的改革方案都拿不出来吧,如果他是真的把心放在工作上,应该拿得出来。而且旁边还有一个现成的范本可以学习。所以,我感觉两天就够了。"

刘总沉默了,江流继续说:"财务严总昨天发了一封邮件,强调公司必须确保这次盘点成功,会计师事务所会派人来抽盘。现在还有一个多月的时间，不急也不行啊。如果大家都拖拉，这次盘点的结果将让人很担心。"

刘总没有说话，盯着江流，江流表情平静地看着刘总，也不说话。最终刘总缓和了表情，说："我明白你的压力也很大，还是以公司工作为重，你放心，我说过支持你就一定会支持到底。你放手去做。"

路上，江流打开了车窗，一股闷热的气息迎面而来，又连忙关了车窗。他这时想起来，好像天气预报说有台风要来了。想到台风，他不禁笑了，想起自己刚到深圳的时候最讨厌台风了，台风来之前，总是很热。台风带来的大雨总是给他这种上班族带来不便。但是后来在网上看到，其实热带地区应该感谢台风，感谢台风带来的冷空气，如果没有台风，热带地区的气温会大大上升。想想自己家乡夏天的酷热，他不禁庆幸，深圳的气候算是很好的了！

江流一回到公司，就打电话告诉徐经理，报告必须如期交！第二天，徐经理带着一脸愤恨的表情来到江流的办公室，把辞职单往江流的办公桌上一拍，口气生硬地说："我不干了，你签个字吧！"

江流看了一下，说："你要不再考虑一下，不要冲动啊！"

徐经理说："我已经考虑得很清楚了，不干了！到哪里不是打工，我还怕找不到比这里好的地方吗？"

江流说："行吧，你的辞职单我收了，但你在公司一天就还是要完成自己的工作。我昨天安排的事情你还是要做好！"徐经理也不理会江流的话直接就出了办公室。

等徐经理出去之后，江流马上打电话把徐经理辞职的事情跟刘总汇报了一下，在电话那边，刘总似乎没想到会出现这种结局。沉吟了好一会儿，刘总才问："你跟他谈什么了，怎么会突然辞职？"江流把刚才他们谈话沟通的具体情形向刘总描述了一下。

听到徐经理说自己不怕找不到比飞达更好的地方，刘总显然也

第17章 冲突爆发

来火了："这个徐荣发，一个老员工不带头做好工作，还不断找借口，太不像话了。我是看他为公司工作了好几年，是老员工，总是想给他一些机会，虽然能力差点也一再容忍他。他反倒数落起公司不好了。"

刘总突然想起现在不是生气的时候，问江流："你准备怎么办？"

江流说："我感觉仓库管理人员的任用还是应该以德为先，能力差还可以培养，如果工作素质差，不敢承担自己的责任，喜欢推卸责任就比较危险了。"

刘总说："这个我也明白，但现在怎么办？"

江流继续说："前期提拔上来的丁忠义做事还比较积极，原材料仓在他的管理下也取得了很大的进步。既然他能管好原材料仓，我觉得再多管一个成品仓应该也行，至少值得试一试。他目前是仓库副主管，我们可以把他先提成仓库主管。这样他也有积极性，工作也好开展。后续我会认真观察他的工作，如果他真能做好，我们就把他提成仓库经理，对他也有激励。如果丁忠义还是能力有所欠缺，我们再去找人。这样做的话，至少眼前还有一个肯积极工作的管理人员，让我们有时间去寻找更合适的目标人选。以后仓库的管理有一老一新搭档，也可以避免交接的混乱。您看怎么样？"

刘总想了想，说："先这么办吧！你要多关注仓库的工作，仓库的重要性应该不用我再来强调了吧？"

江流连忙保证说："这个请刘总放心，我会安排好的，肯定不会有问题的。"

挂了电话之后，江流想了想，打电话把丁忠义叫到了自己的办公室。江流先问了一下丁忠义最近原材料仓的工作情况和人员状况。看到介绍工作时丁忠义高涨的工作热情，江流觉得是时候了，说："徐经理辞职了！"江流没有继续说下去，反而是盯着丁忠义的脸。

丁忠义对这个问题明显没有什么思想准备，不知道说什么好，有些茫然不知所措的样子。江流感觉有些失望，但还是问丁忠义："你觉得自己管整个仓库怎么样？有没有信心？"

丁忠义想了想，说："我对仓库的管理认识还不够深，能力也有所欠缺。但是我懂的东西，我会尽力安排做好的。"

江流点点头说："你是个实在人，虽然经验确实是少了点，但不会的东西可以学呀，经验也可以慢慢积累呀。仓库管理方面有什么不清楚的，你可以问我，我会全力支持你。关键是你有没有信心？"

江流看到丁忠义似乎还是有些顾虑，说："目前这个摊子接过来，难度肯定有。但有些时候，我也在想，我们出来打工为什么，其实不也就是能够爬到高点的职位，多赚点钱嘛！"

丁忠义沉默了一会儿，最后还是点了点头。江流说："现在机会就在眼前，如果你能接得下来，关键时刻能够挺身而出，挑起这个大梁，后面不用我说，你也明白会得到什么。但是如果你不肯接手，我也的确找不到其他合适的人选了，只能还是让徐经理管。老板有可能会觉得别人都靠不住，还是掉回头去相信徐经理，估计以后我也不能多管仓库的事了，这个后果你也应该明白。"

丁忠义的表情立刻严肃起来，态度坚决地说："江总放心，我一定不会给你丢脸的。我不敢说自己能干多好，但肯定不会比徐经理现在做得差！"

江流点点头，拍着丁忠义的肩膀说："你有这个决心我就放心了。虽然这件事是只许成功不许失败，但你也别给自己太大的压力。首先电子厂成品仓的工作其实没有原材料仓那么复杂，毕竟原材料的种类远远多于成品的种类，所以你有前面管理原材料仓的经验再来管理成品仓，问题应该不大。其次，这段时间的管理也让员工了解你了，至少原材料仓的员工还是服你的。所以，我觉得你也不是完全没有经验，更不是没有人支持你的工作，除了我，你手下

第 17 章 冲 突 爆 发

的这些兄弟应该还是大都支持你的工作的。至于别的相关业务部门，你如果改善了对它们的服务，它们也会支持你的。"听到这些，丁忠义明显兴奋了许多。

江流继续说道："现在真正让人担心的问题其实在目前成品仓的仓管员身上。现在成品仓很可能会有人跟随徐经理辞职，给我们留一个烂摊子，搞垮我们。对了，原材料仓有没有人可能要走？"丁忠义很肯定地说原材料仓的人应该没有问题，目前原材料仓的人工作的积极性很高，大家都比较喜欢现在的工作氛围。至于成品仓，他认为有一个人是徐经理的心腹，其余的两个人私下对徐经理也有比较多抱怨，跟徐经理一起辞职的可能性不大。

江流略略沉吟了一下，说："那行，这两天我会让公司发一个任命通知，提升你做仓库主管。下周一早会的时候我会到仓库宣布徐经理的辞职和对你的任命这两件事情。你看是不是先要找个时间把仓库的人叫在一起吃个饭，费用拿到我这里报了吧！但是千万注意要低调，还是要避免和徐经理有过大的冲突。要利用这个庆功宴坚定大家支持你的信心，同时也联络一下大家的感情。在这个紧要关头，要尽量避免有人掉链子。我们也不需要太紧张，其实我们的胜算非常高；当然也不能大意，后面可能还会有人给你出题目呢！不要给别人任何可趁之机！"丁忠义点头表示明白。

本章点评

■ 对于自己需要避嫌的问题，怎么和老板沟通而不被怀疑自己的动机不纯？

沟通要诀：人在很多时候都是感性的，老板也不例外！与老板之间的信任是逐步形成的，而不是自己努力证明就能得到的。每个人都有自己相信的人，让对方相信的人告诉他比自己努力证明有效得多。

第18章
善有果而已

■ 空降兵怎样战胜潜在的挑战者，顺利取得部门的实际控制权？

周日，江流少有地睡到自然醒，睁开眼睛的时候，发现太阳已经照到了房间里。起床后发现张兰已经给他留了早餐，江流吃过早餐后照例在书房里面看书。看了一个小时的《孙子兵法》，感觉有很多东西想和吴静波交流一下。拨通了吴静波的电话，恰好吴静波也有空，就约了吴静波一家到附近的餐厅吃饭。张兰也照旧叫了沈开过来。饭后，张兰和吴静波的太太李月清一起出去逛街。

等张兰和李月清一离开，沈开就迫不及待地问起现在江流这边的情况怎么样了。江流淡淡一笑，说那个仓库经理已经提出来辞职了，公司应该也不会挽留他了。沈开显得很高兴，但是吴静波却显得很平静，他没有向江流祝贺却反而问江流这件事具体是怎么处理的。

江流显得有些兴奋，说："首先还是得感谢师兄的指点。按照师兄的建议，我这些日子也看了一些《孙子兵法》和《三十六计》。里面很多的思路和方法还是很有用的，我感觉对我启发很大！"

吴静波说："呵呵，对你有所帮助我就很开心了。你还是先说说看你最近是怎样处理飞达的事情的。我也好看看你到底有没有学

第18章 善有果而已

以致用，看书仅仅只是停留在学习的层面是没有用的！关键还是学以致用！"

随后，江流把自己如何深入仓库了解情况，如何把丁忠义招揽到自己这一边，如何拆分徐经理的管理权限，如何让丁忠义掌控原材料仓库，如何和财务总监沟通获得他的支持，最后如何让老板看到徐经理的工作表现等情况一一做了详尽的说明。

沈开听了很多，却仍然不太明白。好容易等江流说完了，才疑惑不解地问："上次吴总建议姐夫看《孙子兵法》和《三十六计》。我回去也下载了电子书在看。可我刚才听完了，感觉这些事情和《孙子兵法》《三十六计》根本就不沾边。我怎么都听不出来你的这些工作和《孙子兵法》《三十六计》有什么关系呢？"

江流一怔，正在想要怎么跟小沈解释的时候，吴静波却带着有些怀疑的神情问沈开："你真的看了《孙子兵法》和《三十六计》吗？"

沈开显得有些不好意思，带着自我解嘲的口气说："吴总建议读的书，我想肯定是好书。所以，虽然吴总是建议我姐夫看的，我也下载了电子书来看。看了之后感觉这东西挺深奥的，不是很懂，怕自己学得半懂不懂被别人笑话，所以我就偷偷地自己在看，一直没让别人知道，连姐姐和姐夫都不知道。很多东西感觉有道理可又感觉说不通，也不知道这些东西和我们的工作有什么联系，感觉有点风马牛不相及。可能是我的层次不够高吧，理解不了这么高深的东西！"

吴静波仍然紧紧地盯着沈开，没有说话。沈开又提高声音说："书我是真的看了，我还能背下里面很多原文呢！"说着就自顾自背了一大段《孙子兵法》里的内容。

吴静波听到后很满意地点头，说："很好！我只是随口说了一句，你就记到心里去了，难得你这么用心。现在肯读书的人真是太少了！像《孙子兵法》这种书就更少有人愿意读了。就凭你这份读书的热情，我今天就应该好好给你讲解一下！"

吴静波感慨了一番，又劝慰沈开说："其实你也不必过于严格地要求自己。有很多东西不仅需要基础知识，还需要一定的人生阅历才能搞懂。不过年轻的时候记忆好，学过的东西记得牢，以后阅历增加了，对生活和工作的理解深了，很多原来不懂的东西也能自然而然地明白了。所以，你不要因为自己没搞明白这些书中的道理而气馁。理解也是需要一个过程的！"

江流笑着说："师兄说得很对！我读书的时候，很多同学都认为学管理没有用。我们也自嘲说自己学了几年就搞明白了一件事——自己什么也不懂。刚参加工作的那阵子，我也总觉得学的很多管理的知识和理论根本就用不到工作中去，当时真后悔学了这个没有用的管理专业。工作了这么多年之后，发现其实很多管理知识还是有用的，只不过要充分理解了这些管理知识才能正确运用。"

江流看到沈开还是半信半疑，继续说："后来有学弟、学妹觉得我做了几年管理，问我怎么学习管理，我都建议他们不仅仅要看管理理论，还要多找些资料，了解一下这些理论是在什么背景下提出来的，提出理论的人是为了解决什么问题而提出的理论。他的理论做了什么假设，以及他是如何得到这些假设的。我认为这样学习才能对管理理论有更深的认识。但这是我工作多年之后才意识到的！没有这么多年工作的经历，估计我很难理解大学学习的那么多管理理论。所以，沈开，你也别不好意思，大家都是从那个阶段过来的。更何况，你现在是要把一个不同领域的道理移植到新的领域，这对阅历的要求就更高了！今天就好好听听吴总怎么说吧！"

吴静波微笑着点了点头，开始向沈开讲解说："《孙子兵法》对双方争胜提出来，要从五事、七计来预测双方的胜负，现在我们就先从五事来比较江流和那个仓库经理的胜算各有多少吧。你先说说，五事是什么？"

第18章 善有果而已

沈开马上回答说:"道、天、地、将、法。"

吴静波点点头说:"道指的是人心,上下一欲者胜。你姐夫到公司之后尽量发挥大家的长处,利用大家的优点,不追究过去的历史问题,面向未来,安定了人心,得到了下属的支持。生产部、质量部、生产计划都支持他。他同时提出了有效的方案,在短时间内解决了困扰公司的旺季产能不足的问题。这样一来,销售部的同僚也会支持他。你姐夫改善仓库的管理,降低库存管理风险,相当于减少了财务的麻烦,财务部当然也支持他。这么多人支持他,老板也会越来越信任、支持他。反过来,那个仓库经理除了资历老,从他身上真找不出来什么让公司很满意的东西,从财务总监的态度就可以看得出来有人对他不满意,只是以前碍于老板相信他,又没有合适的人解决仓库的问题,对他没办法而已。而且,仓库本来是徐经理自己的地盘,结果都有那么多仓管员对他不满意。这个人真是很不得人心!所以,道这一点上是你姐夫胜利。"

吴静波说到这里,点了一支香烟,深深吸了一口,吐了个烟圈,继续说:"天,是说双方战争的时间,时机把握得当者胜!你姐夫没有在刚进公司、受到徐经理挑衅的时候就对徐经理发起斗争,而是等到老板、同僚、下属大都支持自己,仓库里面已经有自己的人掌握核心的职责的时候发起斗争。所以,在天时上,你姐夫又胜了一场!"

沈开立即笑着说:"连胜两场了!"

吴静波轻轻弹了弹烟灰,说:"地,要变通一下,在企业中,我们可以把地换成斗争的理由、事情。你姐夫不是在自己没有受到应有的尊重的时候去打击别人,而是从老板最关心的仓库管理、库存风险控制上和仓库经理斗争。理由堂堂正正,可谓是师出有名。而且这个问题相对比较客观,不会被别人疑心是打击报复,容易得到老板和其他主要管理人员的支持。此外,管理本身又是你姐夫擅长的，那个仓库经理的管理水平肯定还是比不上你姐夫。在管理水平上和对方斗，江流就占据了有利条件，这一点又符合扬长避短、避实击虚的道理。这样又赢了第三场。"

吴静波看到沈开在兴奋地点头，笑着说下去："将，现在双方的将就是自己，再推广一点就是支持各自双方的骨干人员。你姐夫无论是工作的能力还是工作的态度都比那个徐经理强。你姐夫拉拢并培养了丁忠义以及下面支持他和丁忠义的仓管员，所以到最后支持你姐夫的仓管员也比支持徐经理的仓管员工作能力强。能够平稳接手仓库也证明江流的团队更强！所以，在将这个方面还是你姐夫胜！"

吴静波又吐了个烟圈，说："最后是法，你姐夫赏罚分明，大家团结一心做好工作，不会做有人教，做得好有奖励，人人争取上进；徐经理任人唯亲，包庇纵容自己手下，遇事推诿狡辩，永远无法解决问题。从法这一点来看，还是你姐夫赢。所以，这仗根本不用打，其实胜负早就分出来了。你现在明白这些工作中的兵法的道理了吗？"

沈开欣喜地点头说："明白了！现在感觉有些明白了！我原来总搞不清楚里面的玄机，总觉得是山重水复疑无路，经过吴总这么一解释，才发觉是柳暗花明又一村，豁然开朗了。谢谢吴总的指点！"

吴静波微微点了点头，说："比较完了双方的胜算，你可以再回头去想想当初的战略制定。其实，战略的选择在很大程度上决定了以后双方真正冲突的时候的胜算。《孙子兵法》说，善用兵者，故能为胜败之政。说的就是这个意思。"

吴静波看到沈开似乎还是没有想清楚，继续解释说："为什么我原来让你姐夫以静制动、先立后破；遇事则急、遇人则缓？这其实都是为了先建立对自己有利的形势，也就是《孙子兵法》所说

第 18 章　善有果而已

的修道而保法。先营造适合大家需求的工作环境，把大多数人团结到自己的身边。这从大的、全局的战略上来讲就是先为不可胜。至于可胜是要敌人自己出现问题才适合发起斗争的，敌人露出了破绽，找到敌人的弱点战胜敌人，而不是硬要找别人的问题，这样才能主宰斗争的胜负，这就是能为胜败之政了。"沈开若有所悟地点点头。

过了好一会，沈开才说："那如果都能主宰胜败了，姐夫岂不是想灭谁就灭谁了？这种感觉想想就爽！"

江流苦笑着摇摇头，说："我的目标不是灭谁，你如果这样想，从方向上来说就完全错了。如果别人根本就没有问题，工作做得很好，也受老板的赏识，我是不可能动他的。"

吴静波点头说："这个态度就对了，无邀正正之旗，无击堂堂之阵。别人做得很好根本就没有破绽就不要去挑起争斗。不然任何高明的策略都不能防止失败。"

江流也连连点头说："对于潜在的敌人，或者说公司的同事也不能一概而论，不要总是想办法打击别人。《孙子兵法》说，上兵伐谋、其次伐交、其次伐兵、其下攻城，要记住，伐兵伐城是下策，是不得已而为之的无奈之举。双赢才是上上之策，这就是上兵伐谋！"

吴静波赞许地看了看江流说："你现在对《孙子兵法》研究得很深入呀？"

然后又给沈开解释说："在实际的管理中，江流通过合理的'立'，找到双方的利益契合点，协调了双方的利益，成功地把常经理、张经理、李勇、丁忠义这些人抓到自己的手上，壮大了自己的力量。这就是上兵伐谋！伐谋不是消灭别人，是通过合理的方案把对方拉到自己的阵营来。这种做法既弱化了对立的力量，同时还增强了自己的力量，是一箭双雕的好策略。如果没有这些人的支持,江流想赢那个徐经理是很难的。所以,不是说能主宰胜负就真可以为所欲为了!能够主宰胜负是因为做的事情都合乎情理,能够得到大家的支持。一味逞强好胜,为了自己欲望所做的事情往往不符合情理,而不合情理的事情往往都是以失败告终的。所以,严格地说是道胜,不是江流胜!"

吴静波喝了口茶,静静地看着小沈,没有继续说下去。沈开则在低头细细揣摩、理解吴静波说的话。

过了好一会儿,沈开才抬起头来,满是钦佩地说:"吴总这么一解释,我现在明白多了。以前读书真是读死书,现在才有点感觉了!现在我知道《孙子兵法》思想的这些运用了。相对来说,《孙子兵法》比较抽象,具体的东西讲得少,方向性的东西讲得多,和企业管理联系相对比较容易。但是《三十六计》完全是一些具体的兵法手段,这和企业管理怎么才能够联系得起来,我还是很没有概念。"

江流这时笑着插话说:"你算是遇到名师了!现在有我师兄这个大行家,怎么联系可难不倒他,你就看他怎么信手拈来吧!"

江流又转向吴静波说:"师兄,要不麻烦你再点评一下我的这些手段的得失。同时也想听听你怎么把这些具体的管理活动和《三十六计》联系起来。说真的,我看完了《三十六计》隐隐约约有些感觉,好像明白了一些道理,但要我说出很多道理来还是很勉强。所以,我也想听听师兄的妙论!"

吴静波灭了烟头,又喝了口茶,这才笑着说:"我就看在你们这么诚心求知的份上再多翻一些自己压箱底的本事出来给你们看看吧。哎,想想这可是我多年潜心研究《三十六计》和企业管理的结晶啊,今天就这样便宜教给你们了!"

大家不禁都笑了起来,吴静波清了清嗓子开始讲解说:"我上次说江流应该用反客为主的手段。因为从当时双方的实际情况来

第18章 善有果而已

说，毕竟那个徐经理先到公司，是公司的创业元老，公司对他已经有了一定的信任和感情，而江流后到公司，信任和感情还没来得及建立起来。虽然看起来江流的职位比别人高，但那个时候真要公司二选一，留谁还是未定之数。所以别人是主，你是客。这是客观现实，这是必须要承认的！"

说到这里，江流点头承认，吴静波继续说："承认了这个现实之后，我们就很容易知道根据现在的形势要采用什么对策。反客为主是在形势对自己不利的局面下找机会站稳脚跟，逐步控制局面掌握主动的计策，是很适合空降兵管理人员在进入公司的初期采用的。"

吴静波感觉嗓子有些干，喝了口茶，继续说："事实上，我看江流你也是这样做的。首先你对徐经理的无理挑衅不为所动，不争不吵，这是笑里藏刀计。先麻痹对方，暗暗筹划部署，等待合适的机会战胜对手。经过筹划，你决定先到仓库了解情况、摸清人员关系。这就是寻找你以后要乘的那个"隙"，就是先要找出对手的漏洞，当然结果也如你所愿，你有两个重大的发现：仓库管理混乱，部分员工不满徐经理的管理。消极地看，这都是令自己头痛的问题，但是真正高明的管理者总是善于利用不利的事物有利的那一面。从第一个问题中你找到了为以后安插自己势力所需的理由，第二个问题让你找到机会把丁忠义拉到自己这一边。江流发现仓库部分员工对徐经理的管理不满，就马上把丁忠义拉拢过来，这是釜底抽薪计，一举两得！一方面削弱了对手，另一方面加强了自己的力量。"

吴静波说到这里又停下来吞云吐雾，让江流和沈开有时间消化自己刚才的话。

过了一会儿，烟抽完了，吴静波继续说："走到这一步，江流已经成功地在仓库发展了自己的力量。以上的这所有的动作还只是实现了反客为主计的第一步，乘隙立足。当然这还不足以控制仓库，更谈不上推倒徐经理。江流还需要控制更多、更重要的职能。仅仅靠丁忠义一个人显然不够，毕竟丁忠义只是仓库的一个小管理员，他的力量是远远无法和徐经理抗衡的。"

　　沈开不禁插嘴说："我姐夫必须要控制要害才行！"

　　吴静波点点头说："所以，江流还要进行下一步：扼其主机！就是江流要控制住仓库的要害部门。于是江流先发动佯攻，指出仓库管理的问题，要求对手给出合理的解释。在江流的攻势下，那个仓库经理仓促之间又犯了一个错误，他用自己的工作量太大来推脱自己管理不善的责任。而江流也顺水推舟，故意认可这个借口。但是，江流接着利用这个理由提出来分担徐经理的管理职责，于是江流顺理成章地借着这个机会把小丁推上去担任仓库副主管并且把仓库的核心工作——原材料仓的管理工作交给他。这本身就是声东击西计！接着你又利用对方的这个破绽实现反客为主的第二步，扼其主机。"

　　吴静波得意地在桌子上轻敲了一下，说："然后，江流帮助丁忠义拉拢仓库的基层员工，建立明确的赏罚机制，激励工作积极的员工。这是在循序渐进地巩固自己的阵地，蚕食对方的势力，逐步实现扼其主机的目标！"

　　沈开兴奋地说："现在就差临门一脚了！"

　　吴静波笑了笑，说："江流的临门一脚也是精妙无比。他没有自己从正面强攻，反而是利用解决仓库的管理问题的机会先和财务总监沟通，获得了财务总监的支持。因为，仓库的库存管理如果真的出了很严重的问题，财务部也会很棘手，尤其是他们公司还想上市。财务总监马上被江流发展成为自己的盟友，于是江流请财务总监多向刘总反映反映仓库目前的管理问题。通过财务总监来打击徐经理确实是很高明的一步棋！事实上，刘总来工厂检查很可能就是因为听到财务总监反映仓库的管理问题很多，这次检查的结果直接导致

第18章 善有果而已

了刘总对徐经理的不满。这是致命一击！很漂亮的借刀杀人计！"

沈开还是有些疑问："姐夫是这个徐经理的上司，处理不称职的下属天经地义，为什么还要这么麻烦呢？"

吴静波解释说："这样做的好处在于，从财务角度来说明徐经理管理不善显得更客观。让财务总监从一个权威的第三方的角度来说徐经理不行，比江流作为徐经理的上司说徐经理不行效果更好。还不要说财务总监是公司的老人，在老板面前说话更有分量。而且这样做也确立了财务总监和自己的合作关系。一箭双雕！"

吴静波满是赞许地看着江流，频频向江流点头，江流反而有些不好意思，什么也没说。

吴静波继续说："到了这一步，其实那个仓库经理已经大势已去，他最后的依靠——老板的旧情——也被破坏了。这时江流马上发动了最后一击，不让那个仓库经理有喘息之机，以免他有机会可以摆脱目前的被动局面而卷土重来。你下了一个死任务，一个对于仓库经理这个职位来说合理，但对于这个人来说却无法完成的任务。这又一次击中了他的死穴：徐经理的管理能力不够，无法改善仓库。而且有财务强调盘点的重要性，必须及时解决仓库存在问题的压力，老板也不想在这种时候冒险，继续容忍徐经理。失去了老板的支持，徐经理已经是无路可退，导致徐经理提出来辞职。对于这种能力不足又不配合的人不要给他推诿的机会，一定要在关键时刻让老板看到他的无能，尽早赶走！这是关门捉贼计。"

沈开听得如醉如痴，说："吴总分析得精彩，姐夫干得漂亮！"

江流却推辞说："师兄分析得精彩是肯定的，我是误打误撞做成了这些事，其实我做的时候也没有想这么多，只是感觉应该这样做。很多时候还是形势所迫，必须那么做而已，并不是说我想了这么多。我可没这么高明，师兄才是厉害！"

吴静波笑了笑，说："只有做事的方法已经深入内心，已经成为你的一种本能，你才能不假思索地做出正确的反应！这是一种境界，是管理者应该追求的修养水平。有些东西不是简单地学一学就可以做得到的，必须提升本身的综合素质，综合素质到了一定的层次才能驾驭复杂的局面。江流明明管理的技巧远胜于徐经理，处理人和事情的手段也不是徐经理之辈可以相提并论的，这是知雄；但是刚到飞达的时候，却能不动声色、寻找机会逐步稳定大局，这是守雌。能够知其雄就很了不起了，还能心平气和地守其雌就更了不起了！这需要很高的修养才能做到！"

江流脸有些红，说："师兄才是高人！很多东西我都还需要向师兄学习。"

吴静波感慨地说："所以，管理不可以一味地强调技巧，管理者自身的素质才是核心，提升综合素质才是王道！片面地学习别人的手段有些时候很可能会弄巧成拙。"沈开似懂非懂地点点头。

吴静波又对沈开补充说："当然你也不要听了我前面说不可以一味强调技巧就忽视技巧。很多时候，懂得采用更好的手段能够更好地达到自己的战略目标。如果因为强调素养而忽视手段和技巧那是书生之见。很多忠臣斗不过奸臣的事情之所以会发生，都是因为忠臣太过于关注事情的大方向，而不注重实现的技巧，最终反而栽到天天研究技巧和手段的奸臣手上。"

吴静波歇了口气，继续说："所以，做人也别太清高，一听到这么多的计谋和手段，头就扭到一边去，甚至怕脏了自己的耳朵。太清高的人成不了大事！既要通晓这些手段和技巧，也要把握好如何合理地使用，这才是成大事者应有的胸怀和气度。"

沈开点头说："我也感觉到了，这个尺度确实很难把握！很有修养的人才能做得到啊！"

吴静波转过去问江流："那个徐经理要辞职，仓库里面那些他手下的仓管员你打算怎么办？"

第18章 善有果而已

江流沉吟了一下，说："还没有来得及去想这个问题。我觉得只要他们能够遵守仓库的规章制度，做好自己的事情，我也不打算再去追究他们是不是支持徐经理了。毕竟徐经理已经成为过去了！他们做个仓管员，也只是打工挣钱养家！"

沈开有些担心地说："这里面会不会有徐经理的死党呀？万一他们在暗中搞鬼，弄出什么问题来就不好了。毕竟明枪易躲暗箭难防，还是小心谨慎点好！"

江流还没来得及说什么，吴静波却点头说："江流这么做是对的，首先我们的目标不是破，是立，是要仓库员工好好工作！没有别的什么个人的目标。《道德经》里面说，善有果而已，不敢以取强。意思是说，善于处理事情的人，只达到目标就可以了，不敢事事都用强，希望完全符合自己的心意。所以，我们也只需要达到自己的目标，能把仓库管理好就行了。至于那些仓管员，即便是原来依附徐经理的，很可能也不是自愿。而且徐经理过几天就走了，皮之不存毛将焉附？他们也不可能闹出什么乱子来。如果确实有不遵循公司制度的事情发生，再按制度处理也不迟。"

这时江流微笑着补了一句："乐杀人者，不可得志于天下。如果我一心要把工厂变成铁板一块的我的天下，顺我者昌，逆我者亡，老板肯定会不放心的，会想其他的手段来制衡我的。如果这样想一想，留下一些明显不是我的人的人，老板也放心一些。所以不要说仓管员了，就算是那个 IQC 的主管，只要他能做好工作，我也一样留着。不然小敌去，大敌来，那才是费力不讨好！我倒成了老板的试金石，帮他把不是金子的石头淘汰掉，留下金子和我对抗争辉。何苦呢?！"

听到这里，吴静波也不禁竖起大拇指称赞说："好！这才是管理者应该具有的气度，大肚能容。其实有的人很有能力，但是气度太小，容不得别人。他做的事情就算有道理，大家也不支持，做起来，心不甘，情不愿；万一有什么疏漏，那很多人都会群起而攻之。所以，如果你容不下别人，那么别人也容不下你。这种局面是做管理者特别需要避免的！"

沈开却还是有些疑惑不解，问："既然要宽以待人，那为什么又要赶走徐经理呢？为什么不也给徐经理找个合适的位置呢？"

江流说："徐经理首先确实管不好仓库，能力不够。而且他又不虚心学习，所以也不能指望他以后能够达到我的要求。他都到了这个年纪，再指望改变他基本上是没什么希望的。这是我不能让他继续做仓库经理的原因。至于说我要赶他走，那是因为他对我敌意很深，做事情又喜欢推卸责任，权力意识太重，又没有团队精神，地位又比较高。企业不是学校，是要创造效益的，我做事也是要看效益的。成本太高、希望渺茫的事情还是少做为妙。因为资源是有限的，如果把资源投到了无法取得效益的地方，那么就丧失了可能在别的地方取得效益的机会。"

江流笑了一下，说："扯得有点远了，还是说用人的事吧。那个 IQC 主管呢，虽然说话很冲，但基本上是对事，不是针对我的。再说了，他也还是能够解决一些问题的。对于这种人，我只要理顺了工作的机制，我们还是能够合作的。所以，我能容忍刘主管而必须赶走徐经理。"

本章点评

■ 空降兵怎样战胜潜在的挑战者，顺利取得部门的实际控制权？

反客为主。寻求机会，发展自己的支持者，扩大他们的影响，逐步控制住核心的岗位，最后控制全局。老板是出于自己的利益而选择支持的对象，要让老板觉得支持你对他有利，不要逼着老板冒着自己利益受损的风险来支持你！

第19章
工作中学习，
学习为工作

■ 如何引导下属自我充实，提升工作表现？

星期一的早上，江流在仓库的早会上宣布了公司同意徐经理的辞职申请和对丁忠义的任命。徐经理显得有些意外，江流竟然这么快就接受了他的辞职，而且还高调在仓库宣布了对于丁忠义的任命。等到江流宣布散会，大家纷纷回自己的工作场所之后，徐经理还呆呆地在那里站了好一会儿，似乎还在怀疑自己是否在做梦。

不出丁忠义所料，仓库的那个徐经理的心腹仓管员随后也提出了辞职。江流亲自处理了他的辞职，江流表示公司希望他能留下来，不要受外部因素的影响，在哪里都是打工，没必要换来换去，可那名员工还是坚持要辞职。江流也没再挽留就签了他的辞职单。

丁忠义全面接手后，江流安排丁忠义要赶紧把成品仓的管理工作做起来，一定要确保大盘点的成功。同时把生产部提出的要求简化不良退料流程的事情告诉了他。问了一下丁忠义的想法，丁忠义只说仓库要确保账实相符，不良物料必须由仓管来更换，不能让车间物料员自己进仓库换料。但是这个不良是不是供应商来料不良好像也需要判定，不然仓库收了不良物料后也没办法处理。

听完了丁忠义的意见，江流这才说："不错，你没有一味强调困难，是在积极想办法解决问题，而且还能考虑到其中实施的难点，这一点很好。不知道还可以学，如果碰到问题就先想不可能，就不可能有任何改进，也就永远都不会有进步了。"

江流对丁忠义赞许了一番，这才继续说："这个问题应该这样解决，首先我们应该优先确保生产平稳。物料员后面是生产流水线，那么多人都在等他的工作结果，必须优先处理。所以，生产部拿了不良物料来更换的，原则上只要不是明显被车间搞坏的，仓库应该立即处理更换以保障生产。"

丁忠义点头说："这个道理我明白，我们仓库的责任就是保障生产！我们都是为生产服务的！"

江流点了点头，继续说："所以我们应该尽量避免太多烦琐的手续影响生产部门的效率。我们应该尽量简化生产部门的操作，其实这样做并没有太大风险。如果生产没有弄虚作假，不良确有其事，我们可以要求 IQC 判定退料，要求供应商补料给我们。对于物料退料频繁的供应商，我们甚至可以要求供应商送一些备品。这样我们可以直接用备品来替换车间的不良品，这样就可以避免因手续繁杂带来不必要的工作量。"

说到这里，丁忠义忍不住插嘴说："这样做的道理我明白，可是如果生产部利用这一点，把自己的不良算到供应商那里怎么办？"

江流微微笑了笑，说："你收到车间的不良物料后，应该定期把这些不良品转给 IQC，让 IQC 判定。如果确实是来料不良，IQC 有漏检的责任。如果是生产故意把自己产生的不良当做来料不良退回仓库，这会恶化 IQC 的工作成绩，一般来说 IQC 是不会同意的。而且一旦被公司发现生产有意把自己的损耗算成来料不良，公司肯定会处分的。此外生产本身允许合理的一定范围的不良损耗，生产如果控制得当，损耗在合理的范围之内也没必要造假。所以这个问

第19章　工作中学习，学习为工作

题应该是可以避免的。"

"那供应商真会给备品吗？"丁忠义继续追问道。

江流解释说："如果是供应商来料不良，供应商本身就有责任，每次都为少量的不良品紧急退货、补货，手续很烦琐，供应商也吃不消。对于赠送备品的要求，只要数量合理，产品价值不高，供应商都会接受的。这个要求对于所提供产品价值较高的供应商可能会有困难，但是这种供应商一般对质量的管控也做得比较好，我们要求他们把不良率控制在合理的范围内就可以了。这样仓库缺料无法更换不良的情况就会很少了。"丁忠义连连点头。

江流说："你先做一个流程草稿，我会帮你检查修改一下。后续你要发起一个会议来推动解决这个问题。"

丁忠义有些迟疑地问："我来发起这个会议吗？"

"当然啦！以后你是仓库的负责人，这些事情你不做，谁做？"江流拍了拍丁忠义的肩膀，说："不过你放心，我会支持你的，帮你检查一下稿子，开会的时候去帮你撑撑场子，当然最终会议还是要你发起和主持的。你要担任一个部门的主管，这点信心还是应该要有的吧？你能行的，我相信你！"

丁忠义离开办公室后，江流又把这件事想了好一会儿，最终想了想，还是自己到采购部办公室去看看。很凑巧，陈经理正在自己办公室，陈经理看到江流过来，问："江总有事？"

江流很随意地说："最近交付压力大，采购这边工作负担很重！我过来看看，也了解一下你们的困难。"

陈经理说："最近确实忙！已经好久没有休息过了，回头我还要出去拜访一个供应商。"

江流说："不愧是公司元老啊！什么事情都做到别人前头。公司能够发展到今天这一步，和你们这些元老的全力打拼是分不开的。"

陈经理的脸上堆满了笑容说："哪里，哪里。江总是高级人才，做事有方法，公司现在更需要你这样的人才。江总今天过来有什么事吗？"

江流笑着说："真没什么事，就是一直忙着应付市场交货的问题，你这边一直又没什么问题，我也没怎么过来看过，想想有些不应该，过来看看。"

陈经理说："如果江总觉得有什么做得不到位的，提出来，我一定改。"

江流说："这样说就见外了，如果你这里真有问题，我就算没发现，老板也早就逼着我过来看了。只是最近这么辛苦，帮不了你什么，说句贴心的话还是要的。"

陈经理笑了，没有说话，江流继续说："光说不够，要不，晚上一起出去吃个饭？"

陈经理想了想，还是答应了。随后，陈经理说自己马上还要出去，要准备一些资料，江流也就先告辞回自己办公室去了。

回到办公室，江流打开了自己的一个网络邮箱，找了好一会儿，找出来一份计划作业流程。看了一下，下载到自己的电脑里面，又转发给了物料计划杜山松和生产计划李勇。江流想了想，还是又拨通了他们两个人的电话，让他们到自己的办公室来。

江流让他们抽时间好好看看这份流程文件，结合公司的实际情况，参考这份流程文件，编写一份飞达公司的计划流程文件给自己。江流从杜山松和李勇的表情看得出来，他们都对这个工作安排心存疑虑。

江流问："你们是不是担心自己做不好这项工作？"

看着杜山松和李勇在点头，江流继续说："我安排你们编写计划作业流程并不是指望你们能一下子就能编写出很合适的作业流程。我只是希望你们能够早点参与到流程梳理的工作之中，从整体的角度回顾和思考自己的工作，深化自己对流程的认识。"说到这里李勇和杜山松才感觉轻松了一些。

第19章 工作中学习，学习为工作

江流继续说："如果你们能借着编写流程文件的机会重新认真回顾你们计划工作的每一个细节，并且认真思考它的合理性，而不是被已有的做法束缚住自己的思想的话，以后再做工作的时候就更容易跳出原有的思维局限找出更好的办法和工作思路。这才是我要你们来编写流程文件的真正用意。这对你们来说是一个锻炼的机会。所以，你们放心大胆地去做吧，不要有什么畏惧。"

虽然江流是这么说，但是杜山松和李勇还是犹豫不决，江流又说："再说了，你们提交给我的只是一个初稿，错了也没什么，反正我会最后审核的。只要你们用心去做了，认真思考了我们作业的问题，我们的目标就实现了！而我也相信你们一定能够从这项工作中学习到很多东西！"

江流看到杜山松和李勇的表情又放松了一些，问："你们知道什么是流程吗？"

看到杜山松和李勇都默不作声，江流说："流程的标准解释你们可以自己找资料去查询。我的理解是流程就是为了准确高效地实现特定的工作目标而约定的操作方法。所以简单点说，你发现了一个好的方法，然后你和相关人员约定好大家在一个比较长的时间段内都按这个方法的要求做事，这就是流程了。所以，流程也并不是一个什么很神秘的东西，不需要把编写流程看得那么可怕。我这样说你们能放下包袱吗？"

江流等了一下，看到两个人还是不说话，说："没有问题的话，就先学习一下我发给你们的那个参考的计划流程吧。在那个流程基础上修改，我相信你们能够做好的。"

李勇说："江总，我还是有一点不明白。为什么你不直接做好流程，让我们学习执行呢？我看以前的公司领导都是这样做的。这样做的话，感觉我们也能学到先进的流程和方法，而且还可以节省时间。"

李勇似乎又感觉自己的话有点不妥当，连忙补充说："我没别的意思,我只是想知道江总这样做的原因。"

江流笑着说:"我们之间没有必要那么拘谨,事实上我不仅是供应链总监,我也兼任计划部经理。所以,你们不需要在我面前那么拘束,有什么问题就提出来。你想知道我这样做的原因,其实还是应该从我经常提的那个要求来考虑问题、找答案,先搞清楚我们的目标在哪里。"江流停了一下,让两个人去思考这个问题。

过了一会儿,江流才解释说:"作为计划部经理,尤其是兼任计划部经理,我必须考虑以后计划部经理的人选。所以培养你们就是我非常重要的一项工作,只有你们能担当起计划部经理的职责,我才能卸下计划部经理的职责。"

看到他们两个人在点头,江流继续说:"你们要成为合格的管理人员,首先需要有独立思考的能力,需要有独立判断自己面临的问题、做出合理反应的能力,不能仅仅只满足于自己执行能力很强。"

看到两个人点头,江流继续说:"所以,我要让你们来学习如何分析自己面临的问题,并独立提出解决方案。其次,真正的智慧不是别人教给你们的,别人只能教给你们知识,而智慧是要自己经过思考分析,甚至经过了艰难的人生阅历之后才会有的。知识只能告诉你们有些事情是怎么做的,而智慧能够告诉你们现在是什么情况,在这种情况下应该怎么做。所以,如果我写好了流程给你们,那是给你们知识,而智慧只能是你们自己思考、经历之后经过反复提炼和验证才能得到的。如果你们想做好管理,就不能满足于得到知识,而必须努力得到智慧!"

杜山松说:"以前,我听说有些好的公司说要建立学习型组织。江总这样做也是准备把我们工厂建设成一个学习型组织吧?"

江流笑了笑说:"建立学习型组织,其实是形似而实非。我不认为大多数提倡建立学习型组织的公司能够成功。就说我以前工作过的创富吧,一家美资世界五百强公司,每年花大量的培训费用,平均每个

第19章 工作中学习，学习为工作

职员一年都有上万元的培训费。这还不包括内部培训的老师的成本、受训员工的误工成本！但是效果呢？效果非常差！很多人把培训当成了一种福利。好一点的培训，通过培训和考试拿了个证！更差的就是出去玩一趟，根本没有把培训的知识运用到工作中来，你说这样的学习型组织会成功吗？我看只是白白增加成本而已。"

杜山松不解地问："江总，你认为应该怎么做呢？难道是说提倡学习错了吗？"

江流说："我一直说做事情要先搞清楚自己的目标，这句话永远都不错。所以，要搞清楚是不是要建立学习型组织，首先要搞清楚，我们为什么要建立学习型组织！"

杜山松说："为了提升员工的技能和知识水平，进而为公司创造价值！"

江流说："对，公司的目标是创造价值！可是很多倡导建立学习型组织的公司都只记住了前半句话，却忽视了后半句话！全然没有搞清楚前半句是手段，后半句才是真正的目标！这是他们错误的最大原因！"

江流说到这里，感到嗓子有些哑，停下来喝了口水，继续说："我们做培训的目标应该是通过培训为公司创造新的价值，而不是纯粹为了让员工多拿几个证，或者提升员工的技能和知识水平！如果你学习的东西无法通过工作为公司创造价值，这种培训对公司有用吗？比如说，我们公司培训你学习弹钢琴，即便你学成了一个钢琴大师，这对公司有什么好处？这种培训有什么意义？是不是白白增加公司的成本，你如果是公司的老板，你会这么做吗？"

看到他们两个人都在摇头，江流继续说："所以，像其他很多事情一样，培训也要先搞清楚自己的目标。如果我们牢记自己的目标是为公司创造价值，我们就知道自己该怎么做了！"

江流特意停顿了一会儿，让他们两个人有时间思考，等到他们开始点头了，江流才继续说："公司应该让员工知道哪些领域可以为公司创造价值，对这些能够创造价值的岗位和技能给予合理的报酬，通过报酬吸引员工去学习，而不是让员工被动地去学习。如果员工意识到学习了某些东西可以增加自己的价值，他们自然就会产生学习的欲望了。公司甚至都不用出钱，有上进心的员工都会努力去学习。公司最多只需要在员工无法承担学习的费用的时候或者和工作时间有小冲突的时候，提供一些支持和帮助就可以了。这是不是比漫无目的的培训和学习效果好很多？这样，不但培训的费用节省了，而且在工作中学习、改进、总结，比起纯粹的学习效果会好很多！学以致用是最好的学习方式。"

李勇说："可要找出增加员工价值的领域，这看起来不是一件容易的事情啊！"

江流说："呵呵，如果管理者很清楚自己的工作目标，找出员工价值增值的领域这个问题就一点也不难了。管理者如果是致力于公司的不断提升，就总能够找到需要改进的地方，而很多改进都是需要员工的执行能力来支撑的。从这个角度来说，对于一位想把公司不断带到一个新的管理水平的领导来说，让员工增加价值的领域真是太多、太明显了。当然，如果这个领导本来自己就不思进取，得过且过，以自己的好恶管理员工，那要他找出让员工增值的领域可能真有点为难他。"

杜山松说："那对于一个致力于提升的领导既然他已经知道哪些地方需要改进和提升，就直接安排员工去学，这样不是更好吗？"

江流说："呵呵，你这种说法忽略了人的主观能动性，忽视了人和人之间本身是有差异的。学习还是要学习者自身感兴趣，有的学习还需要一定的基础。要求他们去学不如让他们自己想学，而吸引员工去学习的方法还是让员工觉得学习对自己是有益的。水往低处流，人往高处走。对自己有益的事情，每个人都有兴趣，这才是

第19章 工作中学习，学习为工作

最好的动力！"杜山松和李勇都不住地点头。

江流继续说："而实现让员工自觉、自愿学习，其实最需要的是公司有一个合理的分配制度，一个真正按员工创造的价值分配的制度和原则。这个原则一旦树立了，并且员工意识到了这个原则的话，总会有员工努力去找能够让自己价值增值的手段。这个道理其实很简单，谁都希望自己能够多赚点钱。能够赚钱的手段，不用谁去费心提倡，大家都会努力去做的！"

李勇也笑着说："可不是，我们打工，辛辛苦苦为什么呀？如果多学本事能赚钱，我当然愿意多学，不过有很多时候，学了本事不如会拍马屁，那谁还学本事呀？！"

江流笑了笑："其实这一点对别的分配制度也适用。你把拍马屁也看成一项技能就行了。很多人愿意拍马屁肯定是拍马屁赚钱来得快。喜欢拍马屁的领导旁边拍马屁的一定多，拍马屁的手段也更高明。喜欢书法的领导，下属字写得好的也一定多。宋徽宗就是一个例子，他自己恐怕是书法最好的皇帝了，结果他的大臣里面也不乏像蔡京这样的书法高手。出现这种情况绝不是偶然。人总是会努力去做对自己有利的事情，这是人的天性，是不会改变的。"

江流停顿了一会儿，又说："所以，我们如果希望员工都努力为公司创造价值，就让员工发现做这些事情有利可图就行了。做到了这一点之后，管理者就不需要自己苦口婆心地去规劝大家做这些事情。这就像如果我们想吃螃蟹，不需要努力去劝别人养螃蟹，只需要成立螃蟹市场就行了，只要螃蟹的价格够高，我们就完全不用担心没有螃蟹可吃。有钱赚的事情，不需要你操心别人是否学得会，总有人会努力去钻研的。这比你去劝别人养螃蟹，而别人又看不到怎么通过养螃蟹的技术致富效果好得多。"

杜山松点头说："是啊！现在螃蟹这么贵，不用谁费心去推广，自然有很多人去养殖。反过来，如果螃蟹不值钱，不管你怎么劝，别人都懒得去养的。"

江流笑着说："就算别人养出了好螃蟹，也是卖给出得起钱的人吃，不会低价卖给那个劝人养螃蟹的人吃！"李勇和杜山松都忍不住大笑起来。

江流继续说："所以，很多人都不愿意学习，其实这种现象间接说明了一个问题：就是学习没有用。如果学习很有用，公司是按员工创造价值来支付员工的报酬的话，应该会有更多的人学习。现在公司不改善分配机制，老是一厢情愿地希望员工学习、多为公司付出。这就和让别人养螃蟹给自己吃又不想出钱的想法一样，是不切实际的。因为人天生就是要做对自己有利的事情。"

杜山松有些感慨，说："这个道理倒是不难理解。可在现实中，真要让养螃蟹的人赚到自己该赚到的钱还真是一件很难的事。"

江流也换上了一副严肃的面孔，说："这确实是管理最难做到的事情。只有管理者公正无私，做事的人才能得到应有的回报。这对管理者来说确实是一个重大的挑战。"

江流沉默了一会，继续说："如果确立了这种按员工创造的价值来分配的制度，大家都会努力提高自己的价值来获得更高的收入。公司内部自然就会形成一种勤于思考的风气，有了思考才能发现不足，才会产生学习的动力。所以，有些时候思考比学习重要。"

李勇有些不解地问："思考会比学习还重要？"

江流点点头说："我个人的看法是这样。思考和学习的关系就好像销售和生产的关系。提倡建立学习型组织的公司就像过去盲目生产，不管市场是否需要这些产品的企业，虽然生产出来很多东西，但是生产出来的产品很多都不是市场需要的，最终导致货物积压，公司倒闭。这种学习往往是学而无用。而建立思考型组织就像现在的以销定产的企业，外部有了需求才生产，这样才能货物畅销，企业盈利。这种学习才是学有所值。思考是找到需求的途径！

而需求才是拉动发展的可靠保障！"

大家又一次笑了起来，江流这才正色说："说了这么多，有点偏题了。还是回到我们前面的话题吧！我要你们编写流程，是希望你们在编写的过程中学习，借着编写流程的过程反思自己的工作，发现自己的不足，然后有目的地学习和提升自己。毕竟从长远来说，能够不断提升和成长的员工才是企业最大的财富！"

江流看到李勇和杜山松都在点头表示认同，就说："那既然这个道理已经明白了，下面就好好去做吧！多思考、多学习就一定会有收获！"

本章点评

■ 如何引导下属自我充实，提升工作表现？

管理者的价值观决定下属的表现。人都喜欢做对自己有利的事情。希望下属怎么做，让下属知道这样做对他们有利就可以了。如果管理者根据下属的工作表现给予他们回报，下属自我充实、提升的欲望就强烈。

第20章
仓库改善

■ 下属缺乏经验，工作难以胜任，上司怎么办？

晚上，江流和陈经理在餐馆里面才喝了两杯，脸已经是发红发烫了。喝了酒，话也逐渐多了起来，不经意间，大家就聊到了公司上市的事情，说到上市，陈经理的兴趣明显大了很多，喜悦之情跃上眉梢。他说自己跟了老板这么多年，就等这一天了，现在上市在即，感觉每天都是劲头十足。

江流说："所以，我的压力大呀。你知道的，上市首先是要账务准确，物料准确，财务逼我马上改善，否则会计师事务所那一关就不好过。如果审计不通过，估计公司股东饶不了我！"

听到这里，陈经理没有说话，江流则借机喝了口茶。好一会儿，陈经理说："江总的压力我明白，这是公司的头等大事，谁都不应该妨碍这个目标。"

江流苦笑着说："问题是上市也需要业绩，现在又是旺季，销售在拼命地催单，我们这边的压力也跟着大了。你也知道工厂的底子，做好交付不容易啊！"

陈经理笑笑说："还是要靠江总啊，现在大家都不容易，我也是好长时间都没有休息了。脑子里全是交货，晚上睡觉做梦都是梦到交货。现在确实压力大，挺过去就好了。上市就好了！"

江流说："目前物料退换老是影响产线，生产部经常要花比较多的时间来清尾。上次会议提到的备品的事情，陈经理有没有把握呀？"

陈经理低头没有马上回答。江流继续说："如果确实有困难，我可以找刘总，他是老板，打个电话给供应商，比我们说一千句都有用。"

陈经理连忙说："不用了，不用了。这个事情我搞得定。你放心就好了。"

第二天下午，丁忠义坐在江流办公桌旁边，江流在电脑前看着丁忠义刚刚做出来的不良退料的流程。丁忠义颇为不自在地等着江流的意见。

江流看了之后说："不错，不错。基本上把这个退料流程清晰明了地写出来了。如果把一些小细节改一下，比如……"经过一番沟通，丁忠义大致明白了江流的意见。

江流说："你修改好了再发给我，我最后再看看，如果没有问题就发出去。这次的流程沟通会议你主持，我也会参加这个会议，好好看看你的表现。要多站在别的部门的角度想一想，多考虑别的部门可能会提出的问题。这个沟通会是你被提升为仓库的负责人以来的第一个沟通会，表现得好，大家对你有信心，以后的工作容易开展，表现得不好，虽然也不是不可挽救，但是肯定困难会相对比较大。所以还是尽量做好充分的准备吧！"

沟通会议上，各个部门的代表带着好奇的表情等着看丁忠义怎么来主持这个会议。丁忠义嗓子有点发干，看了一下江流，江流没有说话，只是向他点了点头。丁忠义清了清嗓子，开始向大家介绍他的流程解决方案。主要的思路就是仓库优先处理生产部的不良换货，后分责任，在固定的时间交给 IQC 判定，并根据判定的责任集中处理生产的不良换货、走账。

生产部张经理马上表示对这个方案感到满意，认为这样做会减轻来料不良对生产部的影响，避免来料不良造成断线。接着刘振辉马上就提出了丁忠义当初担心的问题：如果生产部把自己的不良说成来料不良怎么办？丁忠义按江流的解释向质量部做了解释。质量部常经理觉得也行，但还是问生产部张经理觉得怎么样。张经理认为生产部肯定没问题，也绝不会把生产不良混成来料不良，有的话甘愿受罚。

采购部陈经理提出说："这件事还需要和供应商沟通。如果要求所有的供应商提供备品，这件事情有一定的难度。"

丁忠义也按照江流前面说的，提出可以按不同的供应商区别对待，只要不良问题比较多的供应商同意给备品其实问题也就解决了大部分。张经理也对丁忠义的这个思路表示了赞许，认为解决了这些供应商来料不良的问题，生产部的确就减少了大半退料、换料的工作量。那些很贵重的物料生产部本身也很少发现来料不良，有没有备品问题倒不大。

陈经理考虑了一下，说："如果是这样，搞定那些物料经常出问题的供应商，要他们提供一些备品，这个问题应该不大。只是采购需要一些时间。"大家经过商讨之后，最终决定，三天之内生产部要提出需要备品的物料清单，采购部尽量在一个月之内与所有需要提供备品的供应商谈妥并补充好备品。

江流补充说："备料清单的事情，可以让仓库协助做些工作，把最近三个月发现的有不良来料流入车间、造成退料的记录提出来。生产部挑出那些经常在车间发现来料不良需要立即解决备品的物料，列出需要提供备品的物料清单交给陈经理。陈经理安排采购负责谈判，如果确实有问题的通知我，我再来看怎么解决。至于这个简化流程，仓库安排一下人员培训。下周一开始试运行，有问题

第20章 仓库改善

大家协商解决。一个星期后如果没有问题就正式启用这个流程。"大家都纷纷表示同意。

在仓库试运行新的退料流程的时候，还是出现了很多问题。原材料仓管员抱怨生产车间总是来退料，这些退料又要紧急处理，导致自己的发料工作频繁地被打断，大大影响了自己的工作效率。而且不良品送到IQC检验，IQC又总是拖延，不能及时给出检验结果，使仓管员无法及时走账，但是如果不马上转不良品退货，又会影响实际仓库的库存数据。实物长时间放在IQC那里，对仓库的循环盘点工作也产生了不利的影响。有些仓管员提出来希望还是由生产部自己联系处理生产不良。有些仓管员还认为是别的部门的工作没有做到位，导致不良品流入车间，现在却要仓库来收拾这个烂摊子，增加了仓库的工作负担，他们心里有些抵触，很反对这个新流程。

听到丁忠义这样的汇报，江流的眉头也不禁皱了起来，他能够想象得到现在仓管员都是什么样子。暂缓执行这个新流程吗？别人会怎么想呢？丁忠义后续的工作怎么开展呢？再说生产不良退料也必须要简化呀！继续强制执行吗？仓库现在人心还不稳，会不会闹出更大的麻烦来呢？如果这个时候有人煽风点火，仓库会不会出乱子呢？江流想了想让丁忠义先回仓库，并说这件事情他会给出一个妥善的解决方案，让丁忠义不要担心。

丁忠义出去之后，江流想了十来分钟，最后决定了，把生产部的张经理和陈劲飞叫到了自己的办公室。首先，江流问了一下陈劲飞最近的工作状况，陈劲飞很积极地把自己所做的很多工作细节都向江流介绍了一遍。江流在陈劲飞介绍的过程中也看了张经理几眼，发现张经理眼中也满是赞许之色，在微微点头。江流这才对陈劲飞的工作表示了自己的嘉许，并勉励他好好干。表扬完了陈劲飞的工作之后，江流就让陈劲飞先回车间。

接着江流就将话题转到了仓库最近推出的简化退料流程这件事情上，张经理对这个流程改革显得很满意。认为这个变革大大减少了生产部处理不良物料的时间，管理人员可以把更多的精力放在生产管理上，而不是像过去那样花费大量时间在物料退料程序上。这让生产管理人员的工作效率也大为提升。

听到这里，江流微微一笑，说："你觉得仓库这件事情做得怎么样？"

"那还用说，仓库这次效率真是很高，也很配合，没找理由。在这么短的时间内拿出来这个方案并且实施了。仓库最近工作做得确实不错。"

江流又说："你是觉得丁忠义做事还可以，以后还希望和他配合工作吧？"

张经理有些疑惑，但还是说："丁忠义这个人的确还不错，工作积极负责，我们当然希望和仓库这样配合下去。"

江流说："但是现在有个问题，你也知道小丁刚刚上台，仓库人心还不稳。现在的这个新流程短期内让仓库的工作量大大增加，下面的仓管员抱怨很多。这个新流程要求仓管员停下正常的备料工作去退换物料，对他们的发料工作的效率影响很大。下面的人抱怨比较多，而丁忠义又是刚刚上台的，有点压不住了。这样下去这个计划有可能夭折呀！"

一听到这话，张经理不禁有些着急了，立即说："我希望公司还是要认真考虑，新流程对生产的帮助是很大的，是有助于提升生产效率的。而且前些天开会也明确了要求后勤支持部门改善工作提升生产的质量和效率。我觉得还是应该要求后勤支持部门想办法克服。"

江流赶紧说："不好意思，可能我没说清楚，让你误会了。我是希望你注意一下仓库目前的实际困难。目前在采购部还没申请回备品的情况下，仓库频繁补料的工作量的确也很大，仓管员现在的情绪反弹比较大。如果丁忠义这次控制不住仓管员，最后搞不定，甚至出现了混乱，有可能还是徐经理继续管理仓库，我想那个时候再提优化流程估计是没戏的。"

看到张经理满脸疑惑地点头，江流继续说："所以，为了长远的利益，我希望这次生产部也能帮一下仓库，帮助仓库把眼前的这个难关渡过去。"

张经理连忙说："我们一定配合仓库的工作，可是我们生产部该如何配合仓库工作呢？"

江流说："愿意配合就好办。我希望你们根据周计划把每个星期很可能因为来料不良而换料的物料开个清单，以损耗的名义直接领出去。在每周六你们把不良的物料一次性送到仓库冲账并领取下一周需要补充的备用物料。这样应该可以大大减少仓库给你们补料的次数，仓管员就不会有那么多的抱怨了。"

江流看到张经理还在考虑，马上说："其实也就是一个月的时间，等过了一个月，备品到了之后，我们直接把备品发给你们，那时就不需要先开损耗单了。我想如果帮助丁忠义渡过了这个难关，让他站稳脚跟，后面仓库也一定会配合好生产的工作的。只是这样做需要车间自己管控好物料，不管是不良物料，还是准备更换的良品物料都需要好好保管，不然到时候难以销账。等后面采购部把备品要到手了就可以直接发给你们，就不用这么麻烦了，但是短期内还是需要你们的配合。"张经理没有马上回答，在默默地考虑江流的这个提议。

江流继续说："你现在帮个忙，也就是麻烦一个月。等撑到备品到了，这个问题就肯定不存在了。而丁忠义现在脚跟还没站稳，如果下面再有人拆台，仓库可能搞不定，这样这个流程优化的事情也会功亏一篑。如果搞成这种局面，仓库可能还是让徐经理管，他怎么做事你是很清楚的。物料退料很可能还会回到过去的老路上，生产部还是要退回过去的处理模式，想改革基本上是没戏的。丁忠义工作的态度你也看到了，他如果管仓库，后续对生产的配合和支持只会做得更好。所以，希望老张你能够在关键时候帮把手，帮丁忠义站稳脚跟。"

张经理略微沉吟了一下，说："江总太客气了，其实这件事情也算不上丁忠义要我帮忙，这是公司的事情，也是关系到我们生产部的事情。我一定会去配合的！大家都是为公司做事，都是想把工作做好。所以，请江总放心。这件事我会全力支持仓库的。"

江流说："好，有你这句话，我也放心了。我会催采购那边，让他们尽快把备品搞到手。备品到了一切问题就都解决了。只是这事情要快，你能不能让人今天就把这个星期的物料清单列出来？我让人明天就把物料先点出来给你。这件事情拖不得的。"

张经理说："这个没问题，今天晚上下班前，我让人把清单交给丁忠义吧！"

送走了张经理，江流又打电话给采购部陈经理，了解了他们现在备品谈判的进度，也委婉地告诉他现在很需要备品来解决生产退货，提升效率。陈经理说："江总，你放心。我一定尽快给你办好。"

江流又联系了质量部常经理，向常经理反馈了仓库员抱怨的IQC处理退料不及时的问题。不等常经理反馈，江流又说："我知道质量部也有质量部的困难，但如果我们现在不打开这个死结，问题就会一直持续下去。所以希望大家在这个时候都能以大局为重，配合一下。我希望送到IQC判定的不良品能够在第二天上班前作出判定。有问题吗？"

常经理稍稍迟疑了片刻，但还是说："我会要求下去，让IQC按你的要求执行。不管怎么样，IQC一定要在下班前把车间的退料

第20章 仓库改善

判定清楚。"

江流听到这句话才如释重负，说："那老常，我这里就先行谢过了，谢谢你的支持！"

江流再次拿起电话，都已经拨了小丁的号码，想了想又挂断了。江流离开办公室直接去了仓库，结果发现发料员正在和车间的领料员争执。车间领料员要求发料员紧急处理自己手头的不良退料，而发料员认为自己要先做完手头的工作。这时丁忠义也闻讯赶过来了，看到江流也在这里，丁忠义明显有些紧张了。江流却和颜悦色地对丁忠义说："你赶紧帮忙处理一下车间的紧急退料要求。回头我再和你谈。已经有解决的办法了！"

丁忠义帮仓管把生产需要的退料补出去后，江流把自己和生产部张经理达成的一致协议告诉了丁忠义，并告诉他常经理那边也要求下去了，IQC一定要在第二天上班前判定完生产的不良退料。

丁忠义显得很高兴，说："如果生产部愿意用先做超损领料的形式一次性领走物料的话，这应该能大大减少仓库停下来换料的频率，仓管员的抱怨应该也会少很多。"

江流还说："你通知所有仓管员，下班前我要说几句话。这次的改革如果顺利通过，公司会拨一些钱搞个活动来奖励仓库。"

这时丁忠义的表情放松了很多，江流拍拍丁忠义的肩膀说："你放心，既然公司决定给你机会，就会支持你。你要放手去做。现在生产部也愿意帮忙了，你更要在有利条件下把事情做好啊！"

江流说："你也要帮助仓库员提升仓库的工作效率。每天下班前要把仓管员的发料单据准备好，将发料次序排好。减少仓管员早上上班等待浪费的时间。循环盘点一定要坚持做，这可以促进仓管员熟悉自己的物料摆放，但是要把循环盘点的工作移到晚上加班做，减少白天的工作负担。生产部过来退换不良物料还是要尽量优先处理。"

江流继续说："成大事者，不拘小节。这段时间确实需要多加点班，但只要把眼前的难关渡过去就行了。至于送检不良物料影响仓库盘点的问题，可以让仓管员在送检的时候开个单子，让IQC签个字。盘点的时候，IQC签字的单据等同于物料库存处理。生产部已经同意先以生产超损把一些经常出现不良退料的物料领一部分出去，平时就不找仓库了。一个星期累积一次退料到仓库。等生产部把备品物料领出去了之后，这种紧急的换料工作就会大大减少了。只要坚持到后续备品物料来了，我们就成功了。"

江流看到丁忠义不断点头，继续说："如果新流程走顺了，你的工作能力就得到大家认可了，以后做别的事情就好说了。这段时间你要多花时间在仓库巡查，有问题及时解决。挺过去就好了！下班前我再过来帮你打打气，稳定住仓管员。一切都会好起来的！"

生产部当天晚上就列出了需要补料的物料清单，仓库在第二天就把这些物料发给了车间。发完了这些物料之后，仓管员感觉到补料换料工作明显减少，后续零星的补料显得没有那么让人无法接受了。而且由于计划的急单也减少了，仓库现在每天的发料工作提前都确定好了，仓管员紧急发料的事情也减少了很多，效率也提高了。

而生产部觉得虽然多了一些物料保管的工作，但是毕竟不需要像以前那样到处找人签字退料了，生产部也觉得比过去好多了。

又过了一周以后，供应商提供的备品也随着供应商的货物陆陆续续地给到了仓库。随着备品物料逐渐来到仓库，江流的心情也越来越好。

有了备品之后，车间有少量的来料不良需要退料时连过去的判定流程也不用走了，仓管员直接就把备品给了生产车间。生产车间则把不良物料收集好，集中返还给仓库。生产更平稳了，仓管的工作量因为简化退料手续也减轻了。仓管员定期把不良退料交给IQC，IQC分析了不良的性质后，不良物料累计到了一定的程度就把这些不良物料交给供应商的送货人员带回公司分析。供应商也避免了经常因为退料而沟通、补料的麻烦。

这个流程的改善最后竟是赢得了大家的一致好评。丁忠义的脸上也明显地出现了变化，久违的笑容出现了。丁忠义私下对江流说，这是他到飞达公司两年多以来最开心的时候！

一个月后，江流把这个流程成功改革的过程向刘总做了具体的汇报，把流程改革带来的好处都列了出来，最近的生产效率提升了大约百分之三。江流把这个功劳归功于仓库的积极思考，生产部和采购部的大力支持，其他部门的积极配合。这个汇报让刘总感到非常满意，对江流提出的嘉奖相关部门的想法也极为支持。最后公司统一拨出一笔活动经费，让大家开个庆功会。

庆功会上，江流没有再像以前喝那么多酒。他更多的时候是静静地坐在那里，看着常经理、刘主管、张经理、陈经理、丁忠义、陈劲飞、杜山松、李勇等人觥筹交错，频频举杯，大家开心的笑容，使他感到了前所未有的轻松。

不出江流的意料，徐经理辞职到期的时候，公司没有做任何挽留。走了一个很公事公办的流程后，一张辞职清单结束了徐经理在飞达公司的工作生涯。看着他走的时候带着一些落寞的神情，江流也不禁摇了摇头，心里也泛起一丝感慨。不过他马上又换上了一副漠然、毫无表情的面孔，在他的辞职清单上签字后让人事办理他的离职手续。

本章点评

■ 下属缺乏经验，工作难以胜任，上司怎么办？

人无完人，我们用一个人不能只用他的优点而苛求他没有缺点。很难有完全称职的下属，完全称职了，往往他们也会因为工作缺乏挑战而感到厌倦。管理者要善于帮助稍有欠缺的下属，帮助他们成长。

第21章
重在过程，培养下属

■ 繁杂的工作能够变得条理清晰吗？

计划的流程虽然几经修改，但还是没达到江流的要求。他看着屏幕上显示的最后交上来的版本，又找出自己前面提供给他们参考过的版本，在以前版本的基础上修改了起来。

两天后，江流完成了修改。他把自己修改完成的版本发给了李勇和杜山松，并通知在第二天下午两点到四点开一个小会讨论此事。

会议上，李勇和杜山松显得比较紧张，椅子坐了三分之一都不到。江流基本上没有采纳他们的流程方案，江流给他们的版本显示很多做法都和他们做出的流程的做法不同。

江流说："我看过了你们做的流程方案，其实很不错了。你们能写出这个方案证明你们还是动了脑筋的。而且这也应该是你们第一次写流程，能够把你们目前的操作写得比较清楚，让别人能够知道你们的做法，这一点已经实现并且超出了我最初的期望。"听到江流这么说，他们两个人才长长地出了一口气。

江流继续说："我觉得你们写的流程文件有几点可取之处。一是简单明了。有些人喜欢故弄玄虚，文件写得半通不通的来显示自

第21章 重在过程，培养下属

己的水平。其实流程是给别人看的，当然应该让别人容易懂，要让一个没有做过计划的人看了流程文件之后都能知道你们大致是怎么操作的，这才是好的流程文件。如果别人看都看不懂，就没有办法有效沟通。无法沟通，我们的流程也就很难推广执行，这个流程文件就毫无价值可言了。二是你们写的流程文件具体完整地写出了每一步的工作细节，而具体完整的记录是我们分析和改进的基础。可以说如果没有你们这份流程草案，也就没有我后续的定稿方案。所以总的来说，我还是比较满意你们做出来的结果的。"

江流停下来喝了口水，继续说："但之所以我没有采纳你们的流程文件，是因为我打算后续对我们计划的作业模式进行一些大的变更。当然我让你们先写流程也不是要浪费你们的时间，首先呢，写流程文件有助于你们梳理自己的工作思路。"

看到他们的神情缓和了下来，并在微微点头，江流稍稍停顿了一下，继续说下去："而且有了你们详细的描述，我对目前的流程的弊端也比较清楚了，所以我才能写得出这个新流程。呵呵，这个新流程也有你们的功劳啊！所以新流程的编写和审核就写你们的名字吧，我做终审。"

这句话让李勇和杜山松显得很高兴，李勇说："这个恐怕不合适吧，我们资历太浅了。"

江流说："呵呵，我做事不喜欢论资排辈，只看工作结果。来，我把新流程的主要特点再向你们讲解一下，你们下去之后再结合你们的经验去体会，如果还有不明白的地方，随时来找我。"

江流示意他们坐到自己的旁边，开始讲解说："首先，一个工厂的物流系统是由三条主线运作的。每一个工厂的主要的经营活动都是围绕这三条主线来运作的。一条线是物料的计划的生成、下单采购、物料回货入仓、采购对账付款、采购订单关闭。另一条主线是生产计划、生产领料、生产、成品入库、成本计算分摊。最后一条线是订单发货、仓库销货账务、货款结收、成本结转、销售订单关闭。"

江流喝了口水，继续解释说："你们前面编写的流程一个很大的不足在于你们没有体现出我们工作中的这些内在逻辑，不是按这三条线在写流程，给别人的感觉是看到的流程是很多零散的点，缺乏系统性。这样很难让人对我们的工作产生一个系统的了解。我们计划是负责协调、安排整个工厂的运行的，我们的工作也是主要围绕这三条主线展开的，介绍我们的流程自然也应该按这三条线的逻辑来介绍。其中物控（物料计划）主要是关注第一条线，生管（生产计划）关注第二条线和第三条线。当然这其中也有商务和财务的介入，像客户订单接收就是商务部的工作，成本计算、分摊、成本结转是财务部在完成，这不是我们关注的重点就不多说了。你们从这三条线来理解供应链的运作会比较系统，也比较容易理解。所以，从这个角度来说，我们的流程文件也应该是围绕这三条主线来写，这样逻辑清晰，大家都容易理解。"

江流停顿了一会儿，让他们两个人有时间理解自己刚才说的话，等了差不多五分钟，才继续说："物控后续的工作重点是要确保生产物料的齐全配套，所以我们的备料计划不可以再像以前一样完全跟着市场走，同时我们要关注市场订单预测和实际订单的差异，必要时计划要做出调整。在旺季到来之前，需求要适当放大，减少意外急单对生产的冲击。淡季到来后，备货要重新收紧，避免物料呆滞，库存资金占用过多。其次，要经常关注物料是否及时到料，对于经常延误交货的供应商要及时查明原因，能够协助解决的尽量帮助解决，无法改变的，也要对供应商的表现做到心中有数，适当储备物料以备急需。物料库存方面，暂时只关注金额较高的物料库存是否合理。"

江流说到这里，向杜山松投去询问的目光，杜山松连忙表示自己理解。

江流继续说:"生管应该重点关注生产产能的利用,要尽量避免因缺料和来料不良造成的停线。尤其是在旺季,产能几乎就是利润的代名词,要尽量避免浪费产能的事情发生。这个时候在操作上可以灵活一些,可以考虑适当的备料、备货。不要一味地追求零库存,对于我们这种研发、生产、销售一体的企业,半成品和成品库存高一些问题也不大。对于常用产品和市场主推产品要确保合理的成品库存,通过库存完成一些小订单、急单的交付,这样可以避免多次换线,提升生产效率。而在淡季,要做到对市场部急单的快速响应,那个时候生产负荷不饱满,就不要太关注生产换线了。那时对市场响应才是关键目标,力争多帮市场部抢单,要帮助市场尽可能快速地把新产品推向市场。对超过三个月的成品和半成品库存要注意,如果有风险要及时向市场部和研发部确认如何处理,有问题要及时报到我这里。"

江流确定他们都明确了自己的后续工作思路后才让他们离开办公室。

本章点评

■ 繁杂的工作能够变得条理清晰吗?

纲举目张,做工作要懂得抓住重点。对于计划工作来说,备料、生产、发货是其工作的核心,其他很多看来繁杂的工作其实都是围绕这三个中心展开的。从这三个中心来看待计划工作,原本复杂的工作也会变得条理清晰。其他的工作也是类似的,抓住了核心工作,就能理顺其他很多琐碎的问题。

第22章
晴空中的阴云

- 怎么让会议不再拖沓、缺乏成果？
- 怎么做才能让自己在推进工作的时候获取广泛的支持？

在工厂的大会议室里，江流和骨干人员再次开会讨论上次生产支持会议的执行情况。生产部的张经理根据这一个月来的情况对各项工作的进程进行了汇报。

生产部认为缺料现象相对以前大有减少，缺料影响生产的次数减少了一半以上。但是缺料还是目前影响生产效率最大的一个因素。江流有些疑惑地向李勇和杜山松看过去。杜山松说最近有些供应商加工产能也很紧张，虽然采购订单给足了时间，但供应商还是没有能够按公司要求的时间交付。而且有些产品研发还没定型就推向了市场，交期又紧，结果根本就没办法给足够的时间备料生产。李勇也解释说计划为了抢时间，有时只能根据要求先把计划排上去，但是物料经常无法按要求的时间到达导致临时又换线。

李勇还说，前段时间市场部减少了非主流的新产品推广，让生产部大批量生产主流产品提高生产效率，但是最近一段时间市场部的急单又有所增加了。有时他不得不把一些生产计划按照预计的到料时间排上去，结果物料没按时间到造成停线。但是他一般都有备

第22章 晴空中的阴云

用计划，发现没有办法齐料生产的都及时安排更改生产备用计划的产品了。造成停线的大都是物料卡在 IQC 检验那里，他以为物料到了工厂应该可以赶得到生产车间，结果最后临到开线物料还在 IQC 那里，没有检验出来。有好几次他都是跑到 IQC 那里去催检验员赶紧检验，结果 IQC 还说他干扰 IQC 的检验工作，说这么做不符合流程。

IQC 主管刘振辉马上反驳说："IQC 按流程检验不对吗？出了质量问题谁负责？公司说质量是企业的生命，这句话只是说说吗？"李勇一听他这样说就把目光投向了江流。

江流看到这种情况连忙说："质量是企业的生命，要检验并没有错。李勇只是去催一下，希望能够尽快交付生产，并没有说不检验就生产使用。大家都要理解别人的工作，毕竟货不仅要合格，还要能及时发到客户手中才能让客户满意。"

刘振辉说："那也得让 IQC 有时间检验啊，时间不够，检验不完整，漏过了质量问题怎么办？"

江流咬紧嘴唇，迟疑了一会儿才说："李勇可能是有些心急才去 IQC 催料，但是大家都是为工作，希望大家还是把注意力放在解决公司的问题上面，不要过多地求全责备。"

刘振辉说："话不能这么说呀！这是不是对 IQC 的工作有影响？我只想知道，如果这样催，忙中出错，出了质量问题，到底算谁的责任！"

一直没有说话的常经理终于说："刘振辉，事情也没那么严重。IQC 该检验的还是要检验，计划要催，那也是计划的工作。总不能说 IQC 连催都不能催吧。算啦，这件事情就算啦！"

刘振辉撇了撇嘴，但终于还是没说话。江流说："不管怎么说，缺料的问题有所缓解总是好事，至于后续怎么继续改善。会后我会和相关人员研究一下再说。现在开始讨论下一个问题吧！"

张经理继续说:"车间来料不良情况有一定的改善。最近没有出现批次性来料不良,非批次性不良和过去相比还是差不多。"江流听到了之后只是淡淡地说,既然质量部已经解决了批次性不良物料流入车间的问题,就继续讨论下一个问题吧!

张经理说:"退料流程现在走得很顺畅,大大方便了生产退料,现在生产基本上没有因为个别物料不良退料造成生产等待了。"

江流笑着说:"看来丁主管做得不错呀!"

丁忠义连忙说:"这是大家共同努力的成果,在这个流程优化的过程中,生产部、采购部、质量部都提供了很多帮助!"江流点点头。

张经理继续汇报说,工程现在已经更新、提供了大多数作业文件,目前还在继续更新中,估计最多还要一个月就可以完成了。而且后续所有工程文件都以产品工程师周俊杰那里的文件为准。

至于新产品导入的质量问题,质量部常经理已经开始在做关于产品失效分析的统计(PFMEA)了。常经理说,以后有新产品导入时,质量部会先从类似的产品的失效分析统计里面看有哪些可能的问题,推动研发部改进和解决这些问题。如果有因为客观原因暂时无法解决的,质量部会把这些问题列到这种产品的失效分析统计之中,在批量生产之前交给生产部作为培训的依据。而且如果在生产的过程中发现了新问题,质量部也会根据实际情况完善失效统计。

陈劲飞兴奋地说:"那以后我们生产管理就好做多了,可以有重点地关注重点问题了!"张经理微笑着点点头,说:"是啊,这下质量部是帮了生产一个大忙呢!不过我们还是不能掉以轻心,毕竟文件再多,还是要管理落到实处才有作用。"后面大家感觉都比较放松,又随意聊了一下最近的一些好的转变。过了一会儿江流就宣布了散会。

第22章 晴空中的阴云

江流在办公室里还在琢磨会议上的事情，仓库基本上稳定了，生产部的管理架构也基本成型了，计划也没什么大问题。采购部，他想了想，又摇了摇头，现在不应该是采购部，应该是质量部，是IQC！想到这里，他不禁摇了摇头，IQC也没有很明显的不好，但感觉还是有问题，感觉缺乏团队的配合，而且IQC也一定有需要提升的地方。可最明显的问题在哪里呢？到底从哪里着手才能既解决问题又不引起其他人的不满呢？

正在沉思中，门外响起了敲门声。

"进来！"江流一边说，一边把思路拉回到现实中来。进来的是杜山松，杜山松向江流汇报了物料备料的状况和一些最近的工作情况。江流一边听，一边对一些地方提出细节问题，了解了小杜的具体做法，并且对杜山松的做法提出了一些意见，要杜山松对于一些经常交付出问题的供应商的物料多备一些安全库存，尽量减少紧急沟通协调。

江流看到杜山松有些欲言又止的样子，感觉有些奇怪，问他："你有什么疑问吗？有什么问题就说出来，沟通好了，后面做事才知道怎么操作。"

杜山松说："您总是说要从源头上解决问题，我想这件事是不是也应该从源头上来解决。我知道短期内应该是通过计划调整保障生产。但是这次的问题的源头应该是供应商不能及时交付，我们是不是应该去要求供应商限期改正。感觉这才是从根本上解决了问题。"

江流注视了杜山松几秒钟，杜山松显得有些手足无措。江流才说："你能说出自己的疑问很好。等一会儿我会给你解答，但你好像还有问题，有的话就都说出来吧。"

杜山松沉默了一会儿，江流一直平静地看着他，最后他还是下定了决心说："而且针对生产来料不良这个问题，我对你只要求质量部改进检验工作也不理解。按理说这个问题的源头也是在采购部，要求采购部推动供应商改善、淘汰不合格供应商才是从根本上解决这个问题。现在有些人说你一直偏袒采购部，这都是因为采购部陈经理是刘总的表弟的缘故。"

江流笑了笑，没有回答这个问题："你说话这么直接，不怕得罪我吗？"

杜山松稍稍放松了一点说："我感觉江总您还是一个很公正的人，但是我确实不明白您为什么这么做。感觉您不可能不知道问题的源头在采购部，而且您也不是一个遇到问题绕道走的人。所以我很疑惑，很希望您能告诉我这一切都是为什么。"

江流说："呵呵，你这么相信我，让我感到很开心。能找到相信自己、敢于质疑自己的下属也是件很幸运的事。"

江流这么说，杜山松紧张的脸也放松了，露出了有些腼腆的笑容。江流说："其实呢，如果说我没有考虑采购部陈经理和老板的亲戚关系那肯定是骗人的。但是，我也可以说完全不理会这层关系的管理者，肯定也不是一个好的管理者。你觉得一个刚到公司不久的管理人员不断说老板的这个亲戚不好，那个创业功臣工作也不好，需要换人，老板一下子接受得了吗？这样做真的有助于解决问题吗？"杜山松脸上露出苦苦思考的神情，却没有回答江流提出来的问题。

江流点点头继续说："信任不是一朝一夕形成的，老板相信一个人也是需要时间的，更需要成绩来给他信心。如果什么成绩都还没有做出来，就把很多老板相信的人都批得一文不值，你觉得老板能接受吗？其实换个角度设想一下，如果现在有个陌生人说你的很多朋友都有问题，你能接受吗？而且采购部控制着公司成本的大头，这种部门的人选老板不仅要考虑能力，可能更要考虑忠诚度。不管怎么说，陈经理都还算是兢兢业业地在为公司服务，如果你是

第22章 晴空中的阴云

老板,你能够下得了决心换掉他吗?"杜山松听到这里,微微地摇了摇头。

江流继续说:"所以,善于处理问题的人在考虑问题的时候也要考虑别人的立场。我不是遇到难题绕道走的人,但我也同样不是一个只认死理的人。有很多事情,你看到了你的道理;但是别人也有别人的道理呀!要学会理解别人的心情,这样才能有效沟通。"

杜山松点了点头,说:"我原来做事情,总是习惯于考虑这件事情应该怎么做,所以做起来困难很大,有时甚至推动不下去了,最后还总是抱怨公司的工作氛围有问题,导致自己做不下去。现在想来,我自己也是有问题的——没有考虑别人的感受。"

江流认可地点点头说:"你不考虑别人的感受,能够指望别人考虑你的感受吗?天理人情不可不懂啊!"

江流起身倒了两杯水,递了一杯给杜山松。大家都停了一会儿,一边想一边静静地喝水。

喝完了水,江流继续说:"我这么做还有一个更重要的原因是我们公司目前的现状不允许我们有更多的选择。你看和我们合作的这些供应商,我们一个月的采购金额才多少?你做物控应该很清楚吧,很多供应商的采购额一个月才一万多元钱!而且我们的品种多,批量小,急单多。你还能要供应商怎么配合?批量大一点的,我们又要控制成本,总是找供应商降价。所以,我们目前只能温和地推动供应商改进,不能过于用强。动不动喊打喊杀,这是解决不了问题的。换个供应商就一定能够解决我们公司的问题吗?很可能也还是解决不了我们的问题吧?"

杜山松有些疑惑,问:"我们公司为什么不选择质量、服务好一些的供应商呢?这样我们的问题应该可以大大减少。"

江流喝了口水,继续说:"现在面临的这种局面和我们公司的竞争策略是相关的。在市场上，我们是个后来者，公司规模小，实力薄弱，还没有能力建立牢固的市场影响力。现阶段只能是接一些大厂不愿意接的小单、非标单，要不就是捡漏。好不容易接个大点的订单，那也多半是低价抢到手的，我们也要向供应商压价。在这种情况下，我们的物料需求就难免订单小、非标多、急单多。在这种局面下，你说采购能怎么做？"

杜山松不断点头，说："我现在明白了，我们考虑问题总是从方便自己工作的角度出发，没有考虑公司的实际困难。"

江流笑了一下，说："仅仅只考虑公司的目标也是不行的，还得考虑自己的实际处境，凡事要懂得符合实际。"

江流看到杜山松一脸的迷惑，解释说："我来公司的时间也不长，在公司根本就没有什么根基。尤其是我刚来的时候，有一些人明里暗里反对我。如果我没有办法拉拢一些有影响力、有决策权的人支持我。我再有本事，没有人支持的话，我能做成什么？做事不能太急于求成，先要理顺关系，忽视了这一点，是很难办成什么事的。我需要尽可能地借用一切能够借用的资源，也需要一些人去帮我疏通一些关系，需要老板和公司一些关键领导的支持。一个好汉还要三个帮，我也不例外。有了大伙的支持，我才能取得今天的成绩！"

杜山松钦佩地点头说："江总能够在这么短的时间把供应链的混乱局面扭转过来，这一点公司的上上下下都是佩服的！说来了几任总监，大家都大谈改革，结果却是越改越乱。江总过来之后，不声不响地，没听到什么大口号，但是我们现在的局面越来越顺畅了！"

江流笑了笑，继续说："有些人可能会鄙视我的这种做法。那些自命清高、不负责任的人会说出现这种混乱的局面是公司的问题，公司应该建立一个公平、公正的环境让员工能更好地发挥自己

第22章 晴空中的阴云

的能力，让员工集中精力、全心全意工作，为公司创造更多的价值。但我们应该明白，现实往往都是有缺陷的。老板也是一个人，他不是一个圣人。所以，公司有这样那样的问题也很正常，我们只能是先适应，以后有条件了再逐步推动改善，而不能把一切希望都押在公司的公平、公正上。想把命运的控制权抓在自己的手上，就必须提高自己的适应能力，能够和各种各样的人合作才行！"

杜山松点头说："是的，我感觉在江总手下做事情特别顺畅。在以前的公司，我做得特别痛苦。整天忙来忙去，但很多事情都卡住了。我急得要命，但是一点办法也没有。那时也总是怪公司缺乏一个好的工作环境，但我真的没有考虑过怎么去营造一个好的工作环境，满脑子都是觉得别人有问题，后来我也只是一味地抱怨，从来没有想过别人为什么会卡我，为什么不配合。现在想想当初的想法确实太片面了，对别人的要求有点太理想化了，总认为别人应该能明白我的要求，应该解决我的问题。结果自己做得很累，别人对我的意见也很大。我现在明白江总的做法了。"

江流点点头，进一步解释说："而且我们始终要考虑的问题是：我们的人生目标是什么？我一直强调做任何事情都要先搞清楚我们的目标。目标明确了，我们的行动才有方向。"

杜山松连连点头说："我对江总最深刻的印象就是江总总是在强调目标。"

江流说："人生只有一次，抱怨也是过，忍辱负重成就一番事业也是过！"

江流说完后沉默了一会儿，又自言自语地说了句："冯公岂不伟，白首不见招。"

杜山松愣了一下，问："什么？"

听到杜山松的声音，江流遽然回过神来，说："如果不希望自己的人生惨淡无光，我们就必须做成一些事情，并通过做成这些事情来体现我们的人生价值。所以有些时候变通一下,用一些变通的办法实现自己的目标也是可以接受的。如果你认同这个观点,再考虑一下我前面说的实际情况,你就更能理解我的做法了。我们的人生目标不在于发现多少不合理的现象,而在于我们如何改变这种局面,实现自身的价值。"

江流说到这里,起身对杜山松说:"好了,有些事情是需要你们自己慢慢去体会的,别人说再多都只能说是个借鉴,到底怎么做还是要你自己去判断。如果没有什么问题你就去忙自己的工作吧!"

本章点评

- 怎么让会议不再拖沓、缺乏成果?
- 怎么做才能让自己在推进工作的时候获取广泛的支持?

会议的重点在于解决问题,而不是关注、讨论。会议的主持人要善于把握会议的议程,对于既定议程没有帮助的问题尽量不谈。确实重要的问题也可以另行安排会议解决。解决一个问题胜过关注很多问题而不解决。

人们因为自己的利益而选择支持的对象!上兵伐谋,发现潜在的共同利益,建立广泛的利益同盟是让工作取得广泛支持的关键。

第23章
情绪的根源

- 怎么化解下属工作中的负面情绪？
- 降成本必须先降工资吗？

第二天，江流请常经理到自己的办公室。江流首先称赞了常经理对生产部所关注问题的迅速解决。常经理有点不好意思，连连说是自己应该做的。接着，江流单刀直入地表示了对IQC部门工作的关注。

江流说："常经理，我没做过质量。质量的问题我不是很明白，你在这方面是行家，你觉得我们IQC部门的工作做得让人满意吗？"

常经理沉吟了一下，没有回答这个问题，却说："刘振辉到公司也工作很久了，有些时候他说话是有点冲，但是还是能解决问题的。"

江流没有说话，只是盯着常经理。常经理沉默了一会儿，又说："IQC效率确实不太尽如人意，但他那边的很多IQC和产线员工的工资差不多，都不怎么懂质量检验。很多人都是从车间提拔上来的，要不就是外招的生手，我们根本就招不到熟手。这个工资，就是新手，聪明的也学会就走了，平均都是做三四个月吧！在这种情况下，想稳定住人员，提升效率，改善检验质量也真的很难！毕竟巧妇难为无米之炊呀！所以刘振辉那边工作差强人意也不能全部怪他。这两年为怎么留住检验人员他也没少闹情绪，我为这个给他做了不少工作。"

江流面色凝重，缓缓点了点头，说："这种情况既然在两年前就有了，你们没想什么办法解决解决吗？"

常经理苦笑着摇摇头："怎么没想办法？！但是没用啊，你可能也知道，我们公司的工资是由人事部控制的。而人事部许总监的看法是IQC根本不需要什么技能，坐在那里检验一下，比车间员工还轻松。工资标准不降低都不错了，根本不可能还要加薪。"听到这里，江流也不禁摇头苦笑起来。

常经理继续说："其实，刘振辉刚来的时候也是想改革的。但是一直没办法解决这个人员流动频繁的问题，让工资的问题卡住了。一直没办法培养一批熟手，没有熟手就没有效率和质量。结果他也是不断培训，不断走人，不断再招聘新人，新人学会了再走，总是在这个圈子里打转。"

江流不无担忧地说："这样持续下去很影响士气啊！"

常经理又无可奈何地叹了口气，说："这一点我也明白。刘振辉做得很憋气，辞职的话也跟我说了不止一回了。所以一有别人说IQC的工作有问题，他就马上像被踩了尾巴的猫一样跳起来。他的情绪反应是有点过头了，但我还是希望江总能够体谅一下他的心情。"

江流好一会儿都没说话，许久才说："IQC工资的市场行情怎么样？比产线普通员工高多少？"

常经理说："各个行业不一样，各个企业也不一样。但我们电子行业，一般比较重视质量的公司，IQC的工资要比产线普通员工高一两百吧！所以，一般我们培训好的人出去工资都可以高

第23章 情绪的根源

一点。"

江流继续问:"你觉得只是工资的问题吗?"

常经理想了想:"工资应该是个主要问题吧!大家背井离乡出来打工图个什么?不就是希望能多赚点钱嘛!人事部不同意加薪的理由也很强,说如果IQC加薪,别的部门也都会强调自己部门的重要性,都要求加薪。这样一来整个公司的成本就上来了。"

江流又苦笑了一声说:"人事部的这个理由是很强啊!老板听说成本无法控制肯定会急,这样一来这事应该就黄了。"

常经理也摇着头说:"可不是吗!但还别说,人事部的理由还真有其道理。如果给IQC加薪,IPQC肯定也会提出来加薪。如果质量部加薪了,仓库、生产的员工也会提出来加薪,也确实有些难办。所以这个问题我们反映到刘总那里,刘总当时说是要考虑一下,可这一考虑,就没了下文。我们也不能总是去找老板吧?!最后这件事情也就不了了之了。"

江流问:"那你觉得现在应该怎么办呢?就这样维持下去?"

常经理脸上露出痛苦的神情,想了想,最后还是摇了摇头,说:"我感觉很纠结,好像两方面都有道理,也不知道该怎么做才好。这样下去也不是办法,不过我现在也确实不知道该怎么办了,感觉就像我被逼得必须往前走,但是前面横着一条大河,我根本过不去。我目前只能想办法竭力维持住这个局面,希望形势不要变得更糟就谢天谢地了。"

江流紧追不舍地问:"你也说这样下去不是办法,那你的意思是应该改变吗?我想知道如果你是这个公司的老板,你能容许这种情况持续下去吗?"常经理却沉默不语了,低着头好像在想什么,好长时间都不说话。

江流等了好一会儿才说:"常经理,请你好好想想我最后的那个问题。我们是不是能接受这种情况持续下去。如果不能,我们真得好好想想下一步该怎么办了。我希望有具体的可执行的方案。另外，我想找刘主管也单独谈谈，你看可以吗？"

常经理有些诧异，说："欢迎您随时和刘主管谈，我这方面没什么问题的。"

江流微微点了点头，常经理颇为感慨地说："现在的这个困局我一直走不出来，如果江总您有好的办法帮我们解决，我高兴还来不及呢。至于说解决方案，真不是我不想解决，我是真没招了。有办法的话我早想办法解决去了，谁想天天伤这个脑筋呀？！员工士气越来越低，老是留不住人，我看着也很着急啊！"

接到江流约他吃晚饭的电话，很出乎刘振辉的意料，他愣了一会儿，才接受了江流晚上一起吃饭的邀请。

晚上，在餐厅里，刘振辉显得比较疑惑，似乎还在想为什么江总会请他吃饭。

当江流示意他坐在自己身边的座位上的时候，他一边坐下，一边终于忍不住问："江总，您这是？"

江流笑了笑，说："没有事不能请你吃饭呀？老实说，跟你打交道，我很有压力呢！"

刘振辉正在往杯子里倒水洗餐具，听到这里，手不禁抖了一下，烫到了拿杯子的手。

江流急忙问："烫到了没有？"连忙扯下一些纸巾递了过去。

刘振辉说："没事，没事。水不烫。"一边说，一边接过纸巾，擦了下一下手，又接着擦了一下流到桌面的水。

江流用眼睛盯着刘振辉的手，满是歉意地说："不烫就好。本来是不希望说话这么客气，就开了个玩笑，却害得你烫到手。手真没问题吧？"

刘振辉把手伸出来，翻了翻，说："水真不烫，你看，不然都该烫得通红了。"

第23章　情绪的根源

江流将菜单递给刘振辉，说："那就点菜吧，千万别客气，不然我连将功补过的机会都没有了。"

刘振辉也笑了，接过菜单说："这一点江总大可放心！我这个人，最不懂的就是客气了。"

几杯酒下来，双方已经明显比刚来的时候放松多了。刘振辉突然举起酒杯，起身说："江总，您能直接来找我谈，说明你是大领导，有肚量。我这个人说话比较冲，您别介意。我喝了这杯酒向您赔个不是。"说完，刘振辉已经把杯中的酒一口气喝干了。

江流看了，也连忙站起来举杯一饮而尽。刘振辉连忙说："江总，您别，我干你随意。"

刘振辉把酒杯一放，摇着头说："我也知道自己的情绪不对，不该针对李勇，大家工作也都有自己的难处，但真是控制不住自己。在这边也干了快两年了，我也知道 IQC 现在做得不怎么样，我也想改善，可就是推不动，真是郁闷啊！"

江流先给刘振辉斟了酒，刘振辉连忙阻止，江流却不以为然地说："酒桌无大小，喝酒就是图个开心。你就爽快一点，别推来阻去的了。"

刘振辉还是有些不好意思，江流示意刘振辉继续说下去。刘振辉说："大家明明都知道有问题，我也想改善，可就是什么也改变不了。下边的员工都说不得，一说就要辞职。很多事情都得我自己想办法张罗，一天下来忙得四脚朝天，却没见到什么成绩。整天的还有一大堆人说我这不好，那不好。真是干得没意思！"说完话，又是一饮而尽。

这次江流只稍稍喝了一小口，语调缓慢地说："我以前没搞过质量，对这一块也不懂。不过今天既然一起喝酒，就是朋友。我不一定能帮上什么忙，至少可以听你诉诉苦，听听让你郁闷的到底都是些什么事。"

刘振辉把他认为 IQC 存在的问题说了一下，江流感觉和常经理前面说的基本一致，都是落入了员工工资低——老员工留不住——招聘新人——问题成堆的怪圈。而且刘振辉还抱怨 IQC 的员工现在越来越不好管，自己不敢对下属施加太大的压力，最多只能要求员工把最基本的工作应付完就行，不敢提太多要求。否则，员工不高兴又提辞职，自己更头痛了。

刘振辉还解释说："前一段时间物料紧张的时候，李勇总是跑到 IQC 这里催货，搞得好几个 IQC 都向我反映工作压力大，说想辞职。所以我才在开会的时候发泄对计划工作的不满。其实我对李勇这个人倒并没有什么意见，我知道其实他和我一样，大家都是为了工作。但是我这边目前的情况确实让人很为难。他一来催货，下面的 IQC 就跟我闹情绪，我一想起来就窝火，忍不住才朝李勇发火的。"

听到这里，江流安慰说："我今天约你出来聊聊，也就是想了解情况，没想到你这里有这么多困难，这种局面也实在是为难。我来公司的时间不久，而且一来就陷到发货、整顿仓库的泥潭里面，实在是抽不出太多时间关注你们工作的实际困难，这是我工作的不足。听你这样一说，感觉这样下去也不是个办法啊！"

刘振辉叹了口气："没用的，有办法我还在这儿发什么牢骚啊！看起来路挺多，可这里堵住一条，那里堵住一条，最后愣是没有一条路可以走。我就不明白了，明明这样下去行不通，我想改变，可为什么就没一条路让我走呢；为什么这条明显不合理、走不通的路大家还是得一条道走到黑呢！"看着已经有一些醉意的刘振辉，江流也沉默了。

第二天，江流又约见了生产部张经理，和他谈了一下生产部目前的工作，最后问到了来料质量问题对生产部的影响。

张经理估计每个月因为生产来料不良导致他的产线至少浪费三个人的工。因为几乎每天要不断处理不良退料问题，如果没有这么多退料，两条线共用一个物料员都忙得过来，这样至少可以节省两个物料员。

第23章 情绪的根源

此外，至少还有一个维修员工几乎全浪费在这些来料不良导致的维修之中。这还不算生产的管理人员因为签字，文员做单所浪费的时间，因为来料不良生产无法及时关单的处理时间也没计算在内。自己因为这些琐事每天都浪费很多时间，导致对一些问题的改善也是有心无力，而且仓库肯定也很烦，浪费了很多时间用来退料补料，处理账务。

不过现在比过去好多了，自从实施了那个简化的退料流程后，生产部因为退料而造成的停线基本上是没有了，但是对不良物料的处理还是需要耗费物料员和生产部管理人员很多时间。

说到生产部自身的问题，张经理认为还是留不住人，员工流失得太快了。现在员工找工作大都很容易，很多员工都是做不到半年就换工作，就是不辞职的，有不少也要求调到质量部、仓储部一些比较轻松的岗位去工作，不同意就辞职，一点商量的余地都没有，张经理为此也是束手无策。

张经理感到自己大部分的时间都是在忙着处理员工离职、新员工招聘、培训的工作。张经理带着自嘲的口气说自己都快成半个人事了，生产部也成了刚踏入社会的新人的培训学校。员工辞职率太高给了自己很大的压力，张经理还大发感慨，说感觉在飞达做生产管理比过去自己在大工厂做管理还要难，资源少，任务多，非常不好做！

第二天，江流利用去总部向刘总汇报的机会，顺便找了一下财务的严总监。说起工厂的财务状况，严总监也是有一肚子的话要说。

严总监调出一份工厂经营的财务报表，指着报表对江流说："江总，你看。工厂的成本一直都在上升，房租、水电在涨，人工在涨，可我们卖出去的产品的价格却一个劲地下跌。毛利率越来越低。市场部也在不断强调市场难做，要求我们降成本。可从现在的实际情况来看，降低成本，真是难于上青天！"

江流有些疑惑，说："料本不是降了吗？"

严总摇了摇头说："料本是降了一些，但是幅度并不大。虽然刘总也总是在强调采购要降成本,但是我们公司采购的批量小,采购价格谈判并不顺利。而且我听陈经理也在抱怨,说我们公司都是些小单、急单。他让供应商保持合作都很困难了,大幅度下降物料成本,不太现实。"

严总想了想,又说:"物料这块是降了一些,但是人力成本上升幅度很大,其他一些租金、水电上升的幅度也比较大。所以,成本不会有什么明显的下降。"

江流也点了点头,说:"最近物价涨得比较快,很多工厂的成本水平都在上升,有的甚至是大幅度上升。我们公司的成本能够控制到现在的水平,严总还是操了很多心啊!"

严总摘了眼镜,揉了揉眼睛,过了一会儿才叹了口气,说:"说老实话,民企的工作压力是真的很大。我以前在家乡的国企,工作压力还没有这里一半大。在飞达,每一分钱都要关注,我们的钱不是赚出来的,根本就是抠出来的。"

江流接了一句,说:"还是从石缝里抠出来的!"

严总也笑了,戴上眼镜,说:"这几年物价上升得比较快,我们财务要控制成本就更难了,真有些力不从心了。每一分钱我都在想办法省,可这个成本还是控制不住。江总啊,以后你也要多帮我想想办法啊!"

江流笑着说:"严总说这些话就见外了。这本来就是我的工作嘛,还不要说严总还帮了我很多忙。对了,这些报表能发给我看吗?最好能有下面的具体数据,这样我才好找出头绪。"

严总说:"应该没问题,你是供应链总监嘛。不过最好还是先跟刘总打个招呼,这样大家都好做事。"

两人又聊了一会儿,江流看看时间差不多了,就告辞离开了严总的办公室。

从严总办公室出来后,江流来到了刘总的办公室。刘总看到江流,

第23章 情绪的根源

笑容满面地示意他坐下，还拿出了陈年普洱开始烹茶。刘总一边烹茶，一边对江流近期的工作尤其是解决订单积压的工作表示赞许，对仓库最近的表现也颇为满意，认为最近仓库也有很大的进步。

刘总说到这里突然想起来问江流："对了，仓库的那个小伙子怎么样了？"

江流说："你说丁忠义呀，他做得还不错，现在仓库基本上都是他在管，我只是偶尔过问一下。从目前相关部门的反馈来看，各个部门的负责人对他的评价都还不错。现在仓库的物料收发都能按单据走了，财务部上个月过去抽盘，物料的账实相符率也有很大幅度的提高。达到了财务要求的关键物料无差错，其他物料误差控制在1%之内的目标。按现在的情况来看，年底的大盘点应该是没有什么问题。效率方面，针对生产部的不良退料的速度快多了，不良物料拿到仓库就可以办理换料，大大减少了生产部停工待料的时间。这也是生产部最近生产效率大幅提高的原因之一。现在大家都对他的这个改善行动的成果很满意。"

刘总点点头，说："很好！交货的问题你解决得很好。不过，最近我们的市场部总是抱怨市场压力大，很多客户都在向公司施压要求降低价格。你作为供应链总监，后续也要找到降低成本的办法啊。"

江流静静地听刘总说话，刘总缓了缓，继续说："以前供应链总监管理水平不高，我没有办法，只好把成本控制的责任交给许总和严总。他们也很努力地控制工资等各种费用，但是我看到的产品成本还是没怎么下降。你来了之后，生产交付的问题已经基本上解决了，上个月的成本好像终于也降了一些。希望后面你也能多关注些成本的问题，争取把成本控制住，这样我们的产品在市场上才有竞争力，公司才能不断做大呀！"

江流沉默了一会儿，问刘总："我想先了解一下，公司以前都是采取一些什么手段来控制成本的？"

刘总说："我是通过 KPI 考核来管控这个问题的。许总那里有一个考核指标是人均工资水平，这样我通过一个指标就把全公司的工资水平控制住了。"

刘总说到这里，似乎意识到什么，立即解释说："你们这些高级管理人员的工资不在他的控制范围之内，你们的工资是我定的。放心，你们这些人才我是不会亏待的。"

刘总又停顿了一下，继续说："严总那里主要是控制费用报销，每个部门都有一个报销金额管控。超过这个金额的报销必须要严总和我签字才可以入账。这样我只看几个数字，就把人力成本和费用成本两个大头给控制住了。"

江流心里忍不住叹息，但还是小心翼翼地向刘总提了一个问题："但是您前面也说了，成本还是降不下来，您觉得这是什么原因呢？"

听到江流问自己这个问题，刘总忍不住提高嗓音说："这就是为什么我要请你后续控制成本的原因啊！"

可能意识到自己语气有些重，刘总马上缓和了语气："我也搞不清楚，所以公司需要你这样的人才去解决问题，我们目前真是被这个问题搞得头痛得很。市场开拓和产品研发我都要关注，生产这边我实在很难再抽出很多时间来关注了。真是希望有人能够找出好的办法控制成本，这样我也少了一个大负担。"

刘总看到江流不说话，想了想继续说："成本降不下来主要是最低工资标准越来越高了，你也知道的，我们的很多生产员工都是最低工资，不能不涨。然后就是总是有些意外的开支不能不付。反正这一点，那一点，最后成本就上去了。"

刘总这时似乎意识到自己前后的矛盾了，愣了一会儿，才似乎是自言自语地说："你这样一问，我也感到很奇怪，感觉成本支出中的大头我都管控住了呀！为什么我们的成本就是不见降低呢？"

刘总说到这里，突然抬起头，对江流说："管工厂你是专家，后续你要多想想办法呀！"

江流连忙点头，说："我一定尽力，只是有个问题，我想了解工厂成本的历史数据，这样我才有可能找出控制成本的方法。以后是否可以让财务把这些数据都发给我看看？"

刘总马上回答说："这个完全没有问题，我马上告诉严总，以后你有权利了解工厂任何成本的数据。"刘总停顿了一下，说："希望你能帮我找出解决方案。"说完还起身走到江流身旁，江流连忙也站了起来。刘总轻轻地拍了拍他的肩膀，说了句："好好做，工厂就交给你了！"

离开刘总办公室后，在回工厂的路上，江流脑海里不断地闪现出各种场景：一下子浮现出刘振辉那张沮丧的脸，一下子又想起刘总说的人均工资和费用报销那两个指标，一下子又是生产部张经理、质量部常经理。各种形象像走马灯一样在脑海里面进进出出。江流不禁苦笑着摇摇头，最后下定了决心，还是等看到财务报表再说吧！

看完最近两年的财务报表数据后，江流感觉方向开始清晰起来。数据最后证实了一直盘旋在江流脑海里的想法：飞达的人员增加过快，冗员过多，结构臃肿，这才是成本高的罪魁祸首！

本章点评

- 怎么化解下属工作中的负面情绪？
- 降成本必须先降工资吗？

解决情绪问题三步：第一步，以转移话题、隔离当事人等手段避免事态扩大。第二步，侧面了解情况，做到对问题心中有数。第三步，管理者或者其他对当事人有影响的人出面沟通化解负面情绪，避免累积造成更大的问题。

工资只是成本的一部分，低工资往往伴随着效率低下，质量意识淡薄，公司需要全面考虑低工资的利弊。

第24章
降成本之前期沟通

- 怎么改革牵一发而动全身的工资体系？
- 如何打造有凝聚力的高效团队？

天气预报说后天又要来台风了，现在深圳的气候显得异常闷热。太阳火辣辣地炙烤着大地上的一切。树叶裹满了灰尘，无精打采、蔫头耷脑地挂在树枝上。连狗都张大了嘴，不停地喘气。人们的心里也变得烦躁不安，大家都盼望台风早点到来，带来雨水和清凉。

江流已经在办公室里面想了很久关于降成本和员工工资低、流失率高的问题。现在终于有一个头绪了！江流打了个电话，请常经理和刘主管到自己的办公室。

在办公室里，江流说："前面已经进行了那么多沟通，今天我就不和你们绕圈子了。你们觉得 IQC 到底有什么问题需要我来帮助解决？有的话都说出来，我会尽量找公司高层沟通解决。但是千万不要今天说一点，明天补充一点。到时候我也不好天天和老板谈条件。"

刘主管看了一下常经理，说："我认为还是工资的问题，解决了人员流失率过高、过快的问题，我们才能稳定住熟手员工，稳定住熟手员工才能提升我们的检验水平，检验水平提高了才能解决检测效率低和不良漏检的问题。"

江流缓缓地提出疑问："是不是只要解决了工资的问题你就可以解决检测效率低和不良漏检的问题？不会再有其他问题了吗？你要想清楚。老板不可能给我们很多次机会，你要确信是不是只有这些问题。"

刘主管和常经理似乎对这个问题还没有思想准备，谁也没有回答。江流继续说："你们要考虑清楚到底要加薪多少才能达到目标，是不是只需要这一个条件，达到目标需要多少时间。我知道现在的工作很不好做，我也不想这样坐以待毙等下去，但是我希望你们知道，老板不会接受花了钱却没有效果的事情。所以，最好我们再慎重考虑一下，要有一个可行的方案，一个让老板感觉这样做可行的方案，这样我才有可能让老板接受改革方案。"

常经理提了一个问题："如果 IQC 加薪，别的部门怎么办？如果只给 IQC 加薪，别的部门可能会有意见，到时问题可能会更多。"

江流说："这个问题先放在一边。我们现在先考虑怎么提出一个合理的方案，既能满足 IQC 工资水平的要求，又能让老板觉得对公司有益可以接受。如果别的部门也能够通过加薪来提升效率并进而达到降低成本的目标，也可以一视同仁处理。"

江流看到常经理和刘振辉都在点头，说："我现在的问题是，如果加了薪，我们的效率是不是一定会提升，质量是不是一定能够改善，请大家往这个方向考虑。至于说服公司，这个我会去做。"

刘主管说："我觉得能行，不过我还是回去先摸摸底，再提交一个具体的方案给您吧。"

江流说："IQC 算是打头阵的，这是机会也是挑战。我们一定要把问题考虑得充分一些，只许成功不许失败！"

这时常经理明显感到了压力,但是刘主管则有些兴奋。不等常经理表态,刘主管就说:"没问题,我下个星期,不,这个周末,先拿一个初步方案给江总和常经理参考。怎么样?"

江流说:"这样很好,不过,先不要在基层员工中间张扬这件事,我们得先找到可行的方案,而且方案还需要老板批准才能实施,现在八字还没一撇,说太早了,万一到时候行不通反而打击士气。"常经理和刘主管也点头表示同意,大家又聊了一些细节的问题就散会了。

第二天早上刚刚七点,整个飞达工厂还静悄悄的,除了门口的保安,四下里都没什么人。离上班时间还有一个小时,现在很多人可能还在睡梦中吧!保安还在奇怪,今天难道出了什么大事了吗?这么一大早的,江总就已经到了工厂!

江流这时已经在自己的办公桌前苦苦思考 IQC 的事情。人力资源总监那边自己已经有办法解决了,他应该会让步。但是其他部门呢?其他部门会有什么想法呢?似乎也应该机会均等让其他部门也能改革吧?但这样一来老板那一关又该怎么办?想想当听说所有部门都要求加薪时老板可能的反应,江流不禁苦笑着摇摇头。

想了好一会儿,江流还是下定了决心:下午两点所有部门主管开会!

会议上,江流把目前的形势向大家介绍了一下:利润率不断下降,市场要求降低成本,请大家都谈谈自己的想法。听江流说完了之后,大家你看我,我看你,但是谁也没有发表意见。很明显,没有人想做出头鸟。

江流苦笑着说:"本来是希望大家群策群力一起想办法的,看来现在这个烫手的山芋还是又还给我了。大家都不想改善吗?这是整个工厂的事情,大家都不想办法,以后的情况可能会越来越糟,日子都不好过。"

第24章　降成本之前期沟通

张经理犹豫了一下，试探性地问道："公司不会还要降低薪水吧？现在的物价涨得这么快，下面的基层管理人员还都盼着涨工资呢！"

江流摆摆手说："公司希望降低成本，不是说一定要降薪。降薪不一定真能降得了成本，降成本也不一定只有降薪这一条路可走。"江流环视了一下大家，发现除了刘主管眼里有一丝兴奋的神情，常经理若有所思，其余的人好像都有点茫然。

江流说："至少有一个可以考虑的方向就是减少浪费，提高效率。我们如果真的在这些方面做出了重大的改进和提升，给公司带来了效益，加工资还是有希望的。但问题是：谁能为公司带来效益？怎么带来效益？你们谁有方案？"

大家又沉默了，都看着江流。江流缓缓地说："我们必须有确定的方案可以降低总成本，加薪的提议才有可能让公司领导通过，而且我们必须一炮打响，否则后续的方案公司领导就没有耐心听了。因为只能成功不能失败，我希望第一步一定要有把握。第一步走好了，公司对我们有信心了，后面的事情才好做。说吧，你们谁愿意来当先锋，打头阵？"

说完，江流的目光又从他们身上一个一个扫过。除了刘主管，其余的人都低下了头，刘主管的眼睛满含着期望地看着江流，江流却微微摇了摇头，眼光在他身上稍稍停留了一下就过去了。环视了一圈，没有人主动请缨。江流说："这个会议也就是一个沟通会，是先让大家知道这件事。既然现在大家一时也没有什么好的思路，就先回去想想吧。后续我还会召开一个会议来讨论这件事情，希望下一次大家有好的方案出来！"

会后，刘主管故意慢慢吞吞地收拾东西，江流也似乎在想问题，坐在椅子上不动。等到会议室只剩下他们两个人了，江流开口问刘主管："你有问题想问我，是不是？想问我为什么不在会上宣布先从 IQC 开始改革，是吗？"

刘主管没有说话，只点了点头。江流解释说："我今天召开会议的主要目的是为了给从 IQC 开始试点改革消除内部阻力。如果大家都意识到这件事情做起来并不容易，感觉是个烫手的山芋，你做成之后，受到奖励别人才不会太眼红。"

刘主管用力地点点头说："我还真没考虑到这些问题，我的注意力全部都放在我们改善方案本身了，没有过多地考虑别的部门的想法。"

江流笑着说："如果别的部门都不配合你，甚至给你下套、使绊子，你觉得你这个改革好推动吗？"

江流看到刘主管红着脸，解释说："如果我太急于宣布从你们部门开始改革，反而很容易让大家觉得这是我的意思，觉得是我照顾你们。如果让他们产生了这样的想法，以后你实施改革的阻力就会大很多。"江流看到刘主管一副恍然大悟的表情，自己也笑了笑。

笑了一会儿，江流继续说："你这么积极想进行改革，我很高兴。但是你也要看清楚压力所在，我说的那句话不是开玩笑，如果我们第一次改革就失败了，后面领导根本就没有耐心再听我们讲什么改革了。你这个担子也不轻。所以，你必须拿出一个方案，一个只能成功不会失败的方案！否则后果你也很清楚！"

江流看着沉默点头的刘主管，说："所以，这次沟通会也不能完全说是一个形式，我想还是机会均等的，谁的方案好，谁准备得最充分，就从谁那里开始试点改革。这样的话一方面公司有更多的选择，另一方面如果最终的结果还是选择了你们来做试点，你们做成了，工资增加了，别人也不好说什么。我还是很看好你的，你这个人，做事有冲劲，有想法。公司需要你这样的人推动改革。现在就看你的方案能不能服众了。"

第24章 降成本之前期沟通

台风终于到了，夜晚风骤雨急。到了早上，风雨却渐渐平息了。上班的路上，四处都是积水和一片狼藉的枝叶、垃圾。在深圳待久了，大家也都习惯了，而且基本上没有人讨厌台风，反而比较开心，连日来的闷热也似乎被台风吹走了。江流注意到，前些天那些无精打采、蔫头耷脑的树叶此刻却似乎熠熠生辉，叶子透出的清新的绿色显示着它们旺盛的活力。每一片叶子此刻都在尽情地展示生命之美，全然不像是前几天看到的了无生机的样子。

江流却无心欣赏雨后树叶的新绿，一到公司就直奔仓库，听到丁忠义说一切正常，没有意外损失，他才感到轻松了一些。江流到仓库转了转，看到物料的摆放比过去整齐了，丁忠义报告说最近的库存抽盘准确率已经超过了99%，关键物料数量无差异。

江流不禁长长舒了一口气，说："行啊，仓库进步不小呢！这次改革，你们仓库有没有兴趣打这个头阵呀？"

丁忠义一听连忙说："我不行吧?! 我刚上来，很多事情还没有走顺。哪儿还想得了那么远呀?! 我跟在别人后面学还差不多。"

江流拍着丁忠义的肩膀笑着说："你倒是滑头，一句话就把先锋的重担推出去了。"

沉吟了一会儿，江流又换上了一副严肃的表情说："你做事稳，又不好大贪功，让你管仓库我放心。但提高员工效率的问题你也要开始着手准备了。这次先不拿仓库做试点，但下面的仓管员肯定也都想增加工资，这一点是不会改变的。如果到时候别的部门都改革成功了，只有你这个部门没办法提升效率，工资加不了，那以后你就很难管理了。"

丁忠义连连点头，说："我也知道自己的经验不丰富，最近也买了仓储管理方面的书在看。不过感觉很多东西还是理解不深，没法用。对了，那个合理化建议的事情，我还是想推行起来。你看怎么样？我觉得吧，三个臭皮匠，顶个诸葛亮。大家一起动脑筋想办法总比一个人想破脑壳强吧？应该会有更多的办法的！"说完，丁忠义有些紧张地看着江流。

江流不禁笑了起来，说："我又不是老虎，你那么看着我干什么？其实你这样敢于提出自己的意见就对了。你能提出相反的意见，说明你动脑筋了。疑问是改进的第一步，没有疑问就没有进步。好了，现在说说你为什么要推合理化建议。"

听到这里，丁忠义明显地放松了很多。有些不好意思地说："其实是我感觉自己管理能力不够，而现在有些新招来的仓管员反而有大厂的仓库工作经验，知道一些好的做法。我是想多学学他们的一些好的经验。"

江流拍拍丁忠义的后背说："想从下属那里偷师是吧？呵呵，不错，不错，都学会偷师了。反正不管偷师还是自学，本事学到身上就行了！"

江流想了一下："你现在基本上把仓库理顺了，有这个精力来提升仓库的管理水平了，所以现在提倡合理化建议是可行的。这和你当初刚接手仓库的局面是完全不同的，那个时候你忙得四脚朝天，每天自己看到的问题都解决不完，根本就别提再去处理员工的合理化建议了。不要说这些问题提得是否合理，就算是提得合理，可能也不适合在那个阶段解决那种问题。如果不解决，那要员工提了又有什么用？员工又会怎么想？"

丁忠义连连点头说："是的，那个时候漏洞太多了，稍微有点仓库工作经验的人，用心一点都可以提出很多问题，我们还真没时间去应付他们的建议。而且可能他们提的很多建议我们已经打算改革了，只是他们不知道而已。"

江流满意地点点头，说："所以，以前有人提出来推行合理化建议我一概不支持。但是现在情况不一样了，仓库基本上也走顺了，你有时间来考虑进一步改善了。你不缺积极性，缺乏的是经

第24章 降成本之前期沟通

验,缺乏继续改革的方向。在这个时候,借用下属的集体智慧是可行的。发动大家一起找问题,找出改进方向应该是你下一步的工作重点。所以你这个时候提倡合理化建议就合理而且必要了,你现在在仓库推行合理化建议的想法我支持!"

丁忠义马上表示自己会在这个星期就向仓管宣传推行合理化建议,江流说:"凡事要么不做,要做就做好。如果你支持员工提合理化建议,那也要认真对待这些合理化建议。如果你有兴趣的时候就提倡,等到那股劲头过了就往垃圾桶里扔,最后就没人陪你玩了。"

丁忠义说:"我一定会认真对待员工提出的建议的。"

江流说:"那好,你就先去做吧!有问题再来找我。先把基础工作做好,等别的部门的改善推进得有成效了,你再跟进吧!"

离开了仓库,江流又来到了生产部。江流没有到生产部办公室,而是直接走到了流水线旁,看到员工都在有条不紊地生产,陈劲飞正在流水线旁向线长交代一些事项。

陈劲飞看到江流来到了车间,赶紧走了过来,说:"江总,您有事吗?"

江流连忙摆摆手,说:"没有,没有。就是随便过来看看,你要有工作就忙你的。不用陪我。"

陈劲飞说:"刚刚换完线,物料什么的都齐了。现在不忙。"

江流说:"那我刚才看你在产线和线长沟通,这不有事吗?"

陈劲飞有些脸红,说:"那是一个新提拔的线长。今天的这个产品比较复杂,我过来确认一下,看他的安排是不是合理,新员工要特别关注,顺便也提醒一下生产这个产品的注意要点。问题已经讲完了。一般的例行检查IPQC也会帮忙做的,应该没事。"

江流又向陈劲飞了解了一下最近订单生产的情况。正说之间,产线发出了一声爆炸声,陈劲飞满脸紧张,不住地向那边张望。

江流一脸平静地说:"你去处理异常吧!处理完了,到我办公室来一下。"陈劲飞走后,江流又在车间各个区域都转了一遍,这才回到自己的办公室。

在自己的办公室里面,江流忙了好久,都快忘了让陈劲飞到自己的办公室这回事了,这时陈劲飞才过来。

陈劲飞一进来就说:"江总,对不起。处理模块爆炸的这件事情花的时间比较长,让您久等了。"

江流笑着说:"没有专门等你啊,刚才你也看到的,我也在忙自己的事情,而且你本身也是在忙工作,你是生产的领班,肯定要以生产现场的管理为主。做工作就需要你这种态度,不要总是把工作做给领导看。怎么样?刚才的问题解决得怎么样了?"

陈劲飞说:"已经解决了。您有什么事吗?"

江流说:"就是想了解一下你的工作掌握得怎么样了,还有什么困难。"

陈劲飞说:"张经理教了我很多东西,感觉有些东西还需要时间熟悉。目前只能说尽力先把工作做起来,掌握还不敢说。"

江流问:"那你还是给我说说刚才的问题你是怎么解决的吧?"

陈劲飞回答说:"有一个模块爆炸了,我去查了一下发现是模块的螺钉没有拧紧造成电流过大,最后导致了模块爆炸。"

江流说:"你说仔细点,你是怎么发现原因的,又是怎么解决的。我想听听你都是怎么解决问题的。"

陈劲飞先深深吸了一口气,用平静的语调说:"我看到模块炸了,就过去了解情况。按照我们的经验,模块爆炸一般都是螺钉松动造成的电阻变大、局部过热造成的。维修的员工检查之后,分析的结论也是这个原因。我们应该把螺钉拧紧,但为什么就拧不紧呢?我就到了产线拧这颗螺钉的工位,自己试着拧了几个。结果我发现这个设计有些不合理:模块和螺钉挨得太近了,很难使上劲,

第24章 降成本之前期沟通

这样螺钉就不容易拧紧。我已经告诉这个工位的员工，让他拧螺钉的时候，把气枪稍稍偏一点，我试过了，这样会拧得紧一些。"

江流继续问："这样就完了吗？"

陈劲飞说："我还找了产品工程师周工，把这个情况告诉了周工，要周工向研发部反馈，以后有机会的话要研发部改善这个设计。如果研发部在以后的设计中改善了这个问题，我们以后操作的效率会更高，也不用这么麻烦了。"

江流长长地舒了一口气，欣喜地说："很好，你做得很好！既有短期对策，又有长期对策。既能亲自动手找出问题，又能积极动脑推动解决。你这样做下去很有前途！现场交给你，公司就放心了！"

江流又说了几句勉励的话就让陈劲飞回自己的岗位去了。想了想，又拨通了张经理的电话，让张经理到自己的办公室来。

张经理到了之后，江流首先说了自己今天到生产现场的感受，感觉物料摆放整齐，生产也有序多了，不再像过去那么混乱。张经理听得一脸笑容，当江流问起张经理对陈劲飞的看法的时候，张经理满意地点头说："小陈工作很积极，执行力又强，人又很有悟性。不管什么事情，我只要向他说清楚了，他就能按照我的要求好好去做。这让我也省了很多心。"

江流说："你们现在做得这么好，那这次的改革有没有兴趣从生产部开始呀？"

张经理一听脸色马上变得严肃起来，说："江总，你也知道的，我们生产部人最多，最近产能爬升快，新招员工也多。新员工培训、设备检修保养、每天生产的异常工作处理都要花费大量的时间，各方面都还有很多问题等待解决。别的部门对生产部的支持虽然已经有了很大的改善，但是还没有达到很顺畅的状态。这些问题的解决也都还需要时间。"

江流听到这里，也点了点头。张经理看到江流点头，放松了一些，说："我觉得生产部还需要再巩固、观察一段时间，看看前期的那些问题是否真正解决了，有没有什么新的问题。只有先巩固了前面改革的成果，我们才好推进下一步改革。"

江流点头说："姜还是老的辣呀！你对这个问题的考虑比较稳健，你的顾虑是有道理的！"

张经理继续说："如果从生产部开始推动改革，感觉把握还不是那么大。而且您也知道的，陈劲飞刚提拔上来不久，虽然他很聪明，也很积极，但毕竟没有什么经验，很多东西都还在熟悉的过程之中。你看……"张经理没有继续说下去，反而是看着江流。

江流也没有立即说话，双方沉默了一会儿，江流才开口打破了沉默，说："你考虑问题还是比较全面的。生产部门规模大，人数多，如果要改革，推动执行的困难的确是要大一些。而且别的部门的配套做不好，单独改革生产部，你们生产的效率也很难提升。老张，那你认为应该从什么部门开始呢？"

张经理说："这个我也不好说，毕竟各个部门有各个部门的困难，需要领导全面考虑。但感觉应该是从一个规模比较小，对别的部门的配套依赖比较小的部门开始。这样风险小，容易成功。"

江流点点头说："有道理！我会认真考虑你的建议的。多谢了！"

星期五，江流打了电话给刘振辉。刘主管说他的方案已经快做好了，晚上就可以拿出初稿。

江流想了一下，说："你还是先把这个初稿发给常经理和我看看吧，还有，你周日能不能抽出半天时间到公司来？如果可以的话，我想和你过一下这个方案。"

刘主管连忙说："没问题，只要能做好这件事，加一天班都行。"

第24章　降成本之前期沟通

江流笑着说："呵呵，你可别这么说呀！被公司知道了，会说还用想什么办法提高效率呀，一周工作七天，产能就能增加百分之十以上！"

刘主管也笑了起来。江流接着说："开个玩笑，有你这种干劲，我们一定能做成。好，我等你的方案。邮件发出来之后记得打个电话告诉我。"

周六，没有了平时工作日的喧闹，江流正在办公室里看刘主管所做的方案。刘主管的方案很简单，他计划按照熟手检验人员的工资水平调整工资，以减少员工流失、激励员工的工作积极性。同时，按照熟手检验人员的标准制定了各个大类产品的标准检验工时，每个检验人员的检验单数完成后，文员会计算它们的检验工时，并算出检验效率。三个月后检验效率还是达不到这个标准的就劝退。

看到这里，江流不禁眉头深锁。这个方案很简单，可这个问题解决起来有那么简单吗？如果这个问题不简单，那么解决的手段是不是过于简单了？

本章点评

- 怎么改革牵一发而动全身的工资体系？
- 如何打造有凝聚力的高效团队？

同利相忌。部门之间存在攀比工资的现象，调整工资如果不和责任的调整挂钩很容易带来新的不平衡。责任和利益并举才能保持平衡，更高的工资必须和更优的表现挂钩。

人们对自己成长的地方往往更有感情！高效团队需要员工成长，优秀员工渴望成长，多关注员工的成长，根据他们的实际情况给他们提供指导意见、提供学习机会，既能提升他们的技能，又能增强团队的凝聚力。

第25章
降成本之方案初稿

■ 如何处理下属的错误又不打击他们的积极性？

星期天下午，在寂静的会议室里，江流和刘主管坐在会议桌前。

江流先说："你先给我介绍一下你的方案的思路，我有疑问的地方再和你沟通，怎么样？""好的。"刘主管清了清嗓子说，"我管 IQC 也有快两年了，这一年多以来，我观察总结 IQC 目前效率偏低、工作质量低下的根本原因还在于员工技能掌握不充分，导致效率低下，有些 IQC 检验员刚做的时候连一些基础的设备仪器都不会操作。设备仪器的校准、保养和操作全都要从头开始教，一些检验的手法和标准也要从零开始给员工培训。结果培训了几个月，质量问题也出了不少，等我觉得学费交得差不多了，这个员工就提出来要加薪，不加薪就走。"说到这里，江流都能感受到刘主管那苦涩的心情。但江流什么也没说，只是点了点头。

刘主管继续说："公司总是说成本压力大，不能加薪，不能加薪！结果呢，只好眼睁睁地看着熟手走掉。我啊，还得再从头开始。这培训还得做，学费也得继续交。"

刘主管意识到自己的话有点跑题了，带着歉意说："对不起，不应该向您发这些牢骚。但是我目前的看法是一个熟手比生手的效

第 25 章　降成本之方案初稿

率至少能提升 20%，而且检验的品质会好很多。所以我觉得给已有的人员加薪 150 元左右应该可以大大提高他们的工作积极性，这样既能留住人，我也可以减少低层次的培训，增加一些物料知识、产品知识方面的培训。这样以后我们的检验质量会更有保证。"

刘主管说到这里，似乎想起来什么，说："以前我不太情愿计划和物料员去催检验人员是因为他们的知识技能很缺乏，对工作的怨气也很大。既怕他们一时慌张错检、漏检，也怕把这些 IQC 搞烦了，人走得更快。"

江流摆摆手，说："这个事情已经过去了，就不用再提了。而且我也做了这么多年管理，你的心情我可以理解，其实一个公司，中层经常是最难做的。上有指标，下有情绪。公司不理顺机制，很容易就会造成你们两头受气。所以，我的工作就是给你们创造一个合适的环境，让你们能够发挥才能，能够做出成绩。当然具体的事务方面，你是专家，我是门外汉，这需要你多想办法，多提方案。我会尽量配合你的工作。"

刘主管说："您这么说，我算是有点信心了。其实以前真的做得挺郁闷的，感觉公司领导很少考虑我们的实际工作困难，就会提要求，强调他们的要求！"

江流打断了刘主管的话，说："我们暂时先不谈这些吧，先看看你现在的方案。你的计划是先加工资，但是我想问你一个问题，如果你是老板，感觉一个员工做得不怎么样，现在他提出来要你先给他加工资，加了工资就会做好。你会加吗？"

刘主管有些诧异，想了想回答说："应该不会，我怎么知道他加了工资就一定能做好？"

江流微笑着点点头，说："我们老板也会这么想。所以先加工资是不行的。"

江流停了一下，说："你看这样行不行，我们先统计每个员工的工作量，同时制定一个质量标准。在达到质量标准的前提下，做得多奖得多。这样的话，员工如果做到了我们期望的水平，我们给他的奖金也就相当于加薪了。如果效率不提高，他们就拿不到奖金，还是维持现状，老板就没多付钱。如果效率提高了，再要老板付钱就比较容易了。"

刘主管连连点头。江流说："所以，你一定要摒弃加薪的想法，也不要宣传加薪。你要说是绩效激励。这样别的部门在感情上就会比较容易接受你们IQC员工的收入增加。而且这样做对下面的员工也有一定的激励作用。想赚钱，先拿出成绩来！"

刘主管说："明白了，我马上按您这个意见修改方案。"

江流说："记住前提是一定要保障检验品质，生产是不能接受批次性来料不良的。"

刘主管说："有些问题是供应商造成的，供应商品质问题太多的话，我们漏过去的概率就会增大。所以，我认为要从源头解决问题就得找优质的供应商。"

江流摇了摇头，说："你要习惯从老板的角度来考虑问题。你觉得老板最关心的是什么？是质量吗？"

刘主管显得比较茫然，没有说话，但却在摇头。江流继续说："老板即便说一千遍质量就是生命，但他最关心的还是我们能不能赚钱。公司为了降低成本，找了比较多的小供应商，这个局面不是你我能够改变的。而且退一步来说，即便是你当老板，你也不一定会全部换大的、质量好的合作工厂。毕竟很多大厂单价也高！"刘主管还是没说话，只是点了点头。

江流说："所以，我们现在的问题是要让这些小厂做出我们能接受的品质来。这样，我们创造的价值就高了！当然，听起来好像有些不太现实，但是这是我们必须要走的路。而且事实上，也有一些品质相当不错的工厂规模其实也并不大，这些工厂能够做到就不能说小厂的品质不能提升。所以，从理论上来讲，找小厂也不一定品质就会很差！"

刘主管说："可问题是，小厂品质做起来了，可能也会跟着涨价。还不是没用？"

江流说："没涨之前价格还是低的嘛，而且你觉得它能一下子把价格涨到那些大厂的水平吗？"

看到刘主管在点头，江流继续说："所以，后续你们IQC的效率提升之后，要把眼光转向工厂之外，不要总是把注意力放在工厂里面。要去看看供应商，看看那些我们采购相对较多，对我们质量影响比较大的供应商，要帮他们提升品质管控，这样才能从根本上解决不良物料漏到车间的问题。"

刘主管点头表示同意，江流继续说："所以后续你们IQC也要分工，一般的检验员的职责是防止批次性的质量问题漏到车间，而你的工作重点是提升供应商的质量管理水平，帮助采购开发合格的、或者说最接近我们要求的供应商。"

看着陷入沉思的刘主管，江流也沉默了一会儿，说："还有，把你方案里面三个月达不到标准的员工劝退这句话删去吧！改革需要耐心，不能太急于求成。而且做事也得考虑员工的感受，你回去再好好想想吧！"

江流问了一下刘主管还有什么问题，得到否定的回答后说："在这个问题上我们多沟通。要多沟通才能减少分歧，减少了分歧工作才好开展，不要怕沟通。好了，说了这么多，你也需要时间消化。今天就谈到这里，有问题再找我吧！"

本章点评

■ *如何处理下属的错误又不打击他们的积极性？*

一、让员工自己认识到问题而不是指出他们的问题。人们对自己发现的问题比较容易从内心接受，而提问是帮助员工认识到自己问题的有效手段。

二、关注事实，少指责人。对人的指责有可能会刺激员工捍卫自己的立场，即便他们也意识到自己是错的，而对事实的关注容易软化员工对立场的坚持。

三、让员工自己提出解决方案。让员工给出解决方案有助于帮助员工从客观的角度看问题，也会减轻员工被处罚的感觉。

第26章
降成本之方案获批

- 如何让老板服下苦口良药？
- 为什么赢了也要让人三分？

周四的会议上，江流再次询问在座的各位主管、经理有没有改善方案。大家你看我，我看你，还是都不说话。沉默了一会儿，刘主管看向江流，江流微微点了点头。刘主管开始阐述自己的改善目标，并且提出目标和奖励挂钩，按目标达成的情况进行奖励。其他部门的领导看到刘主管的目标和奖励标准，一时间都沉默不语。

江流说："大家都不发表意见，是不是还有更好的，对公司更有吸引力，更有把握实现的方案，张经理？"

张经理连忙摆手，说："刘主管做事积极有冲劲，我很赞同他的方案。"

江流逐一扫视过去，发现没有人提出更有力的方案，说："刘主管一马当先，冲着这份干劲我们大家也要表示一下支持呀！"说完就带头鼓起掌来，大家赶紧纷纷鼓掌。

等掌声渐渐平息下来，江流才说："既然大家都同意把刘主管的方案作为我们工厂的第一个改善方案，我希望后面大家都要协助和支持刘主管的改革。同时我也希望大家搞清楚，这个方案关系到我们后续改善绩效方案，改善工厂员工待遇能否得到公司批准，IQC的改革是一块探路石。改得好，以后公司支持我们推行新的改革就有信心了，大家可以提出有效的方案提升效益，改善员工收入。改得不好，大家也要明白后果是什么。"

江流沉默了几秒钟，在环视了一圈后，说："我相信在座的各位都会努力推动这个方案取得成功的，这个方案一定能够获得成功，也必须成功！希望大家都能全力支持这个方案。"这次下面的丁忠义带头鼓起掌来，一时间会议室里再次响起了响亮的掌声。

会议结束后，江流回到自己的办公室，想了一下，拨通了采购部陈经理的电话，请他到自己的办公室来。

陈经理一到办公室就说："江总，多谢你了。"

江流笑着说："这么好啊！什么事都没做就有人谢我了。"

陈经理说："哪里，哪里。你帮忙解决了我的大问题，我谢你是理所当然的。真的，有空没有？有空的话，今天晚上我请客。"

江流笑笑说："陈经理请客，我怎么都得去。那行，就晚上好好聊聊。"

晚上，餐桌上，酒过三巡之后，大家话就明显多了起来。陈经理说："你是不知道，以前一有物料不良影响到发货，老板就骂我。江总，你是供应链的专家，你说我能有什么办法。所以上次你推的备品的事情，其实真是帮了我一个大忙，直接减少生产停线等料，提高了效率，老板最近也很少找我的麻烦了。这次你推IQC加强检验，减少供应商不良对生产的影响，帮助供应商提升品质，这其实也是帮我的忙呀！"

江流笑了笑，说："有我需要帮忙的，我当然帮忙。毕竟都是为公司嘛。但是这次的事情真是IQC想改善，呵呵，不敢冒领别人的功劳。受之有愧呀！"

江流和陈经理又喝了一杯酒才说："不过呢，就怕我们想把这件事情做好，却偏偏有人阻挠呀。就怕有人一听要发奖金就跳出来反对，到时候这个方案也就黄了。你就会空欢喜一场。"

陈经理说："这事对公司有好处的呀。谁会反对？"

江流说："具体谁会反对我不好说，但是如果有人先在老板耳朵旁边吹了风，老板一听到要发奖金，感觉会增加成本，说不定咱们后面的话还没说出口就被否决了，以后谁也不好再提这件事了。这件事不就黄了？"

陈经理想了想，说："江总，你肯定有办法。"

江流笑着说："我来公司也不久，也只是一个打工的，我能有什么办法。陈经理是公司的创业元老，而且这件事和采购的相关度又高。你才是有办法。"

陈经理有些不解地问："江总拿我开玩笑了！我能有什么好办法?!"

江流说："你是最清楚为什么需要加强IQC的质量管控的，而且你的理由也是特别有说服力的。呵呵，比起采购成本下降和生产减少工时浪费来，IQC发点奖金真算不了什么。而且这个奖金一定是要做出成绩才有的，说白了就是先要让公司省了钱，员工才能多拿钱的。公司应该是稳赚不赔的！这个道理我想刘总也一定会赞同的，只不过就担心刘总太忙，没有想到这一层。"

陈经理笑着举杯说："江总，我再敬你一杯。我知道你的意思了。我会先去吹个风。干！"

两天后，在和刘总的工作沟通中，江流先向刘总陈述了最近这段时间的效率提升和成本下降。刘总显得很满意，不断点头。

报告完了之后，刘总说："公司对你的工作还是很满意的。最近订单交付速度变快了，成本也下降了。"

刘总说到这里，话锋一转，表情也变得严肃起来，说："陈闯跟我说，我们目前要降物料采购成本就要加大供应商开发的力度，需要导入新的价格更低的供应商。但是他担心这样做又会加大质量风险，有可能导致生产因为来料不良问题影响效率，进而影响对客户的订单交付。而且如果没有一个好的质量管控手段，质量问题流到客户那里的话，有可能对我们公司的后续业务拓展造成不好的影响。所以，他现在很犹豫要不要拓展那些小的、价格比较低的供应商。你要好好帮他解决这个问题呀！"

江流连忙说："这个问题比较复杂，但还是有解决的办法的。"

江流沉吟了一会儿，说："初步的感觉是物料成本是大头，肯定要想办法降低物料成本。所以陈经理大力推动供应商开发的想法我是赞成的。不过，如果生产受影响停线的话，这个损失估计也不小。而且，万一太多的不良品流到客户那里的确也是一个很大的风险。"

刘总有些着急，说："你是供应链总监，这种事情你要多想办法呀。"

江流沉默了大约半分钟，说："方法也不是没有，但实施起来可能有一定的阻碍。"

刘总说："什么阻碍？降成本是大事。只要消除阻碍的成本小于我们采购和生产下降的成本就行。"

江流说："我们可以加强 IQC 检验，提升 IQC 检验的品质，避免过多的质量问题流入车间甚至流到客户那里。同时让质量部加强对一些我们需求金额较大、价格有优势、品质稍有欠缺的供应商的质量辅导，帮助他们提升品质，从源头减少品质问题。我觉得有了这些控制手段之后开发这种供应商还是可行的。"

刘总点点头说："行啊，你这个想法很好。完全可以按这个想法去做呀！"

江流说："但是我们目前的 IQC 的能力恐怕达不到这个要求，很难把住这道关！"

第26章 降成本之方案获批

江流又停了一下，看到刘总很着急，继续说下去："IQC员工都是按生产普工的标准定工资的，所以很难留住熟手，而新手检验的结果就没有熟手那么好！如果我们选了物料质量相对比较差的供应商，有质量问题的物料流到车间去的概率很可能会上升，甚至会把这些问题带到客户那里去！"

刘总眼睛瞪得大大地问："为什么IQC员工的工资要和生产普工一样啊？我们现在供应商更换频繁，物料管控尤其需要加强，要重视质量啊。随便谁开厂都知道一些有技术含量的岗位工资要高一点，要保留熟手的技术工人。我们现在要加强物料来料质量控制，肯定很需要熟手检验人员。你做了这么多年供应链，不会不知道吧？你应该采取措施呀！"

江流不禁苦笑起来，也没说话。刘总马上发觉自己刚才的话有点不妥当，又缓和了语气，说："我不是那个意思，你来的时间不长，已经做出很多成绩了。问题这么多，还是要一个一个关注过来。这件事完全不怪你。但是现在既然已经到了解决这个问题的时候，你还是要推动解决这个问题。"

江流说："但是有一个问题，供应链员工的工资是由人事部决定的，我是无权调整的。要不这件事还是让人力资源部牵头来推动？"

刘总也沉默了，过了好一会儿才说："这就有点复杂了。当初我为了控制成本，要求人力资源部统一控制公司的人员工资，以防止各个部门主管乱加工资。现在这个事，确实有点难了。"

刘总又沉默了一会儿，说："我先考虑一下。可能要开个会决定这件事情怎么办。你也再多想想办法。"

又过了两天，刘总召开公司总监级别的领导和采购部陈经理一起开了个会。刘总让陈经理先发言，叙述了现在面临的供应商开发的成本与质量难以两全的困境。陈经理说完了之后，大家都在沉默，谁也没有发表意见。

刘总见到这种情况，说："严总，你是财务总监，你觉得这个成本的问题该怎么解决？"

严总说："我只是从财务的角度管控成本，一些具体的事情该怎么运作我也不是很清楚。而且成本与供应链的实际运作方法和供应链管理的思路有很大的关系，我作为财务总监实在不是很清楚这些事情。"

刘总皱皱眉头，说："许总，你的意见呢？"

许总想了想说："我只是管人力资源，管理人员的成本我还行。管理供应链的成本，江总应该比我专业！"

刘总有些无可奈何，说："可现在是不提升品质管控，我们开发新供应商的风险就大。但不开发新供应商我们又怎么降低采购成本呢？感觉这是个很容易的问题，你们怎么就不能给出个方案呢？我认为一定要加强公司的品质管控。"

江流说："公司目前的人员素质水平应付目前的供应商都已经是捉襟见肘了，如果再加大供应商开发的力度，恐怕是必须吸引更高水平的质量人员。但按公司目前的工资水平来看，我们的IQC和生产普工的薪酬标准是一致的，离这个目标有一定的距离！目前IQC的人员半年就几乎换了一遍，很多人都是生手，指望这些人把关，恐怕确实有些勉为其难。"

陈经理也说："以前我们还没有开发很多新供应商，物料质量问题都层出不穷，现在要加大供应商开发的力度，我心里实在是没底。"

刘总听得眉头紧锁，问许总："你觉得IQC的工资水平是不是应该调整？"

许总连忙摇头说："我这边人员考评、人力资源规划、人员招聘的工作已经很多了，最近都没有时间关注这一块。这个问题需要

第 26 章　降成本之方案获批

根据实际情况来决定，我最近实在是抽不出时间来了解这个问题，而且供应链我不专业，我看还是听听江总的意见吧！江总虽然来公司不久，但是已经做出了很大的成绩，这是大家有目共睹的。而且江总是供应链总监，是否该调整工资，他最有发言权。"

这时，江流却说："人员工资还是通过人事来统一管理比较好，这样做可以让许总从整体上把握公司的总薪酬水平，便于全局控制！"听到江流这样说，大家转过脸来，感觉有些吃惊地看着江流。

江流停了几秒钟没有说话，才继续说："人事部门作为专业的人力资源部门，对薪酬的市场行情了解更深，从客观的市场行情把握总体工资水平应该是更客观的，但是具体的管理还是应该从管理的实际需求出发，可以考虑允许各个部门的主管有一定的自主权。"刘总听到这里不禁微微点头，许总一直很严肃的表情也缓和了很多。

江流继续解释说："其实如果人事部牵头，和各部门一起制定一个各部门各个岗位大概的薪酬浮动范围的标准，以后在这个范围内的工资调整由各部门主管裁定，超出范围需要特别批准。这样的话，工资水平既可以得到许总的专业管控，而实际业务主管部门的领导也可以根据实际情况采取一些灵活的刺激方案。"

刘总说："江总这个方案好！"

江流继续解释说："公司通过部门费用率来考核各个部门。这样可以让各个部门在激励员工的同时注意管控自己部门的支出。这样做可以减轻许总一个人控制成本的工作压力，把压力分散到各个部门领导那里，让每个部门的领导都来关注成本控制，根据实际情况进行适度的调节。"

刘总点点头，说："许总，你的意见呢？"

许总稍稍沉吟了一下说："我同意这个方案。江总的这个方案确实是专家级的方案。我觉得按这个方案操作没问题。"

刘总又看向财务严总,严总也表示了同意。研发部的夏总更是极力赞同这个方案。刘总看到这样,说:"既然大家都同意这个方案,那么这个事情就这么定下来了!江总,你要马上拿出支持采购部开拓供应商的质量管理解决方案来呀!"

几天后,江流带了常经理、刘振辉向刘总做了汇报。刘总听到目前的方案是先不加工资,而是根据员工的工作表现发放奖金,公司确实得到了绩效之后才给员工绩效奖金,显得很满意。不出意料,这个方案很快就获得了批准。

本章点评

- 如何让老板服下苦口良药?
- 为什么赢了也要让人三分?

让老板认识到自己的选择是损失最小的选择,会帮助他们接受不那么愉快的选择。让老板相信自己的选择是对自己有利的,关键在于让他看到问题的全局。

建立长远的合作关系!如果得理不饶人,会让对方以后更加坚定地捍卫自己的立场,工作会变得更加难以推进。和失败者分享利益有助于建立长久的合作关系,进而保证后续的利益。

第27章
降成本之落实执行

■ 怎么让员工主动努力为公司创造价值？

在回工厂的车上，常经理和刘振辉显然都没有想到这个方案这么容易就获得了通过，两个人显得比较兴奋，还议论起为什么这次的方案会如此顺利地获得通过。

最近这一年多他们也没少想办法，感觉公司完全不考虑在工资上进行改革，现在居然奇迹般地轻松获得了通过。现在他们想想还觉得有点难以置信。

当他们问到江流的时候，江流淡淡笑了笑说："当然是因为质量部的方案做得好，合乎老板的心意，就容易通过了！"

常经理和刘振辉都高兴地笑了，江流说："现在方案倒是通过了，可这只是万里长征第一步，后面要做的工作还有很多呢！而且这个项目只许成功，不许失败。大家不可大意，要注重每一个实施的细节，力争一战定江山。"

常经理微微笑了笑，没有说话。刘振辉却拍着胸脯说："包在我身上！"

第二天，江流又在工厂召开了一个主管会议。会议上江流向大家宣布了IQC提升效率的改革计划获得了公司的批准。显然大家都为这个决定感到欣喜，毕竟长期以来一直约束工厂这边的管理人员的最头痛的问题现在终于让他们看到了解决的曙光。江流接着宣布了，公司后续会推动工资改革，人事部掌握岗位的工资变动幅度，各个部门总监在这个幅度的范围内控制具体每个人的工资。说完了，江流特意停了几秒钟，会议室里大家也都没有说话，似乎还在咀嚼这个决定带来的意义。

江流继续说道："首先这个消息意味着我们在座的管理人员可以根据下属的表现在一定范围内调整薪水来奖优惩劣。这给了管理人员更大的管理自主权。"

江流加重了语气说："但是另一方面，这也对我们的管理水平提出了更高的要求。我们只有切实提升我们的管理水平才能有效地利用公司给我们的权力，才能合理地激励员工取得比目前更好的工作成果。公司同意在一定的范围内自主调整，但同时会增加一项部门费用水平的考核。"说到这里江流又停顿了一下。

看到大家都高度注意他现在说的话，他继续说："公司要看每个部门的费用的绝对水平和费率相对水平是否合理。换句话说，如果我们滥用这个政策，没有提升效率和我们的工作质量，我们的费用会上升，费率水平也可能会上升。呵呵，这也意味着我们的工作可能不达标，而这直接会影响我们管理人员的个人绩效。"

这个新消息冲淡了大家刚才的喜悦，允许加工资，但不允许增加成本。这个政策一下子就成了烫手的山芋。

江流看着有些泄气的下属说："刘主管在这个方面先迈出了探索性的一步，努力在提升员工待遇的同时降低我们的成本。希望大家下去后也要集思广益，多想办法，找出和改进提升的方法。这样你们后续也可以提升自己部门员工的待遇。当然大家要记住的前提是：公司的成本要下降！关于这个新制度，大家如果有什么疑问可以提出来。"大家开始互相交头接耳，但还是没有人提出问题。江

第27章 降成本之落实执行

流也不急，慢条斯理地一小口一小口地喝起水来。

等了一会儿，常经理提出了第一个问题："是不是所有部门提高了效率都可以拿出一部分节约的成本来作为员工激励？"

江流说："是的！具体的奖励分几种情况，对执行人的奖励只适用于改革对执行员工能力和工作负荷、工作质量有更高要求的情况。当然我们也鼓励不需要员工提升能力和加大员工工作负荷的改善和提升，但是在这种情况下只会对方案提出人有一定的奖励。如果方案改进是方案提出人的本职工作，是他正常工作范围内的工作要例外。"

江流想了想，说："这么说可能有点难以理解。举个例子来说吧，如果工艺工程师改进了工艺，我们一般认为是他的本职工作，就不单独奖励了，但是他的改善会作为他的工作绩效成为这个人提升和加薪的依据。而如果是一个产线员工针对自己的工作提出了合理的改善方法，这个可以予以奖励，但是奖励有一个前提：提升效率不能降低我们的工作质量，如果能大幅度提高效率，但是降低了工作质量，这个需要方案提出部门先作预估，然后由我和相关部门进行评估，最后我们会根据利弊作出决定。对于确实有助于改进我们工作的方案，我们还是会对提案人给予奖励。这个问题比较复杂，不知道我解释的大家明白了没有？"

大家似懂非懂地点着头，却没有人回答。江流说："简单点讲，如果方案是要执行人多付出努力的，就重点奖励执行人，方案提出人也可以接受一定的奖励。如果不需要对执行人提出额外要求，甚至降低了执行要求，但是最终提升了工厂的效益，这种情况可以给予方案提出人较高的奖励。但是这种改善如果是职务行为，则只作为工作绩效的一部分，在加薪和提升时考虑。现在明白了吗？"大家这才陆陆续续地表态说明白了。

江流说："还有什么问题，大家不要拘束，现在把问题搞清楚了，下去才能更好地贯彻执行公司的新政策。有问题一定要提出来！"

张经理问道："我有一个问题，我们要想知道自己能否改善、改善了多少，首先要知道我们目前的经营状况，但我们现在根本看不到经营数据，以后会有经营数据给到我们各个部门吗？要知道我们的提案一般都是针对本部门的改善，但如果成本费用根本就没有按部门分开，还是供应链一个大包，我们各个部门怎么知道自己有改善呢？是不是以后数据会按部门分开，以便于各个部门的负责人管控？"

江流说："张经理这个问题问得好。这的确是我们方案实施的一个难点。后续我会和财务商讨，看财务能不能把账务工作做得更细致一些。但是这肯定不是一个短期内就能解决的问题，毕竟财务要想提供这种数据也需要时间调整，而我们的改善现在就要开始推进了。所以，大家可以先把工作的重点放在一些很容易区分的项目上面。比如人员效率、一些金额较大的辅料的使用、设备的购置等，先重点控制好这些方面。这样，我想就算不看财务的数据我们也应该是控制了大部分的成本支出，控制了大部分，我们的优化和改善工作就一定会做出成效来。当然最后公司也会根据改善成果给予奖励。"

江流喝了口水，停顿了一会儿，说："后续我会把工厂的每个月的经营成本数据发放给各部门经理和主管。我们每个月会核对我们的各项成本并且找出需要关注和改善的重点。大家也就可以根据这些重点找出控制的方向了。"

看到大家都在纷纷点头，江流问："大家还有什么问题？"又等了一两分钟，发现大家都不再发言，江流说："这次的会议开得比较突然，讨论的又是新政策、新思路，大家可能需要一段时间消化、理解，一下子可能也想不出太多的问题。会后大家可以回去继

第 27 章　降成本之落实执行

续想，多考虑一些实施细节的问题。下周五之前我会再召开一个会议，把一些操作细节问题明确下来。"

江流说到这里微微停顿了一下，提高了音调，放慢了语速，缓缓地说："大家要认清一个事实，如果我们确实管理良好，我们整体的效率会提升、品质会提高、成本一定会降低。所以大家的重点应该放在如何优化现有的流程、制度，如何把一些基础工作做好，如筛选合适的员工、搞好员工培训、减少浪费等工作上面来。如果我们把这些工作都做好了，可以肯定，我们的效益会提升！反过来，如果不是从根本上优化我们的工作，不管怎么算，都很难让我们的工作显得有成效。所以，希望大家把注意力集中在从根本上优化我们的工作这个目标上来。至于如何评估核算，我也会和财务一起找出合理的方法，当然也欢迎大家提出好的意见和方法。大家好好努力吧！"

本章点评

■ 怎么让员工主动努力为公司创造价值？

让人为别人创造价值比较难，让人为自己创造价值就很简单。让员工努力为公司创造价值的关键在于把公司的利益和员工的利益统一起来。

第28章
计划流程改进

- 市场开拓初期,预测不准,计划怎么做?
- 如何把优势转变成为利润?

周六,毕竟是加班,平时喧闹的工厂现在也变得安静多了。江流正在自己的办公室看文件。杜山松敲门进来,提出来想和江流就目前计划的工作进行一些沟通。看着一脸严肃的杜山松,江流有些诧异,口里却说:"行啊,刚好有时间。"并且示意杜山松坐下。

杜山松说:"目前我对于自己的工作已经比较熟悉了,但有些流程感觉还是走得不顺畅,希望能得到江总的指导。"

江流说:"大家一起共事这么久了,没必要这么拘谨。有什么问题就提,我还是那个观念,沟通好了才方便开展工作。"

江流起身接了杯水,递给杜山松,说"喝口水吧,感觉你的嗓子比较干。"

杜山松显得很不好意思,接过江流递过来的水杯,喝了点水,平静了一下,才继续说下去:"我认为我们的计划工作目前面临几个大问题,首先是预测偏差大。现在市场部给我们的需求数量一直变化很大,我们又是采用的按预测备料的方式,这样就导致最终的实际订单数远低于市场部当初要求的备货数,最后造成仓库的库存

第28章 计划流程改进

过高。"

江流微微点了点头说:"你能积极思考在工作中遇到的问题,这样做很好!你觉得应该怎么解决呢?"

杜山松回答说:"我觉得应该要求市场部提供一个比较准确的预测,这样我们就可以有针对性地备料减少库存了。同时我还建议缩短备料的周期,我们目前采用的是月度备料计划,如果改成周计划,误差的绝对值应该会大大缩小,有问题也可以更快调整。这样应该可以降低我们的库存。"

江流想了想说:"你的思路倒是不错,控制库存风险是我们以后提升计划部管理水平的一个思路。但是你觉得在目前这个阶段我们有实现这个目标的可能吗?市场部能够接受每周提供需求计划,能够确保需求准确吗?"

杜山松想了想:"感觉比较困难,现在市场部不重视预测,实施的难度很大。不过我们也不能一直维持这种局面吧!还是要想办法推动公司内部的相关部门也行动起来,大家一起致力于公司的改善!感觉改善不应该只是供应链一个部门的事情,应该是全公司都努力参与才对。"

江流沉吟了一下,说:"从道理上来说,我完全同意你的观点。但我们做事情也要看实际条件是否允许。首先,我们公司目前在市场上还处于很弱势的地位。客户和我们公司的合作关系还不是很稳固,很多时候只是把我们公司当成没有其他选择的情况下的一个无奈的选择。在目前的这种情况下,市场部就算想提供准确的预测,也很难做到。相对来说,我们供应链从备货的角度来考虑问题反而比较现实。"

江流看到杜山松在点头,继续说:"而且我们公司内部管理的特点是市场部强势,供应链弱势。在公司目前这种管理氛围下,市场部不太可能接受我们的要求。此外,我们还需要考虑供应商的态度。如果每周做计划,每次计算出来的需求就会相对比较小。现在供应商已经在抱怨我们订单小、急单多,改成每周备货之后,我们的采购订单只会更小,急单也可能更多。现在你这么改,供应商那边能接受吗?"杜山松的脸马上红了,没有再说话。

江流说:"你也不用自责,你来得晚,对公司的形势还不是很了解,有些问题没有考虑到也可以理解。从管理的角度来看你的这个方案也是有一定问题的。管理的关键在于符合实际,然后再在这个基础上追求整体利益,而不是不顾实际片面追求个别目标。这样,你等等,我把李勇也叫过来,今天借着这个机会,我们也好好地谈谈应该怎么看待、解决这些问题。"

等李勇到了之后,江流把杜山松提出的库存控制、计划改善的方案向李勇也简要地介绍了一下,说:"对于这个问题,你有什么想法吗?"

李勇想了想,说:"如果我们等订单确定了再去采购,库存控制应会好一些。"

江流说:"我们不能只看自己的指标,不顾我们公司的实际情况。如果我们等订单确定了再采购原材料,然后生产,你是负责生产计划的,你觉得我们要多久才能交货呢?市场部会答应这么长的交付期吗?这是否有助于市场的拓展?"李勇这下也没话了。

江流说:"其实要找出改善问题的办法,还是那个老办法。做事先看目标!我们的目标是要尽量保障对市场的交付,而不是像很多 OEM(代工生产)工厂,它们的目标主要是控制成本。所以,我们不太可能为了减少库存而延长我们对客户订单的交付期。所以,我们只能在保持对客户高响应速度、高交付率的前提下改善。"李勇和杜山松不禁微微点头。

江流说:"在这个前提下,我们还是应该尽量改善我们的作业模式,在保证较高的交付水平下减少库存。在明确了改善的方向后,首

第28章 计划流程改进

先要检查自己做法的细节，找出潜在可以改善的地方，这样我们才有改善的目标。我现在的问题是：我们为什么要提前五个月采购物料？"

杜山松回答说："我们有部分海外进口的物料的交付周期是差不多五个月。所以我们也要提前五个月下单采购。"江流点点头说："很好。既然这五个月是根据部分海外物料的采购提前期得来的。那为什么别的物料也要提前五个月下订单，应该不是所有物料都需要五个月的提前期吧？"杜山松回答说："大部分物料都不要五个月这么久，很多物料其实只要提前一个月下单就够了。只是往往我们的需求是由ERP同一时间计算出来的，大家也就把所有计算出来的需求转换成为订单发给了供应商。"

江流继续追问："如果我们提前一个月，甚至更短时间下采购订单，我们是不是会更准确地把握需求。"李勇这时回答说："我们半个月内的订单基本都不会变。提前一个月的话，预测和实际可能会有差异，但是一般差异都很小。"

江流点点头说："那你们现在知道怎么改进了吧？"

杜山松抢着说："我们应该根据物料提前期的不同分时下单采购，如果情况有变化及时调整。这样我们就可以控制很多物料的库存了。"

李勇也点点头说："是的，这样是可以控制很多物料的库存。尤其是包材，现在仓库堆的包材真是太多了，而且很多包材都是很长时间不用的。但事实上，包材提前几天下单供应商都可以交过来。只是海外进口物料，像模块什么的，还是没办法。"

江流又问道："我们为什么要控制库存？"

李勇这次抢先回答说："库存占用仓库的面积，而且库存占用资金，还有可能会报废从而产生损失。"

江流说："这几个因素里面，哪一个是我们最怕出现的情况？"

"那当然是库存报废呀！"两个人一起回答。

江流说："如果库存过高，什么类型的物料最容易导致报废？"

李勇说:"定制件!这些东西都不通用,研发部只要一改设计,就有可能造成这些物料报废。标准件都是通用的,这个产品不用,那个产品用,库存多点,呆滞报废的风险也不大。"

江流点点头说:"对的。海外进口的物料都是标准器件,即使库存高一些,也只是多花一些时间消耗,多占用一些资金的问题,相对于库存报废,这个问题就不是那么严重。所以我们要优先控制那些定制件的库存,减少库存报废的风险。还有就是包材,因为体积大,尽量要减少包材在仓库停留的时间,尽量做到用的时候再买。这样分类控制就比较理想了。"

看到两个人都在点头,江流继续说:"但是我们还要避免另一个极端,就是避免工作分得太细,导致工作量过大。要知道人的精力有限,精力太分散,很有可能让我们犯一些因为精力不足而导致的低级错误。所以这个分类也不要分得太细,搞太多的分类也不好。根据物料的特点做几个分类就足够了,如果能这样,管控也不是太难。"

江流起身倒了杯水,喝了一口,歇了一会儿,继续说:"所以对于物料的计划控制我们也可以变通一下,我们可以在五个月的时候提供预测,让供应商按预测备货,我们承诺对预测负责。然后在物料真正需求的前一个月,这时我们的客户订单需求已经相对比较明确,在这个时候我们根据最新的需求信息下达采购订单。这样我们的大多数物料就都可以在同一个时间计算需求,下达采购订单了。这样就可以化解工作量和细化管理的矛盾了。"

江流停了一会儿,看到他们没有提出问题,就对李勇说:"还有,我希望后续生产管理要做周生产计划,周生产计划要至少提前三天把下个星期的计划给生产、物控等部门。一方面让相关部门了解后续生产安排,另一方面,物控可以根据周生产计划下达包材的采购订单。"

李勇这时问道:"周计划是不是要把一周的生产都提前锁定

第28章 计划流程改进

呀？如果这样，目前看来比较困难，市场部有些时候还是会临时插进来一些急单，而且研发部也有可能要改设计，导致我的计划无法十分确定。如果出现了意外，我的一些订单就可能做不了，有可能会出现停线断料的情况。"

江流点点头说："你这个问题问到了点子上！我要求的周计划，其实仍然是一个粗略的计划，虽然这个周计划比起物控的月度备货计划要准确多了，但还是允许有一定的变化。而且有些看起来意外的事情，其实在我们公司是经常会发生的，比如说研发部改设计和市场部插急单。如果研发部要更改设计导致原来的生产计划无法进行，那么我们是一定要有备用计划的。当然这也意味着我们有可能会进一步推高我们的库存。但是与及时响应市场的需求和充分利用生产产能比较起来，在销售的旺季，库存控制还是一个相对次要的计划，我们目前的库存水平基本上还是在一个公司能够忍受的水平上的。所以从战略上我们应该把周计划做得比我们的实际加工能力大一些来保证及时交付和充分利用产能。做不完的周计划就顺延到下一周。"

江流说到这里，自己倒了杯水，细细啜饮。李勇这时提出来一个问题："您刚才说从战略上我们应该侧重于多备套料、保障交付，那是不是战术上也有一些可以改进和控制的地方呢？比如我的备用计划尽量考虑一些销量比较大、比较成熟稳定的产品，或者说已经有了明确订单，只是交期不急的产品。这样库存很容易消耗掉，这就避免了我们最不愿意看到的库存报废的风险。"

江流喝完杯中的水，手指在桌上敲出一连串急促响亮的声音，赞许地回答李勇说："你说得非常好！其实有些时候我们为了确保一些大的战略目标的实现会恶化一些指标和工作，但这并不意味着我们不需要改进这些被恶化的指标和工作。恰恰相反，我们更应该多想办法让战略问题造成的损失降到最小！所以，我们为了确保市场发货、确保生产产能充分利用而增加库存，这并不代表增加库存是一件好事，这仍然应该是我们努力要控制的目标。我们应该在不损害战略目标的前提下尽量优化我们的工作方法。所以，李勇，你的建议是非常正确的！"

看着面带欣喜，不断点头的李勇，江流微笑着说："你们要习惯多问自己问题。我们要实现什么目标？怎样平衡不同的工作目标？怎样做才能实现这些目标？怎样才能把这些事情做好？你们要能经常这样思考，以后进步一定会很快。今天这个问题解释清楚了没有？"

看到两个人都在点头，江流说："你们下去整理一下思路，可以考虑根据新思路修改我们的计划作业流程。"

李勇有些吃惊："又要修改作业流程啊？"

江流解释说："你们也不要把流程看得那么神秘。其实流程就只是一个为了简化沟通、提高工作效率而作的约定。流程是方便我们大家工作的，不是限制我们的！大家按照共同的约定办事，这样就减少了不必要的沟通，提高了效率。如果有了更好的方法就修改流程，这没什么好奇怪的！两个星期够不够？两个星期后把流程修改的初稿给我。"两个人接受了江流的任务后就离开了办公室。

本章点评

- 市场开拓初期，预测不准，计划怎么做？
- 如何把优势转变成为利润？

管理者作出决定需要从实际出发。对于责任部门履行职责确实有困难的，只能是通过其他部门弥补。完全的责任包干，不理会实际困难，看似公平，其实容易形成部门墙，而且也无助于公司目标的达成。

优势转化成为利润，一般需要制度、人员方面的配合。因为把优势发挥出来往往意味着重新划分利益，会受到利益受损部门的抵抗。管理人员必须有打破已有平衡的勇气和决心才有希望确立新的格局。

第29章
降成本之推广沟通

■ 公司发展速度快，下属能力跟不上，应该怎么办？

江流和财务严总沟通了一下，严总一听到要根据各个责任主体和费用的性质重新划分成本就连连摇头。严总说："江总啊，不是我不肯帮忙。我也是很关注公司的成本控制的，刘总还专门把整个公司的费用控制交给我把关。但是你说的，要求我按照工厂的部门分科目记录财务费用进行控制的办法，我感觉是事倍功半，工作量太大了。"

江流微微笑了笑，说："严总，我也知道您很辛苦地在控制全公司的费用。我想问个问题：我们目前的成本控制是不是让刘总满意了呢？"

严总的脸色马上变得严肃了，却没有说话。江流说："如果这个问题没有解决好，即便严总做得再辛苦，恐怕也不会得到公司的认同吧？！我是担心以后有不懂行的人把这个成本控制不力的责任都推到财务部。如果按目前的局面持续下去，成本没有办法落实到小部门，责任不明确的话，各个大部门也很难管控成本。继续维持目前的局面，由财务部控制公司成本的局面就得不到改观。严总，你也清楚，按目前的这种局面，成本控制只有财务部着急，下面的部门没有压力和动力,这个工作是很难做好的。成本控制做不好,对财务部相当不利。所以把成本按部门分离开,责任也自然地分散,这样财务部的压力会小一些。"

江流看到严总似乎在思考,还是不表态,就停顿了一会儿才继续说:"我个人觉得如果这个压力分担到各个部门的头上会更合理一些。这样大家从实际业务需求出发去控制成本应该会更有把握。而且大家一起承担责任,总比一个部门硬扛要好吧?"江流说完后,就看着严总,等严总表态。

严总沉默了快一分钟才说:"江总你说的也确实有道理,但是要财务部把成本分得很细,做到每个部门、每项费用都能分开,以目前财务部的人手来说是很难实现的。"

江流没有接严总的话茬,默默地注视着严总。严总沉默了好一会儿,才下定决心说:"回头我再研究一下,看有没有什么两全其美的好办法。对了,江总啊,你负责供应链,成本的大头都在你那里。你一定要帮我多想想办法呀!"

江流说:"呵呵,谈不上帮忙,都是为公司做事!我也回去再想想,如果有思路了,我再来找你合计。"两人又寒暄了两句之后,江流就离开了严总的办公室。

江流看着自己电脑里面的成本数据。他没有看具体产品的成本,而是专注于了解实际发生的成本费用的金额和比例。他把费用按金额排了序,还给出了每一项费用的比例。

江流想了想,又把这些重要的成本费用重新单独做了一个分析。他把这些最近两年的数据分别单列出来,做出了各自的折线图,把每月人均月产值也计算出来做了一个折线图。

看着这些图表,看着它们的变化趋势,江流的脑子里慢慢有了一些头绪。

第二天上班后,江流首先叫了张经理到自己办公室来。张经理

第29章　降成本之推广沟通

进来之后，江流没有拐弯抹角，直截了当地问张经理对后续生产部的成本管控有什么意见和看法。

张经理显然有备而来，说："其实生产部可以控制的成本大部分都是人力成本，我们公司的设备折旧率不高，厂房的租金根本不是生产部可以左右的，所以要控制生产的成本就是控制人力成本。而控制人力成本先要相关部门减少对生产部有效工时的浪费，同时生产部也要提高生产效率。"

江流说："到底姜还是老的辣呀！一下子就找到了问题的关键。"

张经理笑着摇手说："没有，没有。我在生产部做了这么多年，这些东西多少还是知道一些的。"

江流继续问道："那你一定对控制人力成本已经有一些具体的思路了吧？"

张经理点头说："我们生产部目前间接人员并不是很多，成本降低主要应该考虑直接生产员工的效率提升。经过前一段时间的梳理，我们已经解决了很多影响生产部效率提升的根源性问题。事实上现在我们的生产产能已经比过去提升了15%以上，而人员数量基本上没有增加，所以我们的效率事实上已经大幅上升了。但是，我仍然认为我们的效率还有进一步提升的空间。首先，我们生产部也存在员工流失严重，员工技能欠缺、不够熟练的问题。我粗略地估计了一下，有了合适的激励政策的话，一个熟手比一个生手效率提升15%~20%都是可能的。所以，我建议提升熟手的工资，这样我们可以提升效率，而且熟手的检验品质也会比生手好很多。"

江流沉默了好一会儿才缓缓地说："可是你们生产部是流水线生产，如果一部分员工是熟手，一部分员工是生手，最后熟手的潜力还是发挥不出来，因为流水线的效率最终是取决于瓶颈工位的。如果熟手的工资加了，但是产线的效率还是生手的效率，从整个生产部来看效率还是没有提升呀！"

张经理的脸刷地红了，深深吸了口气，说："这个，这个确实是——我疏忽了这一点。"江流没有说话，张经理看着江流也不说话了。

大约等了三四分钟。江流才说："其实你还是找到了很重要的一些因素。至少我们现在清楚了熟手的个体效率会高于生手。现在离提升生产效率毕竟是又近了一步。我们现在只需要解决怎么把熟手的个体效率提升转化为整个流水线的效率提升就可以达到目标了。所以你不要灰心，我们大家继续想办法，感觉你的大方向应该是对的！"

张经理明显松了口气，说："我回去一定好好研究一下。"

他停顿了一下，好像下定了决心说："我打算发动生产部的骨干人员参与讨论，说不定大家集思广益能够想出好办法来。"

江流点头说："这样也好！这种事情你完全可以自己做主，你去安排吧！很多时候方案要经过好几轮的修改完善才能定型成为一个可行的好方案。发现方案有漏洞也很平常，没有什么好顾虑的，就按你的想法去做吧！"

江流想了想，又把常经理叫到了自己的办公室。常经理显得有些仓促，对于成本下降也没有什么成型的想法，在江流一再追问下也没提出有力的方案。反而是一再强调质量部目前整体的薪酬不高，留人不容易。而且现在大家做事还算是尽力的，很多人为公司做了好几年了，都是老员工。江流听得直皱眉，盯着常经理一句话也不说。常经理感觉不对，也停了下来，不说话了。

大家都沉默了大约半分钟，江流才说："你该不会是想告诉我质量部目前没有什么可以降成本的空间吧？"

常经理嗫嚅了半天，才说："也不是这个意思。但是我想目前保持合理的品质可能更重要。当然后面我也会考虑怎么降低

第29章 降成本之推广沟通

成本。"

江流说："常经理，不是我逼你啊。如果到时候别的部门都改善了，员工加薪了。你这边没有改善，导致无法加薪。你知道这个后果是什么吧？"

常经理又沉默了好一会儿，才说："质量部能不能把改善的重点放在质量的改进和提升上面。我觉得这样做对公司也是有价值的，不是只有降低成本才是有价值的。"

江流沉吟了片刻，说："我们一个问题一个问题地来。首先，我想知道，你真的认为质量部目前没有成本下降的空间吗？难道确实到了一降成本就会影响质量的地步了吗？"

常经理不说话，江流继续开导常经理说："至于说提升质量，这个当然也重要。但是目前还不是公司的工作重点，保持目前的质量水平应该就可以使公司领导满意。现在市场感到压力大的是客户要求降成本，如果到时候汇报只有你的成本降不下来，老板会有耐心看你品质提高的成绩吗？"

江流停了一下，看到常经理在静静地听，继续说："好了，我也不勉强你。如果你一时真的没有什么好的方案降低质量部的成本，就先做两件事情。一是提升品质。你要给出具体的方案，到时候我要看到数据。二是你去了解一下和我们类似的公司，它们的质量部人员结构是怎么样的。然后再搞清楚我们的人员结构，给我一个详细的数据对比和分析。"常经理流露出犹豫的神色，却没有说出口，还是接受了江流安排的任务。

江流接着又把丁忠义叫到了自己的办公室。丁忠义很清楚江流叫他来的原因，一坐下来就开门见山地说自己正在想怎么提升效率，也在仓库内部发动了合理化建议的倡导，可提意见的寥寥无几，有价值的建议更是几乎没有。目前丁忠义也感觉束手无策，找不到合适的方向。

江流看着丁忠义，很和蔼地说："你是第一次做仓库的主管，接手仓库的时间不算很长。把以前账目不清、错误频出的仓库整理成现在这个样子已经很不简单了。至于说后续提升效率，你不用太急，但还是要继续多想办法，毕竟这个改革是大家都要参与的，还是要继续努力啊！"

江流想了想，说："这样吧，你先准备一下。我联系一下以前的一些朋友，争取这几天找几个仓库管理得不错的公司带你去参观一下。你要多学习和了解别人的一些管理经验，多借鉴一下别人的做法。回来之后再看有哪些做法可以移植到我们仓库实行。"

丁忠义显得很兴奋，问："到了别人公司，我可以问问题吗？"

江流笑着说："不是可不可以提问题，是要多提问题呀！我找别人让我们参观他们的公司是欠了别人很大的人情的，所以你一定要想办法帮我赚回来呀！所以你要多准备，带着问题去参观。千万别到时候走马观花地逛了一圈，回来什么印象都没有，还是一切照旧，那样问题就真的大了！"

本章点评

■ 公司发展速度快，下属能力跟不上，应该怎么办？

在快速发展的公司，常常会出现两种情况：抛弃老员工，全面换血争取新发展；重用老员工，寻求稳步发展。前一种常常引发新旧团队斗争，导致动荡；后一种则会出现老人压制新人，公司缺乏吸引力，发展陷入停滞的现象。这都不是最佳的解决方案。公司的发展必须有员工的发展做支撑，引导、帮助员工提升才是正确的思路。

第30章
降成本之实施中的问题

■ 把工作做到最好是工作的终极目标吗?

江流在两周的时间内安排丁忠义参观了三个仓库管理水平还不错的工厂。每次参观回来,江流都会抽时间和丁忠义沟通一次,具体分析别的公司仓库管理中有哪些可以学习的,它们这样安排的原因是什么,下次参观重点要了解哪些方面的问题。经过对三个工厂的参观,丁忠义对仓库管理的很多技巧有了更深入的了解。参观完成后,丁忠义根据参观得到的经验总结,提出了几条改善的方案。

(1) 螺钉、束线环等常用、价值比较低的耗材放到车间去管理,减少仓库发料工作量。

(2) 让IT开发一个固定格式,将发料单按仓管员划分打单,减少仓管员抄单发料的时间。

(3) 改进仓库物料摆放布局,将过去根据物料编码次序堆放物料的模式改为根据物料周转频率摆放。周转频率高的物料放在近的易于拿到的地方,周转频率低的物料放在相对偏远的位置,减少发料时间。

(4) 加强仓库物料标识,减少仓管员找料的时间。

看到丁忠义列出的改进方案,江流满意地点点头,说:"不错,不错。成本赚回来了!行,你去推行吧!"丁忠义却没有马上离开,而是问江流:"我把低价值的耗材放到车间去管理,恐怕生产部会有意见吧?"

江流不答反问:"你为什么觉得生产部会有意见呢?"

丁忠义有些诧异,想了想回答说:"我把低值易耗品的管理工作转移到生产部去了呀,仓库是轻松了,但生产部可能会抱怨增加了他们部门的工作量。"

江流说:"你参观的时候没问别人他们的生产部为什么接受这样的安排吗?"

丁忠义有些不好意思地说:"我只参观了仓储部,没去生产部。当时仓储部的那个主管也没说为什么,只是说公司一直都是这样做的。我想我们是要更改模式,担心生产部反对,这里可能还需要沟通。"

江流说:"你觉得这样做会增加生产部的工作量吗?如果不改,生产部需要到仓库去复核物料、领料,把物料运到生产车间。如果改成由车间保管,生产部只需要到放置物料的地方拿物料,数量也不用点,反正多余的物料会还回去的。而且目前生产部如果物料有损耗,还需要开单到仓库补料。如果由生产部自己保管,只要不超过合理的损耗就不存在补料的麻烦。你觉得工作量是大了还是小了?"

丁忠义摸摸后脑勺有些不好意思地说:"工作量应该是小了。但是万一车间把物料搞丢了怎么办?到时候账对不上怎么办?"

江流回答说:"你觉得如果由仓库发这些物料,车间就不会丢物料吗?这和车间管理耗材有直接联系吗?"

缓了缓,江流继续说:"当然,物料在车间,如果管理不到位的话确实是很容易盘点对不上账。这个可以通过加强对生产部相关人员的培训来解决。要知道,你的很多仓管员也是到了我们公司才做仓管的,你的人能学会,生产部的人也应该能学会。"

第30章 降成本之实施中的问题

江流停了一会儿才继续说:"当然了,车间和仓库保管的环境不同,确实更容易丢失、浪费一些物料,但是只要车间相关人员具备责任心,还是不会出什么大问题的。而且现在移交到车间保管的都是一些螺钉、束线环等小耗材,本来这些东西也不值钱,数量差异不大的话也没必要过于严厉地追究。要知道现在的人力成本上升得很快呀!"

丁忠义想了想说:"还有一个问题,如果我把螺钉等耗材放到车间,那这些物料怎么走账呢?是要让仓库单独设置一个库位来管理车间的耗材库存,然后每次生产的时候,从那个库位倒扣账吗?"

江流笑了笑,反问丁忠义:"你为什么要这样做?这些工作的目标是什么?"

丁忠义愣了一下,似乎没想到江流会问这样的问题,想了想才回答说:"我们做仓库的最重要的一项工作就是保证物料账实相符。如果我们把物料交给车间管理了,相应的账务管理没跟上,到时候肯定会账和实物不一致的。"

江流继续追问:"账实相符真是仓库的目标吗?"丁忠义感觉有些茫然,不知道说什么,只能是看着江流。

江流却没有马上告诉丁忠义,先给自己倒了杯水,慢条斯理地喝完了水,这才说:"公司的目标永远都是盈利!你一定要记住这一点!"

江流看到丁忠义微微点头,才继续解释说:"为了保障这个大目标的实现,有时公司会把一些目标分解成为便于各个部门控制的小目标。但是我们千万不能只看自己的小目标反而忽视了最需要我们关注的大目标,如果是那样,那可真是一叶障目不见泰山了!"

丁忠义接了江流的话茬说:"江总的意思是不是说,我们仓库账实相符的目标是小目标,这个小目标是要为整个公司盈利的大目标服务的？"

丁忠义看到江流点了点头，还是不解地问："但是我还是觉得仓库保障账实相符并不违背公司盈利的大目标，我们保障账实相符，一定程度上减少了物料的浪费，这应该是符合公司盈利大目标的呀！"

江流说："你有没有考虑过，车间管理耗材会造成多少物料浪费，而按你的这种控制思路去管理耗材，我们能够减少多少物料浪费，你这样做需要花费多少人工成本，你的投入是否能够大于产出。"

丁忠义不禁有些羞愧，说："我还真没考虑到这么多问题，我还是按过去的部门的小目标来考虑自己的工作，确实是忽视了公司的大目标。"

江流笑着说："其实不仅是你，很多人都在犯这个错误，为了让自己的部门指标更好看，投入了过多的资源去美化和完善一些微不足道的指标！看起来工作业绩显著，其实是在削弱公司的竞争力。很多大公司都在犯这个错误。"说到这里，江流不禁又想起了在创富的日子，心中不禁泛起一阵苦涩。

江流还在感慨之中时，丁忠义的问题又把他拉回到眼前的现实。丁忠义问："我现在知道要简化耗材的管理工作，节省人力成本了。但我怎么销这些耗材的账呢？"

江流说："这个不难，以后让工程把类似螺钉的东西在物料清单里面的用量改为零就好了。以后每个月耗材的耗用就以生产费用的形式分摊到产品成本里面去。这样就更简单了。至于物料损耗，只要控制在合理的范围之内就行了。如果有明显随便丢弃、浪费的现象，那就是车间管理人员的失职。而且这些东西的损耗和我们的产量还是很相关的，有经验的车间管理人员很容易发现自己的物料消耗是否正常。至于小的异常，我们省了人力，这里稍稍损耗一点

第30章 降成本之实施中的问题

也不重要了。"

丁忠义听得连连点头，说："其实还是一个很简单的道理：抓大头就行了！"

江流微笑着点点头："其实很难有各个方面都符合我们心意的选择的！总体看来有利就好了，这样我们当然是要抓大头。"

又是新的一周，周一快下班的时候，江流收到了严总的电话。在电话里，严总说目前实现江总的要求是很难的，他还需要先分出各个部门的各项费用的会计科目，要培训费用记录和报销的操作人员。而且这样做财务的工作量也要增加，不加人，财务是不可能完成这项工作的。而加人的事情需要和人力资源许总、刘总沟通。这也是个难点。所以，要等会计科目划分好，人员招聘到位，前期操作培训完成。争取能够在明年新财年开始的时候把这件事情做起来。

江流想了想说："这个我完全理解，这已经是财务部全力支持的结果了。对了，前一段时间刘总不是说公司要准备上市吗，好像要求财务部推行财务预算制。感觉我们现在做的这个工作也算是预算制的一部分啊！要做准预算，得先有比较准确、明细的部门财务数据才行的。我们如果能说服刘总提前开始推进预算制，这个人员编制的问题就可以解决了。"

严总有些欣喜地回应说："对呀，我们可以以为推行预算制做准备的理由来增加人员编制呀！提前推行预算制应该没问题。这样做人力资源肯定是无法反对的，刘总也肯定会支持的。毕竟，上市是公司的大事！"

江流说："那，这件事情就拜托严总了。我静候佳音。谢谢严总的大力支持呀！"严总说："互相帮忙，互相帮忙。"

一晃又过了一个星期，周五的会议室里，供应链的骨干人员齐聚一堂。

江流说:"首先,我通知各位,目前财务还做不到把成本费用区分到具体的各个部门。但是财务可以把工资、福利按部门区分开。目前财务只能提供到这个程度的数据。"大家听到了之后纷纷在下面交头接耳,小声议论了起来。江流停了一会儿,任由大家在下面讨论。

过了好一会儿,发现大家讨论的声音越来越小了,越来越多的人看着自己,江流才继续说:"大家不用担心,虽然暂时得不到各个部门的数据,但我们还是有替代解决方案的。"

看到大家都把目光投向自己,江流特意停顿了几秒钟,环视了大家一圈,这才说:"我看了一下总的成本构成。最大的一块当然是物料成本。这个由采购部管理控制,作为采购部的工作评价标准。"江流说到这里,看了陈经理一眼,陈经理微微点了点头。

江流继续说:"在我们的其他的费用支出里面,像场地租金对你们来说是不可控的,设备折旧你们现在能够管控的也很少。剩下能够控制的费用人员工资和福利就占了大头。所以,我们就以降低总人工费用作为评估的标准吧!这比较容易衡量,而且本身人工费用也是我们最大块的可控费用。"

江流喝了口水,同时看了看下属,发现大家还是都注视着自己,解释说:"但是大家要注意,我们控制人工成本不是要降工资,是提效率。而且我们还要把提升效益后的部分收益作为奖金发给表现优良的个人。所以,如果我们的改革推进得好,工资水平肯定是上升的!希望大家下去后能正面宣传好公司的这个决定。同时也希望你们拿出好的方案推动改革。在这里我先预祝我们取得成功!"江流说完率先鼓起掌来,大家愣了一下,也跟着鼓起掌来。

第30章 降成本之实施中的问题

本章点评

■ 把工作做到最好是工作的终极目标吗？

工作的目标是为了创造价值，而不是为了摧毁价值。工作也需要把握度，做得过于精细有可能反而得不偿失，对价值增加没有帮助的工作应该大刀阔斧地砍掉。作为管理者需要警惕过于追求内部管理细节而忽视客户价值的大目标。

第31章
改革成果

■ 为什么必须把优势转化成为成果?

陆陆续续地各个部门都推出了自己的改革方案。

生产部找到了解决原来方案缺陷的办法,首先开展了一个员工的技能水平测试,根据测试的结果把各个岗位速度最快的员工编入一条流水线。同时也给这条流水线设置了更快的线速。生产部也会根据这条线的员工的集体表现给他们更高的岗位津贴。依次类推,生产速度较快的员工和生产较快的员工编在一起,生产较慢的员工和生产较慢的员工编在一起。

速度最快的员工都被编入了一线,以下依次是二线、三线、四线。这样做使一条线的各个工位都能保持比较快的速度,最终大大提升了员工的生产效率。而速度较慢的员工如果希望提升自己的收入最直接的方法就是提升自己的速度,争取在速度较快的流水线缺员的时候能够调入速度更快的流水线。

新来的员工一般都被编入了四线,这样可以给他们一个相对比较宽松的学习环境,有时间来提升自己的工作效率,避免因为他们短时间内跟不上熟手的速度而被老员工斥责。所有员工都形成了一种竞争,效率是大有提升,而且一线、二线员工因为增加了岗位津

第31章 改革成果

贴,改善了待遇,曾经让生产部极为头痛的熟手员工流失的情况开始得到缓解。公司保留住了熟手员工之后,生产效率开始提升,质量水平也有了一定的上升。

一段时间后,生管李勇开心地说:"原来是担心生产部赶不出订单,现在是担心市场部没有足够的订单!现在我经常要去催市场部多拿些订单给我们。市场部都怕了!"

仓储部采取了改革措施后效率也有了较大的提升。螺钉等易耗品转由车间保管节约了一个仓管。而系统分单打印发料单使仓库能够按照统一的次序发料,大大缩短了发料准备时间。这样做同时缓解了紧急订单的插单对生产的压力,还进一步提升了员工的发料速度。在提出辞职的仓管员离职后,丁忠义打算不再另行招聘,而是决定重新划分仓管员的责任范围,减少一个人,缩减编制。

但是让小丁头痛的是,因为取消螺钉仓库发料而闲余下来的仓管员,一时找不到合适的岗位安置。如果留下这个人,等着以后顶辞职人员的空缺,目前的效率提升就得不到体现。如果压缩加班时间的话,仓管员的收入可能会减少,担心引发新的不安定因素。

当江流问起如何处理这个仓管员时,丁忠义显得很犹豫,说:"这个人还是挺老实的,又没犯什么错误。如果将他解雇,我觉得说不过去。如果将他留在仓库,倒是能分配一些工作给他,但是这样做不是影响仓管员的加班时间,妨碍其他仓管员增加收入,就是增加整体成本,导致改善的成果没法体现。"

江流沉吟了一会儿,问:"你有问过这个仓管员的想法没有?他有什么打算?"

丁忠义说:"谈过了,他还是希望留在公司,觉得也做熟了,换来换去也没意思。"

江流又问:"你怎么看这个人?你打算怎么处理?"

丁忠义犹豫了一下,还是鼓起勇气说:"我觉得既然招聘了人家到公司就要对人家负责。这个人做事还是挺认真的，要解雇他的话我是说不出口的。我想还是把人留下吧！"

江流说："那你打算维持现有的加班时间吗？如果是这样，你们做的效率提升的改革实际上就没有效果了。"

丁忠义感到很头疼的样子，想了想才说："我肯定不会为了加班而加班。"

江流继续追问说："如果你这样做，就不担心仓管员的平均加班时间减少吗？加班时间少，收入就低了，别的仓管员怎么办？"

丁忠义没有回答这个问题。江流等了一下，继续问："那你对你手下的仓管员都满意吗？还有没有你想解聘的人？"

丁忠义没有回答，只是摇了摇头。江流继续问："如果仓库内部消化不了，能不能接受调到其他部门，比如生产部。当然我会给一两个月的过渡期，在过渡期内他的岗位津贴还是按原来的水平发放。这样做大家是否都能接受？"

江流看着默不作声的丁忠义说："你好好考虑一下这两个选择吧！不管怎么样，这样养一个闲人肯定是不行的。而且如果他接受暂时调离仓库，以后仓库出现空缺你还是可以优先考虑再把他叫回去。所以，这个决定你来作吧！你下去自己好好想想，明天告诉我你的决定！"

第二天，丁忠义就告诉江流，说他和那个员工谈妥了，先调去生产部管理耗材。张经理那边表示，现在耗材都转移到生产部，物料的收发、请购的工作量不小，暂时先让那个人管管耗材。

本章点评

■ 为什么必须把优势转化成为成果？

优势和利润是两回事，为了建立优势往往需要耗费资源，但是如果不把优势转化成为利润，那么被耗费的资源就得不到弥补，就谈不上创造价值了。

第32章
常经理的困难

■ 下属的工作缺乏进展,应该怎么办?

质量部的改革只有 IQC 部门进行得风风火火,IQC 部门通过自然离职后减少招聘已经缩减了一个人员编制。现有人员的检验效率不但大大提升,而且对急料的响应时间也大大缩短。在提高了现有人员的奖金后,IQC 的工作积极性大有提高,状态也比较稳定。但是让江流头痛的是常经理还是没有提出什么可行的改革方案。

在江流的办公室里,常经理坐在一语不发的江流面前感到了很大的压力,两只手不知道放在哪里,一会儿放在座椅的两边,一会儿交叉在胸前。

最后还是常经理打破了沉默,问:"江总,你找我?"

江流不带任何表情地说:"你应该知道是什么事!"

常经理沉默了一下,说:"我知道是降低成本的事情。但我确实没有什么好的办法,可能还需要一些时间。"

江流说:"我并没有要你马上拿出一个很合理的方案,需要时间我也可以接受。但是我想请你自己想一想:你确实是没有方案,还是不愿意去面对一些问题?没有方案,大家可以一起去想,但如果不愿意去面对问题就很难办了!"

常经理欲言又止,但终于还是没有说出来。江流继续说:"只有你可以真正面对问题了,我们才有可能认识自己面对的问题的性质,认识了问题的性质才有可能解决问题,这个道理你肯定懂的。"

　　常经理默默点了点头。江流继续说:"前期让你了解类似的公司的质量部的人员构成。你了解到了什么没有?"

　　常经理犹豫了一下说:"一般的制造性的中小企业检验人员和质量部管理人员是比我们少。只是我们公司新产品多,非标多,小批量多,设计变更多,质量部人员应接不暇,要处理的工作比一般的制造型企业多得多,所以检验人员也肯定会多一些。"

　　江流点点头说:"具体情况具体对待,如果确实是这样,倒是可以理解,可你有数据吗?一个月大概有多少这种变更?"

　　常经理说:"具体多少还没有统计,但凭感觉一个月三十个以上变更应该是有的。"

　　江流继续追问:"这样的话,你们现在的人员相对于类似工厂多主要就是这一个原因吗?有没有其他原因?"

　　常经理沉默了一会才缓缓地说:"如果真要深入研究这个问题,那就要从质量部的人员来源说起了。质量部的间接人员其实偏多,这中间有很多原因的。我就随便举几个例子来说吧。其中有一个李工李义新是从研发调过来的,当初说是为了加强质量部的技术力量。那个时候研发转生产时很多产品出了问题,研发认为是工厂的质量没有管控好,就把李工调过来,甚至一度说是做得好就提升为质量部经理。但最后发现他也没有解决什么问题,就让他又做回工程师,但他又回不了研发,只能继续待在质量部。这样一来他也没了工作积极性,大的管理工作不会给他做,小的质量问题追踪处理他又不肯做。他是从研发调过来的,这种人我实在不好处理,就一直由着他去。"

第32章 常经理的困难

常经理说到这里看了一眼江流，发现江流身体微微向自己这边倾斜，一副在认真听自己解释的神情，但没有要发表意见的意思。

常经理叹了口气继续说："还有一个王副经理，其实他是前任质量部经理。公司后来招了我之后就把他降了一级，做质量部副经理。但事实上他的工作根本就不对我负责，我也不好多问。毕竟，他是公司的老人，来公司比我还早。"

江流很抱歉地说："我来公司的时间比较短，这些事情，你不说，我还真不清楚。"

常经理听到江流这样说，放松了一些，说："还有一个陈工，据说是老板的亲戚，老板创业的时候他就到公司来帮忙了，能力很有限，对工作也不积极。我让他单独负责吧，他解决不了问题，搞出质量事故肯定不行。让他和别人配合吧，别人都受不了他的脾气。所以，最后也只好不闻不问。只要他不影响别人，我就谢天谢地了。"常经理说完长长地舒了一口气，现在很平静地看着江流，似乎想看看他的反应。

江流一时也不知道说什么好，长叹了一口气，说："看来，你也确实很难呀！难为你撑到现在。"

常经理说："我也想解决这些问题，想提高效率。但下面的人眼睛都盯着这几个人呢，这些人不处理，对别人要求高了，大家都不服啊！所以我也不好对别的员工要求过高，很难管理！"

江流想了想，说："看来质量部的问题还是要从长计议。你别灰心，办法总比问题多。大家一起想，总有办法解决的。而且 IQC 不已经取得一定的成效了吗？IQC 也是质量部的一部分嘛！"

江流说到这里想了一下，说："关于这几个人的问题我们都好好想想，看看到底有没有什么好的办法来安置。如果这几个人的问题解决了，你有什么可行的改革计划？这个你也要考虑，不然解决了这几个人的问题之后，还是没办法推进质量部的工作的话，说不定有人会兴风作浪的。"

常经理点头表示知道，江流说："行吧，今天就到这儿，过几天我再找你。"

常经理出去后，江流想了想，又找了张经理到自己的办公室。谈起质量部的人员状况，张经理有些犹豫，认为自己不太好评价别的部门的人员配置。

江流说："我也就是了解一下情况，听听你的看法。你随便说，我自己会有个判断的。而且今天聊的这个事情，说完了就当没有发生过这回事。"

张经理沉吟了一下，说："那我的看法只供江总您参考，毕竟有些事情我也是道听途说得来的，不一定正确。"

江流点头表示同意后，张经理这才说："质量部的冗员确实存在，不过这大都是历史遗留问题。比如陈冲，这个人是老板的同乡，好像还沾点亲，公司创业期就来了。现在产品越来越复杂，对质量工作的技能要求越来越高，好像他又没有那种自觉学习的习惯，慢慢地越来越跟不上公司发展的需要了。如果知道自己的不足，虚心点也好办，但他相反，这两年本事没见长，反而是脾气见长，跟谁都很难合作。他做 IPQC 的时候没少和产线的员工吵架。"

江流此刻反而笑着说："有很多事情不细细了解还真不知道有这么多故事在背后呢！"

张经理也笑了，说："可不是，我们公司的质量部故事多得很呢！再说说老李这个人，技术能力还是有的，毕竟是从研发出来的。我这边有些问题找到他，解决起来非常快。但是他心里也有很大的不愉快，所以很多事情都不愿意做，一直后悔当初调到质量部来，觉得自己不小心陷入了这个泥潭，搞得自己进退两难。想想也难怪，他本来是研发出身，到工厂本来就有些不情愿，有几个人愿

第32章 常经理的困难

意从研发转到工厂的?而且原本要他过来的时候,是说让他做部门经理的,现在什么也不是,他心里很不爽,很多事情都不想做,常经理拿他也没办法。"

江流点头说:"可以理解。"

张经理继续说:"至于王经理,那更是一个难剃的头!他是公司创业元老之一。原来质量部是由他管的,公司对他的管理不太满意,就另外找了质量部经理。虽然他还在质量部任职,但是常经理也管不了他,大多数时候他好像都待在总部,很久才过来一下。我也搞不清楚他到底负责什么。常经理怎么协调和管理这些人我不清楚。反正就是现在这个样子。"

江流听得眉头紧蹙,双方沉默了一会,忽然问:"你对李工好像还是很了解的。"

张经理笑了笑,说:"我们是老乡,年纪也差不多,恰好我们又住一个小区,又都喜欢闲来喝两杯,经常一起喝喝酒什么的。几杯酒下来,交情有了,很多东西都知道啦!"

江流也笑了,说:"看来我要多请你们喝几杯呀!"

张经理说:"我们还是一起喝了几次吧?!不过有些人就很难与之一起喝酒,他们好像看不起我们这些人,嫌我们太俗气。我这个人就是这个脾气,你不待见我,我还不待见你呢!江总您一个名校研究生,能和我们这些人喝酒,不端什么架子,就凭这一点我就愿意支持您的工作。"

江流连忙转移了话题,问:"过奖了,大家都是同事,谈不上什么看不看得起的。你知不知道当初为什么没按最初的计划让老李做质量部经理呢?"

张经理说:"到底是怎么回事我也不是很清楚,那个时候我还没来公司。而且这种事情别人不说,我也不好问。但是听老李的口气,应该是他指挥不动王经理的手下吧!再有能力的人,没人帮衬，也成不了事。"

江流点点头，继续问："你觉得应该怎么解决老李的问题呢？"

张经理说："这是领导考虑的问题，我不好多说吧！"

江流开玩笑说："看来还得再请你喝酒才行呀！"

张经理连忙摆手说："没有那个意思，不过确实这个问题不是我能考虑的。但以我的了解，老李还是有能力的，用好了，对工厂还是有帮助的。"

江流沉默了一会儿，说："可你认为老李还能发挥自己的能力吗？"

张经理想了想说："我感觉他只是需要消除一些负面情绪。如果他真的能够消除负面情绪，把重点放到自己的工作上来，还是有希望的。当然这也需要公司提供机会，如果继续维持现状，这个人基本上就废了。"

江流笑了笑，说："机会有时候不是别人给的，是自己争取的！如果有能力，想把事情做好，这种人我是不会让他荒废的。"

张经理说："这是自然。老李也是该调整一下心态了。"

江流说："你也搞了这么多年的管理，也知道怎么做管理，应该知道太情绪化是致命的一点。如果他能像你这么老练，估计也不会在那个位置上蹲那么久。所以，自己还是要努力啊！有些时候，人走进了死胡同，自己很难走得出来。这时需要有朋友给他指点一下才行啊！"

送走了张经理，江流感到形势稍稍清楚了一些。想了想，最后还是决定还是先单独和这三个人谈一下再作决定。

经过和三个人的沟通之后，江流大致了解了这三个人。其实和常经理、张经理反馈的大致也差不多。但是到底怎么处理这个棘手的问题，江流一时还没有明确的答案。

第二天，常经理发了一封邮件给江流。里面统计出了最近设计变更的数量以及设计变更的原因、特点。江流注意到平均每个月都大约有四五十个设计变更。

江流感到很吃惊，叫了常经理到自己办公室来，常经理一到江流就迫不及待地问常经理："有这么多 ECN（工程变更通知书）都需要工厂来管控吗？你觉得为什么会有这么多 ECN？"

常经理说："这些 ECN 都需要工厂管控，而 ECN 太多，现场的 IPQC 工作量比较大，根本没有那么多时间查阅这些 ECN 文件。以前因为这种情况导致的质量事故已经发生过好几起。所以我只好缩小 IPQC 的管理范围，为每条线都安排了专人负责核对 ECN 文件。线上的巡检是另外的人员完成。这直接导致质量人员过多，但这也是没有办法的办法。"

江流点点头，说："那另一个问题呢？为什么会有这么多 ECN？"

常经理说："我没在研发做过，具体的原因我也说不准。有一个原因可能是客户中途提出了非标要求。研发为了实现客户的特殊要求，就通过在已有设计上面变更设计来实现。这种情况比较普遍。"

常经理说到这里停了下来，看着江流。江流想了想，问："这不是唯一的原因吧？是否还有其他原因？"

常经理说："我有个感觉，公司老是急着推出新产品，项目时间紧，开发任务重，最后研发就难免有所疏忽，我们又没有一个专门的研发转产的控制部门，总是市场部说客户已经等得很不耐烦了，必须要生产交付了，于是我们工厂就赶紧转产。等到生产过程中发现了问题，只好采用设计变更这种临时手段来补救。这应该是导致 ECN 多的一个重要原因。"

江流继续问："那你有没有针对这些情况采取过什么解决的对策？"

常经理深深叹了口气，说："我也想解决。但是每次研发都强调研发工作压力大，市场需求变化太快。研发会尽量考虑改善，但不保证以后不出现类似的设计变更。但从我到这里几年了解到的实际情况来看，情况根本没有改善！"

常经理停顿了一下，说："研发比我们强势得多，说多了别人也不高兴。我们也不好老是提这些问题，后来就没有反馈了！"

江流说："你说的压力我完全理解，但总还是要想办法解决的！当然了，这件事情涉及别的部门的支持，你需要相关部门的大力支持。我会想办法来帮你协调的，不会把这个重担推给你一个人扛！"常经理听到这句话表情才放松了一些。

江流似乎又想到了新问题："对了，你觉得李义新这个人怎么样？"

常经理有些诧异，但还是说："这个人技术方面是不错的，又是研发出来的。对研发做事情的方式也比较熟悉。如果能够做这件事情应该是个很合适的人选。只是……"

常经理说到这里不说了，江流笑着说："只是什么呀？我们之间还用这么吞吞吐吐吗？"

常经理有些不好意思，说："这个人眼光比较高，和下面的人打交道也不注意方式，很容易得罪人。我是有些担心这个人很难发挥应有的作用，而且他也不怎么能够接受我的管理，恐怕我也很难说服他。"

江流说："他能够解决问题就好办！沟通的工作，我来帮你做一下。但是你真的觉得自己和他合作没有什么问题吗？据说他曾经也被公司作为质量部经理的潜在人选。"

常经理淡淡一笑，说："这个肚量我应该还是有的吧？！而且我对他虽然谈不上好感，但也不反感这个人。只是觉得他在管理上不成熟，工作心态也没放正。如果江总能帮忙解决我的问题，我求都求不来，肯定不会给他的工作设置障碍的！"

本章点评

■ 下属的工作缺乏进展，应该怎么办？

处理问题的第一步永远都是了解情况。作为管理者，一个很大的忌讳是认为自己已经清楚情况了，根本不允许下属辩解，这样做更多的时候会导致无法了解问题的根源。每个人的立场都不同，有时确实因为下属有种种困难导致工作难以开展而领导不知情。所以，至少给下属一个解释的机会，了解了情况之后再作出判断。

第33章
朽木还是待春枯木

■ 怎么让沉沦的员工重新发挥能量？

江流又约了李工到自己办公室。这一次，李义新显得拘谨多了，到了办公室就说："江总，您找我？"

江流倒了杯水给李义新，并示意他坐下，说："我向老张了解了你的一些情况。"说到这里，江流停下来看了一下李义新的表情，发现他的眼中流露出一丝期待的神情。

江流就继续说："对你的能力我们还是很认可的。我们工厂真没有谁像你这么懂产品、懂技术。我们一致的感觉是你这样荒废下去，对你是一个大损失，对公司也是一个大损失。现在我想了解一下你的态度、你对目前状态的想法以及后续打算。希望我们能够找到一个让你能够发挥自己价值的空间。"

李义新想了想才字斟句酌地、缓慢地说："我以前对工作是有些情绪化，有些工作做得的确不够好。正像您所说，我荒废了自己，现在我自己也意识到了这个问题。如果有机会，我这次一定会好好把握。"

江流继续说："我是很真诚地希望你的价值能够得到发挥，用好了你，工厂的绩效好了，我的绩效当然也会好！"江流这么说，

第33章 朽木还是待春枯木

让一直表情严肃的李义新也禁不住笑了。

江流说:"当然这需要你的支持和配合。而且你也闲了这么久,肯定不想再闲下去了吧?!所以我想我们的利益是一致的。"

李义新点了点头,说:"江总,你说的我都明白。你要我做什么呢?"

江流说:"我想先了解一个问题。现在 ECN 非常多,你在研发和工厂都待过,你对这件事情有什么看法?"

李义新想了想说:"我感觉研发部有一定的责任,市场部也有一定的责任。研发部的很多人一直在搞研发,他们不知道大批量生产和他们打几个样品在加工工艺上的要求可能是完全不同的。有的产品做几个,效率低一些、对操作人员的技能要求高一点无所谓,但是用到流水线大批量生产上就完全行不通了。所以,相应地,在工艺设计上就需要进行一些变更。这些问题如果到生产环节才发现,往往只能通过 ECN 解决。这导致 ECN 的数量过多。"

李义新又解释说:"不过这也和研发时间相关,我们公司研发部的压力相当沉重,项目多、任务重、交期紧。有些时候时间太紧了,根本没时间检查。有时漏掉了一些问题,最后要通过 ECN 来补救的情况也是有的。当然也有市场的原因,市场部为了拉订单,什么要求都向客户承诺。订单接过来之后,研发一看根本不是那么回事,已有的设计根本没办法满足客户的要求,但是市场部已经向客户承诺了,而接到手的订单也不能不做,最后没办法,只能通过非标解决。这种情况也有。"

江流想了一会儿,说:"按你的说法,其实因为研发设计考虑不周的问题,我们还是可以想办法减少的。是这个意思吧?"

李义新默认了,江流继续说:"至于说市场部导致的非标,这个是要平衡的,既要抢占市场又要保持成本和质量。这个问题感觉很难在工厂的层面解决。这是老板和市场部需要考虑的。所以我们现在能够解决的可能就是减少研发的失误造成的非标和变更。"

李义新说："应该是的！"

江流说："目前我们并没有一个联系研发和工厂的桥梁，但从我这几天了解到的情况来看，这个环节还是很有必要的。"

李义新说："是的，很多像我们这样的研发、生产、销售一体的公司都有一个专门的中试部来解决研发转量产的问题。我们公司一直没有。很多设计就这样没有经过专职人员的验证就流入生产。"

江流想了想又说："虽然我也认为成立这样一个部门是大势所趋，但现在要老板马上成立一个没有直接效益的部门，我感觉不容易。如果我们能够让老板看到有这样一道环节把关可以减少问题，带来效益，再让老板成立这样一个部门应该就是水到渠成的事情。"

江流停了一下，看到李义新眼中流露出热切的神情，继续说："要让研发部重视转产的问题，我想我们得先解决好几个问题：首先，我们要有一个经过充分论证的报告，要把目前的问题展现出来。评估我们可以解决的问题的比例以及解决这些问题带来的潜在的收益。其次，我们要设法获得研发部的支持。要让研发部认识到，增加这个管控可以有效降低研发设计疏漏造成重大损失的风险。最后，我们需要一个既懂研发又懂工艺质量的人来牵头把这个项目推动起来。公司见到成效之后再增加投入增设部门应该就顺理成章了。"

江流说到这里，特意停顿了一下，看着李工。江流注意到李义新的身体向自己倾了一下，同时眼睛也似乎闪烁起光芒。

江流含着笑容说："我心里倒是有一个很合适的人选，现在就是看这个人是不是愿意挑这个担子了！"

李义新眼睛亮了一下，但说话时显得有些犹豫："江总可能也

第33章 朽木还是待春枯木

知道,我当初到工厂来管质量部是失败的!"

江流说:"过去的失败并不能说明什么,有句老话还说失败是成功之母呢!如果能够从失败中吸取有益的教训,有针对性地进行调整改善,对以后的工作还是宝贵经验呢!我和老张聊过你以前管质量部的事情,情况我多少知道一些。不过如果你不介意,我还是希望你这个当事人能够给我说一下当时你是怎么做的,问题又出在什么地方。"

李义新没有回答,却先低下头,似乎在整理自己的思路。过了一会儿,他才抬头对江流说:"我刚过来的时候,一心想解决工厂品质低下的问题,自己一个人亲自去抓很多质量问题,却忽视了团队建设,再加上一些其他的因素影响,导致质量部下面的员工对我不支持,很多事情都是我一个人忙,别人都不急。最终质量工作还是没办法做好。而且我要求比较严,生产部的员工散漫惯了,对我的意见也特别大。最后搞得我做不下去了。"

江流说:"你认为是自己沟通工作做得不够吗?还有没有别的原因?"

李义新沉默了一会儿,说:"我的沟通工作做得不够是一个主要方面,但也有人故意拆台,这个我想江总可能多少也知道一些。我就不多说了。"

江流点点头:"不说就不说吧。那你觉得沟通工作做得不够的主要原因是什么呢?"

李义新不假思索地说:"当初我过来的时候,完全是一个技术人员的心态,觉得找到方法就可以解决问题,对沟通根本就不重视,也就没有在沟通上面多花时间。真正在工厂泡了这么些年才知道,'知道怎么做'和'做到'之间还是隔着很远的距离的!"

江流笑着点点头说:"毕竟还是在工厂泡了几年,这个感受不亲身经历是很难得到的。我也同意,你不重视沟通导致你当初的质量工作失败,但是沟通不好真的只是因为不重视造成的吗?"

李义新疑惑地看着江流,却没有说话。江流解释说:"你刚才说和生产部的关系也不好。你认为造成这个问题的原因是生产部的员工比较散漫,不重视品质。可真是这样吗?你现在看看常经理过来之后的变化,他还是把公司的品质水平提升了的,这一点你承认吗?"李义新想了想,点了点头。

江流继续说:"很好,你也承认常经理提升了质量水平。那么你觉得为什么他能够让生产部接受他并且提升质量,而你的改革方案却让生产部很反感?这其中的原因究竟是什么呢?不能仅仅用你不重视沟通来解释吧?"

李义新显然没有考虑过这个问题,显得有些不知如何回答。江流说:"我不是完全以成败论英雄。因为我也知道影响成败的因素很多,甚至有些时候是偶然因素左右了成败。但是一件事情,别人能做成肯定有他成功的原因。自己失败的原因很可能是没有看到别人已经看到的成功的因素,如果真是这样,可能得到机会再试一次也无法解决问题。"

李义新点了点头,好一会儿才说:"的确,我过去是犯了一个错误。我总觉得常经理这个人做事太软,没有力度,解决问题太慢。其实这可能是常经理的一个优点,也可能是我失败的一个很重要的原因。常经理在沟通的时候,比较耐心,一个事情可以沟通好几回,也可以长时间跟很多人不断沟通一件事,想办法达成一致。而且他这个人比较随和,人缘比较好,别人接受了他,也就比较容易接受他的方案。而我一心想把事情做好,总想快一点解决问题,不是很重视这些沟通,总觉得缺乏效率,希望三言两语把事情说清楚,大家赶紧就去做,结果导致一些人反感我的作风。所以,他比较容易得到别人的支持,我就比较容易得罪人。"

江流微笑着点点头,说:"亡羊补牢,为时未晚。能够认识到

第33章 朽木还是待春枯木

自己的不足就是进步！我和常经理打交道比较多，他在和别人沟通的时候那份耐心，我印象很深刻。对方有问题他都会认真听取，努力去找到答案。虽然有时候，看起来这个问题和他要推动的工作并不怎么相关，而且有些问题是对方自己的理解有偏差造成的，他也能很耐心地解释说明。他这种工作的态度会打动很多人，进而软化对方的反对情绪，最后他获得的支持就比较多！"李义新有些惭愧地点头。

江流说："如果我把研发转量产的质量管控担子交给你，现在你觉得自己要注意哪些方面的问题呢？"

李义新沉思了一会儿才缓缓地说："感觉首先从大的策略上要更重视相关部门和人员的沟通，要有耐性，要考虑执行人的实际困难，帮助他们解决他们关心的问题。"

江流说："对！你还要注意选择突破口，尽量先从局部的问题着手，要先易后难！先做出一些成绩，后面大家有信心了，对你的支持也会更大！"

江流停顿了一下，说："当然具体要考虑的问题可能还有很多，你下面可以认真考虑。但还有一个潜在的问题，我要先提出来。"

江流没有马上说下去，而是等了好几秒钟才说："我前面说过，目前什么都还没做，让老板马上成立一个部门感觉不太现实。我只能以项目的形式先让你把这件事做起来。这样的话，不可能一步到位，直接给你个部门主管之类的职位，而且我觉得如果什么事情都没有做，就给你一个头衔，别的部门也可能会有意见。但我也不能等到老板认为问题很严重，迫切需要组建这样一个部门再开始做这件事。所以，我是希望你能够先把这件事情做起来，后续成绩出来了，人员多了，组织壮大了再独立成为一个部门。这样可能比较容易让各方接受。"

李义新说："这个没问题，我对自己做出成绩还是很有信心的！"

江流满意地点点头说："那你回去好好再想一下，要有一个具体的思路。我们可能得先和研发部沟通一下，如果得到了研发部的支持。这个事情就成了一大半。"

本章点评

■ 怎么让沉沦的员工重新发挥能量？

沉沦的员工只是没有找到合适位置的员工，并不一定没有价值。为他们找到了合适的位置，既能解决某些岗位的缺员，也能让员工继续在公司获得成长的机会。但是对于沉沦员工需要首先了解清楚他们沉沦的原因，先要找到合适的方法化解他们的负面情绪。其次，他们之所以沉沦，往往也是因为他们确实存在某些方面的缺陷，要帮助他们认识到自己的缺陷，多提供帮助和支持。

第34章
新方案

■ 怎么让不同类型的员工捏合成为一个有效合作的团队？

两天后，江流的办公室里。李义新正在向江流和常经理介绍他的研发转产质量控制的新方案。

李义新大致的思路是先统计目前产品因为设计缺陷造成工艺复杂、质量问题的案例，分析性质并分类。最后把出现频率较高的问题以及建议的解决方案发给研发，便于研发在设计时回避已经发现的问题。针对新产品，他会在样品试制的时候就介入进去，帮研发把把关，尽量减少研发的质量问题。要多从规模生产的角度考虑工艺问题，在样品试制阶段就预先设想好规模生产时的工艺和工装设备，避免因为小批量手工制作无法发现问题而在大批量生产时爆发问题。

李义新讲完了之后，江流先看了看常经理，常经理面无表情地微微点了点头。江流问常经理："老常，你是不是有些意见？"

常经理说："感觉李工大的思路和方向都是很好的，我完全赞同。如果能够实现这些目标，对于我们的质量控制应该有很大的帮助。只是我还是有一些顾虑，可能是我太多虑了。"

江流皱了皱眉头，说："今天我们一起先听李工的方案就是要先提出可能出现的问题，以防万一。你就不要顾虑太多了。"

常经理清了清嗓子，说："首先，李工提出整理目前已有的问题，整理成资料交给研发，要求研发注意避免在后续的研发过程中再出现类似的问题。这个方案看起来很好，但实际的作用值得怀疑。如果说是研发不知道自己的设计缺陷，但很想把事情做好，这个方案是可行的。但我们以前也反馈了不少问题到研发，虽然不是很系统，但也反馈了，研发很少真正重视、解决这些问题，往往下次设计类似的产品时还是会出现类似的问题。所以，我就担心我们辛辛苦苦整理了很多的资料，到了研发变成了别人的擦桌纸。"

江流微微点头，却没有说话，而是转向李义新。李义新有些为难地说："常经理提的这个问题确实是我没有考虑到的。而且我也认为的确很有可能会发生这样的事情。如果我们不能让研发重视自己设计出现的问题的话，不管我们怎么汇总问题、反馈问题都是没有用的。所以，想破解这种局面还是需要研发尤其是夏总的支持。"

常经理也点了点头，继续说："还有一个问题，研发在样品试制的时候对大批量生产可能出现的问题考虑不足，这也是一个老问题了。我们以前也有反馈过，但是问题没有发生之前，研发是不太重视我们的意见的。一方面是因为看不起质量部的水平，另一方面研发更重视这个产品的性能、项目完工日期和 BOM（物料清单）成本，可制造性并不是研发的考核指标，所以就算是知道可能有问题，很多研发也不太情愿更改。"

李义新的脸开始红了，连连点头说："这是实话，我以前在研发的时候也是这样的。而且我们研发看谁的水平高，往往是看他的设计能够解决什么技术问题。所以在这种氛围下，很多时候研发是不太会注意可制造性的问题的，总觉得东西都设计出来了，制造出来应该不是什么大问题。"

第34章 新方案

江流问李工："那你向研发反馈就能够起到作用吗？"

李义新考虑了一会儿，才说："很难。毕竟研发的这个观念也不是一天两天形成的，甚至也不是一个两个公司的观念，整个社会都是这种观念。想扭转还是很困难的。不过我和一些研发人员还是有一些关系的，可以试试。而且有的公司要求研发转产一定要经过审核，审核通过才能转产，审核不通过不能转产。我们是不是可以考虑也这样要求研发。有了这个硬指标，应该能够让研发重视起来。"

常经理立即反对说："这样做估计行不通。如果这些要求和研发的考核联系起来，而打分的又是工厂，以研发的强势地位，工厂很难不打人情分。如果这样做的话考核就形同虚设了，我们的目标自然也落空了。更糟糕的是，等到又出问题的时候，老板说我们工作不到位，我们连解释都没法解释了。谁让我们当初让研发转产呢？！"

常经理看到李义新似乎要说什么，就继续解释说："但是如果真的我们铁面无私，坚持不达到我们的要求就不让研发转产，估计我们和研发也难免会闹得很对立，真的闹到水火不容的时候老板还不知道支持谁呢！所以要真正解决问题必须是研发自己重视规模生产的工艺！"

大家都沉默了，过了好一会儿，李义新才叹了口气，说："的确是这样。就算有考核，研发仍然可以向质量部施压，要求质量部通过转产审核。问题并没有真正解决就转产，最后问题还是不能解决。"

江流却毫不介意地说："想改进，总是要付出些努力的，如果真的很容易解决，这些问题也不至于拖到今天了。不过只要大家努力，我相信还是有解决的办法的。现在看来我们改善的方法都有了，问题是卡在如何引起公司的注意，如何让研发重视并落实解决这个问题上。"

常经理点点头，说："我觉得有必要增进研发和我们工厂的联系。毕竟，中国还是一个熟人社会。交道打得多了，关系熟了，很多问题就好解决了。所以，如果有条件的话，我们还是应该多和研发一起搞一些活动什么的。我们在工厂办公，研发在总部办公，隔着几十公里远，很多时候大家打交道都是电话来，电话去，都是一些见不着面的邮件、电话沟通，很少有面对面的交流，就很难建立什么交情。而且研发和工厂考虑问题的重点也不一样，很容易形成分歧，甚至产生冲突。所以很需要对两边的工作都了解而且双方都熟悉的人来做两边的沟通。从这个角度来说，李工牵头来做这个沟通工作是很适合的。"

江流也点点头，说："很好，你们一个从方法上考虑，一个从人际沟通上着手，都找到了解决问题的关键，如果你们能够在这个问题上紧密配合，我想这个项目成功的概率就高了。"

李义新立刻回答说："我愿意负责去和研发沟通，不过很多事情还需要常经理多把把关，多提意见。而且常经理刚才提的问题我之前完全没有考虑到，这表明我对需要沟通的问题的把握能力还是很不足的。我以前以为只是个重视程度的问题，其实我还真没能像常经理那样，把沟通的问题考虑得那么细，那么全。所以这方面还需要常经理以后多指导，多给意见。"

常经理脸上堆满了笑容，说："谈不上指导啦！其实李工在方法上已经考虑得很完善了。我只是锦上添花，细节上完善了一下而已。"

江流说："有你们两位这样表态，我就放心了。李工，你就再完善一下自己的方案，等我和研发约个时间。我们三个人一起去研发先和夏总沟通一下。"

江流停了一下，说："今天很高兴，如果你们没什么事，晚上我们一起吃个饭，我们内部先沟通沟通吧？"两个人都表示赞同，江流想了想，说："我把老张也叫上。还是去老地方吧！"

本章点评

■ 怎么让不同类型的员工捏合成为一个有效合作的团队？

团队不是员工人数的简单累加，是不同特点的员工形成的能够取长补短的组织。没有明显缺点的员工也往往缺乏鲜明的优点，全部由四平八稳的员工构成的团队往往也是平庸的。选择员工的时候要基于团队的现状选择人员，要协调员工，让他们意识到别人的长处，通过学习团队中别的成员的长处弥补自己的短处。

第35章
消除障碍

■ 怎么处理有背景的闲置人员？

总部研发部的会议室。江流、常经理、李义新正在与研发部夏总和其他项目经理做研发转产问题的沟通。李义新详细地描述了最近一年以来一些重大的设计缺陷造成的制造工艺复杂、品质难以保证的案例。对反复出现的一些问题更是多次强调。

而随着一个个案例被李义新列举出来，夏总原本轻松的表情也逐渐变得沉重起来。在李义新叙述的过程中还不时地插话问相关的项目经理。"真的是这样吗？这个问题真的一直没有解决吗？"得到一个个肯定或默认的回答后，夏总的脸也越拉越长。

在李义新讲解完了之后，夏总对江流说："今天的这件事情我们已经知道了，今天这个胶片发给我。下面我会在研发部开会研究一下工厂提出的问题。过几天我会再联系你处理这件事。"

会议结束后，江流让常经理和李义新先回工厂，自己则去了刘总的办公室。刘总见到江流，显得很高兴，说要再泡茶，和江流好好品品茶。说完，刘总就到茶桌前面烧水、烫茶杯，准备泡功夫茶。刘总一边准备功夫茶，一边对江流说："最近工厂的变化很大呀，你做得不错！"

第35章 消除障碍

江流说："都是大家支持的结果。财务部提供了很大的帮助，帮助我们取得数据，分析问题，找方法。这才有现在的改革方向。"

刘总说："严总是公司的老模范了！这些事情他肯定是支持的。不过你做得也很好。工厂取得的成绩你是有功劳的！"

江流没有在这个话题上继续下去，接过刘总递过来的茶杯，品了品，聊了几句对这个茶的评价后，说："工厂的增效降本现在在各个部门都有不同程度的推广。但是质量部碰到了一些问题。如果这些问题能够得以解决，后续质量部还可以取得更大的成绩。"

刘总问："什么问题？有问题就直接说出来，公司是信任你的，你对公司做了很多有益的改革。我们都是支持你的，不要有什么顾虑。"

江流却犹豫了一会才说："质量部现在有两个人，我们都找不到合适的岗位给他们，可能他们也觉得质量部的工作没有办法发挥他们的才能。我和常经理合计了很久也没有办法在质量部内部找到合适的职位安置他们。而这两个人又对其他员工的心理产生了影响，不管他们只管别人，下面的人心里不服。"

刘总皱了皱眉头，问："是谁？"

江流说："一个是陈冲，一个是王副经理。"

江流看了看刘总，继续说："陈冲原来是负责IQC质量检验的，后来因为出了好几次漏检事故，而且他也说老是做IQC没有挑战。常经理就把他调到了IPQC，做产线质量巡检，结果又和产线的工人吵架。最后没办法，只好调他去负责管理质量文件，又老是漏发文件。现在都不知道怎么安排他好了，只好什么都不让他负责了。但这样对其他员工的影响很不好，而且他还在抱怨说公司没有给他发挥的空间。"

刘总的脸色变了一下，但很快又恢复了平常的样子，说："王平是怎么回事？"

江流说："事情发生的时候我还没来，不过据说当初公司让常经理管理质量部的时候就说等质量部的管理上了正轨之后就把王经理调离岗位，另行安排工作。结果常经理来质量部都做了几年了，还是没有给王经理安排职位。而且常经理很难去安排王经理的工作，也不好管他。目前他不负责具体工作，上班不用打卡，甚至也不用到工厂坐班。如果他不上班，工厂谁都搞不清楚是怎么回事。说老实话，我们现在的确也搞不清楚他每天都在做些什么。"

刘总没有马上表态，而是默默品茶，江流也跟着品茶，一时间双方都没有说话。

过了两三分钟，刘总才缓缓地说："王平应该调出来。他继续待在质量部的确不合适。不过一时我还没有合适的位置给他。陈冲这个人，的确没什么能力。我是看在跟了我这么多年的份上，才让他在公司待着。你可以处理他，但最好能够和平解决，不要搞出太多事来。"

刘总又喝了口茶，似乎想起什么，说："你对处理这件事有什么好的建议？"

江流说："好建议算不上。但是这两个人在公司待了这么久，对公司的产品也熟悉，也有一定的社会关系。市场部前段时间也在说缺人，很多市场都没有人去开拓。招聘的人员培训又很费时间，现在合适的人又不好找，说了好几次，要公司内部推荐。我觉得市场部是个很锻炼人的地方，对于不想混日子，想寻找发展空间的人来说，市场部应该是个最好的去处。在市场部是很有机会做出成绩来的！"

刘总点点头，说："你的这个想法可以考虑。这个问题我会解决，就等我的决定吧！"

当天晚上，江流就收到了刘总的通知，一个星期之内把这两个

第35章 消除障碍

人从质量部调去市场部!

等到这两个人都调出了质量部,江流把常经理叫到了自己的办公室。

常经理一到办公室就说:"江总,我要请你吃饭,你解决了我的大问题呀!"

江流也笑了,说:"饭就不用你请了,现在障碍没了,你要承诺把质量部的绩效提升起来就可以对得住我做的这些工作了。对了,这两个人走的时候没找什么麻烦吧?"

"没有。好像公司给了他们什么承诺吧!具体的我也不方便去打听。据说是都去市场部,什么待遇就不清楚了,感觉他们挺满意的。而且王经理走之前,我还特意请他吃饭,把他好好地恭维了一番。至于陈冲,我也安排手下送了一下。"

江流笑了笑,说:"能够做到这个份上的,我看也就是你老常了!"

常经理说:"山不转水转,凡事留人三分余地吧!何况我和他们本来也没有什么过节。面子上都过得去,以后见面也不会那么尴尬。"

本章点评

- 怎么处理有背景的闲置人员?

处理人的问题需要慎重,有背景的人更是深水区。把事实摆出来,让能够决定这些事情的领导决定如何处理。和领导沟通时要尽量多讲事实,少发表自己的主观看法。客观是避免误会的护身符。

第36章
和研发的互动

■ 怎么让强势部门做好它们不重视但对其他部门很重要的工作?

研发的夏总打了电话给江流,首先夏总表示了对供应链提出问题的关注和研发要努力解决这个问题的决心。夏总表示自己打算把解决这些工艺制造问题列入研发的考核指标。江流首先感谢了夏总的决心和支持,然后委婉地提出了常经理提过的那些担忧。

江流提出的问题让夏总感觉很意外,愣了一下,反问道:"这样做都不行,那你觉得怎么做才行呢?"

江流说:"我感觉造成目前的局面的很大的一部分原因是由于研发和工厂办公地点距离太远,大家缺乏沟通造成的疏远。同时,双方都对对方的工作缺乏理解,沟通难免产生分歧。大家又没有交情,就很容易起冲突。我想如果大家熟了,研发会更重视工厂这边的同事提出来的问题的。"

夏总愣了一会儿,才反问江流:"你说的这个倒有些道理,可你觉得该怎么办呢?"

江流说:"如果研发和供应链的同事不是只打打电话,连对方

第36章 和研发的互动

是什么样都不知道,我想研发和供应链的沟通会有大的改善。所以,我希望能够创造一些机会让两边有工作交流的同事多聚一聚。比如说,吃个饭,沟通一下感情,感觉这样以后沟通会容易一些。"

夏总想了想,说:"是的,有感情很多问题就好解决了。"

夏总突然想起一个问题,说:"你们工厂有没有人喜欢踢球?我们研发经常一起踢球,每个星期都有活动。但人数不够,总是没办法踢十一个人的足球。如果你们工厂有人愿意踢球,过来大家一起活动活动应该效果会不错。他们完全可以坐公司的交通车过来,应该不会影响你们的工作。"

江流连连点头说:"夏总这个办法好!踢个球,运动一下,既能锻炼身体,放松大脑,为工作增添动力,又能增进双方的感情,方便以后的工作交流。这是一个一举多得的好办法。至于时间方面,这个应该不是问题,只要合理安排,不会影响工作的。"

江流又想了想,说:"我们认为研发之所以不理睬工厂提出的问题还有一个可能的原因,研发人员可能并没有意识到这样做带来的问题的严重性!"

江流补充解释说:"其实我也很清楚,研发的压力是很大的。有时为了赶上进度,很多人甚至连续奋战很多天,吃住完全都在公司。这个局面是公司目前快速发展所造成的一个必然后果。在这种情况下每个研发人员都要把自己的精力放在重点工作上,对工厂提出来的制造和工艺方面的问题就难免会有一些疏忽。"

夏总点点头,说:"江总,你能这么说。我们研发累也值得了,至少大家认同我们的努力嘛!不过你说的这一点也的确存在,研发是存在超负荷工作的问题。没办法,这恐怕是中国民营高科技企业的通病了。不过现在公司的经营情况已经好转了,我们也招聘了不少新人,下周一就要过来报到了。不过等他们派上用场、解决问题还需要一定的时间。等他们能够分担一部分老员工的职责了，我一定会把这个制造工艺的问题解决掉。"

江流说："我们工厂的问题其实对于研发来说并不难。感觉工厂的这些问题倒比较适合让初级研发人员做个学习的阶梯。"

夏总眼睛一亮，说："我们可以让这些新人去负责解决这些制造工艺问题！这样的话，既不占用老员工的工作时间，又能充分利用新员工的工作积极性。而且我们还可以通过这个过程培养新员工，从中发现可造之材！"夏总高昂的神情又突然低落下来，说："不过就是这些工作，这些新人也不一定会做。他们都是些刚毕业的学生，完全没有工作经验。"

江流笑了笑，说："其实研发新员工不是都有学习计划吗？让所有新人到公司报到之后都先到工厂学习一段时间就好啦！这样一方面可以增进研发和供应链人员的相互了解。另一方面，有些培训课程工厂可以帮忙安排，这也可以减少研发自身培训的工作量。"

夏总有些怀疑地看着江流，低声问了句："供应链帮研发培养人？"

江流笑了笑，说："夏总应该没有忘记我们供应链还有一个从研发调来的人吧？李义新在工厂待了好几年，以前也做过研发，他对于研发和制造工艺应该是都比较了解的。离开了研发好几年，解决比较难的研发问题可能是比较困难了。但是教一教基础的研发知识，说说设计的工艺问题，这个应该没什么问题吧？"

夏总点了点头说："这个确实应该没有太大的问题。而且有些研发的培训教材可以由我们提供，由李工负责培训。我相信他是完全能够做得好的。"

江流说："如果新员工经过了这样一个工厂的培训过程，他们就很清楚设计的可制造性差对生产有多么严重的影响。以后正式走

第36章 和研发的互动

上研发岗位时应该也会更注意这些问题。李工已经把很多问题汇总整理出来了。我相信他的这些资料对于研发新手还是有比较高的学习价值的。而且李工曾经在研发和质量部都工作过相当长时间，以后李工和研发沟通工艺问题应该也会更顺畅吧！"

夏总点点头，说："那我们就这么办！我让研发项目经理安排一下，每个新人都要先到工厂学习两周。请你们提供一部分培训内容。然后研发也会把比较适合在工厂培训的内容做成教材给你们。"

接下来的时间里，李义新收到了研发部提供过来的一些关于产品研发培训的相关资料。一个星期后，研发的新员工也开始了到工厂的为期两周的培训。在第一周，李义新主要是让研发的员工充分了解设计的可制造性的重要性。为了加深印象，李义新还安排了新员工到产线去学习实践，通过亲自参与一些装配的体验活动，让研发员工了解不合理设计给生产带来的困难。再结合对这些不合理的工艺造成的质量问题的单板的参观，让这些研发的新人对于研发设计的工艺性有了更深的理解。

周末，根据常经理的建议，安排这些研发新员工和质量部的员工进行了一场小场子的足球比赛。赛后，大家一起去聚餐。这让原来工作一年也认识不了几个研发人员的质量部员工多了不少熟悉的研发朋友。

第二周，李义新把汇集设计缺陷的资料系统地向研发新员工做了讲解。讲解完了之后还选了一些不合理设计让员工找出问题。为了增进趣味性，李义新还把人员分成了两个组，做了一个工艺设计的竞赛。这大大增加了学习的趣味性，踊跃回答的场面让人对未来的研发改进工艺充满了期待。

本章点评

■ 怎么让强势部门做好它们不重视但对其他部门很重要的工作？

人不喜欢被强迫做事，但是人们愿意帮助朋友。对于强势部门采取强硬的手段通常不是好的做法，对方很容易利用自己的强势地位反击。在这种情况下建立友谊是更好的选择。

第37章
新任务

■ 接手新工作应该怎样和老板沟通？

一晃，时间到了十二月。这个时候北方已经是冰天雪地了，但是地处南国海滨的深圳还一点都看不到冬天的迹象，四处依旧是草木葱茏、欣欣向荣的景象。大多数公司也和平常一样繁忙，有的甚至因为临近春节，订单增加，反而更加忙碌。

这天，刘总突然打电话叫江流立即到总部去见他。进了刘总办公室后，江流发现刘总的办公室里面已经有了两位陌生的客人。江流感觉有点诧异，正在犹豫要不要先回避一下。刘总招手示意他进去，并起身过来，指着江流对那两位客人说："我来介绍一下，这是我们的供应链总监江总。到我们公司还不到一年，就让我们的供应链焕然一新。真正的供应链专家。"

然后又指着两位客人对江流说："这一位是郑博，医疗设备研发方面的顶级专家，二十多年海外医疗研发机构的工作经验。这一位是杨工，有多年工艺制造经验，是生产制程管控方面的专家。"

宾主双方握手之后，刘总说："郑博想回国把自己二十多年所学用来提升中国的医疗设备研发、制造水平，打算回国开办一家研发制造医疗设备的高科技公司。现在他已经决定选择我们飞达作为合作方，后期我会再注册成立一个公司。厂房暂时就先租在你们那个工业区，以后你们会有很多沟通机会。今天主要是让郑博认识一下你。"

郑博说："刘总太客气了，我们对工厂管理没什么经验，以后项目上马了，还需要江总多支持我们呀。"大家又聊了一阵子，郑博和杨工就先告辞了。

刘总一直把他们送到了电梯上才转身回办公室，同时示意江流跟他一起回办公室。刘总说："江总啊，这个新公司很重要，是公司集团化迈出的重要一步。想想供应链这方面没有谁比你更让我放心的了，新公司的供应链还是需要你来兼管呀！"

江流没有马上接刘总的话，一直跟着刘总回到办公室。刘总看江流一直不说话，就说："我知道你工作已经比较多了，再兼管新厂供应链，难度是比较大，但郑博这边一定要有一个经验丰富、有能力的人来管。这是我们的合作条件之一。他们做医疗设备，生产品质是人命关天的事情，容不得马虎。所以从这个产品的特点来说，也确实是要一个得力干将来管理这个摊子。你来公司快一年了，做出来的成绩大家是有目共睹的，工作态度我们也是很认同的，我想来想去只有你让我比较放心。你不要推辞了，一定要挑起这个重担。当然了，你有什么困难尽管提。我一定全力支持。"

江流说："首先，我想知道公司到底要我在新工厂管哪些部门，哪些部门是郑博他们管。"

刘总说："工程部、研发部由郑博来管。因为我们也没做过这个，技术上郑博他们比较熟，让他们管大家都放心。其他的都是由我们公司派人来管理。你就负责计划、仓储、采购、质量、生产这些部门。人事和财务还是由许总和严总兼管。"

江流紧锁眉头，说："目前工厂那边还在继续改善，感觉工作还需要继续推动。新工厂刚成立，事情肯定比较多，我一个人分管

第37章 新任务

两边，恐怕……"

刘总还没等江流说完，就截住了江流的话，说："刚才已经说了，难度肯定有，不过你放心，公司会全力支持你。那边的工厂由你全权负责搭建。有什么条件你可以提！"

江流想了想，说："首先是人员补充的问题，新厂成立是以成本优先，还是以效率优先？工资控制得比较紧的话，人员招聘可能就会慢一些。内部招聘恐怕也没有多少人应聘。"

刘总手一挥，斩钉截铁地说："这些都不是问题，你的任务是尽快搭建起工厂的架构。成本不是问题，为吸引人才，工资可以高一些。"

江流说："那我明白了，有些事情我还要下去再想想，包括和目前工厂的一些主要管理人员商量一下。我过两天再把需要你支持的条件提给你吧？"

刘总同意了，又向江流描绘了一下这个公司的未来发展蓝图。刘总说："未来医疗器械在中国拥有广大的发展空间，目前的市场基本上被外国供应商垄断，所以很多年都不用担心市场饱和的问题。而且目前国家也在积极推出鼓励高端设备制造的政策，大力支持新技术研发。有政策、有市场，医疗器械领域一定有非常大的发展空间。我一直在寻找机会想进入这个领域，但是苦于没有核心技术，费了很多的周折，才联系到了郑博。刚好郑博也有心回国创业，我们两个一拍即合。有了郑博带回来的技术的东风，新公司的发展应该是很乐观的。我们连公司的名字都想好了，叫'瑞达'。希望我们的产品到了客户那里就像祥瑞也到达他们那里一样。"

说到最后，刘总对江流说："你放心，公司会考虑你的贡献，新公司会给你相当的股份。以后你也是新公司的一个重要股东。"

江流听到这里，连忙说："让你误会了，我不是那个意思，只是担心自己精力不够，辜负了你的信任。不过你话都说到这份上了,我一定竭尽全力做好这件事情。"

刘总说:"竭尽全力还不够!这件事只能成功,不许失败。你一定行的!"

本章点评

■ 接手新工作应该怎样和老板沟通?

在接手新任务前需要提出充分的条件!充分的条件有助于老板全面了解项目所需的投入,便于老板作出决策。在项目搭建的过程中不断提出条件会让老板感觉这个项目是个无底洞,在不断吞噬资源。

第38章
人员摸底

■ 公司业务扩张，怎么搭建新团队？

江流回到工厂后首先请张经理到自己的办公室，把公司要成立新公司的情况大致向张经理介绍了之后，江流问张经理的看法。

张经理说："医疗设备的制造和我们目前的产品差异性很大。生产管控的重点应该也不一样，要看看才知道怎么做。"

江流说："那你呢？有没有什么打算？"

张经理笑了笑，说："江总，我的情况你是知道的。我家里事情太多，现在管一个生产部都比较勉强，再管新公司的生产，恐怕是心有余而力不足啊！不过如果需要，我倒是可以当个参谋。"

江流沉默了一会儿才说："那我打算到时候先让小田调过去，帮着做做样品，了解一下产品的特点。你看怎么样？"

张经理说："小田对复杂产品比较感兴趣，管理能力有所欠缺。目前我这边也没有什么合适的位置给他。如果他能在新公司找到一个合适的位置，我也安心了。"

江流说："其实我还真是希望你过去，就是担心你家里的事太多。既然这样，我也就不勉强了。生产管理的人选我会再想办法。"

张经理离开办公室后,江流接着又找了常经理。等到常经理搞清楚目前的情况后,常经理认为医疗设备产品对质量要求应该更高,而自己精力有限,目前质量部的工作已经很多了,自己无法兼管那边的质量。

江流想了想,问:"那我从你手下调几个人应该没问题吧?"

常经理愣了一下,没有立即回答这个问题,却反问江流:"江总,你打算调谁走呢?"

江流想了想说:"李义新和刘振辉。"

常经理犹豫了一会儿,说:"如果你一下子调那么多人,又都是骨干,对于质量部来说恐怕比较难,能不能考虑别的人选?"

江流笑着说:"老常呀,你这样就不厚道了呀!你的部门那么大,借你两个人还和我讨价还价。新公司成立我不调骨干去支援,难道还调一群普通员工,让他们自己搞啊?"

常经理有些尴尬,说:"真是没办法。你也知道,IQC 刚刚才改革了激励机制,人员也减了一些,如果马上调走刘振辉,我担心前面的改革前功尽弃。而李义新那边,虽然现在看来和研发沟通的形势不错,但是和研发的合作还没有固化,还没有形成一个稳定的机制。如果现在临阵换将,我担心前面所做的很多工作都会半途而废。所以,我还是希望江总能够考虑别的人选。"

江流说:"呵呵,如果这样。我是一个人也调不走了。"

常经理有些犹豫,最终勉强说:"最多调走一个人。"

江流说:"好吧,调刘振辉过去。他熟悉供应商,新招聘的人再厉害,对我们的供应商不熟,对内部的机制也不熟,估计很难在短时间内把工作开展起来。刘振辉对供应商的状况比较熟,调过去可能还走得顺一些。"大家又聊了一些细节的问题,到下班才决定好大概的调动时间。

第二天,江流叫来了刘主管,刘主管一开始听说要去一个新

第38章 人员摸底

厂，有点不太情愿。不过在听到江流告诉他如果工作出色，可以升副经理之后也接受了公司的安排。

等他出去后，江流把李勇和杜山松叫到了自己的办公室。他们知道公司要新成立一家医疗设备公司时，两个人都显露出跃跃欲试的神色。

江流说："鉴于你们两个人的表现，我会向公司申请都给你们升一级，做计划部主管。一个负责医疗新工厂，一个负责这边。"

江流看着两个人惊喜的表情，微笑地说："其实我一直兼任计划部的负责人，按理说早应该在你们中间提拔一个人管理计划部。但你们两个人表现都不错，我也很难决定该提拔谁。我不希望因为提拔一个人而打击了另一个人。这个问题困扰了我很久都不知道怎么解决，现在机会来了，调走一个留一个。这对你们两个人也都是一个肯定。"

江流说完这句话，默默注视了他们两个人一会儿，让他们也有时间品味刚刚到来的快乐。差不多过了一分钟，江流继续说："所以，现在剩下的问题是：谁过去？谁留下？过去呢，短期内肯定是比较辛苦的。毕竟那边不可能像这边，很多工作都已经成型，有固定的做法。短期内那边相对比较难做一些！但是有时挑战也是机会，在这种环境下面，要不断应付很多新问题，成长起来也会更快。你们怎么想？"

李勇说："感觉自己能力还比较欠缺，自己管一个计划部怕做不好。"

江流说："留在这边不也是要管一个计划部吗？"

李勇回答说："不是还有江总你吗？如果到了新厂那边没人指导，什么都是自己做，我心里还是没有底。"

江流把目光转向了杜山松。杜山松也小声说："我和李勇的想法一样。"

江流叹了口气说:"新厂的供应链总监仍然是我,刘总已经找我谈了,那边让我兼管。所以,新厂那边有什么事,我还是得管的。计划部当然也不例外。"

听到这里,杜山松和李勇都连忙表示有兴趣到新工厂工作。江流说:"那你们要多考虑一下新工厂的计划工作怎么开展。按照公司的计划,年后新工厂就要开始小批量生产了,你们还有时间了解新工厂的产品和运作特点。目前你们每个人都要培养一个人出来,未来新工厂成立后就带过去。留下的人负责飞达的计划部。在新工厂正式成立运作之前,你们要分别提交一个方案书给我,说明自己准备如何运作新工厂的计划部。这将是我决定你们谁调到新工厂工作的重要依据。"

在接下来的几天里,江流找到了自己有意向的几个人分别做了沟通。田德海很高兴自己能够过去,立刻就同意了公司的安排。

江流先和丁忠义沟通了最近的一些工作的进展情况,在听取了丁忠义近期的一些工作安排之后。江流对丁忠义的工作成绩给予了一定的肯定,同时也对丁忠义的一些工作缺失提出改正意见。

说完这些,江流让丁忠义自己评价自己的仓库管理水平。丁忠义很坦诚地承认,自己管理一个仓库比较吃力。现在的一些改进还是上次到别的公司参观学习到的,感觉专业知识还是比较缺乏。希望能有机会再去学习一下。

江流说:"你工作努力,公司肯定会给机会。但老是这样偷师学艺,很不系统。而且有些深层次的管理手段你仅仅只是参观一下,很难看出里面的门道。不如我给你找个师傅吧?"丁忠义有些诧异,看着江流,却没有说话。

江流说:"我打算招一个有丰富仓库管理经验的人过来,这样你就有机会向别人学习了。只是这样的话,虽然你还是仓库主管,却不再是部门负责人了。你能接受吗?"

第38章 人员摸底

丁忠义说："江总你都这么说了，我还有什么不接受的。我相信只要我认真把本事学到手了，自己就一定还是有机会的。"

江流也笑了，说："我最喜欢你这点！知道自己的短处，服从安排。的确，我是另外有一个安排。公司要新成立一家医疗设备公司，工厂也在这个工业区，目前医疗设备的制造还属于高科技，以后前景应该不错。所以，我想把你调过去。但是感觉你的仓储管理知识还是比较欠缺，管理能力也不够，让我有些担心。我现在越来越忙，也没时间总是来教你。所以想先找个仓库经理过来，你先跟着他学习。你如果能好好学习，等到时候新厂成立了，我会调你过去管那边的仓库。"丁忠义马上向江流保证没问题，一定会认真向新来的仓库经理学习，努力提高自己的管理水平。

两周后，江流面试通过了一位仓库经理的人选陆先生，陆先生因为要在现在的公司做交接工作，春节之后才能到岗。江流最后还是决定录用陆先生。

杨仁庭杨工也到了工厂，开始进行新工厂的车间装修以及生产设备的购置和安装工作。虽然前期没有什么生产，但是江流仍然安排了田德海过去给杨工跑腿、打下手。不几天，杨仁庭就对这个勤快肯干的下属赞不绝口了。各项准备工作也都在按计划顺利进行。

本章点评

■ 公司业务扩张，怎么搭建新团队？

搭建新团队一要尊重新业务的特点，尊重懂得新业务的专业人员，给予合适的位置，不要什么都让老团队的人来管。外行领导内行很容易出问题。二要充分利用现有公司平台的优势，不要让新团队什么都从零开始。对于需要利用已有平台优势的部门，尽量从老团队抽调骨干人员过来搭建新团队，这样做有利于和已有平台员工的沟通。

第39章
考核指标的误区

■ 为什么KPI考核会诱使员工造假,导致部门墙盛行?怎样才能提升工作绩效?

元旦一过,大家就开始准备各种工作总结了。一天,江流召集了供应链的管理干部开会,为年终的工作总结做动员。

会议中,大家的话题很自然地扯到工作绩效考核上去了。李义新提出自己以前的公司都有KPI考核,包括飞达的研发也有KPI考核。每次年终总结的时候,大家都把自己的指标一摆,做得好不好,一目了然,可以避免汇报流于形式。而且有了KPI后,每个人都很清楚自己要重点关注哪些工作,每个人的工作绩效也可以很容易地算出来,这样领导也能够比较客观地评价员工的工作表现。李义新建议以后在工厂也推行KPI考核,以KPI来指导大家的工作。

江流听完了之后,不置可否,反而是转向了在场的其他人,问大家对这个建议都有些什么看法。采购部陈经理半开玩笑地问李义新说:"什么KPI?能不能说中文呀?搞得我们这些大老粗都听不懂在说什么。"

江流接过陈经理的话茬解释说:"KPI就是关键业绩指标的英文缩写。很多公司用来衡量员工的工作表现。比如对于采购,有的公司就将采购成本下降率作为衡量采购工作的一个关键指标。"

陈经理有些不好意思，说："这么说我就懂了。刘总每年都给我下达成本下降的任务，其实也就是这个指标了。刘总老是说，没有目标就没有进步。我觉得吧，大家都给自己找个目标也很好！不然一年干下来，干好干坏一个样。天长日久，做得好的人就没有积极性了！"

刘振辉也附和说："我也赞成施行 KPI 考核。这样做得好的和混日子的才能区别开。埋头苦干的人才有盼头！"看着大家热火朝天地议论，江流却一直微笑，没有任何表态。

等到大家的议论有点冷场了，江流才对张经理说："张经理，你也发表一下自己的意见呀！把问题搞清楚了大家才好轻装前进啊！"

张经理看到江流的目光紧紧地盯住自己，只好说："首先，我认同 KPI 本身是一个很好的管理工具，可以帮助我们考核员工的工作表现，也让员工有一个明确的工作方向，知道自己该重点关注什么。"

张经理说到这里停顿了一下，看到江流还是保持微笑的表情，张经理继续说："只是有些时候，KPI 设定得不是很合理的话，有可能造成被 KPI 考核的部门本身根本无法决定 KPI 的变化。这就起不到我们通过 KPI 推进相关部门工作的目的。所以，KPI 的合理设定显得非常重要，设定得不好的话不但没有办法推动部门改善，反而还会引起被考核部门的不满，甚至在相关的部门之间制造摩擦，影响整个团队的凝聚力。"

江流微微点了点头，说："张经理，可能大家还是不太明白你说的 KPI 指标设定得不好是什么情况。能举个具体点的例子来帮助大家理解吗？"

张经理点点头说："比如说，如果要生产部降低生产成本。我就算把效率提升了五个点，甚至十个点，但是如果最低工资一下子就涨了百分之二十。我的成本不但没有下降，反而上升了。大家说生产部的工作有没有成绩？还有，我以前所在的公司，把生产车间的租金也作为生产部成本控制指标的一部分，但是租金年年涨，拿这种指标来考核生产部，生产部能有什么办法改善？"

江流点头说："张经理这一点说得对，考核指标必须是被考核部门能够控制的，否则考核确实没有意义。"

张经理笑了笑，说："所以，我觉得首先我们在选取考核指标的时候要慎重。否则像这种不合理的考核很有可能会造成好心办坏事。而且我也见过不少公司搞 KPI 考核，效果突出的很少，最后不是流于形式，就是逼迫被考核部门弄虚作假来完善自己的指标。"

好几个人听到这里都不禁点头，张经理继续说："考核部门和被考核部门为考核指标的数据吵架的也常有。有的聪明一些的，就彼此打人情分，你给我打高分，我回报你高分，反而助长了弄虚作假的不正之风。真正老老实实工作的，严格按实际情况给分的反而成了害人精，被弄虚作假的人联合排挤。"

常经理也跟着说："如果把 KPI 和绩效考核简单地挂钩，甚至把工作表现的评比完全和 KPI 计算的结果挂钩，很可能就会导致有的部门或个人只认部门或者个人 KPI 不看实际需要。在工作中只看指标而不关心对于指标无关的工作，也不配合其他部门的工作，最终很有可能形成厚厚的部门墙，致使部门之间的隔阂加深。一旦隔阂加深，很多原来很简单的部门之间的工作配合都会变得很复杂。没有了配合，各个部门各行其是，整个公司也会成为一盘散沙。如果这样的话，指标不仅不会推进工作，还会起到相反的作用！"

李义新却反驳说："我认为不能因为有人歪曲利用 KPI 达到个人的目的就否定 KPI 考核的作用。这完全可以通过加强检查、复核来实现。对于弄虚作假者进行严厉的处罚来遏制这种歪风邪气。这

第39章 考核指标的误区

就像我们不能因为有人用菜刀砍伤人就否定菜刀的功用，如果因为这个理由禁止大家使用菜刀就太可笑了。我认为KPI的关键还是怎么正确使用。"

刘振辉也说："KPI是对于重点工作制定的考核指标。只要KPI制定好了，关注KPI就是关注工作的重点需求，把重点工作做好了工作也就做好了。实行KPI考核这个方法本身是没问题的！就像李工说的，这只是如何正确使用的问题，不是KPI考核本身不好。我认为只要KPI制定得严谨慎重，符合工作实际，能够做到涵盖被考核人、被考核部门的重点工作，KPI将大大有助于大家明确自己工作的方向，也可以鞭策大家努力工作。"

对此，常经理没有直接反驳，只是提醒刘振辉想想自己以前面临的困境。这下子刘振辉也沉默了。

看到大家都不说话了，江流问："公司以前没有KPI考核吗？"

张经理说："以前有考核的，前面的肖总在的时候定了很多的KPI考核数据。但是工厂的运行一直不顺畅，大家对KPI和工资挂钩意见很大。因为很多指标都不是责任部门能够决定的，但是又列入了它们的工作考核范围，搞得后来大家一看到KPI就怨声载道。而且KPI搞得严了导致很多人的收入都受影响，提出辞职的人越来越多，肖总看到这种结果也就不再把KPI和工资挂钩了。"说到这里，张经理停住了，没有继续说下去。

江流饶有兴趣地看着张经理，说："怎么不说了，说下去呀！我很想知道你们是怎么解决这个问题的。"

张经理犹豫了一下，还是说："但是如果不和工资挂钩，就没有人看这个KPI，没人关注，最后这个KPI也就不了了之了。后来又来了一个熊总，熊总把他们过去公司的KPI搬过来考核大家。熊总当时大力推动KPI考核，每个部门、每个人都有自己的KPI，要求我们一定要执行，拒绝KPI考核的就辞退。大家没办法，只好又搞 KPI 考核。"

江流点了点头，问："实施的效果怎么样呢？"这下张经理支支吾吾，不肯回答了。常经理他们也不吭声了。

江流笑了笑，说："我的原则，你们都是很清楚的。过去的事情就让它过去。现在提起这件事纯粹就是探讨，大家不要有太多的顾虑。"

看到大家仍然不说话，江流就问刘振辉："刘主管，你说说看熊总监实施的效果怎么样？"刘振辉显得很尴尬，吞吞吐吐地说："还可以吧，一般般。"

江流又笑了，说："如果他搞得还可以，公司为什么让他走，请我来？"

刘振辉涨红了脸，说："供应链当时很乱，如果严格按他的指标进行考核。估计大家的日子都不好过。所以，我们只好变通了一下。"

江流微笑着点了点头，转向李义新，说："你是支持 KPI 的，对他们的意见有什么看法吗？"

李义新还是坚持说："我还是认为 KPI 是好的，这个 KPI 可以推动我们不断改善自己的工作，让员工对自己的工作好坏有个衡量的标准。没有合理的奖惩，大家吃大锅饭，怎么能够让大家积极工作？当然我也认同张经理和常经理的顾虑确实是个现实问题。KPI 的选取要慎重，数据的真实性要检查复核。我相信如果 KPI 选得好，杜绝了弄虚作假，还是可以大大提高管理水平的。"

江流问："如果只是用 KPI 衡量各个人的工作表现还好说，但现在是要把 KPI 和工资挂钩的。你认为 KPI 不好的人会接受自己工作不好的结果吗？刚才张经理说了，很多人都因为 KPI 考核过低而辞职，刘振辉也说了我的前任熊总监推 KPI 的时候，你们变通了一下。你知道是怎么变通的吗？你觉得应该怎么解决这个问题？"

第39章 考核指标的误区

李义新说:"我认为熊总的指标有些不切实际。如果指标合理,一个认真有责任心的员工是不会动辄辞职的。指标不好,会努力去提升自己的工作来改善自己的指标,而不是去找借口。"

江流微笑着摆摆手,说:"呵呵,大家只是谈工作。不要评价人!但是从管理的角度来看,我们只能先设想我们管理的对象都是一些正常的普通人。如果我们对员工的思想境界水平要求过高,我们的招聘会变得极其困难,可能使我们很难找到合适的人。而且指标是否合理,可能每个人都有自己的观点。你同意吗?"

江流看到李义新也在微微点头,继续说:"你认为一般的人可以接受自己的指标偏低被扣钱的做法吗?"

李义新肯定地说:"很难!我以前做过一段时间的管理,除非有很明确的原因证明是员工错了,不然很难让员工接受扣钱。"

刘振辉也赞同说:"这确实很难,员工只想要挣那么多钱,被扣钱谁都不会愉快的。除非是非常明显的员工错误,员工是不太会接受自己被扣钱的。"

江流说:"按我们前面的假设,被考核的员工也都是一些普通的人。除非公司能够证明指标不好都是员工的责任,否则最后指标不好的人大多数都不能接受自己被扣钱,对吗?"

看到大家在微微点头,江流继续说下去:"问题是工作做不好的原因往往很复杂,很难说都是员工的责任吧?你们自己想一想,你们谁能让员工接受工作做得不好都是他们自己的责任?"

看到大家都沉默不语,江流说:"如果做不到,员工就接受不了,这恐怕就是张经理说的很多员工在被考核后辞职的原因了。所以,如果员工不想离职,就只能全力维护自己的指标,对于别的支持和配合的请求置之不理,甚至是串通做假数据,而这种结局应该不是我们希望看到的。"江流停顿了一下,看着默默不语的众人,好一会儿大家都没有说话。

江流说:"我们当然不能只因为一个方案没有执行好就否定这个方案。但如果这个方案真的很难执行好就很难说这是个好方案了。至少可以说这是个不切实际的方案。"

江流喝了口水,又停了好一会儿,这才继续说:"退一步,就算我们的员工都很理解和支持考核。我们就没有问题了吗?"

江流看了看在场的人,说:"我们前面说到在制定KPI的时候要确保指标能够涵盖这个员工的重点工作,而且这些KPI还要是被考核的员工能够自己控制的。你觉得达到这种要求的KPI容易制定出来吗?"

江流停顿了一会儿,继续说:"我们公司是一个非常需要团队合作的公司,很多工作都是需要不同的部门和人员协作才能很好完成的。有些配合工作看起来不起眼,可如果这些工作没人做,很多重大的工作可能都无法顺利进行。换句话说,很多人的工作都是需要别人的支持和配合才能做得好的。你觉得我们怎么在KPI里面体现出来对别的部门的配合和支持?再继续增加指标吗?"这时,连支持KPI的刘振辉和李义新也不知道该如何回答了,大家一时都没了言语。

江流停了大约一分钟才继续说:"如果真要这样做的话,那恐怕需要很多指标。这是不是会导致指标过多,违背了我们希望通过指标让员工关注自己的重点工作的目标?"

大家默默点头。江流继续说:"如果我们不把这些影响其他部门的工作列入考核范围,有些人就可能不做。因为这些事情都和自己的指标不相干,做了也是没有成绩的。最终别的部门的业绩就可能受到很大的负面影响,导致他们无法达到指标的要求。这是不是被考核人无法控制的?这是不是又违背了我们前面所说的好指标的标准——必须是被考核人可以控制的?"

江流看大家都不说话,继续说:"这其实已经不是慎不慎重制

第39章 考核指标的误区

定指标的问题了。KPI本身就有自我矛盾的地方，它一方面要求员工关注指标的重点工作，另一方面潜在地希望被考核人不要只考虑指标，能够多配合相关部门的工作。具体来说就是KPI让公司和员工算得很清楚，你做到多少分，我给你多少钱；另一方面KPI又希望员工不要斤斤计较，要以大局为重。你觉得这种目标能够实现吗？"

看到大家都在微微点头，江流继续说："我们制定指标只能基于当时的实际情况来制定，但是像我们这样的公司，变化是很快的。比如现在，我们公司就准备新成立一个医疗设备公司。这是老板亲自强调要重视的项目，我们怎么在KPI里面体现这种工作考核的变化？"

看到大家都在摇头，江流继续说："退一步就说我们飞达这边，我们的产品刚研发出来的时候是强调质量，等质量稳定了、逐步扩大市场的时候强调的则是订单交付。但今年就很明显地，公司开始强调成本了。KPI怎么迅速体现这些变化？"

江流又停下来，任由大家在下面交头接耳。歇息了好一会儿，他才继续说："这么艰难才做出KPI，结果情况一变，指标就又显得不合理了。重新制定吧，费时费力，不重新制定吧，又明显已经不能体现重点工作要求了。大家觉得有必要吗？而且我们做KPI的初衷是什么？"

李义新回答说："考核大家的工作，简化管理。"

江流点点头说："KPI永远是一个滞后指标，因为KPI只能根据历史情况来确定到底哪些指标应该成为KPI。KPI考核对我们这种快速、灵活、多变的公司是不太适合的，因为我们的实际情况在不断变化，追求的目标也在不断变化。而且我们的工作相对更需要支持和配合，这导致我们的很多指标往往都是个别被考核人无法完全控制的，是需要一个团队来共同实现的。

张经理说:"江总说的这一点很有道理。很多指标其实都是单个的被考核人无法完全控制的,这种考核多了,很容易影响我们的团队合作氛围,而且被考核部门也很郁闷。"

江流点头说:"如果以被考核人无法完全控制的指标对其进行考核,一旦考核影响他的收益,被考核人难免产生抵触情绪。如果我们要增加指标考核这些支持和配合的工作,这些支持和配合的工作往往难以量化,这又使指标的制定变得艰难。相对来说KPI考核倒是更适合工作相对独立的个人。"

李义新和刘振辉也点头承认,江流说:"所以,考虑到以上那么多复杂的局面,制定合理指标所产生的困难可能要大于认真了解下属工作的困难。这就是说很可能无法通过KPI来简化我们的管理,我们也就根本无法实现最初的目标了。"

江流环视了一下大家继续说:"如果几个指标就能简化管理,让员工自己自觉工作,公司根据这些指标的得分来定绩效、发工资。你们不觉得太理想了吗?有些人觉得奖优惩劣就能让员工好好工作,这是不是把工作想得太简单了?如果真存在这样的指标,老板何必请我们过来,不如直接找一些专家制定一些指标,然后大家根据指标来工作,老板根据指标制定工资标准,最后员工根据自己的指标领工资。想多拿点钱,就想办法提升指标,而提升指标就相当于为老板创造更多的价值。呵呵,你看多好!都不需要我们这些管理人员了!别人是生产自动化,这样的公司可以实现管理自动化了!"大家哄堂大笑起来。

江流等大家笑完了,才继续说:"大家很可能奇怪,既然这么多公司使用KPI,难道KPI真的一点作用都没有?我的观点是KPI其实还是有一定作用的,可以参考KPI来了解我们的工作还有哪些需要改进的地方。现在的问题是KPI承载了太多不应该承担的责任,导致KPI变味儿。"

第39章 考核指标的误区

江流喝了口水，看到大家还是不太明白，解释说："KPI 可以告诉我们理想状况下我们的工作水平应该是怎样的。KPI 比较适合当做一个标杆，指引工作的一个标杆，但不适合成为考核的指标。说到这里，你们可能又担心没有考核的 KPI 最后又成了一个形式，大家走走过场，打打分就过关了。可你们有没有想过，为什么没有考核的 KPI 容易流于形式？"

刘振辉说："没有考核就和自己的利益不相关，谁还会关心和自己的利益不相关的数据呢？"

江流笑了笑："难道一定要考核才能让指标和你的利益相关吗？"

看着江流的笑容，刘振辉反而不敢回答了，只是有点愣愣地看着江流。

江流说："其实如何评价员工的工作是做领导的工作。如果领导都不愿意花时间了解下属的工作，他怎么发现下属的不足，帮助他们提升？如果他不了解下属的工作，他怎么给予合适的奖惩？如果他不了解下属，他怎么安排部门的工作？"

看到大家都不说话了，江流说："所以，管理者可以自己根据大家工作的情况给你们作出评价，这件事情 KPI 不能代办，也无法代办。评价员工是管理者的核心工作，是管理者必须亲自完成的工作。"

江流又喝了点水，说："当然管理者在评价的过程中，有些时候需要参考 KPI 的一些数据。有了 KPI，我们可以根据实际情况去找出影响 KPI 水平的因素，自己改进或推动相关部门改进，通过这些工作来提升工作表现。当然有一些 KPI 可能是无法改进的，因为公司可能更看重另外的一些指标，或者这些指标是客观环境造成的。刚才张经理说的厂房租金的事情就是一个例子。再比如我们公司就更重视交付而不是库存水平。在供应商的交付和市场预测无法改进的情况下，计划就要通过适当多备货来提升对意外订单的交付水平。这时 KPI 没有达到理想水平可能也是合理的。"

江流说："说了这么多，你们对 KPI 还有什么想法和意见没有？"

杜山松问："江总，你的意思是 KPI 不应该是用来考核我们的，是我们自己用来帮助自己了解自己工作情况，找出需要改进的工作的工具吗？"

江流点头说："是的，我的看法就是这样。真正需要做评估工作的是管理人员，管理人员也必须做好这项工作，因为能够不断为公司创造价值的员工才是公司最大的财富，而想保留这些员工，让他们持续不断地为公司创造价值，就必须对其进行合理评估，给予他们合理的回报。通过评估发现他们需要改进和提升的地方，帮助他们改进提升；明白他们的缺陷，工作安排中尽量避免他们的缺陷，或者想办法通过其他手段来弥补他们的缺陷。这些工作是管理工作的核心，但是要做好这些工作必须基于对员工的了解。如果对员工的工作很了解了，就不需要通过一个死板的 KPI 来考核工作了。"

看到大家还是带着将信将疑的表情，江流停顿了一会儿，大家在下面小声议论了一下，最后却没有人提出反对意见。

江流这时才说："你们可能有不同的意见，可以提出来大家讨论。如果一时没有想清楚，下去继续讨论，以后向我反馈也可以。如果大家觉得我说的有道理，请每个人试着做出自己的 KPI，作为你们工作的努力方向。我会和各个部门负责人沟通你们的指标。对于无法用指标来衡量的工作，请尽量以事例来说明。尽量不要用空洞的语言概括，因为具体的东西有助于增进我对你们工作的了解，而且你们自己想对比自己的工作是否有进步的时候也是具体的事例比空洞的概括更容易对比。"

第39章 考核指标的误区

后面的两个多星期，江流陆陆续续收到了很多员工的自我评价。这些评价中大多数仍然是说自己工作认真、积极、取得了明显的进步，却还是缺乏他所要求的用具体的数据和实例来说明自己的工作。他不断地向不同部门和人员强调自己需要的总结报告的形式，以及需要这样的总结报告的原因。做了很多沟通，直到又过了差不多两周过后，大家的报告才勉强达到了江流的要求。

当所有的考评结束后，一天，当常经理和江流在办公室里谈起此事的时候，常经理有些不理解地问江流："其实很多公司的年终报告都是这样做的，写的都是一些应景的东西。江总，你又何必太认真，反正这个报告也没有谁会很认真地去看、去分析的。"

江流脸上浮现出一丝苦笑，说："不是我想找麻烦呀！难道你不觉得工作方向和工作态度是管理的核心工作吗？没有积极的、正确的工作心态，你出再多的管理制度，做再完善的流程，搞出再多的 KPI 都是没有作用的。有的人认为管理只要赏善罚恶就可以了，但我不觉得有那么简单。"

常经理说："的确没有那么简单！如果赏善罚恶能够解决所有的问题，公司只要制定清晰的规章制度就好了。我觉得解决问题的根本还是找到问题的根源，用合适的手段解决。简单粗暴的管理越来越没有市场了！"

江流也点头说："对，管理不是简单的奖惩就行的，我们做管理的要关注真正的问题是否得到解决才行。"

常经理微微点头，说："我原来刚接触管理的时候，我们的老板就跟我们说，人都是懒惰的，必须要凶，要够狠。员工怕你了，就什么都会做了。后来 80 后员工越来越多，他觉得员工越来越不好管。他的手下辞职的特别多，流失率特别高，新员工多，部门的问题就多，他的业绩也就下去了，后来还被公司解雇了。所以，我后来就琢磨他的方法还是有缺陷，太强硬了。所以公司提拔了我之后，我对沟通就特别耐心，也经常给下属搞点奖励什么的，工作还做得不错，但是后来发现很多深层次的问题还是难以解决。我也经常在想，感觉是惩罚不行，奖励也不行，这个管理到底该怎么做！"

江流点点头说："赏不足以劝善，罚不足以惩恶。没有制度是不行的，但是光靠制度是管不好的。制度是死的，公司的要求是不断变化的，是活的。所以必须有人来把握局势才能灵活应变。必须有人真正关注基础的工作是否做好了，领导要关注大家是否都在关注基础工作。光靠几个制度，就想让公司运作正常是不现实的。"

常经理听到这里也点点头，说："是这样。江总来了之后给我最深的印象就是没有像前面的总监那么强调考核，总是强调我们的事情是否真的做好了。少了很多指标的困扰，大家现在可以把精力放在对实际问题的解决上来，我们的效率反而更高了！而且，过去很多不合理的 KPI 搞得想做事的人很憋气，现在没了这些指标的羁绊，大家工作的劲头更大了。"

江流说："所以，我只是想通过这个工作总结迫使他们改变过去搞一些空洞的数字和没有用的套话来歌功颂德、自我表扬的习惯，希望他们在压力下能够真正关注我们的工作目标和服务对象。而且有了具体的事例我才好说什么做得好，什么还需要改善，什么事情的方向需要调整。通过沟通让他们明确我需要的工作方向和工作态度，这样虽然辛苦了点，但多少还是可以明确我们的工作方向和工作态度的。所以，我认为是值得的。"

江流喝了口水，说："当然了，我们也不能把希望完全寄托在一年一度的工作报告上。还是要在日常的工作中多关注下属的工作，通过对于他们具体工作的参与和指导，不断明确我们的工作方向和工作态度，帮助下属提升他们的工作方法、改进他们的工作态度。这样大家才有可能取得好的工作绩效。我可没指望一个指标就能轻易解决这个大麻烦！"

常经理想了好久才点点头,说:"可能这就是我的问题之所在。我管的部门基本上都能够服从我的管理,但是我管理的绩效却比你差多了。感觉我太重视和睦的人际关系,但是缺乏对工作结果的关注。"

江流笑了笑,说:"你过奖了。我们是要建立良好的人际关系,但这种良好的人际关系应该是一种能够让工作发挥绩效的人际关系,而不是你好我好大家好,谁也不说谁,谁也不对谁提要求的人际关系。其实你处理人际关系有很多独到的地方,有些事情我本来都认为办不成,但是经过你的反复沟通,最后还是让各方都接受了。你能把关系做成这样,这是你厉害的地方。只是希望别人学你的时候,不要只学了维护关系,却忘记了你辛辛苦苦做沟通工作达到的成果!"

本章点评

■ 为什么KPI考核会诱使员工造假,导致部门墙盛行?怎样才能提升工作绩效?

KPI细分下去造成的一个后果就是利益的分歧,缺乏共同的利益是导致KPI造假、形成部门墙的根本原因。KPI可以让我们大致知道目前的运营情况怎么样,但是往往不能说明问题到底在哪里,责任人是谁。所以,KPI只能当做了解工作成果的一个工具,而不应该是一条鞭策员工进步的鞭子。最终提升绩效还是需要管理者以KPI为起点,关注工作过程,找到需要提升、改善的地方,协调资源进行改善。

第40章
构建瑞达团队

- 为什么不能照搬照抄以前成功的经验？
- 为什么一些看来很明显的问题反而没人解决？

在新年到来之前，工作人员终于完成了瑞达的新厂房的水电线路、生产设备的安装，已经是万事俱备，只能人员到岗就可以正式开始运作了。

杜山松和李勇的关于新工厂的计划工作方案也交到了江流这里。江流注意到，相对于李勇，杜山松更注意对新项目的备货支持，提出了为关键器件备安全库存的想法。而且杜山松提出了按订单装配的生产模式，对于关键半成品是通过库存生产来解决的，这一点不同于目前在飞达的做法，飞达是完全按订单生产的模式。

当江流问杜山松为什么会改变作业的模式的时候，杜山松说自己去看过瑞达的产品，并且也和负责瑞达产品的杨工聊了几次。总的来说，杜山松感觉瑞达的产品相对于飞达公司的产品来说比较复杂，相应的产品的加工工艺也比较复杂。从前到后要经过的程序多，花费的时间更长。其次，虽然瑞达的产品用到的半成品比较多，但是半成品很多都是通用的，大多都是通过不同的组合，以及一些小配件的差异形成了不同的成品。半成品备货的库存风险其实

第40章 构建瑞达团队

并不大。

此外杜山松认为瑞达目前处于市场拓展的阶段,对市场的响应和支持很重要,而供应商目前合作还未顺畅,有必要增加对关键物料的备料,要防止因为供应商原因造成的市场交付延迟,尽可能地保障及时供货。至于改按订单生产为按订单装配,杜山松主要是考虑到半成品较为通用,备货风险不大。还有一个考虑就是按订单装配最快三天之内就能发出货,而按订单生产至少一个星期以上才能发货,在目前的市场拓展阶段,订单交付周期短意味着市场部可以更灵活地应对市场形势的变化,这样我们就可以达到,帮助市场抢单的目的。

还有一个原因是,瑞达的生产批量刚开始不可能很大,而半成品是通过贴片机生产的,对于生产批量要求比较高,针对半成品电路板采取库存生产有助于保证半成品生产批量,降低生产成本。

李勇的计划方案虽然中规中矩,但江流认为方案基本上还是基于目前飞达的一些作业模式,没有像杜山松一样针对瑞达产品的特点进行改进。对他们两个人的方案的优劣评点完了之后,江流让杜山松先离开办公室。

等杜山松离开了之后,江流又仔细地向李勇分析了瑞达的特点,备料和生产中的潜在的困难,指出李勇的计划模式可能碰到的问题,而相应地,杜山松的计划方案的优点在哪里。看到李勇不断点头,江流话锋一转,表示对李勇积极工作态度的欣赏,并表示自己一直记得李勇把自己叫到车间去的情形。公司对他这种员工一定会认真培养,给予机会。但目前看来,他还不太适合瑞达的计划主管的位置,希望李勇能先安心在老厂做计划主管,同时也多学习一些。经过了江流的解释,李勇也逐渐从失败的挫折感中走了出来,表示自己会接受江总的安排,后续还是会继续认真做好自己的工作。

经过了这段时间的磨合，要调到瑞达的人员也和杨工磨合得差不多了。江流在和杨仁庭沟通之后，任命刘振辉为品质部副经理，全面负责瑞达的品质部工作。杜山松为计划部主管，负责计划部工作。丁忠义兼任瑞达仓库主管。同时公司也发表了任命：由江流兼任瑞达供应链总监，任命杨仁庭为供应链副总监兼管质量工程部。

陆经理也到公司报到了，江流特意亲自带他去各个部门，介绍他认识各个部门主管。介绍完了之后，江流带陆经理回到了自己的办公室，同时通知丁忠义也到自己的办公室。丁忠义到了办公室之后，江流把丁忠义的情况简单地向陆经理介绍了一下，并说明希望陆经理能够把仓库的管理水平再提升一个档次，同时也嘱咐丁忠义要帮助陆经理尽快熟悉仓库的情况，多向陆经理学习。但是江流没有让陆经理立即接管仓库的事务，而是先和陆经理约定了一个两周的熟悉期，在熟悉期内，事务仍由丁忠义处理。此外，陆经理要每周至少和江流做一次关于仓库工作的沟通。正式接管仓库的时间取决于陆经理对仓库工作熟悉的进度。

经过两个星期的熟悉，陆经理初步了解了目前仓库的运作特点，在经过和江流沟通之后提出了自己的整改意见。

首先，陆经理认为有些制度没有得到持续的贯彻执行导致工作效果无法持续。比如当初规定物料按使用的频率分区，使用频率高的离物料员近，使用频率低的离物料员远。但现实是，这些物料全部都是按当初的分区来摆放，新物料基本上都被放在比较远的地方。应该每隔一段时间就重新考虑一下物料的分区。此外，物料标识牌也存在相同的问题，新物料没有标识牌，旧有的物料停用后也没有及时更新标识牌。

其次，仓库的库存有些都已经超期，但还是一直放在仓库，没有定期去清理这些物料，导致占用空间，加重了仓管员循环盘点和物料管理的工作负荷。

第 40 章 构建瑞达团队

再次,仓库的物料收发区域划分不明确,收料和发料都是在一个区域内操作,存在混放的现象,有错出错入的风险。

江流听陆经理说了几点,把目光转向丁忠义。丁忠义红着脸解释说:"我每天都忙着检查物料盘点情况、紧急生产订单的发料、异常问题的跟踪解决,结果把有些之前已经做到的工作给忽视了。至于第二个问题,我还真没考虑过,我总觉得仓管管好物料就行了。第三个问题我应该早就关注的,当初有人抱怨过,不过我当时觉得入库和出库的物料在包装上有明显不同,入库大都是整包装,出库大都是散包装,注意一点应该不会错,也就没在意。陆经理跟我分析这些事情的潜在风险的时候我才觉得自己的工作方法和意识还是比较欠缺的。"江流点了点头,说:"能够意识到自己的不足就好。现在有了一个好师父,以后还是要多向陆经理学习。"

然后,江流转向陆经理说:"陆经理,那你觉得怎么解决这些问题呢?如果现在就把仓库全权交给你负责,你打算怎么做呢?"

陆经理说:"我认为部分原因是员工并不理解自己要做的工作,仓库管理人员在这方面也有不同程度的问题。这导致有些工作他们做只是因为领导要求,而这项工作并没有深入他们的内心。所以一旦领导不再关注这些工作了,这些工作也就荒废了。第一个问题属于这种情况。"

江流微笑着点头,示意陆经理继续说下去。陆经理说:"还有一个问题就是员工对可能发生的风险不够重视,总认为人可以控制,没有想过人总有疏忽的时候。在不增加工作量的情况下,我们应该尽量采用能够防范风险的措施,从方法的源头避免问题的发生。第三个问题属于这种情况。"

陆经理想了想,继续说:"此外,普遍地存在于员工中间的一个问题是:很多人是消极、被动地接受自己的工作,缺乏积极推动改进措施、改善工作环境、提升自己工作表现的意识。其实员工是日常工作的操作者，他们是很容易发现这些问题的，但是因为前面所说的消极思维的影响，他们不愿意提出问题来。如果管理人员也没有发现这些问题，这就会导致问题一直存在，得不到解决。第二个问题属于这种情况。"

江流满意地点头说："你说的最后这一点很重要，这比呆滞物料没有得到及时处理这个问题本身还要严重。如果基层员工都不关心工作的品质，仅仅靠几个管理人员是很难把仓库的管理做到高水平的。而且形成这种现象还可能有更深层次的原因，有可能我们也没有认真对待基层提出来的意见，迫于一些阻力没有实施一些本来该做的改革。时间久了，改革的雄心也磨完了。所以，还需要陆经理这样专业的人才来帮我们发现问题呀！我会尽力帮助你推动解决这些问题！希望你不要有太多的顾虑，确实有顾虑的问题可以先和我沟通一下，我会尽力支持你的！"

江流看到陆经理轻轻点了点头，问丁忠义："以前我们不是让员工提合理化建议的吗？到底有员工提建议吗？为什么这个问题就没有人提出来呢？"丁忠义回答说，合理化建议有人提，不过很少，至于这个问题为什么没人提，他也不清楚。

陆经理接过话茬说："根据我的观察，我们的仓管员甚至是基层的管理人员普遍都没有接触过多少仓库管理，也缺乏仓储管理的知识，不少人都是到了我们公司才开始接触仓库工作。所以，有些我们认为不合理的事情，他们却是从最开始做仓管就是这样做的，已经习以为常、见怪不怪了。"

江流苦笑了一声，说："见怪不怪了！可能这就是我们的问题。"

陆经理看到江流这么说，继续说："所以说到解决这个问题，我认为还是要先从改善员工的工作意识入手，有了正确的工作意识，员工自觉按要求去做了，工作才能做到位。要让员工自己知道怎么做才对，问题才会真正得以解决。"

江流点点头，总结说："这才是无为而无不为。做得好的工作一定是大家自己想这样做的。光是靠管理人员去管，还是有缺陷啊！'有了正确的工作意识，员工自觉按要求去做了，工作才能做到位。'这句话说得尤其好！"

陆经理接着说："其次，基层员工的工作技能培训和工作流程学习不够系统，以至于一些很简单的问题，如不良品隔离，都需要丁主管来协调解决。这导致丁主管把太多的精力都放在了这些维持日常运转的问题上面，而对于仓库的改进工作自然就没有足够的时间来研究和推动。所以，还是需要把一些问题分类汇总，对于有代表性的问题，我们应该推动解决的方法标准化、流程化、制度化，要做成书面的培训资料，很多东西让员工自己去学习就可以了。管理人员只针对员工不明白的问题进行解释说明，这样可以减轻管理人员的培训负担，有时间针对性地发现员工的问题，指导提升员工的工作素质。这样下面的仓管员碰到这些问题自己就知道怎么解决了，管理人员也才能够把注意力放在更深层次的问题上面。"

江流连连点头，说："培训员工，减少出错。这是磨刀不误砍柴工！把常规的问题标准化、解决方案流程化。这是把问题处理流程化，简单化。这样才能腾出精力来处理真正的异常。呵呵，虽然陆经理说的是仓库管理，讲的也是仓库的问题，但是我感觉对其他的管理工作也一样适用，让我都学到了很多！"

陆经理有些不好意思，说："我一直都是在做仓储管理，知识面比较狭窄，以后要向江总学习的地方还有很多。"

江流笑笑说："专业就是专业！你也不用客气了。"

江流想了想说："我想我们还有一个问题需要解决。员工对于工作改善的态度很大程度上取决于管理者对待改善的态度。如果作为管理者忽视工作中的问题，认为是小问题，不值得重视，那么员工也会轻视这些问题。如果管理者更喜欢解决表面的、浅层次的问题，忽视潜在的深层次的问题，更重视救火而不是防火，那么员工也不会深层次地考虑问题，不可能找到问题的根源。"

江流问丁忠义："你觉得这个问题应该怎么办？"

丁忠义想了想，说："我带头参加学习，其他骨干的思想工作我来做。保证不让江总失望！"

江流说："你这样表态，我就放心了。我觉得你在专业知识方面还需要加强。你前面说到自己注意到物料区域划分不明确，但还是觉得应该没什么问题。我认为就是缺乏陆经理所说的正确的工作意识，你是个勤快人，做事积极，但是你更喜欢救火而不是像陆经理一样，力求防火。所以，你虽然工作积极却总也无法杜绝火灾。对于仓库出现的这些问题，你应该反省自己的不足，多从自身找找问题的根源，以后才能提升自己。"

丁忠义连忙说："我一定努力向陆经理学习。"

江流起身到丁忠义身边，拍拍他的肩膀说："我就欣赏你这种工作态度，发现错误，立即改正。你没有受过专业的训练，错漏在所难免，所以也用不着太紧张。现在有了陆经理这样的行家，你要认真向他学习呀！所以，陆经理后续搞的培训，你要带头参加学习。希望你能以身作则，为其他员工树立一个良好的榜样。"

江流又转过去对陆经理说"那么从明天开始，仓库就由你全权负责管理，丁忠义，你负责协助陆经理。还有，我们新成立了一个生产医疗设备的工厂，也在这个工业区。到时候让丁忠义带你去看看，顺便也帮我规划一下那边仓库的布局。"

瑞达的前期生产准备也在紧锣密鼓地进行之中，物料已经按杨总给出的清单进行采购了。新年之后杨总就带着田德海和几个研发人员开始试制半成品板，进行成品组装了。到三月底，首款产品就已经通过了样品试制。

第40章 构建瑞达团队

杜山松在三月底完成了飞达的工作交接，带着新培养的计划张信良转到瑞达负责计划部的工作。刘经理也逐步搭建起了质量部的人员架构。在陆经理完成了新仓库的布局和规划、熟悉了飞达仓库的工作后，丁忠义被调过来负责新仓库的筹建工作，陆经理会偶尔抽空过来看一下，给丁忠义提一些建议。

江流和杨总商量过了，现在公司规模小，暂时先由杨总兼任生产部经理。现在唯一还没有确定的岗位是生产部领班的人选。江流在和杨总沟通的时候，杨总提出来让田德海负责，说感觉田德海这个人工作认真，执行力很强，而且对产品非常感兴趣。经过这几个月的样品试制、安装，他对产品的特点有了比较深的了解，感觉他应该是个很合适的人选。

江流没有直接发表对田德海的意见，反而问杨总是否已经和田德海沟通了此事。杨总说自己已经私下问过田德海，田德海也有这个兴趣，但他说担心江总不同意。

江流笑了笑，说："只要他确实适合，我没有什么不同意的。田德海可能是因为原来他管生产效果不是很理想，担心我反对吧。"

杨总有些意外，问："田德海以前做过管理吗？管得不好吗？"

江流苦笑着说："当初是没管好，而且当初是他自己说不想做生产管理了，还是觉得做技术好。不知道他现在怎么又改主意了。"

杨总也不知道说什么好了，江流看到这样，就说："这样吧！我还是先和他谈谈，了解一下他深层次的想法，看看他现在对管理是否有了更深的认识再作决定吧！而且士别三日，当刮目相看。说不定他现在能力提升了，真的适合做生产管理了呢！"

杨总离开江流的办公室后，江流马上找来田德海到自己办公室。田德海显然已经猜到了是什么问题，显得很平静。

江流就直截了当地说:"听杨总说,你现在很想试试做生产领班,而且杨总也很喜欢你工作认真负责的劲头,我们现在又的确很需要一个有一定生产管理能力的人来管理瑞达的生产现场。你有这个想法,我们很欢迎。"

江流看到田德海眼中有跃跃欲试的神情,说:"但是在作这个决定之前,我还是想了解一下你现在怎么又改变了想法,想做回生产管理了。因为以前你和我说过觉得自己还是做技术比较好,不想做管理的。"

田德海说:"以前不想做生产管理是感觉每天都有很多问题,自己明明知道有问题,但就是解决不了。而且整天不是这里有问题就是那里有问题,被别人叫来叫去,自己都不知道自己该做什么了。感觉做得太痛苦了!那时觉得还是做技术比较好,只要自己会,就一定能做出成果来。所以那个时候不想做管理了。"

田德海说到这里,情绪显得有些低落,不过马上变得兴奋起来,说:"但现在到了瑞达这边,因为我来得比较早,所有新员工的培训、工作安排都是我负责的。只有我们几个人,我也安排得过来,大家也喜欢我来安排,让我觉得管理如果理顺了,还是很有成就感的。而且我在飞达调离领班的岗位后,工作相对比较轻松,我反而有时间看陈主管怎么做管理。看到问题在他的手上一个接一个地得到解决,生产越走越顺,自己慢慢地对生产管理有了一定的认识,对自己以前工作的一些不足也进行了反思。如果现在能够再有机会去做生产管理,我想我会做得更好的!"江流点了点头。

田德海继续说:"而且这段时间跟着杨总学做样品、装配、调试,也学到了很多的产品知识,对自己以后做瑞达的生产管理应该有很大的帮助。这是我相对外部招聘管理人员来说一个很大的优势!"

江流微笑着点点头,但还是继续问:"那你觉得做技术和做管

第40章 构建瑞达团队

理有什么不同？你能举一个例子说明现在你比较适合做管理吗？"

田德海略略想了一下就回答说："我认为做技术更多的是对事，把自己的事情做好了就好了；做管理更多的是对人，要帮员工解决他们的问题，让他们能够做好。"

田德海看到江流在微微点头，继续说："虽然现在我们还没有成立生产部，但已经有四个人在配合研发做样机的装配、测试工作。而且我比别人来得早，对产品、对公司都比别人熟，所以杨总要求我去安排生产人员每天的工作。现在我每天都会在下班前向杨总和秦工了解我们第二天的工作，根据他们的要求我会先想好谁来做每一项具体的工作，需要什么工具我也会事先准备好。早上上班我一般会提前到公司，把准备好的工具放到需要的地方。开早会的时候我会告诉他们每个人需要做的工作。这样大家工作起来就顺利多了。"

田德海又想了想，说："我现在之所以想做管理，就是因为我感觉现在能够安排好别人的工作，每天的工作都能秩序井然地进行，而且让大家都能把工作做好让我很开心。所以很希望江总能给我这个机会。"

江流笑着解释说："不是我给你机会，是你要证明自己能够把工作做好！我对谁都没有偏见，我的标准只有一个：谁能做好工作！"

田德海有些紧张地看着江流，干巴巴地说："我一定会努力做好公司的工作的！"

江流缓缓点了点头，继续问："很好！我还有一个问题，那你觉得自己以前做管理失败的自身原因是什么？"

田德海想了想说："以前我对管理工作缺乏一个整体的认识。现在回头想想，其实我当时一直都没有搞清楚自己每天要做什么，先做什么，后做什么。每天一到公司就是一堆麻烦，从早忙到晚，想多问问张经理，他也很忙，整天到处救火，根本也没多少时间管我。我只能按自己的想法做，再说就算我想按他的方法做，那么多异常，很多事情都得处理，最后还是会乱。而且飞达那边要管理的人又多，被别人叫来叫去，几次下来自己就疲于奔命了，根本没办法静下心来安排产线员工的工作。员工的工作没有安排好，问题就更多，自己就更是忙得焦头烂额，陷入了恶性循环，一直没有办法搞清楚自己到底该干什么。"

江流听到这里也不禁笑了，说："还真难见到你这么实在的！别人都说自己好的一方面，你在我面前大谈自己不好的一面。"

江流停顿了一下，说："你能这样做很好！能够意识到自己的错误才能改进，我最怕那种错了还要拼命狡辩的人。有错误，改过来就是了！如果你能坚持这样做，你在公司就一定能获得更充分的发展。"

听到这里，田德海把屁股往椅子里挪了挪，脸上的表情也放松多了。江流满意地点点头，说："看来你这段时间进步很大呀！"

江流接着问："还有一个问题，从刚才的谈话中，我看你对管理已经有了一定的认识。但管理不可能是一帆风顺的，如果你在新工厂的管理遇到了困难，比如像你在飞达遇到的那种困难，你会怎么做？"

田德海想了比较久，才说："我认为以前的很多问题都不是我的职权范围内能够解决的问题。这种情况以后要学会向领导反映情况，争取获得领导的支持来解决。至于我职权范围内的问题，我觉得只要认认真真找根源，动脑筋找解决的方法，总会有办法解决的。而且不管怎么急，我认为都应该优先把产线的工作安排好，这是重点。产线走顺了，别的事情一般都好说！"

江流点点头说："你能这样说我就放心了。行吧，我看你可以先试试。"

第 40 章　构建瑞达团队

第二天，江流发布了对田德海担任生产主管的任命。这样，生产、计划、质量、仓储各个部门的管理人员就都到位了。基于统一采购的原则，仍然由陈经理负责瑞达工厂的采购。江流要求瑞达每周至少召开一次工作沟通会，江流亲自主持参加。

本章点评

- 为什么不能照搬照抄以前成功的经验？
- 为什么一些看来很明显的问题反而没人解决？

手段是为实现目标而存在的，手段需要跟随目标的改变而改变。如果希望做到卓越就必须找出目标的差异，根据差异调整自己的手段，力争取得最好的效果。

人都是受自己的认知控制的，在一个环节待久了，就很容易慢慢适应这个环境，常见则不疑，对问题见怪不怪。改变这个问题有两种途径：一是从目标出发，重新审视工作的方法，找出不合理的地方，这对员工的逻辑思考能力、积极性有很高的要求。二是选择来自不同环境的新人给老员工带来刺激，促使他们反思自己的做法。

第41章
无法解决的问题

- 下属说问题无法解决,你该怎么办?
- 有错就罚能够管好团队吗?

时间过得很快,感觉前些日子树上还是嫩绿的新叶,似乎一转眼就披上了浓密的盛装。天气也开始热得让人难受,看着在太阳下无精打采地挂在树枝上的树叶,江流才突然意识到,已经到了六月了。好像到了一定的年纪,时间就过得越来越快。大学读书的时候总觉得时间过得太慢,似乎静止了一样,现在却是跑步都跟不上了。

感慨归感慨,工作还得做,江流摇了摇头,继续看统计报表。很多比较重大的质量问题都已经解决,瑞达的备料、生产、发货也逐步步入正轨。但是客户还是有抱怨,江流觉得应该还是有一些问题。在一次周例会上,江流问了一个问题:"我们现在最多的质量问题是什么?"

刘经理说:"螺钉漏打,螺钉不紧。这是个老问题了,虽然我们也一再加强对员工的培训,加强检验。但这个问题还是没有办法完全解决。不过从比率上来说,我们现在的不良率已经很低了。而人做的东西就不可能百分之百合格。所以暂时只能这样子了!"

江流没有马上作出判断,却问杨总:"杨总,你的看法呢?"

第 41 章 无法解决的问题

杨总说:"医疗设备是非常重视品质的,这里的原因也不用我多强调,在座的各位都会明白。虽然比起前一段时间,我们目前的质量做得算是不错的了。但是对于医疗设备这种行业,我们必须还要继续提升质量水平。就这个问题我也和刘经理沟通了多次,但是到目前为止,我还没有找到好的解决方法。"

江流说:"医疗设备质量要求高,这个要求肯定不止针对我们一家公司,应该是针对所有的医疗设备公司的。那么就是说,肯定有很多公司都做到了。那么我们做不到,不能说没有办法,只能说我们还没有找到办法。我们真的是从各个可能的控制角度都考虑了吗?我们真的没有什么可以改进的了吗?我希望每个人都好好想一想。"

看着沉默的大伙,江流尽量以平静的语气说:"我们有没有针对每一个螺钉质量问题的分析?每种不良发生的数据有没有?"

刘经理回答说:"还没有。我们只是把螺钉漏打和螺钉不紧归到了一类问题。没有在这个问题上再进行细分。"

江流口气严厉地说:"我们数量最多的质量问题居然连问题的细分都没有!换句话说,我们就是根本搞不清楚我们螺钉漏打和打不紧的原因。这怎么可能找到解决问题的办法?你到底是怎么想的?"

刘经理说:"我觉得螺钉漏打和打不紧都是人员的问题,人的问题也没办法完全杜绝,所以觉得这样就可以了,就没有再做细分。"

江流没有继续说下去,而是环视大家。足足过了差不多一分钟,江流才缓缓地说:"我们都知道解决问题要先找出问题的根源,不找出问题的根源是没有办法解决问题的。不管问题是不是能够解决,我们一定要搞清楚问题的根源。因为只有找到了问题的根源,我们才真正能够说这些问题我们是不是能够解决。所以我希望大家关注问题不要只是停留在问题的表面，而要切切实实地深入进去。不要还没有深入调查就说问题不能解决。这个道理大家都明白吧！"

刘经理小声地回答说："知道！"

江流点点头，说："既然大方向明确了，那你们去收集资料，查清楚这一段时间以来我们的螺钉漏打、打不紧的不良原因到底是什么，按原因进行分类汇总。到时候我们再一起看看怎么解决。我希望这个汇总的报告能够让我们比较清楚问题都集中在什么地方。是集中在某些人、某些产品上，还是集中在某些工艺上？甚至是集中在某些时段？明白我的意思吗？"

刘经理稍稍犹豫了一下，还是回答说明白。江流说："那好，大家还有没有别的什么事情？如果没有就散会吧！"

会议结束后，江流把刘经理单独叫到了一个小会议室。江流面带微笑地说："今天是不是有情绪呀？"

刘经理连忙说："没有，是我自己的工作没有做好！"

江流说："我既然约你单独沟通，就是希望大家能够坦诚地把自己的想法都说出来。我还是那句老话，沟通清楚了，我们才能轻装前进！你有什么想法就说出来吧！"

刘经理想了想，还是说："是我自己的工作没有做好，没有什么问题。"

江流叹了口气，说："我现在抱着理性沟通的态度和你谈这个问题。你觉得我们现在这个样子可以沟通吗？"刘经理迟疑了一下，还是表示自己是愿意沟通的。

江流说："好的，既然你没有什么问题，那我来问问题。我的第一个问题，你觉得自己工作没有做好，你能告诉我到底是什么工作没有做好吗？"

刘经理愣了一下，显然没有想到江流会问这个问题，想了一下

第 41 章　无法解决的问题

说："我没有严格管理质量，今后要加强对内部制造环节的质量管控。"

江流说："你觉得要严格管理质量，要加强管控。那你觉得要严格到什么程度，管控到什么程度这个工作才算做好了？"

刘经理又愣了一下，说："应该是杜绝此类问题的发生。"

江流微微摇了摇头，继续追问说："那你为什么原来没有把杜绝问题发生作为质量工作的标准？你知道有哪个公司是把杜绝质量问题发生作为质量标准的？"

刘经理沉默了几乎有一分钟，才吞吞吐吐地说："我没有听说有哪个公司做到了杜绝质量问题发生，即便是提倡零缺陷的公司，质量管理也是允许合理的质量问题出现的。我以前没有重视螺钉漏打、打不紧也是认为质量还在合理的幅度之内。"

江流点点头说："很好，我需要的就是这种坦诚的沟通。不要赌气去认什么错，要知道自己到底错在哪里！也不要因为我是你的上司就不敢提出自己的理由。我也有错的时候！出点错误其实也正常。但如果出了错误还不能接受批评就不正常了。我希望出了错误能够抱着虚心沟通的心态，通过积极沟通，找出真正的问题，最后解决问题。"

看到刘经理在点头，江流说："那你现在意识到问题在哪里没有？"

刘经理想了想说："我没有意识到质量目标已经变化了。医疗设备的客户对质量的要求比过去飞达的客户对质量要求更严格，但是我没有及时调整自己的标准。"

刘经理想了想，又补充说："我的错误在于忽视了客户的质量要求。"

江流也点点头，说："其实我们所做的任何事情都应该有目标，要搞清楚我们为谁服务，要做到什么程度。不搞清楚这些，我们的工作就难免出现偏差。所以，作为管理者我们更是应该时刻明确自己的工作目标，并且要在自己管辖的范围之内对下属不断强化这些目标。这样，大家的方向一致了，质量工作才有可能做得更好！"

刘经理说："那我现在明白自己的问题了，以后我会更关注客户需求，并向员工强调这些需求。"

江流说："既然我们现在在大的方向上达成了一致，现在就剩下细节操作的问题了。你打算怎么动手解决这个问题？"

刘经理有些为难地说："时间太短，还没来得及仔细考虑方案。不管怎么样，首先应该是把最近的螺钉问题的原因都找出来，要发动工程、质量、生产一起找原因。找出来之后，再按你说的根据原因的特点分类。对于同类的问题，我们找出共通性，定下解决的方案。"

江流点点头，说："好的，你如果这样做，我就放心了。那行，你放手去做吧，如果有什么需要我支持的，随时找我。"

下去之后，刘经理先把所有的质量问题按产品的类型划分了一下，发现有一个机型的问题特别多。于是找到了田德海，田德海说这个设备本来就很难安装，连自己都没把握一定做好。然后，田德海把他带到一台已经安装好的设备前面，对着设备，田德海告诉刘经理："这个产品的设计有一点问题，有两个螺钉要在门板装上去之后才能锁螺钉，气枪根本没办法对准，只能斜着打螺钉，这样是很不容易打紧的。我向负责工艺的秦工反映过，秦工也找过杨总和研发。但据说是研发已经没有办法改这个产品的设计了，只能是在以后的机型设计中注意了。"

刘经理不禁摇头苦笑，看来是出师不利呀。田德海嘟哝着说："这个地方真的很难搞！用力小了，打不紧；用力大了，又容易把螺孔打花，那样就得重新攻牙，弄不好，整个门板都要报废，很麻烦的。"

第41章　无法解决的问题

另外，刘经理发现所有大型设备的不良率也比较高，远高于一般的小型设备的不良率。对此，田德海解释说，小型设备是流水线组装的，而大型设备目前订单量比较小，都是采用作业岛的形式由一个人从头到尾安装的，有时一个熟手一天才能安装一台。因为目前大型设备的订单并不是很多，估计是安装人员还不够熟练的缘故。

刘经理摇摇头，说："千万别说什么估计。如果这样向江总汇报，只怕又要挨批了。我们最近有要做的大型设备吗？如果有，你到时候通知我到现场看看。对了，你不是在做样品的时候安装过这些大型设备吗？你有什么感觉？"

田德海想了想说："关键是一台设备要装一天，这个时间太久了，工序又多，一不小心可能就会漏掉。而且这么长时间，如果中间工作被打断，再回来组装的时候很容易造成漏打螺钉或者螺钉漏校力。尤其是校力，这时候螺钉已经打好了，从外表看根本就没有区别，很容易造成遗漏。"

在调查中刘经理还发现，有一款产品发到客户手中后，客户在使用中发现上下壳结合不紧密的情况。反馈到了研发，研发就只通知壳体的生产厂家把上下壳的尺寸稍稍调整了一些，但是并没有谁更改对应的螺钉的尺寸，导致螺钉打不紧。而且整个更改也没有人通知工厂的相关人员。结果客户收到货之后抱怨很多，说每次发过来的产品都有问题，好像自己成了瑞达的检验员一样，责令工厂要加强品质管控。

刘经理知道后也只能摇头叹息，一方面向杨总反馈，另一方面自己也去车间调查。当问起产线的员工的时候，打过对应螺钉的员工表示当时是感觉有点不对劲，但是感觉自己是按规定在操作就没有多问，也没有反馈这件事。

此外，田德海通过查询流程卡发现有一个员工的品质做得比较差，错误率偏高。田德海就找来这个员工沟通，了解其不良率偏高的原因，这个员工认为自己已经尽力了，没有办法。但是在向其他员工了解情况的时候，有员工说这个员工爱玩网游，晚上经常玩到很晚才回来，有时甚至还玩通宵。后来田德海再次向该员工做了确认，这个员工承认了自己因为网游玩得太晚，白天上班精力不集中。田德海马上要求那个员工以后要保证足够的睡眠，这样才能精力充沛地上班。同时田德海还要那名员工保证，如果以后再因玩网游导致上班受影响，发生质量问题的话，就自己主动辞职。

一周很快就过去了，在瑞达的周例会上。刘经理把自己调查到的情况做了汇报。江流看到各种维度的不良数据分析、原因分类，微微点头。刘经理却有些沮丧，说目前找到的几个原因，除了警告那名爱玩游戏的员工，暂时都没有解决的办法。

江流却安慰说："我们现在已经找到了一些不良的真实原因，这就已经是进步了，离解决问题已经更近一步了。现在我们再来研究这些问题怎么解决，大家集思广益，总会有办法的！"

江流问杨总："你对第一个问题有什么意见？觉得应该怎么办？"杨总说："我已经和研发沟通过了，研发那边说现在的确没办法。如果这个时候改结构，很多东西都要改，而我们的样品在客户那里已经通过了，客户很快就要下单了。在这个时候提出来修改，客户会怀疑我们产品的品质，而且再更改需要的时间也的确太长，恐怕客户不会同意再等那么久了。"

江流说："那能不能在工艺上想想办法？"

杨总说："这个我也考虑过了，是没有办法的。"

田德海小声说了句："要有个带弯头的电批就好了。"

大家笑了起来，丁忠义还开玩笑说："那你去搞一个来，让我们也见识见识呀！"

大家哄笑起来。但是江流却仍然眉头紧锁，缓缓地说："是不是有个带弯头的电批就真能解决这个问题呀？"

第 41 章　无法解决的问题

田德海红着脸说:"如果是带弯头的电批,操作空间应该是够了,打的时候就好用力。我感觉应该是行的。不过哪里去找这样的电批呢?"

杨总也点头说:"如果有一个弯头电批应该是可以的,可是没见过哪里有卖弯头电批的呀!江总你有见过吗?"

江流摇摇头说:"我也没见过。不过,现货没有,定制一个也不行吗?"

杨总说:"一把电批,定制恐怕没人干吧?"

江流想了想,说:"不行的话,我们找一个机加工的工厂,让工厂帮我们改一下试试吧,说不定可以的。就找我们的供应商。大家有合作关系在,应该好说话一点。"

杨总说:"那倒是可以试试。不过谁去找机加工厂家呢?"

江流说:"我去给采购部陈经理打个招呼,让他去联系供应商。技术方面由谁负责?"

杨总说:"这个还是我自己来吧,我对工艺要求熟一些,争取一次搞好。老是麻烦别人也不行。"

江流说:"行,那我让采购部谈妥供应商之后直接找你。"

于是大家把目光转向了屏幕上的研发设计更改导致螺钉不符合的事件。杨总说:"这个应该是管理问题,是研发部内部管理不到位的问题。原则上研发所有的更改都应该通知工程,工程要考虑这种变更是否会产生连带问题。研发部自身在设计更改后也应该重新检验、验证设计是否有问题。我们应该先做一个小批量验证再正式批量生产。"

杜山松说:"但这批货出问题的原因是,当时客户急着要货,我们立即生产发货。就算研发部通知我们有更改,我们也根本没时间再做小批量验证。"

杨总说:"这也的确是个问题。这样吧,研发部那边我会去要求，如有更改必须要通知工程。以后所有研发设计变更的产品，工程一定要跟线试做一下，有问题及时提出来解决。我也会一起把关。没办法，现在是抢客户，非常时期只能是非常做法了。同时我也会把这个问题反馈给研发部的工作人员，要求他们以后考虑问题全面一些。"

江流点点头说："如果这样，问题应该是可以被解决了。只是，田德海，你有没有向员工了解过打螺钉的时候没发觉有什么不对劲吗？"

田德海说："我已经向那个员工了解过了，他是感觉有些不对，但是觉得自己又是按工艺文件操作的，就没多想。"

江流苦笑着摇摇头，说："虽然这不是产线员工的责任。但是还是要向员工强调要保持高度的品质意识，以后有类似情况一定要及时上报。上报后经过确认存在质量隐患的，公司会给予表扬和物质奖励。"

江流想了想，继续说："我们现在是在和成熟的竞争对手拼时间，研发周期短，时间紧，任务重。研发部也没有办法把什么问题都解决得干干净净才转给我们。所以，我们作为最后一道环节，一定要加强警惕，对于可能存在的质量隐患千万不可以麻痹大意呀！这个你要在整个生产部内部反复强调！同时要通过奖励政策激励员工提出问题！"

对于大型设备的安装，大家一时都没有什么话了。毕竟一个人做这么长时间，做这么多工序，是很难避免完全不发生问题的。但是很多人都记得江流上个星期的话，谁也不敢说这个问题是没有办法解决的。

看着沉默不语的大家，江流问："你们觉得员工出错的根源是什么？"

田德海说："大型设备装配时间太长，有的一台就要装一整天！这么长时间很难保证不犯错，而且在这个过程中间，还会因为各种各样的情况中断工作。中断了之后就很容易遗漏工作，尤其是需要校力的螺钉，如果是在打上螺钉之后员工中断工作，回来的时候很容易误认为已经校力了，导致螺钉不紧。"江流没有马上说话，而是看着别人。

看到大家还是不说话，江流问工程的秦工："秦工，你觉得这件事情有什么好办法处理？"

秦工说："我觉得原来我们的工艺的确没有考虑员工实际操作的困难，我们应该实行分层装配，分层检验。这样效果可能会好一些。"

看到江流似乎有些不明白，秦工连忙又补充说："我的意思是，我们可以把装配工作分成几个阶段，让操作员工每做完一个阶段的工作都停下来检验确认一下，确认没有问题后再做下一个阶段的工作，做完后再确认，直到全部装配完成。这样就把整个工作分成了几个阶段完成，每完成一个阶段就自检一次。这样应该可以减少部分问题。"

田德海说："这样会不会影响生产的效率啊？这样我们做得更慢了。"

江流制止了田德海，说："我们公司是以质量为先的。如果没有质量，再高的效率都是空谈，起码要达到客户要求的质量水平之后才能够谈效率！这是个基本原则！"

刘经理也补充说："可以要求对于重要的工序点彩确认，这样也可以防止员工自检不注意，漏掉对重要的工序的检查。"

杨总也点头同意。江流说："那员工中断工作之后容易出错的问题怎么解决呢？"

刘经理说："能不能让员工尽量不要分心，把工作做完再离开岗位？"

田德海摇摇头说:"很难!首先有的设备一台要装一整天,甚至是一天都装不完一台设备。就算我们不打断他,他也要吃饭、上厕所、休息什么的。特别是下班休息,那么长时间,如果再睡上一觉,很难说不忘记什么。就算按秦工的意见分阶段了,我们也很难要求员工做完一个阶段再离开岗位。要知道一个阶段很可能也要做两三个小时。"

江流说:"员工的休息的确无法避免,但是休息不一定会造成我们工作的错漏吧?"

大家都不说话了,江流继续说:"我们现在之所以觉得中断工作是个问题是因为工作中断后很可能会忘记自己到底做了多少了,其实只要有一个措施让员工能够记得自己做到哪儿了,这个问题不就解决了吗?"

杜山松插话说:"我觉得可以给每个员工发个小本,让他们记下自己离岗时工作做到哪一步就可以了。我们计划事情比较杂,经常被别人打断,很容易忘事。我就经常用记事本来记录没有完成的工作。有空看看,我就不会忘。"

田德海高兴地说:"是啊!这个办法应该行得通。我也不发给个人了,其实放在工位固定的位置就好了!员工离岗的时候自己记一下。"

刘经理问:"如果大家觉得这样可行,我希望生产部能够严格贯彻执行,我会要求巡检人员经常查员工离岗的工作记录。"

田德海很有信心地说:"这个没有问题,欢迎质量部监督。"

议论到这里,江流看到一大半的问题已经有解决的思路了。于是说:"那请刘经理会后把会议纪要整理好,发给在座的所有人,同时也请责任人和责任部门按决议落实解决。下周我们会回顾落实解决的进度,同时也要关注剩下的问题。我感觉质量部这次解决问题的模式很好,希望继续发扬。现在的问题解决后,可能会有新的问题浮现出来,大家还是要保持对问题的警惕性。质量工作是没有止境的!"

时间很快又过了一周,按照计划,大家聚在会议室里开质量例

第41章 无法解决的问题

会。不过相比前两次，刘经理的情绪显然高涨了很多。

会议一开始，刘经理就开始介绍上周的决议执行情况。生产部那名员工又被发现晚上玩游戏，经过田德海的沟通，他已经同意自己辞职了。前提条件是公司要给他一点时间找工作，工作一找到就办离职手续。

生产部也落实了离岗登记制度，在大型设备装配工位那里放了小本，让员工记录自己的工作进度。质量部也定期进行抽查，目前没有发现不执行的情况。对于重要工序，点彩确认也得到了严格执行，目前没有发现漏点彩的情况。

至于弯头电批的制作，已经联系到了愿意配合的供应商，目前制作完成了一个样品，但是使用过程中发现焊接还是有些问题，已向供应商提出来改善了。通过试用，大家感觉比起原来的电批的确更容易操作。而且，刘经理也检查了部分产品，没有发现螺钉松动的情况。

关于研发设计更改需要先通知工程的要求，这一点郑博已经同意了，已经在研发部发布了正式的通知。同时研发部还复核了过去的研发设计更改，看是否存在质量隐患。这些更改全部重新通知给了工程部。工程部也在一一确认。估计这项工作大约还需要两周才能完成。

分层装配、分层检验没有什么大问题，只是相关文件因为制作比较费时，暂时是由工程人员在现场指导工作。争取两周之内，相关人员先把几个常用机型的文件做出来，后续机型的文件以后陆续补出来。工程部秦工也同意，在文件没有制作好之前，他可以现场指导。

江流满意地点头，说："既然改善已经落实执行，那么我们再看看现在的情况吧！看看到底有没有什么改善。"

刘经理开始向大家通报本周的螺钉漏打、打不紧的不良数据。总体来说，不良比率有大幅度的下降。尤其是大型设备，虽然还没有实施分层装配，但是以前漏打螺钉的情况已经大幅度减少。有两起漏打螺钉也不是在休息之后漏打的。这两起质量问题都是同一个人造成的。

江流听了不禁皱了皱眉头，问："又是那个员工吗？"

田德海急忙解释说："不是的，是一个熟手员工，平时表现还不错。但这次在一个上午就被发现两起质量问题。我在下面调查了一下，这个员工说是因为女朋友刚刚提出分手，心情特别差。在工作的时候，自己都搞不清楚自己到底在做什么。"

江流也愣了一下，沉默了几秒钟，才问田德海："那你认为这件事情应该怎么处理呢？"

田德海似乎已经感受到了压力，小声说："这个员工平时工作还是挺积极的，而且他的装配技术也是生产员工里面最好的。"

田德海的声音越来越小，眼睛却盯着江流。江流没有立即表态，反而问田德海："你说了这么多，还是没有自己的处理意见啊！你的处理意见呢？"

田德海咬咬牙，说："要不就通报批评吧！"

江流不置可否，却转向刘经理，说："这是质量问题，质量部觉得应该怎么处理合适？"

刘经理看了一眼田德海和杨总，又看了看江流，只得硬着头皮说："这个员工虽然平时表现不错，可如果大家都像他这样，出了质量问题也没有任何处罚，以后质量就没法保证了。所以，还是应该有些实质性的处罚，要不警告一次，罚款二十元吧！"

江流没有马上表态，想了一会儿才突然问道："处罚的目的是什么？"

显然大家都没有想到江流在这个时候突然问了一个这么奇怪的问题。看起来很简单，可真要回答的时候才发现还真不好回答。

刘经理看到江流的眼光又停在自己身上，只好回答说："处罚的目的是警示员工，让员工不要再犯类似的错误。"

江流又问田德海，说："田德海，你觉得呢？"田德海也表示同意刘经理的解释。

第41章　无法解决的问题

　　江流点点头，说："好，既然你们认为处罚的目的是警示员工，让员工不要再犯类似的错误。你们认为对这个员工的处罚能够防止他再犯类似的错误吗？如果他下次再出了这种事情，会记得自己曾经被处罚过而暂时把被女朋友甩掉的事情放在一边，把精力集中到工作上来吗？"

　　刘经理和田德海都没有回答，脸都已经涨得通红，都低下了头，根本不敢看江流。

　　江流缓和了语调说："那你们现在还觉得前面的处罚意见合理吗？我希望大家不要抱着一个习惯性的思维，员工做错了就应该受罚。处罚员工不是我们的目的，完善和提升我们的工作表现才是我们的目的！我们在工作的时候要时刻记得这个原则。"

　　江流看到大家在微微点头，继续说："而就这个例子来说，很明显处罚无法帮助我们完善和提升。反过来，我们没有处罚这个员工的时候，可能他还多少心存愧疚，如果处罚了，他反而可能会抱怨公司一点都不近人情。出了这种事情，公司一点都不关心他，同情他，反而处罚他。如果他对公司产生了不满的情绪，以后表现是不是可能变得更差？"

　　丁忠义这个时候插了一句，问："那我们什么也不做吗？这样下去感觉也会出问题的！如果别的员工以后出了问题都找一些我们无法核实的借口怎么办？"

　　江流点点头，说："我只是反对不分青红皂白地处罚员工，但并不是说我们什么都不做。其实我们要做什么还得到我们的目标中寻找。既然我们的目标是改善和提升，怎么做才能使我们改善和提升就是我们应该采取的手段。现在我们想想要怎么做才能减少或避免员工的这种错误。"

　　大家沉默了一会儿，杜山松说："如果员工发生了这种事，就不应该让他再做这种容易导致质量事故的工作。就算没办法调整，一定要做,也要加强检验。因为正常的人在碰到这种事情的时候心里都是很乱的,可以说在这种情况下绝大多数人都是没办法控制好自己的情绪的。我们再怎么样强调质量、认真工作都是没有用的。"

江流笑着点点头说:"有些意思了,那你认为应该怎么办呢?"

杜山松说:"我认为我们的管理制度有缺失!我们做的是对质量要求极高的产品,却没有一个制度保障操作的员工在工作的时候总是处于一个良好的工作状态。而没有良好的状态,恐怕很难保证不出问题。所以,我觉得我们应该规定员工如果个人遭遇重大变故,而且这种变故使员工觉得自己没有办法保障工作质量,员工应该向自己的主管反馈,而主管应该根据员工反馈的情况考虑是否调整员工的工作来保障品质。"

秦工说:"这个办法听起来不错,但是会不会有员工借这个理由来怠工呀?"

杜山松很有把握地说:"这个应该不难控制。首先虽然员工可以提出理由调换工作,但仍然需要工作。如果放假,那是没有工资的!而且这些都是要主管决定的。主管完全可以根据实际情况来掌控。至于有人故意利用这个规则,我想正常情况下,谁都不可能遭遇很多重大变故吧!如果有,这种人也不适合工作了。"

田德海也附和说:"这一点我还是相信我手下的弟兄的。我觉得杜主管的方法可行!"江流转向杨总和刘经理。他们也表示可以接受。于是最终大家形成决议,把这一条新增为车间管理规定的一条,由生产部宣传实施。

接下来的几周,大家不断寻找问题的根源,提出解决对策。螺钉打不紧这个以前被认为是没有办法解决的老大难问题得到了大大缓解,其他的质量问题也开始减少。而且质量人员对于质量工作的信心和自豪感也大大提升,和生产人员的关系也没有以前那么对立了。

第41章　无法解决的问题

本章点评

- 下属说问题无法解决，你该怎么办？
- 有错就罚能够管好团队吗？

问题有无办法解决首先还是要看公司的目标，有的问题确实不必解决，但是如果公司的目标需要解决这些问题，那就必须找出办法解决。有些问题无法解决是因为下属没有意识到他们可以申请更多的资源来解决，还有一些是因为员工没有深入寻找问题的根源而导致无法解决。管理者需要分清楚不能解决的问题的根源，针对不同情况作出不同的判断，并引导员工调整自己的思路。

处罚的目标是为了问题得到改善和减少以后出错的概率。如果两个目标都无法实现，处罚就没有作用。要求员工实现自己根本无法实现的目标只会激起员工的反感。

第42章
重建生产流程

- 什么情况下需要改进工作流程?怎么改进工作流程?
- 怎样保持踏实的团队工作作风?

波澜不惊地过了三个多月后,质量部提出了新的质量问题:发生了好几起元器件损坏导致的成品不良。

质量部经过调查后发现这些不良都和非标产品改制相关。由于瑞达还处于市场拓展阶段,有些时候为了满足客户的一些个性化的需求,不得不在原有通用产品的基础上做一些单独针对某个客户的个性化开发。这些客户需求的产品都属于定制产品,没有库存备货。目前计划往往是安排生产部把库存的标准机器改制后发货,而就是在非标改制的过程中,可能因为不小心损伤了某些器件,导致了产品不良。

刘经理向大家介绍了目前面临的问题之后,等待相关部门发言。首先是田德海说:"在非标改制的过程中,生产部已经非常小心了。但是有些器件要取下来,再安装新的器件,在这个过程中很难保证所有的器件都不受损伤。最好还是不要进行非标改制了。"

杜山松说:"我也不想改非标啊。可是市场有需求,交期又很紧,我不改也不行啊!"

田德海说:"直接下新单,一次做好不行吗?"

第42章　重建生产流程

杜山松说:"问题是这些非标产品的订单量都很小,而且市场给的时间往往又很紧。如果我从头备料生产,需要的准备时间太长,市场部是不会接受的。而且这些非标往往批量也不大,如果都单独生产,生产频繁换线也不好。"

田德海也连忙改口附和说:"最好不要频繁换线,每次换线生产都有工时损失,换得越频繁,工时损失越多。"

江流没有直接回应这个问题,而是转向杨总,说:"杨总,这个问题你有什么好的解决办法没有?能不能尽量在前段解决?"

杨总说:"目前我们的市场拓展还比较艰难。如果强行在客户那里推标准产品的话,市场部会碰到非常大的困难。所以,在短期内为客户定制产品这个问题是无法避免的。急单也是没有办法消除的。"

江流说:"这个可以理解,那么长期呢?长期来看这个问题是不是能够得到解决?"

杨总沉默了一会儿,说:"感觉长期也难以解决,因为我们不是设备的终端供应商,我们的客户才是医疗设备成品的供应商。我们的产品是要装在客户的设备里面的,客户的设计不同,要求不同。我们作为部件供应商只能适应他们的设计。我看不出来有什么可能会改变这种情况。"

江流说:"那我明白了,就是说这种情况不仅现在存在,以后还会继续存在下去。杜主管,你有什么看法?后续我们的计划应该怎么做?"

杜山松很吃惊江流这样称呼他,想了一会儿,回答说:"我感觉还是应该先考虑满足市场的需求。非标我们还是要继续做下去。至于说非标改制带来的品质问题,我觉得只能是品质部和生产部尽量想办法去减少。这方面计划也实在是无能为力。"

江流却继续问道:"我们的目标你搞清楚了吗?"

江流看着一脸茫然、不知如何回答的杜山松,停顿了一会儿,继续说:"我们首先是要满足市场拓展的要求。根据这一点,我们必须接受非标改制。其次的目标是要达到客户的质量要求,再次是交付时间的要求、成本要求。所以,高比例的质量问题是不能被接受的。为了保障质量,有时我们可以牺牲一些效率。另外交付时间也很重要,有些订单是市场临时抢到手的,我们必须发展出一套能够保障快速发货的机制。最后是在满足上面的目标的前提下,尽可能降低我们实现的成本。"

大家显然都没有明白江流的意思,都带着疑惑不解的神情看着他。江流解释说:"我认为既然长期来说我们都存在非标改制。我们应该发展出一套适应这种市场需求的运作机制,而不是一味在现有的运作机制上修修补补。"

江流看到大家似乎还没有明白自己的意思,就继续解释说:"我认为以后稍大一点的市场的非标需求订单都应该直接生产出来,而不是通过改标准机去完成。这样生产部比较容易保障品质。对于市场抢单,单台的、非常紧急的样品发货,这种情况需要考虑市场的时间紧迫性,我们也要发展出一个能够在非常短的时间内发出非标样品的运作机制。我感觉这种改制应该由特定的人员单独完成。"

杜山松说:"这样的话,成本可能比较高。我们是不是也应该考虑一下怎么在合理的成本下实现这些目标?"

江流点了点头,说:"至于最后的成本因素,生产部应该和工程一起研究我们怎么让产线的生产更适应这种频繁换线的小批量、多品种的生产模式。如果我们能够提升换线的效率,那么因为换线带来的成本损失也就降低了。计划也要考虑生产计划下达、物料配送到产线的操作细节,尽量帮助生产部减少换线时间,降低成本。大家有没有什么问题?"

没有人回答,杜山松若有所思地点了点头。江流说:"你们先按这个思路去想办法。其实对于这个改革,我也没做过,都是摸着

第42章 重建生产流程

石头过河。不过既然大的趋势是这样，我们就必须找到一套能够适应这种市场形势的供应链运作模式。这样做才能更有效地支持市场，提升供应链的工作表现。至于可能出现的问题，我想只要大家齐心协力，总能找到解决的办法的。"

江流看到大家还是沉默不语，继续解释说："这是一个改革，即便我们最后成功，在这个过程之中肯定也会有波折，这是正常的。所以，即便出了问题，只要不存在明显的、完全应该避免的错误，原则上不会影响各位的工作绩效。我更看重的是大家是否有决心把我们的工作不断推向一个更高的水平。"

听到江流说了这个话，大家才如释重负，纷纷表示会尽力去想办法实现。江流说："这样的话，因为这个项目属于变革的新项目，很多事情都是未知的。我也就不定完成时间的要求了。先预定一个星期开一个专题会，就这个问题沟通和交流各自的看法和意见。等到方案成熟了，我们再定具体的计划实施吧！"

时间很快来到下一周，会议室里大家继续研讨更改作业模式的事情。

首先是生产部发言，田德海认为自己的换线时间长短主要取决于物料配送到工位和更换作业文件的时间长短。以前的模式是物料员把物料配送到产线，产线的操作员工再来把自己要用的物料分拣出来，拿到工位生产。这样很多操作员工的生产就会中断，换线时间相对比较长。现在考虑让物料员直接把物料配到产线，这样做的话，如果物料员分料及时，产线的员工就不用停下手头的工作去分拣物料了，可以大大减少换线所用的时间。

田德海也提出了实施的难点。一共有三个比较大的问题需要解决。首先物料员要非常熟悉每一个工位的物料使用情况，包括每一个非标产品的特殊物料的使用工位。目前的物料员还做不到这个水平。此外还存在一个问题，物料员的工作量增加了。目前的物料员要做领料、退料、补料、成品入库的工作，如果再加上将物料配送到产线，目前的物料员工作量会很大，恐怕难以完成。第三个问题，生产部生产是要按作业指导书生产的，原来改非标，都是根据临时发行的非标文件更改，并没有针对非标的作业指导书。这件事需要工程部的支持。

工程部秦工说，如果每一个非标都做一个单独的非标文件，文件的数量将非常多。后续文件的管理、查找工作量都很大。最好能有一个折中的方案。

杨总说："这个没问题，其实我们一个系列做一个完整的工艺文件，对于非标有差异的单独再做文件就行了。以后更换产线的文件更简单，只需要换一下对应的有差异的那一两张工艺文件就可以了。"

江流也说："物料员要加紧培养。同时我们也可以考虑增设一个技工层级。对于那些非常熟悉我们的产品和物料的员工可以通过评选成为技工，岗位津贴可以高一些。同时，以后的一些生产管理岗位的提拔也优先考虑从技工这个阶层提拔。希望通过这些激励政策让员工尽可能多地熟悉我们的产品，以后担当更重要的职责。"

江流停顿了一下，说："至于工作量的问题，我们还是先认真计算一下，物料员的工作是否确实超负荷，是整体超负荷还是由于工作集中在某个时间超负荷。有了实际的工作量的分析支持数据才好说这件事。后续生产部要衡量具体的工作的工作量，以做下一步的分析。计划呢？计划那边有什么问题？"

杜山松说："计划这边主要的问题是物料清单问题，现在很多非标改制的机型只有一个成品编码，有的临时的非标，连独立的成品编码都没有。对于这些没有对应物料清单的成品，如果要计划直接下达生产计划，计划员必须在类似产品物料清单的基础上手工更改，通过手工更改得到所需要的非标产品的生产所需的物料清单。而一个产品的物料清单多达一两百种料，完全由计划在系统里面手

第42章 重建生产流程

工更改，出错的概率是比较高的，需要找到合适的方法来控制。"

江流说："这个问题倒不难解决。据我所知 ERP 有一个功能是虚拟组件的功能。你可以把标准产品和非标产品不同的部件分别放入两个虚拟组件。以后替代的时候用一个虚拟组件替代另一个虚拟组件就可以了。这应该可以减少出错的概率。当然，在生产环节还是应该有确认和防止出错的手段。"

刘经理说："质量部可以安排 IPQC 在生产上线的时候重点确认差异物料以及对应的组装工序，这样应该可以减少错误。但是前提是非标的差异要提前通知到质量部。质量部好根据这些差异制定检验文件。不然我担心质量还是没有办法保证。"

杨总说："这个没有问题，工程部以后会把非标产品的差异也抄送一份到质量部。田德海也接着说："生产部也会确认非标的文件的要求和物料是否一致。"

江流接着问丁忠义："仓库呢？仓库那边有没有什么问题？"

丁忠义说："仓库的工作量可能会有一定幅度的上升。因为原来是一个任务令，以后有可能会变成好几个任务令。而目前仓管员对每个任务令发料的工作量和物料的套数并没有太大的关系。所以，这样做会增加任务令的数量，导致仓库的工作量上升。不过，这样做也减少了非标改制的过程，改制发料的工作量会减少，但是应该抵消不了前面任务令批次增加的影响。"

丁忠义停了一下，说："如果生产计划把一个系列的不同产品的生产任务令集中到一起，允许仓库把相同的物料放在一起的话，仓库的工作量会有所下降。"

刘经理却有些担忧地说："相近的东西连续生产，物料又放在一起，生产会不会搞错呀？毕竟我们改流程就是为了提升质量，如果反而增加了质量问题就得不偿失了。"

田德海说："我觉得可行。反正我们也会严格核对非标物料、生产操作。就算标准和非标连在一起，只要我们认真去核对了，应该也不会出现问题。而且虽然这些任务令连续生产，只要我们的物料是严格按不同的任务令分开摆放的，也不会搞混。这样做的好处在于，能节约在换线的时候置换物料的时间。因为大多数物料都可以一次上线，真正需要两次配料的只是有差异的几种物料而已。"

刘经理却仍然有些担忧，说："我觉得这样做还是风险比较高。正因为产品相似，所以才更容易出错。现在看起来觉得很容易，就怕在生产的过程中，生产现场的人员实际工作负荷大，事情多，他们的时间可能非常紧，出错的概率可能远远高于我们的估计！"

江流点头说："刘经理考虑得对，我们必须充分考虑到现场实施的困难。对于可能出现的问题要有预防的手段。"

杜山松说："我们可以考虑在换线的时候在流水线上放置一个提醒的标牌，提示大家要换线了，做好下一个任务令的准备工作。这个牌子随着流水线一直流下去，直到最后一道工序的人把牌子取下来以备下次换线使用。这样做应该能够降低出错的概率。"

田德海说："这个方案不错，完全可以实行。最好让物料员在开线前先把物料按工位分好。对于不同任务令的物料我希望仓库最好在包装上注明所用任务令的代号，以避免因为物料过于相似而分错料。"

丁忠义说："这个要求没问题。仓库保证做到。"

江流说："很好，看来我们现在的解决方案越来越清晰了。计划下达、仓库备料、物料员配料、生产装配各个环节现在都有解决方案了。那么我们再明确一下如何配合执行吧？首先是计划，对于差异物料设置虚拟组件的事情，这个估计需要工程的配合。"

杨总说："这个没问题，我会安排秦工把差异物料挑选出来做成对应的虚拟组件。但是虚拟组件的编码不知计划有什么具体的要求？"

杜山松说："我希望虚拟组件的代号就是对应的型号，这样我就很容易选了，就算是别人来做也很容易分辨。"

第42章 重建生产流程

杨总点头说:"这个没问题!这样吧,我让秦工来负责这件事情。一个月之内完成。所有虚拟组件的设定都让你检查一遍再录入系统。如果你发现有遗漏的通知我们来设置。"

江流再次确认了计划没有什么问题之后,问:"下一个部门是仓库,仓库有什么问题?"丁忠义问:"如果相似的产品可以安排在一起生产,仓库可以减少不少发料工作量。计划能够这样安排吗?"

杜山松回答说:"我会尽量这样安排,但是有些时候部分订单是市场抢单,很急的。我恐怕不能等那么久。这样的话就没有办法把类似的产品放在一起生产了。"

江流说:"这种市场抢单,大都属于样品性质。我们还是应该通过非标改制来完成,而且这是由单人完成不会上流水线作业,不在我们现在讨论的范围之内。即使偶尔有个别意外,不影响大局,就不要再提了,先解决大部分问题再说吧。而且后续我们和客户的合作稳定了,订单应该不会总是那么急,就可以和类似的订单一起安排生产了。"

丁忠义说:"如果这样的话,仓库应该是没有太大问题的。仓库可以马上实行新方案。"

田德海看到仓库也说没什么问题,就马上表态:"生产这边的主要问题是培养物料员,这个问题的解决估计至少要一两个月。还有,对于样品非标改制,我们目前效率低的主要原因是环节太多,衔接浪费时间太多。现在改非标的一般是产线的熟手装配员工,首先物料员要去领准备改制的成品和配件,然后我要安排由谁来改,执行非标改制的员工改好了又得让我安排老化,老化完了还要安排做测试,最后到了包装那里再去找改制的包材、打印非标用的标签。整个过程很不连贯,导致非标改制花费时间比较长。而且很多工作还都要我来协调,搞得我也很忙。最好能有一个简便、连贯的操作方法。"

杜山松说:"物料的问题应该不大,以后我会把非标改制加到我的正常计划中来，在安排计划的时候同时通知条码打印的文员按照我的生产计划打好产品条码交给生产部。这样就不用到改制完成后才打印条码。以前有问题是因为文员是看我的生产计划打印对应的条码的，而非标改制不在正常的生产计划之中，所以文员也就没有打印对应的非标产品所需要的条码。"

田德海又说："我最头痛的地方还不是条码和物料，这些东西只要备好了，交给我指定的人员就可以了。现在最麻烦的是非标改完了要做测试，测试的参数、使用的软件是随着产品的变化而变化的。如果生产测试员让非标改制的人插单，就得重新设置参数，而真正非标产品测试的时间又很短，这就是说测试员马上又要把参数改回来，这很浪费时间。所以测试员一般都不肯让非标改制的人插队，倾向于等自己的产品测完之后再帮非标改制做测试。"

江流插话说："你知道为什么会有这种非标改制的急单吗？"

看着有些莫名其妙的田德海，江流解释说："这种急单往往都是市场有了突破，是要做样品送给客户试用的，是有可能为我们带来更多后续订单的！我们应该将其放在第一优先级来处理！"

田德海有些惭愧地说："那我知道了，我以后要求测试员一定要优先测试急单的非标改制机器。但是还有一个问题，非标改制好了之后，我们目前的做法是要把成品和非标改制后拆下来的物料交给物料员，由物料员办理成品入库，拆下来的物料要拿去 IQC 做检验，检验合格后再办理入库手续，否则对应的非标改制工单无法关单，账务上也会因为没有成品入库数量而无法出货。物料员本身就很忙，需要负责到仓库领料、给产线配料，现在的工作量就够大了，以后非标直接上产线生产，工作量可能更大，可能没有办法随时来处理非标改制的入库工作。这也会延误进度。"

听到这里，江流也不禁叹了一口气，问田德海："如果你是老板，现在有个客户好不容易给了一个机会试用你的产品，交期很

第 42 章 重建生产流程

紧,如果达不到他们要求的时间就采用竞争对手的产品。你会怎么处理你前面说的麻烦?"

田德海愣了一下,却没有回答。江流补充说:"如果你是老板,客户现在对你说,你能达到我的交期要求我就试用你的产品,以后可能有订单,有钱赚。如果你做不到,就等下次机会。你会怎么办?"

田德海想了想,说:"那还是要内部克服困难,尽量想办法满足客户的要求。"

江流说:"对呀!那这个问题你要内部克服困难呀,要想办法解决呀。当然如果你需要条件支持,可以提出来。下去之后你多想想,我们可以另外开会来解决这个问题。"

江流停下来喝了口水,说:"这个样品非标的问题到此为止,我们有点偏题了。我们现在讨论的主要问题是非标流水线生产的解决方案。我们前面说到生产部生产非标产品需要做什么准备工作。田德海你继续这个话题。"

田德海想了想说:"要保障批量非标的顺利生产,目前生产部需要培养对装配非常熟悉的物料员,这个前面已经说了。还需要对应的工艺文件,这需要工程部的支持。"

杨总听了说:"工程部现在本来就有不少的样品制作工作,还要做前面计划提出来的虚拟编码,修改 BOM。估计制作工艺文件需要更长的时间,两个月完成怎么样?"

江流笑笑说:"改革急不得的,大家尽力做就可以了。我觉得没有必要太看重完成的时间。我们这里要给出时间,只是让大家心里大致有个谱就可以了。就按杨总的意思,两个月完成吧!"

田德海继续说:"剩下的就只是一些人员技能培养方面的问题,这个生产部自己会解决。还有,请质量部也做好准备,希望能够帮生产部把好最后一道关。"

刘经理说:"质量部这边没问题,质量部也会根据一个系列间不同产品的差异确定质量检验的重点。所以请秦工在工艺文件做好了之后一定先给到质量部，做好一份给一份，这样好方便质量部根据工艺的差异做出对应非标产品的检验文件。"

田德海说："这样做我就放心了，这是个大改革，有人帮忙盯着，我心里也踏实一点。"

江流环顾了在座的各位，说："那现在基本上确定两个月之后我们可以完成各自的工作，先按这个目标走吧！但是请大家记住：改革成果才是最重要的！我们的目标时间只是方便我们之间的工作配合，确定大致的项目进度，不是一个死命令，时间是个可调节的目标。希望大家还是把重点放在改革的成效上来。今天我们下班后去聚个餐，来预祝我们的项目成功吧！"

随着一份份文件编写完成、一个个虚拟组件录入系统，大家成功实施的信心也越来越高涨。离最后的期限还有两个多星期，江流把田德海叫到了自己的办公室了解生产部的进度。田德海认为生产部人员都已经培训得差不多了，等工程部所有的文件编写完成后应该就可以切换实施了。

江流沉吟了一下，问："你怎么确定培训得差不多了呢？"

田德海说："我考过我的物料员，现在不同工位的物料需求他们都很清楚，差异物料也搞得很清楚。"

江流还是顾虑重重地说："我觉得还是实际模拟一下让人比较放心一点，我想找个时间让大家模拟一下整个的操作过程看看是不是真的都准备好了。你觉得有没有信心？如果模拟成功，等文件完成就可以实施切换了。如果不成功，我们也可以借机发现一些问题，利用最后的时间完善我们的准备工作。"

田德海表示有信心进行模拟。江流说："那行，你先去忙自己的吧！我来安排这件事。"

江流打电话向杜山松了解了一下最近的订单情况，了解到最近

第42章 重建生产流程

订单并不饱和后,江流让小杜安排一个比较松散的生产计划。要选已经做好非标直接生产工艺文件和检验文件的产品,排一个连续生产两个任务令是一个系列里面两种不同产品的生产计划。

杜山松有些奇怪,问:"没到切换的时间吧?我这里还没准备切换呢!"

江流说:"是还没到时间。但我想先做个模拟测试,万一有问题也好早发现早解决。"

杜山松说:"江总,我明白了。安排好了我通知你。"

江流想了想,又补充说:"你不需要特别提前通知相关部门,按正常的计划操作流程进行就可以了,我想看看最真实的情况!"

过了两天杜山松的计划下达了,各个部门收到通知后都在为新模式的试运行做准备。仓库的备料没有什么波折,按照当初约定的方法,仓库把两套料中相同的部分一起点出来了,有差异的物料则分别贴上了写有对应任务令的标签。生产部领完料之后,开始预先分料。虽然速度有点慢,物料员还是正确地把物料按工位分好了。

但接着出现了一些问题,田德海在一大堆文件里面翻找按新模式制作的工艺文件,翻来翻去就是找不到,不一会田德海已经是急得满头大汗了。这时前一个任务已经快生产完成了。好不容易找到了对应的文件,田德海赶紧到产线去换文件。江流在一旁默默地看着忙得满头大汗的田德海,一句话也不说,好像是一个局外人一般。

陪在江流身边的杜山松有些着急,说:"田德海到现在还没有安排物料员配料到产线,换线时间肯定要延长了。要不我去提醒一下?"

江流却淡淡一笑,说:"今天本来就是一个演习,关键在于真实,这样才能找出问题,效率是其次的,他能做成什么样就是什么样吧!只要不做出不良品就好了!"

果然等到田德海换好了工艺文件,他自己也发现物料还没配到产线,而前段工序的人员已经做完了手头的工作在等待了。田德海不由地有些紧张地看着江流，江流却仍然带着淡淡的笑意说："你做你的，不要看我呀！今天是演习，出一些问题很正常，你尽力去做就对了！"

在江流的鼓励之下，田德海定了定神，赶紧打了物料员的电话，原来物料员正在仓库办理补料手续。田德海感到很尴尬，赶紧叫物料员先配料到产线。田德海自己也赶紧在流水线上放置换线提醒牌。让田德海感到揪心的是：物料员在紧张的情况下居然把物料放错了工位！田德海赶紧上去纠正。虽然有点慌乱，几分钟之后，物料还是陆续配到了流水线各个工位。经过IPQC的确认，首件生产的各个工位，物料使用正确，操作正确！后面的生产过程则显得比较平稳，没有再发生什么让田德海感到紧张的事情。看到产品顺利流下产线进入老化房，江流离开了车间。

试运行完成后的第二天，所有相关管理人员都参加了试运行的总结会议。由于计划、仓库等部门进行得相当平稳，对于计划和仓库，江流主要是了解工作量以及过程控制中的问题。在两个部门都表示实际运行并无困难之后，江流就要求田德海重点汇报一下这次试运行的经验和教训。

田德海显得比较紧张，喉咙发干，连着清了几下嗓子，还是觉得干，江流都不禁笑了起来，说："你干脆还是喝杯水再说吧，不急在这一会儿。"

田德海喝了杯水，定了定神，开始发言。发言的第一句话就是："这次的试运行因为生产部准备不充分没有圆满地达成目标，在此我做出深刻的检讨。"江流听到这里连忙摆手示意小田不要再说下去了。

江流微笑着摇头说："我们今天是来开总结会的，不是来开批斗会的，是为了找出问题的解决方法，不是为了找谁的麻烦。相信杨总以及别的同事也没有这个意思。所以，田德海你不要那么紧

第42章 重建生产流程

张，搞得我们都紧张了！"

江流这么一说，很多人的脸上都浮现出了笑容。江流继续说："我们开这个会主要是总结经验和教训。如果我们没有找出成功与失败的真正原因，你深刻总结一百次、一千次，我们的管理还是不会改善。所以，以后不要深刻检讨了，要找出深刻的原因！而且这次是试运行，试运行就是对相关过程的理解还不全面，通过模拟实际运行发现问题的过程。出现问题也是正常情况，找出来改正就是了。"

江流看到田德海此刻的表情放松了很多，继续解释说："如果我们追求每次试运行都能圆满成功，那永远都不能改革，改革哪有事事顺利的？反过来，如果墨守成规，看起来不会犯错误，但这其实是最大的错误！在改革的过程中难免会犯错误，但只要风险可控，大家找出原因不断改善，我们就能不断提升自己的管理水平，公司也能获得更大的市场，获得更多的利润！所以，大家不要对在改革的过程中遇到的困难和错误那么紧张，这是正常的！如果总是希望不出错，那才是不正常的！"

江流停了一下，笑着说："刚才说得有点远了，现在回归主题。田德海，你总结一下这次的经验和教训吧！"

田德海清了清嗓子，说："我认为生产部的失误主要是找工艺文件花费了太多的时间，导致换线前时间很紧张。这也导致我没有提前安排好物料员到产线把物料配到各个工位，使产线生产出现了停顿。"

江流转向其他人，说："大家也都帮田德海会诊一下，看看生产部到底都有什么问题，为什么会出现问题。"

杨总说："小田对新的文件还不够熟，导致了文件的查找花费了很多时间，需要多一些时间去熟悉文件，以后用多了，熟悉了应该会好转吧？"

杜山松说:"物料员这个环节问题比较大,按一般的做法,物料员往往在生产快完成的时候要补料,有时还要把包装完成的成品入库。这些工作都有可能会和产线的物料配料工作冲突。所以,除非规划好物料员的工作,否则这种因为物料配料不及时导致的停线就不可避免。"

看到田德海有些疑惑地看着自己,杜山松解释说:"其实你把物料员一天的工作列一张时间表就很容易看到问题。物料员根据生产的情况随时可能去补料,而且更有可能在生产快要完成的时候补料。而生产快要完成的时候也正好是需要准备换线配料的时间,很容易和配料工作发生冲突。此外物料员还要负责生产入库,我们的入库是包装完成入库,包装的工作和流水线组装的工作是互相独立的,入库的时间也不确定,有些时候办理时间稍稍拖得长一点就有可能和配料工作产生冲突。"

江流点点头,说:"是的,杜山松说到了点子上。我们有必要认真梳理一下物料员的工作,使物料员有一个合理的工作安排,保障生产的平稳。一些日常的、程序性的工作一定要尽量和产线的生产准备工作错开,或者由别的人员分担这些工作。田主管,这个事情你要下去再好好调查了解一下,要让物料员也参与进来。我们过去的会议都没有考虑物料员的实际工作的特点,这导致了第一次试运行的失败。所以后续你要多向这些实际操作人员了解情况,争取能找出一个合适的解决方案,要从制度上保障物料员的其他工作和产线准备工作不冲突。有什么困难可以提出来,但实际情况一定要调查清楚。"

江流又似乎想起来什么:"生产部很难找到文件,说是文件太多,又不熟悉,所以不好找。但是质量部好像没有碰到这个问题呀?质量部不是也要用到质量文件吗?质量部是怎么做的?能不能拿出来借鉴一下?"

第42章 重建生产流程

刘经理很自得地说:"我们在收到生产计划通知后就把文件单独放在一边了,试运行之前我们根本不需要花费时间找文件!"

江流有些吃惊地看着刘经理,愣了一会才问:"我不是要求试运行力求真实吗,要求按平时的操作去做。你们为什么单独准备文件?"

听到江流这么说,刘经理有些尴尬,说:"现在文档已经很多了,而且一个系列又分不同的非标。那么多文件,如果不事先准备好,等到要用的时候再找,是很难找到的。如果我们也是和生产一样,等到要用的时候才去找文件,肯定是来不及的!"

江流没有马上说话,而是沉默了一会儿才问刘经理:"如果是一个很平常的生产任务,你能这样做吗?你手下的IPQC能够早早地把文件准备好吗?如果以后正式运行了,你能每天都早早准备好文件吗?"

刘经理得意的神情消失了,小声说:"我也只是希望试运行成功,没有考虑到这么多。"

江流追问:"你明白我们为什么要试运行吗?"

看到刘经理没有回答,江流自问自答地说:"试运行就是为了发现我们的流程中的潜在的问题而做的。而你这样做,导致我们有可能会忽视一些关键问题。如果这样掩盖问题,等真到了正式运行的时候再发现可能已经很难挽救了。"

看着低着头的刘经理,江流缓和了一下语气,说:"你想把事情做好,这种心情我能理解。但我们需要的不是一两次做得漂亮,也不是因为我在关注这件事,你们才要做得特别漂亮,而是要建立一个长效机制来保障长期都能运行得很好。所以,我希望大家要把重心放在这种长效机制的建立之上,而不是靠一些临时的修修补补来做给我看。这是没有实际作用的!"

江流缓和了一下语气,问刘经理:"你现在知道这件事情应该怎么处理了吗?"

刘经理点点头说:"我应该尽可能真实地按照正常的作业方式操作。不过我觉得文档的事情还是要解决。我们现在才运行了半年多,但是各种非标文件、设计变更文件已经很多了。有些文件执行的时间很长,要在这么多文件里面找出一份特定的文件并不是一件容易的事情,而实际操作人员的时间是很有限的,根本来不及花很多时间去找正确的文件。三五分钟是他们能够承受的最大限度,超过了这个时间,别人就会催了,所以大家经常是凭自己的记忆在做,而不是按文件在做!"

江流点了点头说:"回到我刚才说的要求,我们要建立一种长效运作机制来保障我们运行顺利,而不是靠一些临时手段。所以,我们希望员工按文件操作,就是要建立一个能够让员工可以长期按文件操作的机制,而不是因为哪个领导关注、哪个客户参观才来做做样子。所以,我们要真正解决员工按文件操作遇到的文件太多不好找、太费时间的问题。解决了这些问题,才有可能形成长效机制。所以这件事大家下去后都动动脑筋,下次开会再看有什么好的解决方法。"

之后的会议,江流感到很满意。对于返工入库的成品和物料,田德海和仓库商量解决了。他们先办理入库,保证成品发货。对于更换下来的物料则发给维修部,维修部确认物料可用后,留作以后维修使用。这样不用走完冗长的流程就可以把返工成品发货了。

经过大家反复沟通讨论,运行中出现的两个问题都有了好的解决办法。生产部把不良产品维修物料申请的工作转给生产维修的技工负责,由维修技工直接提出物料申请。维修完成后放在指定的地方,由物料员在自己方便的时间办理入库。

此外物料员入库也改变了过去包装好就入库的做法,以后在没有紧急发货的情况下尽量集中在上午的十一点、下午的四点半左右入库,这个时候一般都不会有新的换线工作。而领料工作一般集中

第42章 重建生产流程

在下午和晚上，一方面仓库的物料要到下午或晚上才备好，另一方面这个时间产线一般都没有新的生产任务，也不需要配料，物料员不用担心和产线生产冲突。此外，物料员一定要在下班前至少完成第二天的第一个任务令的分料工作。紧急情况下，由田德海来协调人员帮忙完成入库的工作。

至于文件管理，刘经理、田德海等人一起商量之后找出了文档管理的办法。他们申请了很多个文件夹，所有在使用中的文件都按产品系列放入不同的文件夹，文件夹上贴有对应系列的名称。一个文件夹中所有的文件按这个系列的名称的字母顺序放置。同时，他们还把放在办公室的文件柜移到了生产现场。现在他们可以保证一个熟练的员工在两分钟之内找到任何一份文件。

终于等到了正式切换的那一天，可真到了那一天，大家已经没有各种激动、忐忑的心情。这一天看起来似乎和平常没有什么区别。工作都是按照事先研究好的方法在进行，没有什么意外。事实上，这一天也的确过得平淡无奇，让人感觉不到和平常有什么区别。

本章点评

- 什么情况下需要改进工作流程？怎么改进工作流程？
- 怎样保持踏实的团队工作作风？

工作流程是为业务服务的，当业务需求长期无法得到满意的支持的时候，管理者需要研究是不是流程本身不支持业务的需求。如果工作流程不能适应业务的需求就需要考虑修改工作流程。改进工作流程要以业务需求为导向，让流程活动更有针对性地满足业务的特殊需求。

踏实的工作氛围源于管理者对工作过程的关注，良好的工作过程能够在很大程度上保障结果，而且也能反映很多实际问题。

文 化 篇

第43章
客户投诉

■ 问题很严重，老板很生气，这时该如何化险为夷？

有一天，江流正在瑞达这边和杜山松谈论最近的工作，突然接到了飞达那边常经理的电话。电话里常经理显得有些急切，急急忙忙地说："江总，你在瑞达那边吗？我们这边出了大问题。天祺的产品出了质量问题，现在不知道怎么办了，你能不能赶紧过来看看我们该怎么办？"江流没有迟疑，马上说："我马上过来！"

走出瑞达，江流急急忙忙向飞达走过去。骄阳当头，深圳夏天的太阳异常明亮，四周的地面都被晒得泛出白光。空气异常炙热，工业区的水泥地面上更像是一个蒸笼，感觉整个人就是被裹在热气里面。四下里一点风也没有，树叶似乎都被晒得半死不活，吊在树梢上，一动不动。在深圳生活了这么多年，江流很清楚，台风可能要到了！

到了飞达，常经理已经焦急地在厂门口等着江流了。江流平静地说："去我的办公室吧！"常经理一边跟着江流走向办公室一边

第43章 客户投诉

解释说:"那个新开发的客户天祺,现在投诉我们发过去的货物批次性不良。有些产品临近中午就停止运转了。初步判定是产品耐高温值偏低造成的。"

江流问:"售后有过去吗?"常经理说:"售后已经在赶去现场的路上了,但是估计最快也要今晚才能到。目前的看法是研发根据客户描述的不良现象推测的,具体的不良原因还在分析中。"江流没有再问什么,快步走入自己的办公室。

常经理说:"天祺是刘总再三强调的重要客户,市场部说好不容易才打进去,一定要重视。但是现在第一次合作就出现了这样的问题。张总已经打了电话过来,对我们的品质管理非常不满。我担心会有更严重的后果,所以赶紧给你打了电话。"

江流微微点了点头,说:"关于这批货不良,你有什么看法?"

常经理说:"我认为有可能是研发的问题,其实我们在发货前收到了研发的通知要更换一种材料。但是当时市场部催货很急,当时还是李勇打了电话问了研发的蓝工,蓝工说可以出货我们才出的。现在出的批次性问题很可能就是那个原因造成的!"

江流拧紧了眉头,问:"你们当时只打了电话吗?没有邮件确认吗?"

常经理有些尴尬地说:"这事是李勇处理的,因为当时市场部急着要这批货,他就直接和研发确认了。他打完电话后说研发同意可以出货,我就同意发货了。"

江流叹了口气,说:"能不能发货应该是质量部去确认的吧?"

常经理默不出声,没有回答江流的问题。江流说:"你认同我刚才的看法吗?能不能出货是质量部要去确认的,不是计划。从职责上来说质量部是产品是否合格的判定部门,所以能不能出货应该由质量部去联系处理。"

江流看到常经理在点头,却不说话,沉默了一会儿,说:"算了，这个问题你后面好好想一想。现在还是先关注质量问题怎么解决吧！你要负责联系售后，在第一时间搞清楚问题到底出在哪里。知道了原因我们才有办法补救。事情到了这一步，光着急也没用。对了，你把这事跟李义新说了没有？他负责产品导入，说不定能提供一些有用的线索。有重要的消息马上告诉我。你去了解情况吧！"

常经理出去之后，江流打了李勇的手机，让李勇立即到自己的办公室来。李勇一进来，江流就问："你知道天祺投诉的事情吗？"

李勇点头承认说："刚才听说了，好像是研发的问题吧！"

江流说："听常经理说，上次发货，是你和研发沟通是否可以发货的，是这样吗？"

李勇说："是这样的，当时市场部发货很紧急，常经理拿了研发的更改通知找我，说这批货发不了。我觉得市场部着急，就直接联系了研发的蓝工，蓝工说可以发货。我就安排发货了。"

江流说："有邮件通知没有？这种事情最好要有书面的通知。"

李勇说："没有，不过我真的和蓝工联系了。当时他在实验室，不在电脑前面，不方便发邮件，所以就只电话沟通了一下。他说市场这么急的话就先发货吧！"

江流叹了口气，说："已经发生了就算了，不过以后这种重大问题的沟通还是要慎重一些。"

江流看着李勇，说："现在已经出问题了，不过我们还不能确定问题到底是什么造成的。我已经让常经理去调查了，你知道你现在该做什么吗？"

李勇有些疑惑地说："现在结果还没有出来，我要等结果出来才清楚自己能做什么吧？"

江流摇摇头说："现在问题的根源还不清楚。但是我们至少知道发给客户的货已经出了问题，很可能需要更换。你现在应该先去搜集一些信息，万一要更换，你至少要清楚我们发了多少成品，最终的目的

第43章 客户投诉

地到底都是哪里，我们仓库剩余的这种没有更新的有问题的半成品、成品都有多少，原材料还有多少套。如果搞清楚了这些，问题一搞清楚，计划马上就可以安排生产，尽可能快速地解决客户的问题。出了质量问题，客户已经非常不满意了，如果我们解决问题的时候再拖拖拉拉，你可以想象客户会有什么反应！老板又会有什么反应！"

李勇连忙说："我现在明白了，马上就去调查这些信息！"

李勇刚出去，江流就收到了刘总的电话。电话里面刘总很生气、很严厉地说："供应链是怎么搞的？我一再强调这个客户很重要，要确保这个客户的交货，为什么还是发生了质量问题？而且还是批次性的质量问题！供应链到底是怎么做的？你到底有没有关注这个订单？"

江流连忙道歉说："对不起，刘总。我也觉得这种问题实在是不该发生的。我现在正在努力想办法解决天祺投诉的这个问题。"

刘总以不容置疑的语气说："你马上到总部来开个会。我觉得现在大家没有把这种战略客户当一回事，缺乏应有的重视，这样下去我们开发多少个客户都没有用。大家一起开个会，检讨一下，看到底是谁的责任，我们的工作作风是不是需要改进！"

刘总想了想又补充说："你叫常平安也一起过来。"说完就挂断了电话。

江流不由地摇头苦笑，但还是拨通了常经理的电话："常经理，天祺的事情已经闹到刘总那里去了，现在他要我们马上去总部开会。我让你调查的事情你调查得怎么样了？"

常经理说："目前售后还没有消息，李工这边说按他的判断应该是那个整流器的问题，那个整流器的耐高温性能不够。不过他也没到现场，看不到不良产品，所以，目前这只是一个推断，还需要进一步的证据。"

江流说："那你让李工帮你追踪这件事情吧，老板发火了，你不去他的火会更大。让李工有了消息直接通知我们。你赶紧准备和我一起去总部。"

江流一边往外走，一边打电话给李勇："现在李工推测是那个整流器出了问题。你要和李工一起查查用了这个整流器的成品，不管是在线还是在库的，暂时都封存起来。看有没有可以替代的整流器，有的话，可替代整流器的库存也要调查清楚，如果数量不够，要马上告诉我。很可能我们需要立即请购。"在车上，常经理显然还在为这批货的事情惴惴不安。

江流宽慰他说："从目前来看，你们都是按要求在操作，这并不一定是我们的问题。刘总现在只是在气头上，等一会儿会冷静下来的。我们现在最紧急的任务是怎么解决客户的问题。计划那边我已经安排了，可以替换的物料库存数据也在查，如果最后确定了是那个整流器的问题，我们马上解决，可能问题还不会很大。"常经理没有说话，点点头。

江流想起来说："我刚才让李勇通知把问题产品全部封存，等最后的结论出来再做处理。质量部那边你也安排一下。"看着紧张打电话的常经理，江流心里不禁摇头，现在不急着去解决客户的问题，开什么会呀！

到了总部后，江流和常经理马上就去了刘总的办公室，看到张总、陈总、研发的夏总和蓝工已经在刘总办公室里面了。

刘总一看到江流就说："你们来得正好，我们就在这里开个小会。你们给我解释一下：这件事情到底是怎么发生的？你们知不知道天祺对于我们公司的意义？为什么在我一再强调的重大客户身上还是会发生这种问题？你们到底有没有重视这个客户？"

夏总说："现在看来，很可能是整流器发生了问题。但是在这批货发货前研发已经完成了设计变更。研发应该在发货前两天就发布了这个设计变更，但不知道为什么供应链还是用了我们变更前的设计！"常经理把眼光投向蓝工，蓝工却没有任何表示，漠然地看着地面。

江流看到常经理没有回答，把眼光转向了常经理。常经理这才

第43章 客户投诉

不情愿地说:"这个设计变更是发货的当天下午我才收到的。一收到之后,我就找到了计划的李勇,李勇就联系了市场部,好像是市场部说这个订单已经延误了,而且已经向客户承诺了,必须发货!我就让李勇联系研发,李勇后来说他和蓝工确认了,蓝工说可以发货!我想既然研发都已经同意,就放行了!"

张总说:"这个订单是我们好不容易才从竞争对手那里抢过来的,交期是很关键的,我们的交期一再拖延,客户那边意见已经很大了,威胁我说要把订单转走,我就打电话到工厂催了一下,但这并不代表我们就可以出不良品给客户呀!为什么要把有问题的产品发出去?"

夏总转过头问蓝工:"有这回事吗?我们研发有同意发老版本的产品吗?"

蓝工这时才开口说:"这事李勇确实和我联系了,说市场部的压力很大,要求发货。但是当时我并没有同意可以发货,我是说需要再考虑一下。我不明白为什么这批货就这样发出去了。"

夏总说:"你们供应链说研发同意可以按老版本发货,有研发的邮件吗?有书面证据吗?现在一个说研发同意发货,一个说没同意。这种事情,没个书面的东西,说来说去都没有意义。"

江流说:"这个事情的确是计划的工作方法有些欠妥,也有可能是听错了,但是目前的重点是怎么减轻客户的不满。至于责任,供应链一定会承担我们应该承担的责任的。但是目前还是等我们彻底解决了客户的问题,再来谈责任怎么样?"

张总马上说:"客户那边已经是急得像热锅上的蚂蚁了,我们一定要以最快的速度解决这个问题。不然不仅是这个客户没戏,后续我们再开拓工业产品客户都会受到很大的负面影响。"

刘总板着脸,但最终还是点了点头,说:"江总,那你打算怎么解决这个问题。这是我们在工业产品领域中的第一个客户,希望供应链能够尽可能补救这次品质问题带来的不利影响。你也听到张总说了，如果不能妥善解决这个问题，后续我们在工业产品客户这个领域将很难开拓。"

江流说："我这边还没有收到关于这个问题的确切定性的通知。现在研发能够确定这个问题吗？"

夏总说："根据目前了解到的情况来看，很可能是那个整流器的问题。但是我们目前得到的信息非常少，很难准确定位问题，还需要更多的数据。"

江流点点头说："那就是说我们还是要等待更多的信息来定位问题。供应链这边我已经安排了李义新在跟踪这件事。"

江流看了一下刘总，发现刘总微微点头，就继续说："但是考虑到研发的技术实力更强，能不能请研发安排最熟悉这个产品的研发工程师和我们在客户那里的售后服务人员联系，帮助尽快确定问题。毕竟只有确定了问题，我们才谈得上如何解决问题。"

夏总说："这个没有问题，这个项目是蓝工主持的，让蓝工立即和那个售后人员联系，帮助尽快锁定问题。"

江流说："蓝工，那么锁定问题的工作就交给你了。你那边没问题吧？"

蓝工却没有像夏总一样爽快承诺没有问题。夏总觉得很诧异，又转过身来问蓝工："这是目前头号重点的项目，你还有什么问题吗？"

蓝工支支吾吾地说："我手头还有一个设计项目。"

夏总不耐烦地说："别管什么其他的项目了，你现在一定要尽快解决天祺的这个项目的问题。"

蓝工小声补充了一句，说："这个项目是泰和的。"

这时夏总似乎也一下子泄了气，问："是泰和的那个拖了很久的项目吧？"

蓝工点头说："这个项目是我们原来承诺一个月前就应该完成的，中间出了一些问题转到了我的手上。现在客户已经催得很急了。"

第43章 客户投诉

夏总这下也不说话了，反而把目光转向了刘总。刘总好一会儿也没有说话，最后才说："泰和是我们的大客户呀，现在我们还不能没有泰和。但是天祺又是我们一直想开拓的客户。夏总，你那边就没有别的办法可以调配一下吗？"

夏总面有难色地对刘总说："泰和的这个新案子一直进展不顺，客户也一再催我们。我是实在找不到其他合适的人选了，这才安排蓝工兼管这个项目。本来以为泰和的项目能早点收尾，这样也不至于和天祺的新项目冲突。但现在泰和也已经很着急，催了我好几次了。"

刘总想了想对夏总说："蓝工还是先去忙泰和的项目吧！就先不要耽搁蓝工的时间了。天祺的问题你亲自协调解决吧！"

江流看到夏总点头接受了刘总的安排，就说："那请夏总在明确问题的根源后在第一时间通知我。"

江流转向刘总说："我已经安排计划统计了发货的数量和地址，并且已经把可能存在问题的在线、在库成品封存了。物料也在统计中，如果问题的原因查出来了，我们会尽快先解决客户的问题，减轻不利影响。"

刘总点了点头说："那你好好去安排吧，千万不可以再出问题了。再出问题我们恐怕就真是一点机会都没有了！"

出了刘总的办公室，常经理有些感慨地说："江总，还好今天有你在，不然还不知道闹成什么样子呢！"

江流淡淡地说："我们打工的，首先得解决老板的问题。现在客户那里出了问题，如果不想着怎么去补救，一味地推卸、划清责任，老板就算知道这个人确实没有什么责任也不会很喜欢的。反过来，对于能够积极帮他解决问题的人，最终老板还是会知道这些人的好的。所以我们只需要积极解决确实存在的问题就好了，目前这个时候没必要想得太多。至于老板发火，这也是正常的，换个角度，如果你是老板，出了这么大的问题，恐怕你也没法淡定下去！"

常经理说:"话是这么说,到时候这个责任只怕还是要划分。我看研发的人现在明显是不承认他们同意发货了。到时候我们怎么办?"

江流没有回答常经理的话,反而问常经理:"你怎么看这件事呢?现在李勇说研发同意发货,研发蓝工又说没有同意。你觉得这应该是怎么回事?"

常经理说:"我不是当事人,很难判断谁在说谎。但是从一般的道理来说,李勇没有必要说谎。不管发不发得了货,他都没有责任。他没必要说谎来让货发出去的。"

常经理想了想,又补充了一句说:"不过如果说在电话里面听不清楚,或者误会了对方的意思。这还是有可能的。"

江流点点头,说:"你这样说已经很客观了。我也不相信李勇会故意说谎,但是夏总说的也有道理,空口无凭,这种事谁都很难下定论。再考虑到你刚才说的,听错了或者误会对方的意思都是有可能的。所以,就算我们不认为研发在说谎,我们也应该采取更严谨的沟通方式,以确保我们重要工作的执行没有因为误解而造成偏差。"

常经理说:"我会在质量部要求这一点。后续重要事件的沟通必须要有邮件。"

江流想了想又说:"现在最紧急的还是天祺的问题,李工那边的工作还是不要放松,你也多关注一下,一定要想办法以最快的速度解决。"

本章点评

■ 问题很严重,老板很生气,这时该如何化险为夷?

面对恶劣的局面,首先要考虑不要让对方的不满情绪继续发酵,在不满的情绪下,无法有效沟通。在这种情况下最忌讳的就是不断辩解,这无异于火上浇油。稳定对方的情绪才是首要任务,必要时可以先作出一些承诺,待对方的情绪稳定之后,再把注意力引导到问题的解决上来。

第44章
解决问题

- 出了问题，双方各执一词，管理者应该怎么判断？
- 对于表现已经达到良好的员工，怎么让他们更进一步？

到了飞达工厂后，江流立刻打电话给李勇，李勇说数据已经按江流的要求统计出来，发到江流的邮箱了。

江流说："你还是先到我办公室来一下吧，这件事情我们要好好从头到尾过一遍，千万不能再出问题了！"江流到自己办公室后还没来得及喝口水，李勇就到了。

江流一边接水一边对李勇说："先说有什么问题吧！"

李勇说："目前最大的问题是我不确定是不是真是整流器出现了问题，如果出现了问题到底应该更换多少。如果我按最坏的打算全部更换的话，新版的整流器不够，研发做实验剩下的很少。当时我们收到了研发的设计变更之后，订单也基本上做完了，就没有下单采购新型的整流器。现在要更换这么多，数量肯定不够。我刚刚联系了供应商，供应商那边的回复是目前还有一些库存可以满足我们的要求。如果我们现在下单，可以马上安排发货。其余的物料，只有定制的外壳缺料，如果现在下单，三天就可以交货。而目前仓库还有部分多备的外壳。"

这时，江流的电脑已经打开了。江流一边喝水，一边看电脑里面李勇发来的邮件。他问李勇:"你觉得我们该怎么办?"

李勇嗫嚅了一下,但还是没有说出来。江流抬头看着他,说:"你只谈自己的看法,最后决定还是我作。有什么好担心的吗?"

李勇说:"这事搞得挺复杂的,我确实不知道怎么办了。如果我现在通知采购下单,万一不需要那么多,我们的物料就呆滞了。而且这个客户能不能保得住还是个问题,万一下了单,却无法继续合作,我备的很多物料都有呆滞的风险!但是不通知采购下单,万一真是这个问题,要全部更换,我可能会晚一些才能解决问题,客户当然更不高兴。所以,我现在也是左右为难,真不知道该怎么做了。"

江流说:"你能考虑到这么多问题我很满意。至于你很难作决定,老实说,现在要我判定这个问题也很困难。但是我们仔细分析一下我们面临的情况还是能够找到一些处理的头绪的。其实整流器买多点也问题不大,最多就是占用资金,报废应该不太可能。毕竟公司还是要开拓工业产品的客户的,不管这条路有多么艰难。而且最坏的情况也就是我们降级在消费产品中使用,报废是不可能的,所以风险其实并不大。"李勇微微点头。

江流继续说下去:"至于外壳,这倒确实有点麻烦。不同的公司,产品需求不一样,对于外壳的设计要求可能也不一样。我们现有的库存外壳还有多少?"

李勇说:"十八片,我们发出去的可能不良的成品数是三百五十台。差了三百多片。"

江流说:"那你先去把整流器买回来吧!我去问问研发这个外壳是否以后还会用在别的客户那里。我确认了之后再通知你。"

李勇还是有些顾虑,说:"整流器晚一点下单也不要紧吧!这种料供应商有现货,当天下单,第二天就可以到我们公司。"

江流说:"现在有并不代表明天有,现在大家的眼睛都盯着我们供应链,这件事情我不想再冒任何风险了。既然我备货了也没有报废风

第44章 解决问题

险，就备起来吧。不怕一万，就怕万一。天祺的这个项目问题搞这么大，不能再出任何问题了。如果没有其他的问题，你先去办这件事！"

李勇出去之后，江流拨通了研发负责结构设计的项目经理鲍工。鲍工解释说："我们是按系列来开发的，除了天祺，以后金属加工行业所用的机壳都是相同的尺寸设计。但是目前的设计只是个初始的设计，我们对这个行业的了解也不多，很有可能会根据用户反馈的问题来完善修改这个设计。我没有办法保证现在设计的外壳以后还能用。"

江流还不死心，继续问道："那你们短期内有没有开发别的客户？"

鲍工说："目前只还有一个客户需要打样，其他的都还处于接触了解阶段，至于具体情况市场部应该更清楚，但是可以肯定，如果没有类似天祺的这种突然下大单的情况的话，不会有批量需求。"

江流挂断了电话之后，发现常经理和李义新已经到了他的办公室。李义新说："江总，现在基本上可以判断是整流器的问题。夏总那边也认为是整流器的问题，不过为了安全起见，夏总安排我们的研发人员补做一项测试。夏总说，等这个结果出来，我们就可以确定是不是整流器的问题了。"

江流点点头说："那你们也要开始着手考虑车间和仓库不良成品的返工方案了，问题一确定，立即安排返工！"

常经理说："返工没有问题。但是我们目前并不是百分之百不良，只是在某些高温场合同时这个整流器的耐高温值又偏下限才会发生问题。确实需要都返工吗？"

江流不禁皱起了眉头，常经理接着说："我感觉这样做恐怕不行，工业客户对稳定性要求是很高的，如果我们全部返工，在返工的过程中可能又会发生一些其他不良问题。这样，客户恐怕很难接受。"

江流叹了口气，说："但目前发生的不良率差不多达到了20%，明显偏高，客户也因此投诉了。如果我们的产品仍然频繁发生问题,客户会失去对我们的信心的。而且这对于后续开发其他工业产品客户也会产生不利影响。所以,我们不能等一台一台地出问题再更换。我们必须在客户发现问题之前解决问题。"

常经理还是不放弃,继续说:"如果我们强行全部返工,肯定会发生因为返工而造成的新的品质问题。就算我们找一些返工的高手来返工,仍然也无法确保完全合格。"

江流皱起了眉头,说:"李工,你的意见呢?"

李义新显出很为难的表情说:"常经理说得的确有道理,如果我们贸然全部返工风险还是很大的。就算让我手下技术最好的张山来返工,我估计不良率也得有百分之五左右。我那边的返修记录有数据的。而且这还是他慢慢返工的结果,如果希望他做到这种水平,他一天能返工二十台就很不错了!"江流想了几分钟问:"那我们有没有办法把整流管耐高温值偏下限不能达到客户使用要求的产品挑出来呢?"

李义新说:"这倒是有办法的,可以通过高温老化来测试。老化完了,我们再测试,测试通不过的就是有问题。不过,我们并没有老化设备,以前都是做消费产品的,没有这个需求。"

江流忽然想起来说:"瑞达不是有老化设备吗?能不能借用?"

李义新欣喜地说:"这个要去看看。应该问题不大。"

江流说:"好的,那我先给杨总打个招呼,你马上去检查瑞达的老化设备,争取能在瑞达老化。如果我们能把不良的产品挑出来,再返工风险就小多了。返工方案的事情就拜托常经理了。"

常经理说:"这个我一定负责做好。"

江流说:"那你们先去忙吧,有什么问题及时通知我。"

等他们离开了办公室,江流静静地想了一下天祺的整件事情的来龙去脉。以前在创富从没遇到过的疲惫袭上心头,他感觉有很多事情需要他立即决定该怎么做,但是他的脑子里面很混乱,不知道到底该

第44章 解决问题

如何做。他到洗手间洗了把脸，水的清凉让他的大脑清醒了一些。

回到办公室后，他拨通了李勇的电话，说："整流器怎么样了？"

李勇说："已经口头先通知供应商准备了，订单审批好后立即下达，供应商已经同意发货。只要我们今天把订单给到供应商，明天我们就可以收到货了。"

江流想了想说："你还是把外壳的采购订单也下了吧！没办法，现在只能冒一些风险了。"

江流又想了想，咬着嘴唇说："一定要尽量想办法降低这件事情的不良影响。"

第二天上班后没过多久，李义新就过来向江流汇报说："瑞达那边可以老化我们的产品。而且研发试验的结果已经出来了，的确是整流器的耐高温值偏低造成的。如果是这样，替换整流器应该就能解决问题。"

江流说："辛苦你了。我会让计划马上安排把工厂内的老版本的产品拿到瑞达去做老化测试。至于具体的操作，请你安排好。"

江流随后给李勇打了电话，让他赶紧制订计划，安排备料，重新生产良品，准备换回已经发到客户那里的不良品。

安排好了之后，江流想了想，随后拨通了刘总的电话，把这边的一些安排向刘总做了汇报。

刘总听到江流已经安排了整流器和外壳的采购，说："这件事情你做得很对，现在不管怎么样，我们都要搏一下，想办法尽可能降低这次的质量问题在客户那里造成的不良影响。同时要注意返工的安排，千万不要又发生新的质量问题。如果再有质量问题，这个客户可能就一点希望也没有了。"

江流表示自己已经意识到了这个问题的严重性，安排了常经理负责返工质量控制，同时安排了李义新负责老化。刘总认同江流的安排，让江流有困难向他反映，一定要解决好天祺的发货问题。

挂断了刘总的电话后，江流才如释重负，长长地舒了一口气。

到了下午，老版本产品的返工已经安排下去，江流看到返工的文件已经制作完成，李义新那边也准备好了老化的工作安排。

江流回到了自己的办公室，想想是时候和李勇说说发货确认的事情了。李勇到了办公室后告诉江流目前老版本产品返工的工作进展顺利，为了替换已经发出去的不良品的新的生产计划已经下达，目前仓库正在安排领料。只等整流器和外壳到了之后就可以安排生产了。

江流连连点头，说：“很好！我们这次的补救工作已经得到了刘总的肯定。现在还有希望保住这个客户。你的计划安排做得很好！”江流看到李勇紧张的表情松了下来，露出了笑容，示意李勇坐下来。

等李勇坐好了之后，这才缓缓地说：“你和研发到底是怎么沟通天祺的这批发货的，你能详细地跟我说一下吗？”

李勇刚刚松弛下来的神经马上又绷了起来，带着一些紧张的口气问：“江总，你是要了解什么细节呢？”

江流说：“我想知道你当初和研发沟通的全过程，每一个细节！现在研发不承认说过同意发货，我想知道问题到底出在哪里。我相信你肯定和研发沟通过了，而且你也没有必要撒谎来出这批货。我想了解了所有的细节才有可能知道问题出在哪里，到底是误会还是另有原因。而且等不良退货的问题解决了之后，我还要向刘总解释这件事情。所以，你有必要让我知道所有的细节。”

李勇显得很愤慨，说：“当初我明明和他沟通好了，他说可以发货，我才通知发货的。他为什么现在不承认！我要和他当面对质！”

江流倒了杯水，递给李勇，等他喝完了水才说：“你还是冷静一点，这次出了这么大的问题。谁敢扛这个责任呀？所以，如果是研发撒谎，你现在去对质也没有用。还是把每一个细节都说给我听听，我好考虑一下怎么去和刘总解释这件事情。”

李勇平静了一下自己的心情，说：“事实上那天我打了两次电

第44章 解决问题

话,第一次我问蓝工的时候,蓝工的确没有同意。他说这样发货有潜在的风险,他还需要再考虑一下,让我等他的通知。但是隔了不到半个小时,张总又打了电话催我,很着急,问我货到底什么时候能够出,说客户那边已经催得不行了。我说研发还在考虑,现在发货的话存在一定的风险。张总要我马上和研发确认能不能发货,如果不能发货要马上告诉他。结果我只好再打电话给蓝工,听到我说张总已经在追问这批货能不能今天发货,蓝工这个时候就同意先发货。这件事情我印象很深,不可能记错。他现在说没有同意发货,这绝对是撒谎!"

江流说:"那你和他的沟通完全都是通过电话沟通的,并没有邮件等书面通知。对吗?"

李勇有些不服气地说:"当时发货紧张,而且蓝工在实验室,发邮件很不方便,我也不好要求他为了这件事情特意出来发个邮件。这样做好像也太不信任他了,所以这种事情我也不好坚持呀!"

江流点点头说:"我知道了。他也没有任何邮件等书面的形式通知你说这批货到底能不能发,对吗?"李勇说确实是这样。

江流想了想,对李勇说:"对于这件事情,你有什么想法?"

李勇说:"我认为自己并没有错,你一再向我们强调要重视对客户的服务速度。我打电话联系是最快的方法,难不成还要我发个邮件,在电脑前面慢悠悠地等研发的回复?如果大家都这样想,我不认为我们公司就真能把事情做好!而且事实上当时蓝工正在实验室,如果我不及时打电话和他联系,等到他看到邮件都不知道是什么时候了。"

江流微笑点头说:"你这句话倒没有错,我们首先要考虑到解决问题,而不是总想怎么保护好自己,如果都这样考虑,我们的工作就一定有问题了。你能以解决工作中的实际问题为重,我很高兴。我也很赞同你这样的想法。"李勇听到江流这么说,脸上也露出了笑容。

江流接着说:"不过我们还是应该想一想,这件事我们是不是真的已经做到最好了,这样做是不是对我们的工作更有利。你再想想,你在这件事情上的处理是不是真的没有什么需要改进的地方。"

李勇有些惊愕,一时不明白江流的意思。江流只好解释说:"你前面的工作态度我是很赞同的。这件事情我也会向刘总表达我的立场,尤其是我对你的工作态度的赞赏。但是,另一方面,我希望你不仅有好的工作态度,还希望你掌握更恰当的处理事情的手段。你再想想,你是否还可以把这件事处理得更好?"

李勇的脸色恢复了平静且带着一丝凝重。他想了几分钟,说:"我到现在还是坚持认为,应该采用最快捷的方式进行沟通,因为市场发货紧急,大家都在等着。如果说需要改进,也许用邮件沟通这件事对我自己的保护会更好,但我清楚,这一定不是江总你期望的方式。我真是没主意了!"

江流说:"其实,你换个角度想一想,电话沟通的方式也的确隐患很多。你现在认定是研发在撒谎,所以从你的内心深处否定邮件联系。但是,你有没有想过,口头的沟通是很容易因为通话质量不好、对方思想开小差,误会对方的意思而造成错误的!你好好想一想,你周围是不是发生过类似的事情,这种事是不是发生的频率还是比较高的?"

李勇想了想,最终点头承认说:"这倒的确碰到过,有时候事情很多很杂,说是在听电话,其实脑子里面可能还想着自己的事情,嘴里就随口应着对方。有时甚至双方说的都不是一回事。"

江流说:"既然你自己也有这种经历,这批货是否能发,是个很重要的事件吧?这么重要的事情,你仅凭一通电话就作出决定,你不觉得太冒失了吗?就算不考虑对方撒谎,是否也有误会的可能呢?"

看到李勇点头承认,江流继续说:"所以,从解决问题的角度

第44章 解决问题

来看，我们的确应该立即用电话沟通此事。但是我们也完全可以在沟通完成、安排好事情之后，发一封邮件，确认沟通好的事情。这样，如果对方觉得自己的意思被误解了，就可以马上澄清误会。如果不回复，以后也不能说你在擅作主张。你觉得这样是否可以解决两方面的问题？"

李勇说："这样做是很完善，既有沟通的效率，也可以防止沟通的误会和推诿。双管齐下，是很好。我明白以后该怎么做了！"

江流赞许地对李勇说："其实很多人碰到这种事情，首先想到的都是要明哲保身。至于公司的目标，还真没几个人能挂在心上。你放心，这件事我不会让你受到不合理的处罚的。希望你能继续保持这种做事的积极性。当然，如果能够进一步提升自己的工作方法就更好了！"

等李勇出去了之后，江流又把李义新叫到了自己的办公室。在了解到返工进展顺利之后，江流问李义新："这次这个整流器的事情你怎么看？你觉得是什么原因导致了这次的质量不良？"

李义新想了想回答说："这次产品批次不良的直接原因当然是整流器耐高温值偏低，研发事先没有考虑到这个细节。我们以前是做消费产品设备的，为了节省成本，对材料的性能要求不高。但是工业环境就恶劣得多，比如这次天祺的质量事故，首先是当地发生了罕见的高温天气，气象台预报的温度都高达四十度，而实际的现场温度更高！听我们的售后人员说估计得有五十度以上，而我们的产品又在设备内部，因为设备发热的原因，最终我们的产品的运行温度超过了六十度！这对于消费产品来说是不可想象的！因为我们以前缺乏对工业产品应用环境的理解，所以就吃了大亏！"

江流没有马上说话，在琢磨李义新的话的时候，李义新继续说："所以，从根本上来说，我们没有充分地考虑这个项目的艰难，当时过于乐观了，总觉得我们公司在民用消费品领域已经有了很多设计的经验，可以把我们在民用消费品领域的经验直接移植过来，从而忽视了工业产品的自身特点。"

江流说："你的意思是我们过于乐观了？"

李义新没有直接回答这个问题，说："我们的产品甚至都没有经过小批量的验证就直接大批量生产了，这本身就是一个问题。做几台样品在实验室里运行几天根本不可能发现这种问题。我了解到研发之所以更改设计就是因为样品在客户那里零星地出现过高温不运行状况。等研发更改完设计的时候，我们的大批量产品都已经生产出来了，到这个时候谁都很难作决定。所以，蓝工说他当时说自己要考虑一下，我完全相信。出货吧，有质量风险，不出货返工吧，市场部又催着要货，而且返工的损失和费用也要考虑。"

江流问："李勇说是研发同意发货的，你这样说是认为研发不可能会同意发货吗？"

李义新愣了一下，说："这个不好说，我不是当事人。不过既然研发已经发现问题了，甚至已经做出了设计更改，他不会不知道这里可能存在问题。所以，他应当知道这样做会给自己带来什么风险。"

江流想了一下，没有再继续这个话题，反而是问："我们老化测试工厂的产品，整流器不良的比例是多少？"

李义新说："接近百分之二十。因为只有当整流器的耐高温值偏下限也就是六十度，而同时外界环境温度又过高六十度，这两个条件同时满足的时候我们的设备才会出问题，所以并不是所有的整流器都会出问题。严格来说，这也不是整流器的问题，我看过整流器的技术参数，是七十度正负十度，所以到六十度仍然是合格。但是对于我们的产品来说，使用就有风险了！"

江流点点头说："我明白了，你的意思是说，其实我们送样试用阶段没有发现问题是因为没有同时触发高温和整流器耐高温值偏

第44章 解决问题

下限这两个条件。后来偶尔发现问题就是因为同时触发了这两个条件。但这次大批量发货出现问题就很不走运，高温天气把这个问题放大了，所以导致了这次的不良事故，对吗？"

李义新说："就是这样。这次的确也有一些不走运的成分在内。客户那里出现了几十年一遇的高温，如果不是这个原因，可能真的不会有这么糟糕的结局。但是我们没办法保证不出现高温，所以，我还是觉得要充分认证，不然说不定到时候又发生什么质量问题。有些问题一定是要在实际中验证才能发现的，这样不经过验证，快速大批量地推向市场，研发的精神压力也很大的！"

江流说："你这一点说得很对！其实祸根是早就埋下了。后面的沟通就算不出问题，也只是减轻一点问题的严重性。但是第一次合作就不能按期交货，客户肯定也不爽的。所以真走到这一步，已经是进退两难了。"

一个星期后，给客户换货的产品都已经安排发货了，江流的心才稍稍放松了一些。可他心里面还有一件事情一直悬着，该是时候解决这个问题了！

本章点评

- 出了问题，双方各执一词，管理者应该怎么判断？
- 对于表现已经达到良好的员工，怎么让他们更进一步？

异常的事情不能只看证据，要看是否合乎常理，是否符合当事人的利益，是否符合他们一贯的作风。对于没有可靠的证据、疑点较多的事情要多方求证。

对于已经做得不错的员工，不可以用指责来推动他们改善，只能激励他们，引导自我提升。如果总是说他们的工作还可以做得更好，往往会激起他们的反感。

第45章
没有结局的结局

■ 怎样让老板意识到自己以前的错误而收回成命？

　　天祺的货发出去之后，江流拨通了张总的电话，向张总通报了货已经发出去的消息。电话里，张总似乎心情不错，张总说："太好了。我先告诉客户，回头再和你谈。"

　　江流坐在那里，一颗心还是有些七上八下，揣测各种可能出现的后果。过了差不多十分钟，江流的手机响了，上面显示是张总，江流深吸了口气，才用尽可能平静的语调说："张总，你好！"

　　张总用一种轻松的语调说："事情搞定了，客户虽然还有些小抱怨，但是我们这次在这么短的时间内及时发出货，很出乎他的意料。我抓住机会宣传了一下，我们对天祺的重视以及公司的响应速度。天祺的领导现在还挺满意。我会赶在货到客户那里的时候再去拜访一下，到时候就是见机行事了。如果这次的货没问题，这个事情应该就是摆平了。"

　　江流的一颗心终于稍稍放下了一些，说："出了这么大的事情，还能让客户感到满意，张总维护客户关系的水平真是非同一般啊！如果我们其他人碰到这种事情，真不知道会闹成什么样子！"

　　三天后，江流接到了张总的电话，说产品已经检验通过了，没

第45章　没有结局的结局

问题！江流连忙问："那张总，您最近会回公司吗？"

张总带着些许得意的语气说："一切都搞定了，当然要回去！说老实话，外面再好，还是不如家里好！"

江流说："张总到公司后，我想去总部看看你。要多谢你对我一直以来的帮助。"

张总说："好说，最近忙，我们也好久没有好好聊过了，这个项目搞定了，我也可以轻松一阵子了。是该好好聊聊了。"

到了张总的办公室，张总心情看起来不错，拉着江流坐到茶几前面，泡了杯绿茶给江流。江流品尝了一下，立即称赞茶清香幽雅，好喝。张总说："这是前段时间一个老朋友托人给我带的碧螺春，这是第一次喝呢！"

聊了几句茶的问题，江流转入正题，问这次张总过去客户的反应到底怎么样。

张总满面笑容，却没有急于回答江流的问题，说："我先问清楚了货物到达天祺仓库的时间，让货运公司一定要在上午十点半左右送到。而且，我还特意订了一个早上的航班，我一下飞机，就坐车直接赶到天祺。天祺的汪总监陪着我一起看着质量人员检验我们的产品，等到产品检验完了，也快十二点了。这个时候我才说早上六点就出门，急着出来赶飞机，下了飞机又赶到这里，还没吃东西，搞得汪总都不好意思了，马上说一起去吃个饭。"

张总这时却卖了一个关子，慢慢悠悠地喝完了一杯茶才说："吃饭的时候，我对汪总说，在目前的这个领域我们是新手，我不能保证我们不犯错误，但是我能保证飞达一定把天祺的需求作为公司最重要的事情来对待。呵呵，汪总当时虽然没有说什么，但我看得出来，他对我们公司的态度还是很满意的。结果买单的时候，他还抢着买了单。所以，这事应该是解决了。"

江流的表情不禁严肃起来，说："您作为一个公司高管，还这么拼，想想我们年轻人都很难做到，真是让我们这些晚辈感到惭愧啊！以后还是得多向您学习。"

张总笑着说："我可没觉得我很老，你别把我说老了啊！"

笑过，张总又说："在其位，谋其政。这都是我应该做的。如果这批换货不再出什么问题，客户还会和我们继续合作的。到现在能有这样的结局，你也还是起了很大作用的。"

张总把手在江流的手背上轻轻拍了拍，说："你也不用有太大的心理压力。其实新开辟一个客户哪有那么容易的？我们公司开辟的很多新客户都是大家拼尽全力从那些外企的竞争对手手中抢下来的。别人做了那么多年，我们硬插一脚进去，哪有那么容易？出一些问题也是常有的事，有问题及时解决就行了。你不要过于担心！好好干就行了。"

江流却说："其实这次能够及时把货补出去，李勇前前后后还是做了很多工作的。"

江流看到张总似乎在考虑什么，继续说："这次把不应该发出去的货发出去了，虽然直接操作人是李勇，但作为供应链的负责人，我还是负有间接责任的。现在如果只处理李勇，我担心下属都会认为我是一个没有担待的主管。以后大家做工作的时候有可能会把重点放在对自己的保护上，而不是放在解决客户的问题上。这样的话就麻烦了！"

张总想了想说："这么重要的事情，李勇没有以邮件的形式来确认的确是有些欠妥当，但是这个小伙子做事还是很积极的。而且，这中间恐怕也有我的因素在里面。我曾经打电话过去催问货物准备的情况。他当时说会马上再和研发确认能否发货，我想他肯定是联系了研发的。至于现在研发的蓝工说没有同意发货，可能是一个误会。李勇不可能故意欺骗公司的。所以，这件事情你也别太担心了。刘总当时是在气头上，说话严厉了一点。事情过了就好了，

第45章　没有结局的结局

而且真有什么事，我也会帮李勇说句话的！我觉得现在的团队还是不错的，大家就应该像现在这样做事公司才有希望！"

江流却并没有真觉得这件事情可以了了，他说："有张总这句话，我本来不应该再杞人忧天了，但我还是有一点不放心。毕竟这次的问题搞得这么大，而且这个项目是刘总反复强调要做好的、是事关公司未来的长远发展的大项目。现在出了这么严重的问题，如果到时候谁都说没有责任，刘总会不会担心大家以后责任心松懈，会不会借着这次的事情严惩不贷，树立惩罚的榜样呢？"

张总听到这里，脸上变得凝重起来，好几分钟都没有说话，最后才缓缓地说："你这个担心也不能说没有道理啊！刘总一直强调要求大家重视品质，重视大项目。我看他也一直在找一个合适的突破口，想通过树立一个处理的典型在公司内部强化这种认识。这样的话，问题就严重了。如果是一个一般的问题，我想我来说几句，问题应该不大。但是现在是这种问题，在这个时候我说话恐怕也没什么分量了。"

江流的心也不禁一紧，这时张总继续说："你到公司以来，做出的成绩是有目共睹的，而且这件事和你并没有直接的关系。所以，不可能怎么处罚你，但是……"张总没有再说下去，只是看着江流。

江流深吸了一口气，最后下定了决心，说："因为没有邮件这种书面的证据，现在我的确没有办法确定研发当时是否有同意发货，这一点我承认，李勇的工作确实有缺失。但是，蓝工也承认，李勇为了能否发货的确曾经打过电话给他，张总你也相信李勇应该是打过电话的，对吧？"

张总有些疑惑，没有回答江流的问题。江流继续说下去："如果按蓝工所说的，当时他并没有同意发货，说自己需要想一下。那么为什么他没有事后通知我们这批货不可以发货呢？他并没有提到自己曾通知我们不可以发这批货，必须返工！他如果真的觉得这批货不能发，应该会有这个动作吧？我现在也没有看到他有发任何邮件说明这批货不能发。蓝工是不是也有责任呢？"

这下，张总的脸上更凝重了，说："你的这个问题问得的确有道理。但你真打算这么跟刘总说吗？"

看着江流不说话，张总叹了口气，说："如果你这样做，这个问题就彻底复杂化了。刘总可以处罚李勇来树立典型，却不能处罚蓝工来树立典型。蓝工是研发的顶梁柱，公司的一些核心的项目都是由他负责的。但按你刚才所说的，就算他当时没有同意发货，计划误发货了，但事后他也没有任何的东西证明自己不同意发货，并要求追回这批货。这样一来，他的责任其实是很大的。如果要处罚李勇，按道理来说就一定要处罚蓝工。这恐怕会让刘总很难下决心。"

江流说："其实这批货发了这么久，他在知道生产出来的货物存在质量隐患不能发货的情况下，既没有通知不能发货必须返工，也没有采取其他措施来弥补，仅就这一点，我觉得他的责任就比李勇还大。如果只处罚李勇，不提蓝工的问题，我觉得供应链的人以后工作会很容易闹情绪的，我也很难管理。"

江流想了想，又补充说："更何况，我从他没有对这批产品采取任何动作也可以合理推测，他当初其实是同意发这批货的。只有这样才可以解释，为什么这么长时间他都没有对这批货采取任何处理的手段。在这种情况下，我真的很难想象我该怎么让李勇接受关于这件事情只处罚他，而蓝工一点事都没有。"

江流看到张总在点头，继续说："还有一个问题，当时研发说在我们发货的两天前就做出了设计变更，但问题是供应链收到的时间确实是要发货的当天下午。到底是什么导致如此重要的设计变更要花两天这么长的时间才发到供应链呢？如果早点发到供应链，可

第 45 章　没有结局的结局

能根本就不会这么被动。我们完全可以先更换器件，至少可以提前和客户沟通。等我们生产完了，要发货的时候才发到我们手上，这个时候不管怎么做，都很难处理。我觉得这里肯定是有问题的，要追究李勇，至少应该先查查这件事，不然以后让供应链的人怎么看待自己在公司的地位呢？他们肯定会觉得自己只是飞达的二等员工。那样的话，人心就散了！"

张总点头说："你的想法也有道理，不过这事我也不好说该怎么处理。这些话你没有跟别人说起吧？"

江流点头承认，张总接着说："这样吧，你这边先不要采取任何动作，也不要和任何其他人谈起你刚才说过的话。我会先和刘总单独沟通一下这件事情，争取能妥善处理这件事情。你等我的消息。"张总说完就起身准备离开办公室，江流也跟着走了出来，找了个空闲的会议室休息一下。

江流正在会议室里面百无聊赖地等张总的结果，突然手机响了。江流一看，是张总的电话。张总说自己正在刘总的办公室里，刘总让他也过去聊一下。

江流赶紧赶到刘总的办公室，江流进去的时候看到刘总坐在那里好像若有所思，又看了一下张总的脸上，发现张总的神情比较放松，一直绷在心里的那根弦也放松了一些。

江流快走到刘总身边的时候，刘总才发现江流已经进来了，微笑着向江流点头示意说："你坐。"江流按刘总的示意在他侧边的沙发坐下。

刘总说："你做得不错！这一次出了这么严重的质量问题，你能够及时协调解决，使公司避免了巨大的损失，你有很大的功劳。"

江流连忙说："刘总过奖了，作为供应链总监，这都是我职责范围内的事情，我只是做了自己应该做的事情。"

刘总点头说:"这次事故产生的时候我的确心里面非常不舒服,我就总在想为什么我再三强调的事情还是会出问题呢,而且还是出了这么低级的问题。都已经下发新版了,明知道老版本有问题还发货!现在看来,事情比我当初想象的还要复杂。我们的各个环节都有一些问题。我也知道了,这事不能全怪供应链。"

江流这时才完全放下心来。刘总说:"这件事情完全是个误会,你也别太往心里去。这样吧,我个人掏腰包,你安排一下,搞个活动慰劳一下在这次问题解决中供应链表现突出的一些员工。你放心,我这个人性子是有点急,有些话可能说得过了一点,但是谁在为公司解决问题,谁是好员工,我还是看得出来的。你来了之后我们的供应链有了很明显的改善。你和供应链的员工都不要有什么顾虑,以后还是要大胆去做!"

本章点评

■ 怎样让老板意识到自己以前的错误而收回成命?

先解决老板的问题,后解决自己的问题。老板的问题得到解决了,他心情好,才利于沟通,让老板认识到自己的错误决定可能带来的后果。每个人看问题的角度都不同,有时老板作出错误决定是因为他的角度妨碍他看到某些不良影响,帮助老板清楚认识问题的实质有助于让他收回成命。

第46章
什么是好的管理

- 为什么民营企业发展总是问题不断？
- 为什么看似管理水平高的外企往往发展速度不如管理不够完善的民企？
- 怎么才能提升企业的响应速度？

安抚完了江流之后，刘总似乎又想起了一个问题："还有一个问题让我感到很不放心，我觉得我们的问题也太多了一点。好像每开发一个新产品、一个新客户都要出一些问题，不是这里就是那里。我有些时候在想，是不是公司越做越大，大家的责任心也越放越松了。江总，你是从大公司出来的，从专业管理的角度来谈谈，我们公司的问题到底出在哪里？"

江流一愣，没想到刘总问了这样一个问题，想了一会儿说："我在供应链那边，总部来得比较少，而且我的工作经验也主要是局限在供应链，对研发和市场的运作都不熟！这个我怕说不好！"

刘总说："既然让你说，你就大胆地说出来。你是公司引进的高级管理人才，不要只把自己局限在供应链。你感觉哪里有问题都可以提出来，我和张总都会认真考虑的。"

江流说："那我就抛砖引玉谈谈自己的一些浅显的看法吧！首

先我觉得还是先从结果来看，我们公司的经营成果比较好。相对于我们那些外企的主要竞争对手，我们无论是市场份额的增长还是销售额的增长都超过了它们。所以从这个角度来说，感觉应该不存在大家太松懈的情况，我觉得大家还是在努力把事情做好的，至少我们比竞争对手更积极。"江流说完这句话停了一下，看到张总在点头，刘总也微微点了一下头，但似乎还是在考虑什么。

江流继续说："当然，我们也的确存在很多问题，还有许多需要完善和改进的地方。但我觉得我们公司应该是快速发展的问题，而不是那些大企业流行的老爷病，我们的问题的根源不是懈怠，而是发展太快，各方面资源支持跟不上。"

刘总眼睛一亮，说："说下去，继续说下去。我想听听你是怎么看待这个问题的。"

江流说："我认为我们的问题的根源在于快速发展的目标和内部支持能力不匹配。"

江流说到这里看到张总点了点头，刘总似乎若有所思，没有什么表情，继续解释说："首先来看我们这次做的天祺的项目，我们公司在不到三个月的时间内完成了切入客户、了解需求、完成样品、产品发货这一系列过程。这种响应速度对于我们的那些大的竞争对手来说几乎是不可能实现的。反过来，要在这么短的时间内完成一个新的领域的新项目，难度可想而知。这对我们公司内部的支持能力提出了非常高的要求！但现在的问题是我们不仅缺乏能够达到这种高标准要求的高素质的员工，也缺乏能够高速响应这个目标的运作系统。"江流说到这里借喝水观察了一下刘总和张总的反应，发现他们都似乎在考虑自己刚才说的话。

江流继续说："这么关键的项目，一般来说我们至少要配备一个全职的项目经理。而蓝工身兼两职，一个是影响公司未来的项目，一个是我们目前的大客户的重点项目。两个都不能放松，两个

第46章 什么是好的管理

都要抓紧。刘总、张总你们搞高科技搞了这么多年,你们比我清楚,在这种情况下两个项目能够按计划平稳完成的概率有多高!尤其是天祺的项目对于我们来说属于一个全新的领域,我们缺乏对于工业领域客户需求经验的长期积累,又要在这么短的时间内完成这么多工作,在这种情况下不出问题的可能性有多大?"刘总和张总脸色凝重,都没有说话。

江流说:"严格来说,我们当初安排蓝工在如此重要的两个项目上一个人身兼两职,同时赶两个时间都很紧迫、技术难度大的项目就已经埋下了问题的种子。这个问题恐怕不是仅仅有积极性就可以解决的!所以问题的根源应该不是大家的松懈。我不了解研发和市场,这只是我的感觉。"

大家沉默了几分钟,刘总才点点头说:"你说得很有道理。这个道理我也不是不明白。但是泰和是我们最大的客户,如果不服务好泰和,公司可能马上就会陷入经营困境。当然如果公司想避免过于依赖泰和,就必须进一步拓展客户,开拓像天祺这样的工业客户也是必须要做的。我和张总也想能够尽量在保住现有的客户和开拓新客户之间保持平衡,尽量不要导致冲突,但是市场的机会很多时候是稍纵即逝的!现在天祺愿意让我们试一试,我们如果说我们没有准备好,放跑了这次机会,谁知道以后等我们准备好了,天祺还有没有让我们试一试的机会。市场重视的是机会,不能等什么都准备好了才动手!所以,出现这种情况也是无可奈何的事情。"

江流点头表示认同,说:"的确,我们公司之所以能够快速发展靠的就是善于抓住市场机会。而那些外企说自己做得再好,流程再完善,没有抓住市场机会都是空的!其实市场份额才最有说服力。它们在老的领域市场份额萎缩,没有进步,在新领域拓展不了新客户,说明它们做得也并不好。我们的表现其实是优于它们的。"

刘总摆摆手,说:"先不忙说竞争对手,先说我们。我们的市场策略无法改变,那是不是我们也只能接受目前的这种混乱的局面?或者说,这种混乱,其实是我们的市场竞争策略带来的必然的后果?"

江流点头说:"从某种程度上来讲,是这样的,如果我们也像那些大企业一样,什么都严格按流程操作,确保万无一失,那么我们也一定可以减少很多问题。但是这样做的后果是,我们可能根本得不到天祺的这个项目。这也是当初我不是很赞同模仿大企业流程的原因。这样做飞达会失去很多发展机会,只能像那些大企业一样一步一步小心翼翼地向前挪。虽然错误少了,却丧失了进取心。如果染上了大企业的这种老爷病才更需要警惕!"刘总赞许地点了点头。

江流说:"所以,我们没有必要去照搬照抄地学习我们的竞争对手的做法。但是如此多的质量问题,这的确也给我们公司带来了很大的运营风险。所以从长远来看,我们要在两个方面做出改善——建立适合的机制和储备人才。"

张总点头说:"我感觉这两个方面是需要加强。以前很多事情都是靠我们几个老总和骨干人员推动,效率就比较低。江总来了之后,工厂在很多方面都有明显的改善,现在日常的很多事情不用我们催也能正常运行。制度改革带来的效益还是很明显的。至于说人员储备,以前公司小,刘总和我虽然很清楚这个问题,却也没有办法改变。毕竟,在那个阶段,公司还是要先解决眼前的生存问题。"

刘总也点头说:"是的,以前我们虽然看到了,但是没有条件来解决这些问题。现在我们有条件了,也可以好好想一想怎么解决这些问题,怎么为后续的发展蓄势了。江总,你继续说下去。"

江流说:"人员储备这方面我就不多说了。制度方面,我们必须建立一个快速响应的内部支持体系,这个体系必须适合我们目前市场开拓的特点。只有建立了这样的内部支持体系我们才能更有力地支持市场开拓,不仅能把产品快速推向市场,还能在这个前提下保障质量,避免很多不必要的问题发生,甚至还能在出现了问题之后

第 46 章 什么是好的管理

快速解决我们的问题。到了那一步，我们才能从根本上化解快速发展和运营风险之间的矛盾。当然，建立这种机制对我们目前的管理水平是一个非常大的挑战。我们可能需要在很多方面改进和提升！"

刘总一边思考一边点头说："听起来不错，可真的存在这种机制吗？或者说，我们真能够建立这种机制吗？连我们外企的竞争对手都没有建立的机制，我们能够建立吗？"

江流肯定地说："我们完全可以建立更适应这种快速响应目标的机制。至于说竞争对手为什么没有能建立这种机制，我想一个可能的原因是它们的管理人员不想，而不是不能。"

张总疑惑地问："不想？"

江流说："对，就是不想。其实相当一部分外企的高管是不会像刘总、张总你们这样关注公司的长远发展的。毕竟他们是打工的，不少人都是抱着干一天算一天的态度在工作，抱着这种态度工作的人不太可能考虑公司的长远发展规划。"

刘总笑呵呵地说："管理我可能没有那些人专业，但是我应该还算一个企业家吧？我至少是一个真正想把企业做好做大的人。"

江流点头说："问题就出在这里。有些外企的职业经理人不像你们把经营好企业作为自己的最高目标。对于你们来说，公司是自己的公司，不仅要考虑公司今天怎么赚钱，还要操心公司明天怎么赚钱。所以，我们公司的高层能从公司实际出发，积极地去应对客户的需求。为了实现这些需求，你们会推动公司不断改进和提升。"

张总笑着说："刘总操心最多了，每天都忙到深夜！搞得我们这些人不努力也不行了。"

江流也笑了笑，继续说："而有些外企却只能墨守成规，因为它们的管理人员更多地考虑的是怎么保住自己的饭碗，而不是怎么让公司取得更大的发展。他们之所以没有继续改进和提升的动力，从心底里不想改变，是因为很多改进和提升都不是短期可以见效的，而且还存在风险，比起公司的长远发展，他们更关心自己能加多少薪水，年终奖是多少。"

刘总问："那些公司的高层没有意识到这一点吗？就算它们的最高负责人不能长期待在中国，难道它们不能通过一些考核要求、推动中国的管理人员发展和提升吗？"

江流问："刘总指的是 KPI 吗？"刘总点点头。

江流说："其实外企的管理人员很重视 KPI 呀，也都在按 KPI 办事，但是他们过于看重 KPI 了，从而忽视了企业经营的实际问题。"

刘总显得很感兴趣，说："这个问题有意思，你仔细说说这个问题！"

江流把杯中的茶喝了，清了清嗓子，说："我觉得过分依赖 KPI 有两个致命的问题。一个是 KPI 无法考核长期的表现。KPI 只能考核一年的表现，而无法考虑以后更长时间的问题。这样做带来的一个严重后果就是管理人员更为重视短期目标而忽视长期目标。而一个短视的企业即便成长很快，衰落也会很快。正所谓其兴也勃焉，其亡也忽焉。他们如果只关注短期的指标，就根本不可能进行系统的改进和提升，因为这种改进和提升需要的时间周期往往比较长，风险也比较大。"刘总和张总都点了点头。

江流继续说："KPI 考核的另一个致命的问题是：KPI 关注的是已知的问题，它无法找到未来的战略发展方向，并为此调配资源。而一个没有未来的公司只能走向衰亡。"

刘总点点头，说："公司经营，对未来的把握肯定是很重要的。这个是很难做到 KPI 里面去。"

江流继续解释说："就拿我们公司来说吧，如果我们公司也是完全根据 KPI 来做事，根本就不可能考虑这次天祺的这个项目。这个订单本身并不能为公司带来多少营业额和利润。我们公司做这张订单考虑的主要是一个合作的机会，一个切入工业产品领域的机

第46章 什么是好的管理

会。这种机会不是可以用什么指标来衡量它的价值的！"

刘总也不禁敲了一下桌子，说："对，我们需要的就是你这样的高级管理人员，能够看得长远、抓住公司大的发展方向。这也是你做事很符合我的心意的原因！"

江流笑了笑，又喝了口茶，说："如果单独看今年的运营指标，从这个单上，我们根本赚不到什么钱，也增加不了多少营业额。但是我们为这个项目投入了大量的资源，如果仅仅只考虑目前我们取得的成果，我们是不可能投入这么多资源的！这无疑会影响我们财务报表的数字。但我们公司为什么仍然坚持向这个不能改善我们当前财务报表的项目投入资源？我想就是因为我们公司的高层是站在一个希望公司取得长远发展的角度在看待问题。而在外企，那些被KPI束缚住手脚的经理人显然没有这个优势。他们必须考虑自己的年终奖金，考虑自己能否得到更好的分数保住自己的职位。所以，我说他们不想为了未来改革。"

张总点点头说："的确是这样，外企以前给我的感觉都是井井有条，但是有些外企的这种井井有条让我很无奈。我急得要命，它们的管理人员还在一板一眼地向我强调他们的流程，完全不顾及我的感受，没有想过怎样才能解决我这个客户的问题。我到现在还很清楚地记得当初你积极帮我解决问题的情形，这给我留下了深刻的印象。"

刘总也笑了，一边倒茶，一边说："这么说，我们公司做得还不错。"

张总说："市场业绩摆在这里啊，这可不是我们自吹自擂！"说完，张总哈哈大笑起来，刘总和江流也笑了。

大家笑完了后，江流说："张总说得好，管理是否优秀最终是要体现在成果上来的。和我们公司相比，我们的竞争对手看起来管理更有秩序，员工的满意度更高。可大家一比较经营的成果就会发现，我们无论是市场份额的增加，还是关键客户的开拓成功率都超过我们的外企竞争对手。所以，竞争对手的经营管理真是谈不上优秀，而造成这种现象的原因很大程度上都可能是因为公司从上到下都只注重 KPI，而不注重实际的经营情况、客户的感受。这是它们无法改进的一个很重要的原因。想在那个系统里面混得好，都要学会做指标。指标不好，自己的绩效、年终奖金马上就会受到影响。这有几个经理人能够接受得了？"

刘总说："那外企的最高层领导人不会发现这一点吗？"

江流想了想说："就以我之前工作过的创富为例吧！总公司的负责人一年都来不了我们中国区一次，来了也主要是由这边的高层陪同四处走马观花地看看。这样看能看到什么？所以他们希望简化他们的管理工作，希望能够凭借几个数据来管理一个这么大规模、距离他们上万公里的一个公司。如果自己的老板只看数据，在这种情况下，中国公司的高层管理者又怎么能够静下心来去塑造公司未来的竞争优势？很多时候也就是做做指标，先把奖金赚到手再说。所以，他们才不会真正对待天祺的这种要求，订单量又不大，时间又紧，后续也不见得有多少订单。吃力不讨好，谁做？"

刘总喝了口茶，品了好久，才缓缓地说："确实是这样，他们是拿工资的，我们是创业的！现在我明白了为什么竞争对手没有建立快速响应的机制。但怎么才能建立这种机制呢？"

江流于是把自己最近在瑞达刚做的改革向刘总和张总介绍了一下。刘总说："这样说来，我们也应该基于我们的业务特点，重新设计我们的作业流程，培养我们快速响应市场所需要的能力。这样才能从管理上保证我们能够做到快速反应，而不是老是要我和张总去挤牙膏！"

张总也笑了，说："以前年轻还可以去挤牙膏。现在年龄大了，身体一天不如一天了，要想新办法了。不能老是靠挤牙膏来保证响应速度呀！"

第46章　什么是好的管理

刘总说："那你能不能以这次天祺的订单发货来说明一下，我们在制度层面还有哪些可以改善的地方呢？"

江流说："管理是一种很细小但又很烦琐的工作，要改变的地方肯定有很多，很难一下子说完。我想先说几个有代表性的问题吧！"

江流看到刘总点了点头，说："首先，这一次的问题其实反映了我们物料平台的隐患，如果我们不采取有效的手段改善，后续类似的问题还可能会继续发生。"

刘总和张总满是疑惑地看着江流，刘总反问道："物料平台的问题？"

江流点点头说："对，我们的物料平台有重大隐患！以前我们是做消费产品的，对物料的性能要求没有那么高，所以，公司选用物料基本上都是价格优先。但是现在要拓展工业产品市场，我们现在也看到了工业产品对物料的性能要求比消费产品要高。"

刘总一边思考一边说："确实是这样，我们对工业产品的理解还是不够，没有考虑到这一点。这是天祺项目出问题一个很重要的原因。但这和物料平台有什么关系呢？"

江流回答说："我们原来的物料平台是为生产消费产品服务的，要尽可能降低物料成本。但是我们也知道一分钱一分货。价格降了，物料的质量可能就没有那么有保障了。这种策略对做消费产品影响不大，一是消费产品对物料器件质量要求不高，二是即使出了问题影响也不大。我们原来推行低价的采购策略可以支持公司消费产品市场的拓展。但是工业产品完全不同，用这些物料潜在的风险比较高，而且一旦出现了问题，后果也严重得多。研发要确保不出问题，需要做更多的实验来检验物料是否能够达到要求，但是百密也难免一疏，一不小心就容易出问题，影响我们对客户的支持。所以，比较合适的办法是采用更优质的原材料来做工业产品，这样才能确保产品质量，尤其是在目前研发的人手也很缺乏的时候。"

刘总点头说："确实存在这种风险！而且研发项目时间紧，任务重，人手又不足，要考虑每一个器件是否都是完全能够达到客户的要求，要有足够的安全系数，这的确是很难实现的。所以，必须通过选用优质器件来降低我们的产品风险。你这个建议提得好！"

江流接着说："其次还有一个问题，这个问题不是制度层面的，是我们的文化层面的。目前我们的工作思路还是以职能为导向的，不是以客户为导向的，换句话说就是我们是从自己的角度在看待工作，而不是从客户需求的角度来看待自己的工作。"

刘总和张总有些疑惑，刘总问："你觉得这两者有区别吗？每个职能部门都做好自己的事情，就能够满足客户的需求了。从职能的角度看待问题和从客户的角度看待问题，似乎也没什么区别呀？"

江流摇头说："看起来是这样，但事实上这两者还是有区别的。如果我们大家都是关注客户的目标实现，有些事情我们会做得更好。我们目前的做法是发现了潜在的问题就去改设计，设计改好了就归档，剩下的就是别人的事情了。至于客户的订单要什么时候交付，在这个过程中谁需要用到自己的工作成果，自己的工作成果什么时候能够给到需要的人，这好像就不是大家关心的问题了。比如这一次，研发其实在发货前两天就完成了设计变更，这种硬件的设计变更对供应链的交付影响非常大，但是却没有人在第一时间把这个设计变更告诉供应链，足足花了两天的时间才把设计变更给到供应链。"

刘总摆摆手示意江流不要再说了，说："这个问题比较复杂，也确实有些不走运。夏总当时刚好在开会，有一整天都没有时间审批这个变更，等他看到变更的时候已经是发货前一天的晚上了。而文档管理的邱文又感冒了，下午才来上班，所以发给供应链的时间迟了两天。"

张总也插话说："江总，这个责任就不要再追究了，这次的事情完全是个意外。"

第46章 什么是好的管理

江流点点头说:"我也觉得努力解决问题就好。我现在只是想分析一下这件事我们怎么可以做得更好!"

得到刘总点头同意后,江流继续说:"如此重要的设计变更,就算文件需要审批没法及时给到供应链。如果研发知道这个问题的紧迫性,提前通知供应链一下,情况可能就会好很多。供应链在产品完成、将要发货的时候才收到变更的消息,其实已经是很麻烦了。如果返工,一是影响发货,无法达成客户的交期。二是成本较高,且没有合适的返工方案。所以到这一步已经是很麻烦的问题。"

张总点头说:"是这样,到了那一步,谁都很难下决定解决。一边是客户拼命在催的交期,一边是潜在的质量风险。实在是不好决定呀!"

江流点了点头,继续说:"如果公司更强调为客户服务的意识,我们就应该在发现潜在风险的时候立即通知相关部门,比如供应链。大家要来评估这件事。其实我们一旦确定这个整流器有风险就可以行动起来。比如马上筛选仓库的整流器,先选用耐热性比较好的用,这样我们也许能避免这个问题。或者我们要求生产暂停生产,等研发的实验结果,让市场部想办法和客户沟通。这都会减轻问题的严重性。"

刘总点头说:"以前我也没考虑过这个问题,研发的人应该更不会这样考虑问题。我们只觉得文件做出来让别人下发给相关部门就行了,还真没考虑过这些文件到底都是谁在使用,是不是很急。这倒确实是我们需要加强的一个重要方面。"

江流继续说:"所以,我们也可以说目前我们的研发人员只关注自己的设计是否合理,并不关心交付。如果大家都只管自己的目标而不是关注客户的需求,我们就很难真正快起来。所以,现在问题的关键是我们考虑问题的出发点是我们要设计出好的产品还是我们要快速提供让客户满意的产品。如果我们总是从前一个观点出发就很难避免不再发生问题。要解决问题，首先要把我们的意识从实现部门的要求转变为实现客户的要求！"

刘总点头说："你提的这个问题很对。我们的确很有必要强调对客户需求的关注。后续我会召集高层开会讨论一下你提出的这个问题。这次的事情供应链做得不错，你们还要继续努力啊！"江流看到刘总先抬手看了看表，接着眼睛转到了他的办公桌的方向，想了想，下面的话就没有再说下去了。

刘总看到江流不说了，也起身说："那今天就聊到这儿吧！以后多沟通，有什么想法多和我聊聊。公司有你的发展空间！"江流客套了一下就离开了刘总的办公室。

本章点评

- 为什么民营企业发展总是问题不断？
- 为什么看似管理水平高的外企往往发展速度不如管理不够完善的民企？
- 怎么才能提升企业的响应速度？

民企先天资源不足，但往往追求更快的发展，能力和目标的差距导致民企不可避免产生较多的问题。

外企最高层往往因为没有时间或者不熟悉业务而疏忽对职业经理人工作过程的关注，无法推动管理团队改进，所以只求达到最低可接受的目标。高层缺乏追求卓越的精神纵容了职业经理人的懒惰。而职业经理人因为缺乏长远利益而过于求稳，只关注内部目标而忽视客户，导致企业发展缓慢。

要提升企业的响应速度，首先，整个团队要追求卓越，而不是满足于及格；其次要有适当的流程制度，以及执行这些流程制度所需要的员工和企业文化。

第47章
管理的博弈

■ 员工受了委屈，但是又不能给他们期望的结果，能够化解他们心中的委屈吗？

■ 怎么才能形成以公司目标为重的工作氛围？

回到工厂的时候，已经是快下班的时间了。江流一回到工厂就把李勇叫到了自己的办公室。

看着还有些惴惴不安的李勇，江流拍了拍他的后背说："没事了！刘总已经说了，这次供应链做得很不错。你可以放心了！"李勇这才长长地舒了一口气，脸上也露出了笑容。

江流也笑了，继续说："不仅没有事，刘总还自掏腰包给了一笔经费奖励我们在天祺的项目中的积极表现。所以，一定要放下过去的不愉快，一如既往地好好干啊！"

李勇点了点头，又抬头注视着江流，犹豫了一下说："本来不该问的，但是憋着挺难受的。我还有一个问题，希望问了，江总不要生气。"李勇稍稍停顿了一下，看到江流还是很平静地看着自己，便鼓起勇气问："蓝工承认他当时同意让我发货了吗？"

江流微微摇了摇头，说："我已经把这件事情详详细细地分析给老板听了，老板现在也相信你是通知过他的。但这件事情就这样算了吧，不要过于追究了。"

李勇咬了咬嘴唇，最终还是说："我也明白这件事情我不应该再斤斤计较了。但我心里面真是无法接受蓝工他为什么这样说。其实事实是什么就说什么不是很好吗？他有必要撒谎吗？"

江流示意李勇坐下，说："我可以理解你的心情。你现在觉得别人撒谎推卸责任不应该，但事实上，在一定的条件下，这几乎是必然的反应。"李勇吃惊得说不出话来，一脸疑惑地看着着江流。

江流想了想，缓缓说："你记不记得我刚来的时候，你第一次把我叫到车间的情形？"

李勇有些意外，想了想，最终点了点头。江流解释说："我到现在对当时的场景还感觉历历在目。当时出了问题，大家不也都是在推脱责任，说这不是自己的责任吗？研发现在的反应就和我们供应链当初的反应是一样的呀！所以，这件事情不能说蓝工多坏，只能说是人之常情吧，每个人都想保护自己，你也不需要感慨太多了。"

李勇想了想，说："虽然我还是不能接受蓝工的作风。不过我现在明白他为什么这样做了。我感觉自从江总来了之后，我们的工作态度比过去积极了很多。大家也不再像以前那样推卸责任了。我不明白为什么我们现在可以勇于解决问题，而以前的我们和现在的研发一样，出了问题就想办法推卸责任呢？"

看着李勇满脸渴望得到答案的表情，江流微笑着解释说："其实这个问题不难理解，关键是要理解人性。每个人都只会做自己认为对的事情，都希望保护好自己不受伤害。我就是让大家知道按我的要求做是对的，是不会损害自己的利益的。"

江流看到李勇还是一脸的疑惑，没有急于解释，反问道："你先回答我，是什么使你坚持认为自己要电话和研发沟通产品发货的事情，而不是四平八稳地发个邮件，然后不急不慢地等研发的回复？你难道不怕没有邮件证明自己发货前已经沟通过了而被我处罚？"

李勇想了想说："如果我不管这个发货有多急，只是发个邮件，在那里等研发给我回邮件的话，你知道了之后肯定会问我这样做能否解决客户的问题，会说我做得不对。因为你一直向我们强调要解决实际的问题，总是把是否解决了实际问题作为标准来判断我们的工作是否合理。"

江流满意地点点头，李勇也笑了，继续解释说："我知道如果没有解决实际的问题，而是先考虑自己是否有责任，怎么保护好自己，我的工作肯定是不会得到你的认可的。我也记得你第一次在车间对我们说的话，公司请我们来是要我们解决问题的。你会以谁能解决公司的问题来评价我们。这么长时间以来你也一直是这样做的。所以，我坚持一定要立即打电话，联系处理这件事。"

说到这里，李勇想了想，又补了一句说："而且我自己也觉得，如果做了事情，不能解决问题，做了也没有意思。能够解决问题我自己也很开心！"

江流点头说："你是个很好的员工，对工作的认真执著给我留下了深刻的印象，我到现在还记得你第一次把我叫到车间去的情形。你能够自觉以公司利益为中心去开展自己的工作，这是公司的幸运！"

李勇有些不好意思，说："其实也没什么，我觉得做事应该就是这样的。做一件事总得想办法把它做好吧，不然有什么意思？"

江流意味深长地笑了笑，问："但是如果没有一个合理的机制，恐怕你的这种热情和责任心也会逐渐被消磨掉吧？比如说这一次，如果我因为你没有用邮件联系研发而认为你办事不周处罚你，你还会坚持你的做法吗？"

李勇没有说话，江流说："一次你可能还会坚持，如果还有第二次、第三次，你还能坚持自己的做法吗？"

李勇感到有些痛苦，想了想才说："这估计很难吧。如果公司总是以谁没有犯错来衡量员工，决定员工的晋升的话，我可能会选择离开。"

江流却仍然不放弃，继续追问："如果下一个公司也是这样呢？你再离开吗？"

李勇的表情显得很痛苦，想了好一会才说："可能我会改变吧！毕竟我也要生活，我也想获得更好的发展，老是换工作肯定也不是个出路。估计我也会尽量四平八稳地做事，少犯错误来获得领导的认同。"

江流这才满意地点头，说："所以，你之所以能够坚持解决实际问题，不过于坚持工作的形式，在一定程度上是因为我们供应链提供了这种工作氛围。而反过来，蓝工之所以撒谎、推卸责任，也可能是自己在一个不允许出错的工作氛围。他也可能是身不由己。"

江流停顿了一会儿，继续说："你再想想我刚过来的时候，供应链那些同事当时的言行。当时的很多人现在还在公司，当时他们也像蓝工现在一样，很担心自己背上了什么责任，所以碰到问题都是拼命地推卸责任。现在他们是不是好很多了？"

李勇点头承认，说："是的，这一点我有很明显的感受。现在供应链的同事做事比过去负责多了，也积极多了。我和他们合作也比过去愉快多了。我和供应链的其他同事都感觉在江总手下做事情特别踏实。我们只要努力去把事情做好就行了。不懂的、解决不了的问题可以找你帮忙，有些时候工作有些疏忽，你也不会特别严厉地训斥我们，反而是帮我们找原因、想办法解决问题。所以，出了问题，我们的第一反应都是：找江总。而且你这样对待我们，让我们更想把事情做好！因为你一直都是鼓励我们把事情做好，而不是要求我们不去犯错误。这让我们觉得工作做得很有意思！"

江流说："你好好想一想，其实人还是那些人。我们既不能因为他们过去推卸责任就说他们有多坏，也不能因为他们现在积极去履行责任就说他们有多好。之所以有这些差异，只是因为影响他们的行为的工作氛围不同。"

江流看到李勇点头，继续说："所以，我不指望你谅解他，但希望你至少能了解他为什么这么做。如果你真正了解了这一点，你

第47章 管理的博弈

就不会那么生气了。"

李勇心悦诚服地说："我现在想通了。现在我不再生蓝工的气了。"

他想了想，脸上露出了笑容，说："其实我现在反而感觉得意，他工作的氛围没有我的好！"双方都笑了起来。

笑完了，李勇又问："江总，我还有一点不是很明白。我很喜欢我们现在的管理氛围。可到底什么样的管理氛围才是好的管理氛围呢？你没有总是抓住我们的错误不放，让我们做起来很开心。可我知道也有很多领导不追究下属的错误，有些员工做错了事满不在乎，结果下面的人怨声载道。你强调工作的成果，让我们工作很有方向。可也有很多领导一再强调要求下属努力工作，解决问题，可下面的人根本就懒得听。我们的管理氛围和那些管理氛围到底有什么不同导致了这种差异？"

江流笑着说："你也学会拍马屁了？我可不吃这一套哟。"

李勇脸涨得通红，连忙说："没有，真的没有。我说的是真心话。"

江流示意李勇不要再说了："开个玩笑。你能这样说，我很开心，毕竟自己的工作成果有人认同总是件开心的事。首先，好的管理氛围不是通过紧和松来衡量的，紧和松只是表面现象，只是手段。其实无论是严格的管理还是松散的管理，都有成功的案例，当然也都有失败的案例。"

江流看到李勇还是有些迷惑，就说："《三国演义》里面就有这么一段，说诸葛亮初入川蜀的时候，实行严刑峻法。法正认为应该效仿汉高祖刘邦入驻关中的策略，约法三章，实行简化刑罚、与民休息的政策。诸葛亮并没有采纳，事实上诸葛亮的严格管理最后令川蜀气象一新，一扫刘璋统治时的颓废之态。而刘邦的宽松管理也令暴秦统治下的老百姓欢呼雀跃，获得了关中百姓一致的拥戴。诸葛亮的严和刘邦的松都是成功的管理氛围的代表，而对应的刘璋的松和秦朝的严就是失败的代表了。所以，松和严本身并不能成为判断管理氛围好坏的标准。管理氛围的好坏应该是另有标准。"

江流看到李勇在思考，停了一会儿才继续说："好的管理氛围其实是一个多赢的模式，是一个能够让所有参与者都有机会获得利益，并让制定规则的决策者，也就是组织的管理者也获益的一种模式。刘邦治关中、诸葛亮治蜀虽然一松一严，但是都是让大多数人，也就是老百姓获得好处的管理模式。所以这两种管理模式都能够得到大家的支持，成为成功的管理模式。而秦始皇暴政虐待天下百姓，刘璋纵容豪强，使百姓遭殃都是失败的管理模式的典型。"

李勇还是有些不明白，问："好的管理是能让所有参与者都有机会获益？"

江流点点头说："是的。因为管理者的目标其实是为了让公司或者说自己获得利益而制定规则，而如果希望这个规则能够自动执行，这个规则就必须也能让游戏的参与者，也就是员工，有机会获得利益。否则这个游戏是无法自动不断进行下去的。"

李勇还是满脸的疑惑，问："让参与者也获得利益游戏才能自动进行下去？可为什么要让游戏自动进行呢？决策者重复要求不就可以了吗？感觉要求游戏自动进行是很困难的。"

江流说："可问题在于我们所说的这个游戏的决策者有一个困难：他个人精力是有限的，无法亲自参与每一个游戏，也就无法要求每个参与者的行动，这就必须让游戏可以自动进行。就像我们供应链每天要碰到很多问题一样，我不可能亲自来处理每一件事情，有很多事情都需要你们来处理。公司的规模越大，我能够亲自参与的事情的比例就越低。所以，我只能通过制定规则代替我来参与这些事情的管理。如果我制定的规则恰当，最后形成了好的管理氛围，你们就能够自然做出正确的反应，这时我才可以得到我期待的结果。这就是为什么这个游戏需要一个能够自动不断重复进行的规则的缘故。"

李勇点点头说："这样说我就明白了，随着企业规模的不断扩

第47章 管理的博弈

大，管理者只能越来越依赖规则来管理公司。那是不是说，管理者如果制定好了规则就可以高枕无忧，天天打高尔夫也能管好公司了？因为反正这个规则是能够自动不断进行的。现在有一种观点，好像说管理得越好的公司，管理人员越是没事可干。"

江流忍不住笑了，说："如果真是这样，那做管理就真是件太惬意的事情了。事情远远没有这么简单。"

江流笑了一会儿，平静下来才说："有几个原因导致这种情况不会出现，首先，我们的目标是不断变化的。即使从实际管理的角度来看，我们的目标最多也只能在一段时间内保持不变。而一旦目标变了，很可能就导致我们实现的手段要跟着改变，所以为了刺激参与者而制定的规则也要跟着改变。所以，从这个角度来说，管理者制定了一个成功的规则，也就仅仅能让他稍稍歇息，喘个气而已，一劳永逸的事情是没有的。"

李勇也插话说："江总要我们不断改善流程也是这个原因，是因为我们要不断调整自己的作业模式去满足新的目标，是这样吗？"

江流点头说："对的。手段是为目标服务的。公司的目标不会一成不变，与之相对应，我们的管理作为实现目标的手段自然也不会一成不变。"

江流看到李勇已经明白了这个问题，继续说："我认为管理人员不可能一劳永逸的另一个原因是游戏的参与者也是不断变化的。铁打的营盘流水的兵，公司里面的员工来来去去，每个人都不一样。对这个人有用的规则，对那个人可能就没用了。"

李勇笑着说："以前，我看到有些领导总是抱怨80后、90后不好管理。江总好像从来没有这样抱怨过。"

江流笑着摇头，说："人只能适应这个世界的变化，不能适应的，最终都会被淘汰。这样去想就没有什么可以抱怨的啦！"

江流说到这里，把眼睛转向窗外，看了几秒钟才收回目光，又兴起了一番感慨，说："时间过得真快呀！我刚做管理的时候还有70后，那时候只要发工资准时就能招到一大群勤劳肯干的员工，过了几年，80后就越来越多了，80后开始要求工作要有成长的空间，不喜欢年复一年地重复没有增值的劳动。现在我已经面临很多员工都是90后的事实了，而90后给我的感觉是更注重生活，需要有丰富多彩的业余生活，不喜欢像个机器人一样上班、睡觉、上班、睡觉。对于他们，就必须有不同的规则才能让他们安心工作，为公司创造价值。"

李勇说："江总能够抓住不同人的不同需求，我想这应该就是江总管什么人都管得好的原因吧！"

江流没有回应李勇，继续自己的话题："而且你知道人心是永远都没有止境的，就是说一个今天有效的规则明天可能就失效了。今天一个员工觉得一个月赚五千很好，可能明天他就不满足了，我则要再找出能够让他安心工作的规则。所以，我的规则总是要随着外部环境的变化而及时调整的，这也说明制定规则的决策者没有办法一劳永逸地解决自己面临的问题。"

江流喝了口水，停了一下，继续说："但是前面也说了，决策者没有办法亲自去解决每一个问题，就算他一天工作24小时，不眠不休也不行！现在对企业响应速度的要求越来越高，从这一点来说也不容许等上很长时间让他逐一决定每一件事情该怎么做。所以，即便知道这个规则可能用不了多久，还是得不断修改、完善规则来确保企业的运转。"

李勇皱着眉头说："看来做管理也不轻松啊！感觉制定合适的规则可能比直接做好这件事还累！"

江流笑着说："你现在就觉得累了！其实规则制定好了才只是万里长征第一步，更多的困难还在后面呢！"

李勇疑惑不解地问："更多的困难？"

江流点头说："可不是！更多的困难在后面！因为我们的目标

第47章 管理的博弈

是多极的。从利益的主体不同来分，有公司的利益和员工的利益，从利益作用时间的长短来分，有长期利益和短期利益，还不要说利益本身就有很多个维度。要想找出一个规则来综合满足各种不同的利益根本就不可能，所以自然就出现了多个规则。而这些规则既没有一个固定的主次轻重之分，也不可能都量化计分。在出现规则冲突的情况下，如何在多个不同规则之间权衡，如何让员工也正确理解取舍，做好这件事才真是一项艰难的工作呢！"

李勇说："这一点我倒没有太深的体会。我感觉很多事情都是很容易作出决定的。比如，我在和蓝工联系的时候，我真没去想如果我没有邮件联系，万一出了问题会怎么样。我只想着公司需要马上搞清楚这件事情怎么处理，我就选择了最快的联系方式。"

江流笑了，说："那是因为你的责任感很强，而且我们供应链也一直提倡把是否能够解决实际问题作为评价你们工作的标准。这件事的规则相对比较明确，就比较好决定怎么做。但如果碰到更复杂的事情你就不一定这么好作决定了。"

江流看着李勇，李勇想了一会儿，好像还是没有什么概念，又把疑惑的目光投向江流。江流这才说："比如说这一次天祺的项目，当我刚刚知道我们的产品在客户那里出了问题的时候，问题的原因还不明朗。我当时作出备料的决定，感觉就很纠结。如果不备料，有可能延长问题解决的时间，彻底失去和天祺合作的机会；如果备料，万一不是这个原因，或者天祺的项目彻底没戏了，我可能就加大了公司的物料报废风险。所以，从利益大小的角度来看，我需要在为公司争取战略发展客户和避免库存风险这两个原则之间权衡；而从利益的主体来看，我又需要在公司利益和自身利益之间权衡。因为帮公司发展战略客户这是公司的利益，这个项目失败了，我其实也没有多少责任。可万一我冒险备货失败，影响的可就是我个人的工作业绩了。这时候要作出正确的选择对我来讲也不是一件容易的事！虽然现在回头来看，我是押对了，但是如果这种事情重来一次，我还是会很纠结。"

江流看到李勇点头，继续说："当然最后我还是选择维护公司的利益，我觉得这样做基本上应该是对的就这样做了。但是你要注意，我说的是基本上应该是对的，不是一定是对的。这也就是说有可能形势会朝着相反的方向发展，我有可能会出错。呵呵！"

李勇这才若有所思地点点头，说："估计很多人都会选择不出错吧！但我也知道江总你不会这样做。你刚来的时候就说过，要看谁能解决公司的问题，如果不能解决问题，即便没有出错，对公司也仍然没有价值。"

江流长长地舒了一口气，说："其身正，不令而从，其身不正，虽令而不从。如果我作为供应链的最高主管自己都不敢以身作则，维护公司的利益，以后还有谁会为了公司的利益去拿自己的利益冒险？我还怎么要求你们？"

江流看到李勇点头，说："老实说，我作这种决定也是很艰难的。"

江流想了想，说："再举个例子，公司有一张订单物料短缺，经过一个员工的努力，及时把这个订单给交出去了。你觉得这种行为是不是值得表扬？"

李勇说："那当然！"

江流笑了笑："那如果这个员工为了完成及时生产而强行挪用了别的计划备下的物料呢？"

李勇显得有些尴尬，说："这肯定不对啦，不能损害别人的利益来达到自己的目的吧。这样会影响团队的团结的。"

江流又笑了笑："可如果别人的订单还不是很急，这个员工的订单很急呢？"

"这倒也合理。毕竟他也是解决发货的问题。先把不急的订单的物料挪出来，再催物料以满足这张不急的订单交付就好了。这个人的情况和我差不多，工作的态度是好的。如果他能够事先和对方

第47章 管理的博弈

沟通一下,再挪用物料就非常好了。"说完,李勇满怀信心地看着江流,似乎很满意自己这一次的回答。

江流说:"可如果被挪走的物料是要用于一个非常重要的战略客户的订单,而他挪料出货的订单其实是给一个不重要的客户呢?你现在还觉得这种行为合理吗?"这时李勇显得很尴尬,没有再说话。

江流说:"所以,管理者不仅要追求好的工作结果,还要注意很多工作尤其是具有代表性工作的过程,多从工作的过程中看员工所选择、运用的规则是否合理。要通过合适的沟通以及奖惩等手段及时纠正那些对规则错误的理解,纠正那些建立在这种错误理解之上的行为。告诉员工到底应该如何理解和运用这些规则,为以后的工作明确方向。如果一个组织中相当数量的人都认同并在自己的工作中坚持这个工作方向,最终就会形成一种良好的管理氛围。"

李勇说:"经过江总你这么一解释,我才算是明白了。想形成这种氛围还真不容易呢!不仅需要关注工作的结果,还需要关注工作的过程,才能让整个团队始终保持在正确的方向上!"

江流微微点头,继续说:"所以,很多时候,我不得不花很多时间去了解你们做事的细节、你们做事的方法以及你们内心的想法。我这样做的目的就是为了确保我前面所说的规则能够被你们正确地理解并运用,最终成为你们工作的原则。通过我的沟通和奖惩,你们明确了我在很多问题上的一贯立场,你们就很清楚我这个领导需要的是什么,你们应该怎么做了。这也是现在你们能够不假思索地做出符合我期望的事情的原因。你们知道只要你们所要做的就是积极解决实际存在的问题,这样做,我就会认同你们的工作。你们又有什么必要撒谎、推诿呢?"

李勇最后笑着说:"确实是这样!"

江流说:"这就是我们和研发的差别,我们更在意做出了什么成绩,解决了什么问题,只要不是工作态度方面的错误,我是不会很严厉地追究员工犯了什么错误的。我追问错误的根源也只是希望大家真的搞清楚错在哪了,是不是真知道怎么改正,而不是为了追究责任。所以,你们更倾向于努力解决问题,做出成绩来得到公司的认同;而研发则努力避免错误,但事实上错误是很难完全避免的,尤其是我们公司采取的是这种很进取的市场拓展策略,在这种环境下出问题几乎是必然的。如果领导过于关注大家谁犯错,出了问题之后的推诿、谎言也就难以避免了。这样的话,工作执行就要大打折扣。所以我一直都主张关注谁解决实质问题,关注成绩。我关注错误只是为了找出需要解决的问题的根源。这样你们才能安心做事。"

天祺开始陆续使用飞达重新发出去的产品,江流提心吊胆地度过了两个星期。天祺没有再次发现类似的不良问题。江流打了电话向张总询问情况,张总告诉江流天祺对于飞达的快速响应表示满意,并且承诺以后会考虑在别的项目上扩大双方合作的范围。

张总最后想了想又说:"你也放松一些吧,感觉你的压力很大,这样对身体不好。做事情要尽心,但是事情做完了就放下吧,否则铁人也受不了的。"

本章点评

- 员工受了委屈,但是又不能给他们期望的结果,能够化解他们心中的委屈吗?
- 怎么才能形成以公司目标为重的工作氛围?

领导要保证员工的合理利益不受损害,帮助他们理解对方的立场,因为对于自己理解的东西,就算不赞同,往往也能缓解不满情绪。

营造以公司目标为重的工作氛围,需要员工对公司的认同,而员工对公司的认同需要公司对员工的认同。一个只看短期目标、斤斤计较的人让人讨厌,无法发展长期关系。一个短视的公司也同样让人讨厌,无法让员工全力付出。

第48章
道德仁义礼

■ 如何打造积极高效的工作团队？

放下张总的电话，一直压在江流心头的石头才算是落了地。回到家，告诉了张兰之后，张兰也很高兴，江流顺势说："好久没有和师兄一起聊天了，要不我们一起吃个饭庆祝一下吧？"

张兰连忙说："好啊，我也想和月清姐聊聊了，明天就是周末，你如果不加班，我就去买些好菜，一起庆祝一下。"

江流摇头说："算了，这次还是到外面吃吧，也不能老是我们大家放松，你一个人辛苦啊！反正也花不了多少钱！"

周六晚上，在一个酒店的包房里面，吴静波有些诧异地问江流："今天有什么喜事啊？搞得这么隆重！"

江流笑着说："听师兄这样说，我要努力了。看来是自己混得不够好，到这里吃一次饭就一定得要有正当的理由啊！"

吴静波连忙说："是我错了，江流请我吃饭都隆重！"

等到坐好了，李月清问张兰："到底有什么喜事啊？赶紧说出来让我也高兴一下。"

江流接过话茬说："真没什么，不过最近公司出了点问题，费了九牛二虎之力总算搞定了，累得我半死。想想好久也没聚在一起吃饭了，就特意请师兄和嫂子过来吃个饭。"

沈开觉得有些诧异，问："姐夫去了这么久了，什么事情能把你累得半死呀？说来听听！"

江流笑着说："还是先吃菜吧，边吃边聊。"

借着吃饭的机会，江流陆陆续续把天祺项目的问题，以及最后解决的情况简要地说明了一下。这时，饭也吃完了，张兰起身拉着李月清的手说："你们聊，我和月清姐出去逛逛。"

等她们出去了之后，江流问吴静波："我一直在想李勇问我的那个问题：到底怎么做才能建立好的工作氛围？师兄能说说你是怎么解决这个问题的吗？"

沈开说："姐夫不是已经建立了一个好的工作氛围了吗？感觉你们的工作氛围就很好了呀！"

江流摇头说："我最多只能算知其然，还不能知其所以然。虽然模模糊糊地有个方向，但是我没有一个系统的理论体系来支撑实际管理，目前还停留在凭直觉管理的阶段。还是请师兄说说吧！"

吴静波说："江流给我出难题了。不过这几年我也一直在研究这个问题。就说出来大家探讨一下吧！"

吴静波先喝了口茶，润了润喉咙，说："你知道道家的道德仁义礼吗？"

沈开说："吴总是指'失道而后德，失德而后仁，失仁而后义，失义而后礼。夫礼者，忠信之薄而乱之首'那段吧？"

吴静波点头赞许地说："小沈真的很用心，你现在把《道德经》背得不错啊！这几个字背后所蕴涵的手段就是建立良好企业文化氛围的钥匙。"

看着一脸不解的沈开，吴静波解释说："我还是先解释一下这几个字背后的意义吧。道，就是规律法则，万物运行需要遵循的法则；而德是根据万物运行的法则让万物各得其所；仁是宽厚待人，

第48章 道德仁义礼

不斤斤计较，重点是长远的合作；义是利益交换，讲究互惠，重点在于短期兑现利益；礼，是职责、规章制度。"

江流想了想点头说："感觉师兄说的这几个标准有很明显的层次，但又是一个整体，这应该是我们管理努力要实现的几个目标。"

吴静波不禁鼓掌叫好说："你说得太对了，这几种手段既有高低层次之分，又是一个不可分割的整体！说有层次，是因为高层次的标准丧失后低层次的标准就很难继续维持，可能会导致情况继续恶化；说是一个整体，是因为我们需要用很多不同的层次的标准把员工团结在公司发展的旗帜下，不能够一个标准，不分对象地一刀切。毕竟人有贤愚，每个人的目标也各不相同，这是我们管理必须承认的客观现实。"

沈开苦恼地说："你们说的话，我怎么都不懂啊？吴总，能不能解释一下啊？"

江流这时插话说："吴总的意思是道德仁义礼是管理的五种手段，但是这五种手段不是完全平等的。我的看法是代表合理原则的道和合理分配的德是最重要的，它们决定了大的管理的氛围。而仁是从长期的、感情的手段吸引人才；义是用短期的、物质的手段吸引人才；对于一般的员工则是通过礼，也就是基本的职责和制度来管理他们，使他们发挥作用！"

吴静波也点头说："江流对于这五种手段的作用理解得很到位。说这五种手段有高低之分是因为如果没有了基础的道和德，仁义礼就会变成假仁假义、繁文缛节。"

看到沈开还是一脸不解的样子，江流解释说："如果不遵守道，不用正确的方法做事，那些规则制度就会束缚大家高效工作，礼不就成了繁文缛节？如果连员工基本应得的都不给，这种仁义不是假仁假义吗？"这时沈开才恍然大悟地点头。

吴静波继续解释说："说这五种手段是一个整体是因为如果没

有道的正确方法，任何努力都是缘木求鱼；没有德的公平回报，就无法保持长久稳定；没有仁的宽厚给员工情感的满足、长期的归属感，可能就会失去一些重要人才；没有义的物质激励、互惠互利，我们就难以灵活地利用可以利用的力量实现自己的目标；没有礼明确职责和规章制度，使每个人都能发挥自己的作用，就无法让大量的员工变成一个高效的团队。缺少其中任何一种手段都可能降低管理的效率，从这个角度来看，这五种手段是一个整体！"

沈开苦着脸说："感觉似乎有点明白了，但还是不知道怎么在实际管理中运用这五种手段。"

吴静波解释说："那我们一个一个来吧。道是合理的原则，这个原则既包括选人、用人的原则，也包括做事的原则。选人用人的时候，我们要根据人的特点使用人，最大限度地发挥人的价值。做事的时候，也要根据事情的特点，选择合适的方法去做。"

沈开插话说："我们公司好像不是这样的，公司鼓励我们多学习，鼓励我们换岗，让我们什么都去学一学，什么都去试一试。我感觉挺好的！"

江流笑着说："公司不是培训学校，是创造价值的地方。员工也不是要参加全能比赛，他们需要为公司创造价值，同时获得自己的回报。从价值创造的角度来说，我们没必要让员工什么都去试，什么都去学，还是应该立足于每个人的特长和爱好，再结合公司的发展需要有针对性地进行培训。这才符合道的做法。否则大家都去学习，谁创造价值呢？没有创造价值，员工又从哪里获取收入呢？"

吴静波说："江流在这方面有很多值得借鉴学习的地方。我看他提拔那个管生产的小陈就做得很好！这个提拔就符合让有兴趣、有潜力的人做他们喜欢做也有能力做好的事情的道理。提拔一个没有管理经验的二进宫的员工做管理，看起来不合理，其实却是符合道理的，所以也取得了意想不到的成功！"

第48章 道德仁义礼

江流点头说:"我从自己的管理经验中得到的一个教训就是每个人的爱好和个性都是不同的,我们不要逼着老牛快跑,也不要让骏马耕地,让老牛耕地、骏马快跑才符合道。这样,管理会比较轻松也容易出成绩。下面的人也没有那么痛苦!"

沈开说:"如果我以前的领导也能这么想就好了,他总是要求我们要有执行力,不要找任何借口,要无条件地执行。但很多时候,我们感觉他的要求根本没法执行。而且我们去找他,他也给不出办法。还说怎么做是我们的事,如果这些事情都麻烦他,还要我们干什么!"

吴静波说:"不道早亡!不合乎常理的肯定是做不好的。这是管理的不二法则!你们领导这样强行逼着下属按自己的意愿做是做不好管理的。"

吴静波喝了口茶,继续说:"德就主要是养人留人了。能找到人、选对人还不够,还得留得住人才行!能够让万物各得其所的就是德。具体到管理中来,就是要根据员工实际为公司所做的奉献给予应有的回报。工作做了之后,大家最关注的问题就是回报,最担心的问题也是付出了没有回报,有的人因为得不到回报而不愿意付出,在公司混日子,最终公司和员工双输。人才不愁没地方去,得不到合理的回报,他们也是最早选择离开的人。没有人才的公司最终也难以发展!"

沈开问:"吴总别笑我钻牛角尖啊!很多人都觉得自己得到的少,自己应该获得更多。人心不足蛇吞象,对于什么为合理,每个人都有自己的标准。我想很难有一个合理的平衡点。所以,这个德还是无法落实,最后还是领导按自己的好恶去分配!公司更省事,一刀切,定一个标准每个部门统一加薪。而每个部门表现都不一样,所以还是没办法做到根据员工的奉献给工资。"

江流摇头反对,说:"虽然我们都不清楚到底合理的标准在哪里，但是并不代表这个合理的标准不存在，这就像我们不知道商品的价值却不能否认价值存在的意义。比如对员工的付出是否合理，我们可以从市场的反馈看出来。如果招人不容易，应聘者听到这个待遇就扭头，那很可能就是不够。如果一招聘，连大大超出这个岗位要求的人员都过来应聘，那很可能就是待遇超出了市场行情。所以，这个合理的标准倒也不是完全无迹可寻。至于你说的部门之间的涨薪幅度，如果公司领导真的关心各个部门的工作表现，应该也能得到一个大致的印象。而且他也一样可以根据市场行情来推断公司各个部门的薪水是否合理。所以，虽然这个工作不好做，但也不是说完全没有办法做好的。如果领导不能公正地按员工的表现确定薪水，员工失去工作积极性之后那个局面才是无解！"

吴静波说："德是公正无私的，只有公平的规则才能让大家安心做事。你对李勇的发货问题的处理就很好地体现了德的要求、维护了管理的公正。也只有这样做才能保住德不丧失，员工才能安心工作。"

想了一会儿，沈开又问道："那仁呢？感觉这个和《道德经》里面提出的'天地不仁，以万物为刍狗；圣人不仁，以百姓为刍狗'的思想不一致。而且我对这句话一直就搞不明白。感觉领导如果一点感情都没有，谁还会跟他干呀！而且现在又在提出仁义，这和前面不是相悖的吗？"

江流说："你对这段话的理解有偏差！这段话的意思其实是，要按事物内在的规律办事，也就是师兄刚才说的德，让万物各得其所，而不要人为地按自己的喜好去分配。这种不偏不倚、不徇情枉法的做法容易被别人认为缺乏人情味，而我认为这种做法事实上是大仁，是对所有人最公平的大仁！其实，除了少部分自认为跟领导关系好的人，大多人还是觉得公平最好。毕竟一部分人得到的太多了，其他人应该得到的就无法保障。所以，大多数人还是会支持有德的领导，支持公平的环境！"

第48章 道德仁义礼

吴静波说:"这里的仁比较接近于老子说的'三宝'里面的'慈',是对人要宽厚的意思,是感情的纽带。但是这个宽厚并不是有亲疏之分的,还是要符合前面的公平原则的!"

吴静波继续说:"江流刚去公司的时候,大家都推卸责任,江流能考虑到公司混乱,出错虽然于理不合,但情有可原而不予追究。这是仁!常经理没办法削减人员,提升效率。江流没有强行施压,而是和常经理一起找问题的根源,帮助推动解决问题。这也是仁!江流指导丁忠义,不会因为丁忠义负责仓库就把问题推给丁忠义自己解决,丁忠义管理能力有所欠缺,安排他出去学习、找师傅来带他,不因为他能力稍有欠缺就放弃他。这也是仁!有了你前面的这些仁,才有后面员工支持你,全力实现公司目标的工作作风。"

沈开也赞同说:"是的,其实人心换人心。如果公司能为我们做员工的考虑一点点,我们也不会那么和公司计较。如果公司很宽厚,我们还斤斤计较,自己感觉都没面子。这种人就算有,估计也混不下去。"

吴静波继续说:"一个团队里面,如果管理人员播下了宽厚的种子,建立起感情的纽带,这个种子就会生根发芽,会发展壮大,成为组织风气,上升到公司的层面就是企业文化的一部分!本来是公司对员工宽厚,会发展为员工对员工宽厚。但是如果公司对员工刻薄,员工也会对其他员工越来越刻薄。这就是风气的作用!"

江流说:"如果公司连仁也失去了,剩下的义更靠不住。义是希望双方互帮互助的,互惠互利的,这是物质利益的纽带。但需要别人帮忙的人往往帮不了别人,能帮的人又不肯白白帮忙,就不帮忙了。或者说,我现在帮不了你,你就不帮我,那以后我能帮你了,我也不帮你。利益并不是总能对等交换的,这样就很容易造成出了问题没人解决。"

吴静波说:"比如江流安排李工去负责新产品导入就是出于

义，你帮他找到发展的空间，他帮你解决研发转产质量问题过多的问题。他必须解决了你的问题，你才能帮他谋求待遇。对刘振辉也是一样，你希望他去新厂挑起质量部的担子，但是他要你先给他调整级别，这也是一种义。义虽然不像仁那样让人感到舒服，但是也不失为一种解决问题的办法。"

江流说："单纯的物质激励还是要控制使用，如果企业习惯用等价交换来管理，很容易导致目标短期化，企业运行的成本也会升高。所以，义是一种手段，但是要谨慎使用！"

吴静波点头说："江流这个观点对！物质激励确实要谨慎使用。"

吴静波想了想继续说："礼的思路是让每个人都尽到自己的本分，是通过完善流程、制定详细的岗位职责来实现的。江流到工厂之后，让计划多备物料、市场减少急单、IQC防止批次性不良流入产线，保障生产平稳就是让各个部门先承担起最低的职责，让工厂先基本走顺，这其实就是礼的思想。在工厂基本理顺了之后发动大家讨论KPI，借机明确每个人、每个部门的职责。这其实就是确定礼。让很多基础的事情可以依照制度办理，降低沟通的成本。这只是礼的延续。"

江流叹气说："但是现在有不少企业过于看重制度，以为一个好的制度可以解决一切问题。很多企业都热衷于制定岗位职责，那些管理人员认为每个人都做好自己的事情就可以了。"

沈开却说："感觉这样想也没什么不行的呀？如果员工的岗位职责确实能够覆盖公司的工作还是可行的！"

江流忍不住说："问题是你怎么能够覆盖公司的工作？根本不可能实现，这和不能完全依赖KPI来评估员工是一样的道理！工作是变化的，岗位职责在一段时间内都是静态的，还不要说有很多公司岗位职责几年都没变！"

吴静波说："还有一点，就是谁也不能保证公司的每一个人每一天都能做好自己的工作！人有能力差异、每一天心情有差异、人

第48章 道德仁义礼

总有疏忽的时候，一旦犯了错，可能就是他自身无法解决的。如果没有人帮他解决，问题就会堆积发酵，最终会变得不可收拾。"

沈开似懂非懂地看着吴静波，吴静波想了想，解释说："你可以看看江流的做法。他刚去公司的时候，问题成堆，他有没有说这是计划的责任，那是仓库的责任？他有没有去单纯强调岗位职责，要求每个人只做好自己的事情？"

沈开说："这些人要能够解决，找他来做什么呀？就是因为现有的人解决不了这些问题，公司才找他来的呀！"

吴静波点头说："那你现在也看到了礼也有解决不了问题的时候。礼只能解决基本的问题，很多复杂的、边缘的、跨部门的问题都是难以通过明确岗位职责来完成的。这些问题必须有人站出来解决，而这些事情又很难明确规定由谁解决，必须是能够解决的人自愿出来解决。"

江流点头说："是的。有的领导看到事情没人管就觉得是岗位职责不明确。其实根本就没有考虑岗位职责真能明确吗？是不是还有其他的原因？"

吴静波继续说："而如果公司希望有人自愿出来解决问题就必须做好前面的道、德、仁、义这四点。做好了这些，形成了良好的工作氛围、积极的企业文化，这些事情都会有人去解决的。否则，光靠领导去推动，光是协调都累死了。"

江流也说："如果到了一定要先明确了职责大家才做事的程度，这个公司的管理就已经是站在悬崖边上了。我们就可以看到组织中诸如仁爱、忠诚、守信等优良的品德已经是何等薄弱了。而这是将要混乱的先兆！这就是《道德经》说礼是忠信之薄而乱之首的本意。"

吴静波也说："江流刚去飞达的时候，出了那么明显的问题，但每个人都认为自己没有问题，在这种时候如果只想着明确岗位职责，加强考核，你觉得能够解决问题吗？"

沈开摇头说:"那只会让这些人都讨厌我姐夫。我还记得姐夫的那句话,目前情况很乱,不出错误也不太可能。我如果是他的下属,听到这句话至少心里是暖和的。"

吴静波点头说:"是的,先安定人心是最重要的,这也是为什么我要江流遇人则缓。人心安定了,再定下粗略的职责,以后再逐步细化,深入下属中间,找到志同道合的人,寻求他们的支持、给一些物质激励刺激工作积极性。仁、义、礼几种手段结合使用,才能扭转乱局,走向安定。然而最终长远稳定,还是需要道和德,做对事情,选对人,给出合理的回报。这就是建立成功的工作氛围所需要努力掌握的五种手段!"

沈开扮了个鬼脸说:"我原来总觉得自己做到高层就好了,现在听吴总这么一说,感觉做一个成功的管理者也这么难,感觉这世界上就没有什么轻松的事啊!"

吴静波笑着说:"呵呵,想成为一个合格的管理者必须像大自然中的江流一样,首先要接受道德仁义礼的堤坝的约束,不能肆意妄为导致决堤,还要有不断向前的精神。什么时候停止了前进的脚步,江流就不是江流了,它会腐败变臭,成为一潭死水!只有流水才是不腐的,也只有不断追求提升自我才能让管理者保持活力!只有管理者保持活力,企业才能保持活力!"

本章点评

■ 如何打造积极高效的工作团队?

道:选择正确的人以正确的方法做正确的事。

德:公平的工作氛围,让人安心做事。

仁:宽厚,富于人情味的氛围,让员工认同公司。

义:及时的物质激励,解决异常的问题。

礼:规则制度、流程、岗位职责,保障基本的运行。